MANESSE BIBLIOTHEK DER WELTLITERATUR

HENRYK SIENKIEWICZ

MEISTERERZÄHLUNGEN

Aus dem Polnischen übersetzt
und Nachwort
von Veronika Körner

MANESSE VERLAG
ZÜRICH

CIP-Kurztitelaufnahme der Deutschen Bibliothek

Sienkiewicz, Henryk:
Meistererzählungen / Henryk Sienkiewicz
Aus d. Poln. übers. u. Nachw. von Veronika Körner
Zürich: Manesse Verlag, 1986
(Manesse Bibliothek der Weltliteratur)
ISBN 3-7175-1726-0 Gewebe
ISBN 3-7175-1727-9 Ldr.

NE: Sienkiewicz, Henryk: [Sammlung ⟨dt.⟩]
Körner, Veronika [Übers.]

Der Prophet gilt nichts in seinem Vaterlande

«Ah», sagte mein Freund, als er den Titel gehört hatte. *«Nul n'est prophète en son pays.*[a] Warum solltest du keinen französischen Titel nehmen?»

«Das würde ich von Herzen gern tun, aber das ziemt sich irgendwie nicht.»

«Wieso ziemt sich das nicht?» entgegnete er. «Du, *cher* Worszyłło, beginnst doch gerade erst deine literarische Karriere. Dein Name sagt noch niemandem etwas. *Pardon,* mein Lieber, er sagt wirklich niemandem etwas. Ich garantiere dir, daß die Hälfte der Leute, die deine kleine Geschichte lesen werden, sie gerade wegen ihres französischen Titels lesen werden.»

«Irgendwie hat er recht», dachte ich. «Ein Titel für einen Roman ist doch dasselbe wie ein Name für einen Menschen.»

Mein Freund selbst ist sehr geistreich und hat viel Erfahrung – er war es auch, der mich lehrte, daß der Name eines Menschen so große Bedeutung hat. Ich zögerte eine Zeitlang in der Beurteilung dieser wie auch vieler anderer Fragen.

«Man muß einen Ausgangspunkt haben», erklärte er. «Hast du denn einen Ausgangspunkt, Worszyłło?»

---

[a] In seiner Heimat ist keiner Prophet.[1]

«Was sagst du?»

«Frage nie auf diese Weise ‹Was sagst du?›. Darin zeigt sich so etwas wie schlechtes Benehmen. Hast du schon bemerkt: Leute, die sich schlecht benehmen, gebrauchen häufig Wendungen wie ‹sagt man, sagt man›.»

«Ja, habe ich.»

«Entschuldige, daß ich dir solche Sachen erzähle, aber ich habe dich bei Herrn X., bei unserem berühmten W., bei Graf M., mit einem Wort: in unsere beste Gesellschaft eingeführt; man muß sich ihr anpassen, wenn man wirklich Eingang finden will.»

«Aber, wonach hast du gefragt?»

«Ob du einen Ausgangspunkt hast und Prinzipien. Gestern sah ich, daß du ein Gesicht gemacht hast wie das leibhaftige Unglück und daß du mit dem Finger im Ohr gebohrt hast, als du dich mit Fürst C. unterhieltest. Das wirkt sehr geringschätzig und beweist, daß du entweder überhaupt keine Prinzipien hast oder aber, was schlimmer wäre, daß sie umstürzlerisch sind.»

Ich wurde ganz fürchterlich rot und zog es vor zuzugeben, daß ich gar keine Grundsätze habe.

Dennoch, lieber Leser, laß dich nicht abschrekken. Mein Freund hat mir Grundsätze vermittelt, an die ich mich heute streng halte, und wenn sie sich im Verlauf dieser Erzählung nicht zeigen sollten, dann ist die Schuld wohl eher der Unzulänglichkeit meiner Feder anzulasten als einem Mangel an gutem Willen.

Nun kann ich also zur Erzählung selbst übergehen. Viele Romane werden geschrieben, deren

Helden weiß Gott was für Leute sind oder die sogar in Sphären spielen, bei denen jeder guterzogene Mensch, wenn er über sie redet, die Wendung «mit Verlaub» hinzufügt. Ich selbst hörte einmal, wie die Frau Senator K., als Frau L. den bekannten Künstler W. vorstellte, sagte: «Sie erlauben, daß ich Ihnen Herrn ... *Pardon! Quel est votre nom?* ... Ah, Herr W.; *mais il a assez de talent pour nous amuser*»[a], fügte sie etwas leiser hinzu.

Talent kann einen Namen ersetzen und Türen öffnen, die der *Canaille* sonst verschlossen bleiben. Man muß sich eben nur anpassen können. Zum Unglück oder zum Glück war mein Held weder ein Dichter noch ein Maler, Musiker, Bildhauer oder ein anderer langhaariger Liebling der Musen. Er hatte kein Vermögen und keine Stellung, saß nicht in Amt und Würden und war auch nicht außergewöhnlich geistreich; er hatte nichts von alledem; gerade, daß man ihn als gut aussehend bezeichnen konnte.

«Was war er denn?»

«Siebenundzwanzig Jahre alt.»

«Oh, das ist nicht viel.»

«Das ist es ja gerade, daß er noch nicht viele Jahre auf dem Buckel hatte, daß er noch jung war. Aber außerdem hatte er noch etwas: Zwischen dem Städtchen M. und Chłodnica, dem Eigentum der Familie Chłodno[2], hatte er Mżynek.»

«Qu'est-ce que c'est que ça?»[b]

Dies war ebenfalls nicht viel. Ein Häuschen mit

---

[a] Entschuldigen Sie, wie ist Ihr Name? ... aber er hat [dennoch] genug Talent, uns zu unterhalten.

[b] Was ist denn das?

einem Garten voller Haselnußsträucher, die ein kleines Flüßchen überschatteten, das dort auch floß. Und außerdem drei, na, nicht ganz drei Morgen Land.

Doch das ist nicht alles: Er hatte noch etwas Drittes, etwas, das ihm sogar eine gewisse Position in der Welt verliehen hätte, wenn er darauf bedacht gewesen wäre. Er nannte sich Wilk Garbowiecki.

Wer sich in der Geschichte etwas auskennt, der hat vielleicht schon mal von den Garbowieckis gehört, die auf seiten der Konföderation von Tarnogród tapfer gegen die Sachsen kämpften. Ich wußte zwar nicht, ob sie damals auch schon den Namen Wilk trugen, doch mein Freund, von dem ich oben berichtet habe, klärte mich auf. Er ist auf dem Gebiet der Heraldik sehr bewandert und behauptete, daß mein Held an die fünfzehn Senatoren in der Familie hatte und daß ihr der Beiname Wilk in der Frühzeit für irgendeine Heldentat verliehen worden sei. Das alles mag wahr sein, doch der Wilk Garbowiecki, den ich kannte, wußte nichts davon, und er hielt es keineswegs für eine besondere Ehre, Wilk Garbowiecki zu heißen. Ich schäme mich, es zuzugeben, aber mein Held wußte seine Herkunft nicht sehr zu schätzen. Manchmal jedoch geriet sein edles Blut in Wallung, aber unglücklicherweise behauptete er, das habe mit edlem Blut nichts zu tun, sondern mit verletzter persönlicher Würde. Einmal zum Beispiel hatte ein reicher Strumpffabrikant, bei dem er (ich schäme mich wiederum, es zuzugeben) Stunden gab, Wilk durch seine Wohnung geführt.

«Sehen Sie dort die Konsole?» fragte er.

«Ja, sehe ich.»

«Was denken Sie, was das ist?»

«Ich denke, das ist eine Konsole.»

«Sie denken, es sei Marmor, gewiß denken Sie, es sei Marmor. Das ist kein Marmor, das ist Alabaster. Haben Sie so was schon mal gesehen?»

Wilk legte bei der letzten Frage sein Gesicht in Falten – der Fabrikant führte ihn weiter.

«Sehen Sie diese Kassette?»

«Ja, ich sehe die Kassette.»

«Was denken Sie, woraus die Ziselierung ist?»

«Bronze.»

«Sie denken, daß das Bronze ist?» Hier schnalzte der Fabrikant, schlürfte und schmatzte in stiller Ekstase: «G-o-old! Haben Sie schon mal etwas Ähnliches gesehen?»

Wilk musterte ihn von Kopf bis Fuß. Der Fabrikant bemerkte es nicht und setzte wohlwollend hinzu: «Wer solche Dinge besitzt, der hat es geschafft.»

Und nach einer Weile hob er von neuem an: «Sehen Sie dieses Porträt?» Dabei zeigte er auf sein eigenes Porträt, das zwischen zwei Spiegeln im Salon hing.

«Ja, ich sehe es. Das ist bestimmt das Goldene Kalb?»

«Kalb? Was heißt hier Kalb? Das ist doch mein Porträt! Wo sind denn hier die Hörner? Was erzählen Sie da?»

«Daß der, der das Kalb malte, Sie gut getroffen hat; und die Hörner, die sind in Ihrer Kasse.»

In Warschau hieß es: «Ho, ho! Der Wolf hat seine altadligen Zähne gezeigt.»

Doch Wilk behauptete, daß der Ausdruck «altadlig» eine Dummheit sei, und trotz meiner Vorhaltungen, er nehme den Dingen das Kolorit, änderte er seine Meinung nicht.

«Er soll mir gestohlen bleiben mit seinem Reichtum! *Homo sum*»[3], äußerte er mit einem gewissen Stolz.

Diese irrigen Auffassungen hatte ihm das Leben eingeimpft. Er war gezwungen zu arbeiten und sich mit der Armut herumzuschlagen. Ja, wenn er über ein ordentliches Vermögen verfügt hätte, dann wäre es in seinem Kopf sicherlich klarer geworden. Dieser Meinung war auch mein Freund.

Übrigens war Wilk ein Sonderling. Ich hatte ihn einmal gefragt, warum er so schufte, da er doch schon ein paar Groschen zusammen habe, und was er weiterhin zu tun gedenke.

«Den Acker pflügen», hatte seine knappe Antwort gelautet.

Ich hatte mich sehr gewundert.

«Hör mal zu, Worszyłło», fuhr er fort, «abgesehen davon, daß mich eine persönliche Neigung aufs Land zieht, habe ich doch auch noch andere Ziele. Die Verbreitung gesunder und anständiger Prinzipien ist die Pflicht eines anständigen Menschen, auch wenn hundert Dummköpfe darüber lachen. Die Stadt ist ein geistiges Zentrum; ihr habt hier Literaten, Zeitungen, Bücher, alles, was du willst; auf dem Land werden Vorbilder gebraucht, dort liest man keine Bücher. So werde ich also aufs Land ziehen, um solch ein Vorbild zu sein, und auch, weil es mir gefällt.»

Ach, lieber Leser! Ich fühlte genau wie du, daß er etwas Dummes gesagt hatte, doch traute ich mich nicht, ihm zu widersprechen, und mein Freund, der ein Muster an gutem Benehmen ist, traute sich ebenfalls nicht, obwohl wir häufig über derartige Prinzipien spotteten. Auch jetzt machten wir uns darüber lustig, doch erst, nachdem Wilk gegangen war. Er hatte das so kühn gesagt, wobei er einem offen in die Augen sah. Übrigens, obschon jeder guterzogene Mensch eine Portion Gleichmut besitzen sollte, gibt es dennoch Grundsätze, die unerträglich, unpraktisch und unserer Ruhe nicht förderlich sind, über die man sich aber nicht laut lustig machen darf, und sei es nur, um die *Canaille* nicht allzu sehr zu reizen.

Und so siedelte sich Wilk auf dem Land an. Er hatte schon immer das, was man einen starken Willen nennt. Nachdem er sein Studium an der Universität abgeschlossen hatte, sparte er in ziemlich kurzer Zeit einige Groschen zu dem wenigen Kapital, das er schon besaß, und kaufte sich Mżynek. In Warschau hielt man ihn für verrückt, doch er fühlte sich wohl. Er wußte sich in der Landwirtschaft zurechtzufinden, da er sich vorher mit Wirtschaftstheorien und Naturwissenschaften beschäftigt hatte. Er war heiter und glücklich. Ich sah alle Briefe an seinen Freund, von denen ich gleich den ersten als ziemlich charakteristischen zitiere:

Ich habe die Natur immer geliebt (schrieb Wilk). Meine Seele hat sich ihre ganze Empfindsamkeit für die Vorgänge in Wald und Feld bewahrt. Wenn ich ein Dichter wäre, würde ich die Schönheit meines Mżynek besingen, doch auch wenn ich kein Dichter bin, so empfinde ich sie voll und ganz. Du wirst nicht glauben, wie glücklich ich bin. Ich will Dir meine *Érga kai hemérai*[4] beschreiben.

Ich arbeite wie ein Bauer. Frühmorgens gehe ich selber mit dem Pflug auf das Feld. Wie herrlich doch ein Sommermorgen ist! Die Luft ist voller Licht, es ist ganz klares Wetter. Alles ist erfrischt vom Tau; von den Wiesen steigt Dunst auf, und das Quaken der Frösche verstummt langsam. Jetzt ist das Vogelvolk an der Reihe, seinen morgendlichen Weckruf auszustoßen. Die Erde erwacht, und langsam auch das Dorf, hier und da knarrt ein Pumpenschwengel, dort brüllen die Ochsen.

Das Herz lacht mir im Leibe, Franek! Oh, da spielt ein Hirt bereits auf seiner Schalmei, da singt ein Mädchen – eine morgendliche Schwalbe – klagend «dana, oj, dana!»[5], wobei es seinen Zopf flicht. Von der Kirche ruft das Glöckchen zur Frühmette, und auch ich murmele ein Gebet, während ich hin und wieder die Ochsen anschreie. Dann wird es lebhaft: so weit das Auge reicht, tummeln sich Leute, eilen aufs Feld. Kurz gesagt: ich bin glücklich. Mittags lege ich mich in den Schatten unter die Linden und lese oder lausche dem Bienenorchester über meinem Kopf. Abends lese ich wieder, oder ich denke darüber nach, was ich den Tag über getan habe und was am morgigen Tag zu tun sein wird. Die Einsamkeit wird mir nie langweilig. Außer einer alten Wirtschafterin und einigen Knechten kenne ich niemanden in der Gegend.

Ich habe mich entschlossen, eine Zeitlang ein stummes Vorbild zu sein; erst einmal habe ich vor,

Mżynek in einen mustergültigen Zustand zu versetzen: Zuerst will ich Ordnung schaffen, den Boden urbar machen und daraus den größten Nutzen ziehen – das ist mein vorläufiges Ziel. Mir ist aufgefallen, daß gesunde und anständige Ideen von den Leuten deshalb so schlecht aufgenommen werden, weil sie als schöne Sprüche betrachtet werden, die von denjenigen, welche sie verkünden, am seltensten in die Tat umgesetzt werden. Denn wie viele, die etwas Derartiges vorschlagen und schöne Grundsätze verkünden, müßten vor Lachen platzen, wenn sie sich selbst in die Augen sähen. Die Geschichte der römischen Auguren wiederholt sich – mit einem Unterschied allerdings: daß die unseren unfähige Menschen sind. Ja, Franek, so ist es! Es gibt mehr Unfähigkeit als böse Absicht. Doch in der Praxis sind die Resultate die gleichen. Mir scheint, daß mich das Wissen um diese Tatsache stärker macht.

Übrigens denke ich auch in Zukunft nicht daran, süßsäuerliche Predigten zu halten, Taten sind mir lieber als Schönrednerei. Fürs erste lehre ich meine Knechte lesen. Du wirst kaum glauben, wie sehr sie sich anfänglich gesträubt haben. Als alles Zureden nicht half, packte ich den einen und den anderen am Kragen und drohte ihnen Prügel an; so schaffte ich es mit Gewalt. Jetzt haben sie sich von den Vorteilen überzeugt und sind mir dankbar. Bis jetzt bin ich mit allem zufrieden. Es geht, Franek, danke, es geht! Ich muß in der Gegend wohl schon ziemlich im Gerede sein; ich bin gespannt, wie es mit den Leuten wird. Gestern sah ich eine Amazone an meiner Kate vorüberreiten. Ach, es fehlt etwas in meinem Haus: eine Frau! Ich sehne mich einfach nach Liebe; danach verlangt der männliche Teil meiner Natur. Ich brauche Liebe, ich brauche Frau und Kinder.

Ich umarme Dich.

Wilk Garbowiecki

Die Briefe gerieten durch jenen Franek, an den sie adressiert waren, in meine Hände; deshalb kenne ich alle Wilk betreffenden Einzelheiten so genau. Man redete nicht nur in seiner Umgebung über ihn, sondern auch in Warschau. Unseren Damen erschien sein Verhalten originell; mein Freund verzieh ihm sogar, daß er auf einem Stückchen Acker saß und daß er arbeitete, doch... daß er hinter dem Pflug ging... *c'est affreux, c'est une honte!*[a]

Inzwischen flossen die Monate dahin, und in Mżynek verbesserte sich jeden Tag etwas. Der gutgepflügte Acker trug gleich bei der nächsten Ernte reiche Frucht. Wilk erzielte sogar bedeutende Einkünfte; die Rübenpflanzungen brachten ihm über Erwarten viel ein. Außerdem legte er eine Seidenraupenzucht an und hielt sich einen zahlreichen Viehbestand. Man bewunderte seine Energie, und bald sprach man in der ganzen Gegend von niemand anderem als nur von ihm – und das war es schließlich, was Wilk wollte.

Endlich ging er auch unter die Leute. Zunächst suchte er die Bekanntschaft der Beamten der Kreisverwaltung, mit denen er *nolens volens* in Be-

---

[a] Das ist abscheulich; eine Schande ist es.

ziehung treten mußte. Er machte fortwährend Dummheiten! Was schadete es ihm denn, daß die Beamten in den kleinen Städten außerhalb der Bürostunden nichts, rein gar nichts tun und während der Bürostunden in den Zähnen herumstochern oder die Hände in die Hosentaschen stecken? Daran ist doch nichts Unmoralisches. Hier sind einige Szenen dieser Beziehungen, wie er sie in seinen Briefen schilderte.

Wilk wandte sich einmal beim Kassierer des Kreises, der zwei hübsche Töchter hatte, an einen der Beamten: «Herr Ludwig, wollen Sie nicht mit mir ein Geschäft aufmachen?»

Herr Ludwig war Unter-Schreiber am Gericht und zugleich der größte Stutzer in der Stadt; er trug einen hohen Filzhut, auf der Nase ein Binokel und am Finger einen riesigen Ring mit einem Wappen. Den Ring hatte er beim Juwelier Golderywa erstanden, doch das Wappen annektierte er als sein Familienwappen; infolgedessen war er also ein Aristokrat. Er war verliebt, das versteht sich von selbst – wer ist in einem kleinen Städtchen nicht verliebt. Ja, und schließlich setzte er immer eine strenge und feierliche Miene auf, was ihm viel Würde und Seriosität verlieh.

«Was für ein Geschäft, sagten Sie, gnädiger Herr, sollen wir aufmachen?»

«Ein Handelsgeschäft. Ich will eine Bücherei einrichten.»

«Was? Was wollen Sie?» fragte man von allen Seiten.

«Ich werde hundert Rubel für Bücher spenden und sie im Haus von Herrn Ludwig aufstellen.

Jeder, der zwei Złoty monatlich bezahlt, hat das Recht, so viel, wie es ihm gefällt, zu lesen, gleichgültig, ob er ein Gutsbesitzer oder ein Beamter ist. Von diesem Geld gehen ein Złoty und zehn Groschen[6] an mich als Kapitalrückzahlung, fünf Groschen an Herrn Ludwig für den Raum, und fünfzehn werden für den Ankauf neuer Bücher verwendet. Einverstanden?»

«Das wird nichts! Das wird nichts!» rief der Bürgermeister, der ein großer Pessimist war, dabei aber viel Autorität in der Stadt besaß.

«Das ist meine Sache.»

«Ich sage Ihnen das aus Erfahrung.»

«Aus welcher Erfahrung?»

«Sie sind ein junger Mann.»

«Um so besser für mich.»

«Sie wollen klüger sein als alle anderen. Sie hätten sich von Älteren beraten lassen sollen.»

«Nun, hiermit teile ich es den Herren ja mit.»

«Ach was! Wir haben bis jetzt in Frieden gelebt, auch wenn es keine Bücherei gab.»

«Aha! Wenn Sie nicht helfen möchten, dann behindern Sie mich wenigstens nicht.»

Der Beamte sah einen Augenblick von seinen Karten auf, und nachdem er Wilk von Kopf bis Fuß gemustert hatte, sagte er: «Ich verstehe nicht; woher nimmt die heutige Jugend ... Ach, Pique einfach!»

«Whist!» erwiderte der Pfarrer. «Wenn von diesen Büchern mal nichts Ansteckendes ausgeht!»

«Spielen Sie aus! Mir ist meine Préférence lieber.»

«Doch, ich werde lesen», rief die Tochter des

Kassierers. «Herr Wilk, welche Bücher werden das sein? Ich mag ergreifende sehr. Oh!»

«Nun, Herr Ludwig, sind Sie einverstanden?» fragte Wilk.

Herr Ludwig scharrte mit den Füßen unter seinem Hocker, wurde rot, rückte seine Krawatte zurecht, räusperte sich und entgegnete: «Das gibt nur Scherereien... Ich habe keine Zeit.»

«Ich will den Herren mal was sagen!» rief der Geometer Antoś Dziembowski. «Das sind Warschauer Erfindungen, aber wir werden schon noch zeigen, daß auch wir unseren Ehrgeiz haben.»

«Das versteht sich!»

Wilk zeichnete sich nicht gerade durch Geduld aus; er zuckte mit den Achseln und ging zu den Damen.

Dort hatte er mehr Glück. Ja, es gelang ihm sogar, Fräulein Kamilla, die Tochter des Kassierers und die Beatrice[7] des Herrn Ludwig, zu überreden. Sie befahl Herrn Ludwig ganz einfach, die Aufgaben eines Bibliothekars zu übernehmen.

Garbowiecki war verrückt geworden, wie der Leser sehen kann, aber schließlich kam die Bücherei zustande.

«Ich weiß», schrieb er, «daß ich meine hundert Rubel verlieren werde, aber trotzdem werde ich die Sache durchsetzen.»

Er hat sie durchgesetzt – und sein Geld verloren. Niemand mochte etwas lesen; die Damen hatten auf leichte Lektüre gehofft, doch nichts gefunden. Die Verärgerung war allgemein; der Adel nahm die Nachricht von der Bücherei sehr übel auf.

Ich bekam einige recht vernünftige Argumente

eines der einheimischen Gutsbesitzer zu hören: «Gebt ihnen» (er sprach von den Beamten in den Kleinstädten) «Unterricht, gebt ihnen Bildung, und ich garantiere euch, daß sie mit uns auf gleicher Stufe stehen wollen, daß sie mit uns verkehren und von uns empfangen werden wollen, daß sie sich als unseresgleichen betrachten werden. Beim lebendigen Gott, überlegt doch, wohin das führt! Verdreht ihnen nicht die Köpfe! Wo gibt es denn eine Gesellschaft ohne höhere und niedere Klassen? Denkt daran: Zuviel Wissen verwischt die Standesunterschiede. Ich warne euch, ihr geht dem Chaos entgegen! Ich habe es euch gesagt! Ich wasche meine Hände in Unschuld! Ich habe getan, was ich konnte.»

Ich hätte diese Argumente nicht erwähnt, wenn nicht der Mann, der sie geäußert hat, eine Berühmtheit in seinem Landkreis wäre.

Er hatte recht. Wieviel unnütze Dinge hätten jene unschuldigen Köpfe aus den Büchern erfahren können. Wirklich, mir ist ein Geizhals, ein Spieler oder ein Säufer lieber als ein Mensch, dem man den Kopf verdreht hat. Unnötigerweise hat Wilk den Beamten auch beigebracht, daß es tadelnswert sei, sich von den Gutsbesitzern zum Frühstück einladen zu lassen. Zum einen ist es dem Gutsbesitzer angenehm, zu zeigen, daß er beliebt ist, und zum anderen zwingt man doch keinen dazu – es ist eben so Brauch. Wilk hat richtige Empörung verursacht.

«Meine Herren, spielen Sie nicht die Taubstummen, wenn jemand mit einem Anliegen zu Ihnen kommt», erklärte er ihnen, «die Nase ist nicht für die Tabaksdose da, sondern die Tabaksdose für die Nase.» Die letzten Worte bezogen der Pfarrer und der Richter auf sich, da beide schnupften.

Ich fragte eines Tages einen der Beamten, was man über ihn, das heißt über Wilk, denke.

«Woher soll ich das wissen, mein Herr», antwortete er. «Er ist weder ein Bauer noch ein Priester, weder ein Adliger noch ein Beamter – oh! Ich habe mir sogar schon gedacht, ob er nicht etwa ein verkappter...»

«Was?»

«Ja, da bin ich eben gerade nicht dahintergekommen.»

Mit den Bauern kam Wilk verhältnismäßig gut aus. Er erwarb die Anhänglichkeit seiner Knechte, von denen er später sechs gehabt hat.

«Ich biedere mich nicht bei meinen Leuten an», schrieb er, «jeder muß seine Pflicht erfüllen, ob er will oder nicht. Du glaubst nicht, wie mich die sentimental-rührselige Literatur ärgert, die für das Volk bestimmt ist. Ich habe etliche von diesen Büchern aus Warschau kommen lassen. In einem zum Beispiel fand ich eine äußerst gefühlvolle Erzählung, wie ein *beatus Kukufin*[8] eine Ansprache an das Volk hielt und...

‹Dieweil er herzerweichend predigte des Braven Lob,
Sich mindestens zwei Ellen von der Erde hob›.

Dadurch rührte er die ‹redlichen Bäuerlein› so sehr, daß alle, die Diebe waren, aufhörten zu stehlen, und alle, die Trinker waren, die Schankwirte davonjagten. Die Moral der Geschichte: Es sei weit besser, gut als böse zu sein, da der ‹Gutsherr› den Guten liebe, den Bösen hingegen nicht. Diese Bücher habe ich in den Ofen geworfen. Die Ratschläge, die man den Herren erteilt, sind gleich viel wert: ‹Drückt dem greisen Bauern hin und wieder die schwielige Hand›, fordert einer der Verfasser. ‹Nehmt an ihren Vergnügungen teil; das gnädige Fräulein vom Gutshof soll sich ruhig mal mit einem flotten Bauernburschen im Reigen drehen; und der junge Herr soll seine zarte Hand einer drallen Maid reichen und sie um ein Lied bitten . . .› und so weiter. Ich drehe mich nicht im Reigen mit ihnen, tue nicht schön mit den Mädchen und betrinke mich nicht mit ihnen in der Schenke. Ich ziehe es vor, von Zeit zu Zeit zu sagen: ‹Bartek! Es ist Zeit, an den Weizen zu denken! Ignac! Bring mir deinen Ochsen vorbei, ich werde ihn zur Ader lassen! Franciszkowa, holt den Flachs vom Acker, sonst fällt der Leinsamen aus› und so weiter. Bücher sollte jemand schreiben, der die Bedürfnisse derjenigen kennt, für die sie geschrieben sind; kennt er sie nicht, sollte er lieber Spatzen schießen gehen. Bisher bin ich mit meinen Leuten zufrieden, und mit den anderen komme ich auch recht gut aus.»

Allerdings ist es nicht immer gutgegangen. Mżynek, der Besitz Wilks, grenzte an Chłodnica, den Besitz der Chłodnos, einer ungemein distinguierten Familie *de la plus haute société*[a], mit der mich mein Freund bekanntgemacht hatte. Nun,

[a] aus den höchsten gesellschaftlichen Kreisen

die Bauern von Chłodnica fügten Wilk des Nachts, wie das unter Nachbarn so üblich ist, Schaden im Getreide und auf den Weiden zu. Wilk zeigte in diesen Fällen eine unnachsichtige Strenge. Nicht genug, daß er seine Leute zusammenrief und die Chłodnicaer vertrieb, wobei manch einem anscheinend ganz schön das Fell gegerbt wurde, er fing auch das fremde Vieh ein, welches auf seinem Land weidete, behielt es zurück und brachte die Angelegenheit beim Dorfrichter zur Anklage.

«Es ging mir eigentlich nicht um die Schäden an sich», schrieb er, «sondern ich wollte ihnen abgewöhnen, mich zu schädigen.» So kam es zu verschiedenen Streitigkeiten. Einer der Beschuldigten gab eine charakteristische Antwort auf die Frage, warum er sein Vieh auf dem Kornfeld des Herrn Garbowiecki weiden lasse: «Was ist das schon für ein Herr, wenn er selbst hinterm Pflug geht; so einen zu schädigen ist doch keine Sünde.»

Mein Freund hielt diese Antwort für ausgezeichnet: *«C'est magnifique! magnifique!»* sagte er mehrmals. «Das beweist doch», meinte er, «daß auch in den einfachen Menschen ein gewisses... ein gewisses... *comment cela s'appelle-t-il?*... ein gewisses Gefühl für jenen Gedanken besteht, den die Franzosen mit *noblesse oblige*[a] ausdrücken.»

Wegen dieser Angelegenheit trat Wilk in nähere Beziehungen zur Familie Chłodno, und auch danach besuchte er sie noch häufig.

«Wirklich», sagte Herr Chłodno zu mir, «als er

---

[a] Das ist großartig! großartig! – Wie sagt man? – Adel verpflichtet.

uns zum ersten Mal besuchte, haben wir ihn bei seinem Ankommen wie einen richtigen Wolf angeblickt ... *nous l'avons regardé tout-à-fait comme un vrai loup*[a].»

Im Hause der Chłodnos spielte sich der wichtigste Teil seiner Geschichte ab, und darum werde ich diese Beziehungen detailliert beschreiben. Zum Haushalt der Familie Chłodno gehörten der Hausherr selbst, seine Gattin und zwei Töchter, Fräulein Lucy und die noch kleine, vielleicht dreizehnjährige Bogunia. Selbstverständlich gab es in einem so wohlhabenden Hause auch eine Lehrerin, eine Französin (eine Polin wurde dort nicht angestellt). Die Lehrerin nannte sich *Mademoiselle* Gilbert, was für uns übrigens ohne Bedeutung ist.

Als Wilk den Salon der Familie Chłodno betrat, richtete *Madame* Chłodno dreimal ihr Binokel auf ihn. Sie wollte wissen, was er für ein Mensch war. Zum Glück war man über seine Herkunft informiert. Wilk hatte auch das Aussehen eines Edelmannes und sehr gute Manieren, weshalb er sogleich gefiel. Fräulein Lucy musterte ihn neugierig; die kleine Bogunia, ein scheues und melancholisches Mädchen, starrte ihn mit großen, feuchten Augen an.

Herr Chłodno stellte ihn folgendermaßen vor: «*Ma chère*[b], das ist Herr Wilk Garbowiecki, auf den du sicherlich schon gespannt warst.» Dann drehte er sich auf dem Absatz um und verließ das Zimmer.

---

[a] Wir haben ihn ganz und gar wie einen richtigen Wolf angesehen.

[b] Meine Liebe

Die Dame, die Wilk schon bei seinem Eintritt in näheren Augenschein genommen hatte, würdigte ihn jetzt keines Blickes und erwiderte: «Wie ich hörte, ist *Er* unser Nachbar?»

«Ja, ich betreibe in Mżynek Landwirtschaft.»

«Warum hatten wir bisher nicht das Glück, *Ihn* bei uns zu sehen?»

«Ich hatte zu Hause wichtigere Dinge zu tun.»

Diese ebenso unhöfliche wie dreiste Antwort zeitigte jedoch eine völlig unerwartete Wirkung. Die Dame sah von ihrer Handarbeit auf und musterte Wilk von Kopf bis Fuß. Seine Antwort gefiel ihr. In der Tat mußte er, wenn er so antwortete, entweder ein impertinenter, frecher Mensch sein, oder aber er mußte ein Recht haben, sich über den allzu kühlen Empfang beleidigt zu fühlen.

Die Dame entsann sich, daß ihr Gesprächspartner Wilk Garbowiecki hieß, und infolgedessen sagte sie nun unvergleichlich sanfter: «Ja, eigentlich sind wir ja auch erst unlängst aus Warschau gekommen.»

«Sie haben sich jetzt im Sommer in der Stadt aufgehalten?»

«Oh, *oui!* wegen der Erziehung meiner Töchter.»

Hier trat Fräulein Lucy einen Schritt vor, und die kleine Bogunia trat einen Schritt zurück.

«Sie kennen Warschau?» fragte Frau Chłodno.

«Ich weile erst seit drei Jahren auf dem Lande.»

«Wissen Sie, wir haben dort Verwandte, zum Beispiel unseren Cousin, den Grafen W. Kennen Sie ihn vielleicht?»

«Ja, ich kenne ihn.»

«Wie, Sie kennen ihn?»

«Ich verkehrte auf seinen Dienstagsempfängen.»

«Beim Grafen W.? Er ist einer unserer reichsten Magnaten.»

«So sagt man.»

«Und Sie verkehrten auf seinen Dienstagsempfängen?»

«Zusammen mit anderen.»

«Ah, *c'est très bien, c'est très bien*[a], daß Sie seine Abende besucht haben. Was macht seine Migräne?»

«Ich weiß es nicht.»

«Er schreibt uns sehr oft. Er klagte über Migräne, doch im letzten Brief teilte er mit, daß es ihm bereits besser gehe.»

«Das freut mich sehr.»

In diesem Moment kam Herr Chłodno herein.

«Imaginez!» rief die Dame des Hauses. *«Monsieur* Wilk Garbowiecki *connaît notre cousin, le comte W.*[b] Ja, er hat sogar seine Dienstage besucht.»

Herr Chłodno lächelte nachsichtig. «Brav, ein braver Mann, unser Cousin, der Graf W.! Haben Sie nicht bemerkt, wie sehr er einem Lord ähnelt?»

«Nein, das habe ich nicht bemerkt.»

«Ausgezeichnet! Ausgezeichnet! Ich sagte einmal im Klub zu ihm: ‹Graf, du siehst aus wie Palmerston[9].› – ‹*You are blockhead,* mein Lieber. Du bist ein Dummkopf›, erwiderte er. Wie vortrefflich er dieses *you are blockhead* aussprach!»

---

[a] Das ist sehr gut, sehr gut.

[b] Stellen Sie sich vor, Monsieur kennt unseren Cousin, den Grafen W.

Wilk lächelte.

«Verstehen Sie Englisch?» forschte Frau Chłodno eifrig.

«Ja, ich kann diese Sprache.»

«Und sprechen Sie es auch?»

«Ja.»

«Ach, diese Sprache ist heutzutage unentbehrlich», warf Fräulein Lucy ein.

«Wieso heutzutage?»

«Es ist höchst modern. In allen besseren Häusern lernen die jungen Damen Englisch.»

«Zu welchem Zweck?»

«Es ist so Mode.»

«Wäre es nicht besser, Deutsch zu lernen?»

«Wenn es modern wäre ...»

«*Fi donc!*[a] Herr Wilk! Welcher guterzogene Mensch spricht schon Deutsch. Die gebildeteren Deutschen selbst gebrauchen diese Sprache nicht.»

«Aber die deutsche Literatur?»

«Les romans allemands sont insupportables!»[b]

«Vielleicht! Aber die Wissenschaft, die Lyrik?»

«Solch ernste Dinge sind doch nichts für uns Frauen, und die Lyrik ...»

«Verwirrt nur die Köpfe», unterbrach Herr Chłodno. «Ich sage Ihnen, sie verwirrt nur die Köpfe. Ich selbst hatte in meiner Jugend so verdrehte Sachen im Kopf. Marschall Onowrocki hat einmal zu mir gesagt ...»

In diesem Augenblick trat *Mademoiselle* Gilbert ein. Sie war ein junges Fräulein mit einem ern-

---

[a] Pfui doch!

[b] Die deutschen Romane sind unerträglich.

sten und sympathischen Gesicht. Ihr Eintritt wäre eigentlich bedeutungslos, wenn nicht von diesem Moment an eine Unterhaltung in Französisch entbrannt wäre, bei der Wilk in den Augen der Damen noch mehr gewann.

«Das ist erstaunlich!» sagte Frau Chłodno, nachdem er fortgegangen war. «Dieser Mensch hat eine vortreffliche Aussprache!»

«Ich sage dir, Mama, sogar das R spricht er im Hals. Wirklich, Mama, ich schwöre dir, er spricht das R im Hals.»

«Lucy hat recht. *Parole d'honneur*[a], er spricht das R richtig im Hals ... ehr ... ehr ... Ja, ja!»

Wilk gefiel der Familie Chłodno überhaupt, und wenn auch Fräulein Lucy empfohlen wurde, ihm «mit aller Zurückhaltung» zu begegnen, so empfing man ihn auch weiterhin und war recht freundlich zu ihm. Frau Chłodno verfolgte damit eine besondere Absicht: ihr ging es um die englische Sprache, die Wilk wirklich gut beherrschte; sie hätte es gern gesehen, wenn ihre Töchter ebenso gut sprechen könnten. Infolgedessen schlug man ihm vor, den jungen Damen Englisch beizubringen, wozu er sich auch nach einigem Zögern bereit erklärte.

«Ich gebe bei den Chłodnos Unterricht», schrieb er seinem Freund. «Ich habe ihrer Bitte entsprochen, um auf die junge Generation Einfluß zu nehmen. Diese Leute ärgern mich, und gleichzeitig muß ich über sie lachen. Ihre Dummheit ist wie die Barmherzigkeit Gottes grenzenlos. Und trotzdem

[a] Ehrenwort

zieht mich etwas zu ihnen hin. Du wirst mich schelten, mein wackerer Knabe, wenn ich Dir bekenne, daß jenes Etwas Fräulein Lucy ist. Ich weiß, ich weiß, ich sehe Deine Ermahnungen schon voraus. Du hast recht. Aber der Einfluß eines männlichen Herzens auf eine Frau kann manchmal sehr mächtig sein. Sie ist durch ihre Erziehung verdorben, und noch liebe ich sie übrigens nicht; wenn sie mich anzieht, dann, weil sie sehr kokett ist und weil ich selbst den unbezwingbaren Drang verspüre, endlich jemanden zu lieben. Ich gebe zu, daß mich vor ein paar Tagen, als sie sich über das Buch beugte und mit ihren Locken meine Schläfe berührte, von Kopf bis Fuß ein Feuer durchzuckte. Vergiß nicht, daß ich siebenundzwanzig Jahre alt bin. Allgemeine Menschenliebe reicht einem eben nicht. Und wenn's auch schlimm kommen sollte, ich werde schon kein Tölpel sein.»

Wie wir sehen, schwamm Wilk auf einem Meer voller Versuchungen. Er sollte also jener Macht begegnen, vor der auch der tapferste männliche Widerstand versagt. Diese Macht wird vor allem denjenigen gefährlich, die ihre Gefühle nicht in kleiner Münze austeilen.

Es muß aber auch zugegeben werden, daß Wilk auf eine sehr starke Versuchung stieß. Lucy galt zwar nicht als Schönheit, hatte aber etwas Engelhaftes an sich; sie besaß dunkle, ausdrucksvolle Augen, herrliche Locken und eine gewisse Anmut, die man wohl am treffendsten als weiblichen Reiz bezeichnet. Im letzten Winter hatte sie in Warschau Furore gemacht.

Das war also eine gefährliche Bekanntschaft.

Eines Tages traf Wilk Gäste an, als er zu den Chłodnos kam. Es waren die Brüder Hoszyński, denen man im allgemeinen vorwirft, sie täten ganz aufgeblasen wegen ihrer Herkunft und ihres Vermögens, obwohl ihr Vater – wie böse Zungen behaupten – Ochsenhändler gewesen sei. Aber das ist schon lange her.

Wilk beschrieb diesen Besuch so: «Ich lernte heute die beiden Hoszyńskis kennen – Władysław und Jan. Władysław müßtest Du kennen – wir sind zusammen zur Schule gegangen. Er hat mich nicht wiedererkannt. Mir scheint, daß er ein Auge auf Lucy geworfen hat. Beide sind kalt, elegant, modern und dabei ziemlich beschränkt.»

Wilk war voreingenommen – wohl deshalb, weil Władzio wirklich eine Zeitlang an Fräulein Lucy interessiert war –, denn die beiden waren, nebenbei bemerkt, kultivierte Leute.

An diesem Abend sollte Wilk noch eine Bekanntschaft machen. Kurz nach den Hoszyńskis fuhr Herr Strączek vor, ihr ständiger Begleiter oder, wie mein Freund sagte, ihr *Attaché*. Die Hoszyńskis neckten ihn fortwährend, denn er log wie gedruckt und amüsierte sie köstlich, wofür er häufig an ihrem Tisch Platz nehmen durfte. Er war ein Mann von etwa fünfzig Jahren, klein, rundlich, mit rotem Gesicht und mit einem weißlichen, getrübten Auge. Er aß gerne gut, hatte sein Vermögen verloren, spielte Karten und ließ sich angeblich sogar kleine Unterschlagungen und Betrügereien beim Spiel zuschulden kommen, besonders dann, wenn er betrunken war, was sehr häufig vorkam. Man warf ihm Impertinenz vor, doch er wurde überall empfangen, weil er aus gutem Hause war und es – wie gesagt – verstand, die Leute zu amüsieren.

«Ho!» rief er. «Wenn vom Wolf die Rede ist, dann ist er auch schon da. Die ganze Gegend redet von Ihnen. In meiner Jugend habe ich die Garbowieckis gekannt, bei Gott, ich habe sie gekannt – vermögende Leute. Wie hieß Ihre Mutter? Bei der Familie Garbowiecki, die ich kannte, war sie eine geborene Jazłowiecka.»

«Das war meine Mutter.»

«Da seht mal! Das hätte ich nie vermutet. Die Jazłowieckis waren mit den Radziwiłłs verwandt.»

Władzio Hoszyński, dessen Spezialität es war, zu wissen, wer mit wem verwandt ist, meldete sich erregt zu Wort: «Aber du irrst dich, lieber Strączek.»

«Aber erlaube mal...»

«Ich sage dir noch mal, du irrst dich.»

«Na, vielleicht. Stimmt es, Herr Wilk, daß Sie Ihre Bauern lehren, Latein zu schwatzen – Latein? Ha, ha!»

Wilk hatte schon eine spitze Bemerkung auf der Zunge, doch zum Glück kam ihm Frau Chłodno schnell zu Hilfe.

«Herr Garbowiecki lehrt Englisch, doch nicht die Bauern, sondern meine Töchter. Das ist etwas ganz anderes – vergessen Sie das nicht, Herr Strączek.»

«*Pardon!* Es ist nicht meine Schuld. Die Frau Oberst von Przestanek sagte mir, es handle sich um Latein. Doch wissen Sie, meine Herrschaften, was ihr passiert ist?»

«Strączek! Ich rate dir, sei vorsichtig», warf der zweite Hoszyński ein.

«Es ist nichts Schlimmes, nichts Schlimmes! So was kann jedem passieren, aber ich schweige schon. Sie sind melancholisch, Herr Wilk, warum sagen Sie denn nichts?»

«Neben Ihrer Eloquenz ist für mich kein Platz.»

Sie sahen sich dabei in die Augen, und Strączek senkte als erster den Blick.

Das Gespräch stockte eine Weile. Frau Chłodno nahm es wieder auf: «Die Herren sind erst vor kurzem aus der Stadt gekommen? Was gibt es Neues in unserem Warschau?»

Die Hoszyńskis begannen durcheinander redend die Warschauer Neuigkeiten zu erzählen. Frau Chłodno fragte sie nach der Mode aus, wobei auch Fräulein Lucy voller Interesse lauschte. Die beiden Damen erfuhren, daß die Godet-Röcke in Warschau bereits aus der Mode seien, daß Frau N. bei den L.s die öffentliche Aufmerksamkeit auf sich gezogen, da sie beim Abendessen *beaucoup de pain*[a] verspeist habe, was gesittete Menschen, wie man weiß, niemals tun. Außerdem erzählte man, daß *ce charmant mauvais sujet, le prince Michel*[b], betrunken zu einem Empfang gekommen sei, was man bei einem anderen nicht hätte durchgehen lassen, ihm aber nachsah.

«Endlich hat er mich ...», erzählte Władzio.

«Nein, nicht dich, mich hat er untergehakt.»

Zum Glück war Wilk noch aus seiner War-

---

[a] viel Brot

[b] dieser bezaubernde liederliche Kerl, der Prinz Michel

schauer Zeit an solche Gespräche gewöhnt, denn sonst hätte er bei seinem Charakter wohl irgendeine Dummheit begangen.

Doch er war es gewöhnt, denn *chez nous*[a], in den Salons, wurde über nichts anderes geredet. Man muß es den Hoszyńskis lassen, daß sie eine Konversation solcher Art mit Anmut und Leichtigkeit zu führen wußten.

Beide taten so, als würden sie Wilk nicht sehen – das heißt, sie ignorierten ihn; eine schreckliche Waffe, die im besonderen Menschen aus höheren Schichten eigen ist: auf einen Menschen wie auf einen Gegenstand zu blicken. Glaubt mir, liebe Leser, wer diese Kunst bis zur höchsten Vollendung beherrscht, der ist unbesiegbar. Der größte Dummkopf *parmi nous*[b] kann selbst den Klügsten aus dem anderen Lager damit in verzweifelte Wut versetzen. Die Hoszyńskis verstanden die Überlegenheit zu nutzen, die ihnen ihre Stellung gegenüber Wilk verlieh. Wenn Wilk irgend etwas von sich gab, dann blickten ihn die beiden an, wie man den Rockknopf seines Nachbarn betrachtet, und ohne zu antworten, wandten sie sich etwas anderem zu. Zwischen ihnen und Wilk entstand sogleich eine gewisse gegenseitige Abneigung, und obgleich auch er begann, sie wie unmündige Kinder zu behandeln, blieb das Übergewicht doch auf ihrer Seite. Wilk hätte seine Herkunft ins Feld führen können, doch er tat es nicht, da seine Grundsätze es ihm nicht erlaubten.

---

[a] bei uns

[b] unter uns

Überdies bewies er weniger Geduld als sie. Die Hoszyńskis besaßen die Fähigkeit, fast immer ruhiges Blut zu bewahren. In Warschau nannte man sie darum «die Diplomaten». Groß, blaß, stets sorgfältig gekleidet, sahen sie wirklich aus wie zwei Sekretäre einer ausländischen Vertretung, wenn nicht sogar wie Botschafter. Władysław wußte sich *besser* zu benehmen als Jan. «Władzio hat seinen Stil», hieß es in der Familie.

Besonders groß war die gegenseitige Abneigung zwischen Władzio und Wilk. Der Grund dafür war übrigens sehr einfach: sie hatten beide das Geheimnis des anderen erraten.

«Dieser Trottel bemüht sich offensichtlich um Lucy», dachte Wilk.

«Mich wundert, daß sie diesem Kolonisten[10] überhaupt gestatten, mit Lucy zu reden», dachte Władzio.

«Und sie sucht ihm sichtlich zu gefallen», nahm Wilk wahr.

«Und sie, sie lächelt ihn an», flüsterte Władzio vor sich hin.

Beide hatten sie recht, denn sie lächelte sowohl den einen wie auch den anderen an, so wie es sich für eine wohlerzogene Tochter gehört. Daß sich Władzio um sie bemühte, wußte sie nur zu gut, und daß Wilk etwas für sie empfand, das ahnte sie ebensogut. Sie war sich nur nicht darüber im klaren, was jenes Etwas war.

Nach dem Tee, als die Herren unter sich blieben, um eine Zigarre zu rauchen, erörterte Wilk unnötigerweise, aber seinem Vorsatz getreu, irgendwelche wirtschaftlichen und administrativen Projekte.

Es ging um den Bau einer Straße zur Bahnstation. Wilk bot für den Anfang eine Schenkung an, denn einiges Geld hatte er schon zusammen. Er redete auch viel über seine Bücherei und die Bücher, aus denen sie bestand.

«Ich bleibe der festen Überzeugung», sagte er, «daß Büchereien bei einer Spur guten Willens in der Provinz die Unwissenheit, das Kartenspielen und Herumtratschen verdrängen könnten – und überdies könnten sie auf landwirtschaftlichem Gebiet viel Wissenswertes vermitteln. Es sind Bücher, die jeder versteht, und darum bitte ich die Herren um ihre Mitwirkung an der begonnenen Arbeit.»

Strączek tat so, als ob er weine.

«O Apostel, Apostel!» rief er. «Ohne dich wäre unsere Gegend eine Einöde. Was machen denn die Seidenraupen, sitzen sie auf ihren Eiern?»

Wilk antwortete nicht darauf.

«Was meinen Sie, Herr Chłodno?» fragte er statt dessen. «Sie sind der Älteste von uns.»

Auf Herrn Chłodnos Gesicht zeigte sich eine Spur von Verlegenheit; am liebsten hätte er Wilk zum Teufel gejagt, doch er fürchtete seine Frau, der am Englischunterricht gelegen war.

«Als ich jung war, hatte ich ähnliche Projekte im Kopf. Ich erinnere mich gut. Graf W. *m'a dit une fois*...[a]»

«Ach, es geht hier doch nicht um den Grafen W.», unterbrach ihn Wilk ungeduldig.

«Es geht doch um ihn, *il me semble*[b], denn die

[a] (Graf W.) hat mir einmal gesagt...
[b] scheint es mir

Initiative für solche Projekte sollte von einer ernstzunehmenden Persönlichkeit ausgehen, von jemandem, dem man vertrauen kann», sagte Władzio, wobei er an die Decke blickte. «*Mais un homme qui a un nom et de la fortune*[a] würde sich nicht mit derartigen Projekten abgeben. Für den Bau einer Straße zum Beispiel ist Kapital notwendig. Bleibt die Frage, wem man es anvertraut. Übrigens, *ce sont des rêves*[b]. Jeder von uns größeren Gutsbesitzern hat genug eigene Sorgen.»

«Und wie viele, wie viele», seufzte Strączek.

«Weißt du was, Strączek, wahrscheinlich wirst auch du dich schließlich mit Verbesserungen beschäftigen. Bloß, auf welchem Gebiet?»

Jan Hoszyński lächelte.

«Strączek! Verarbeite doch alte Zaunlatten zu Koteletts. Wilk, was meine Sie, *n'est-ce pas possible?*[c]»

«Genauso wie die Verwandlung von Eseln in Menschen», erwiderte der Gefragte ernst.

Hoszyński wurde trotz seines ruhigen Blutes rot vor Wut.

Zum Glück für Wilk fuhr Strączek dazwischen: «Apostel, willst du denn auch eine solche Fabrik aufmachen?»

«Ich habe nicht genug Kapital dafür, denn das müßte ein Riesenbetrieb werden. – Ich verabschiede mich. Auf Wiedersehen, Herr Chłodno!»

«Wie kommt denn dieser Störenfried in Ihr

---

[a] Doch ein Mensch, der einen Namen und Vermögen hat...

[b] Das sind Träume.

[c] Ist das nicht möglich?

Haus?» fragte Władzio Herrn Chłodno nach Wilks Weggang. «Ich würde meinem Lakaien befehlen, ihn vor die Tür zu setzen.»

«Ich auch, *mais que voulez-vous*[a], meine Frau empfängt ihn. Aber wo denken Sie hin!» gab Herr Chłodno zur Antwort. «Dieser Mensch würde es fertigbringen, in der Zeitung darüber zu berichten.»

«Ich werde ihm mal einen Streich spielen», versicherte Strączek.

«Ja, er hätte es verdient. Er ist ohne die geringste Erziehung», fügte Jaś hinzu.

«Aber wo denken Sie hin!» entgegnete Herr Chłodno. «Der Mensch hat gute Manieren, man darf ihn bloß nicht reizen. Stellen Sie sich vor, in Warschau verkehrt er in den besten Familien.»

«Was, was?» rief man im Chor.

«*Je vous assure*[b]. Als ich das letzte Mal in Warschau war, fragte ich den Grafen W., ob Wilk tatsächlich auf seinen Dienstagsempfängen war. ‹Ja, er verkehrte bei mir›, sagte er, ‹das ist ein kluger Kopf. Was wollen Sie?› fragte er. ‹Ein kluger Kopf.›»

«Ist es denn wahr, daß seine Mutter eine geborene Jazłowiecka war?» fragte Władzio.

«In jeder Familie kann man solch ein schwarzes Schaf finden», seufzte Jaś. «Übrigens», fuhr er fort, «die Garbowieckis haben ihr Vermögen verloren ... und ohne Vermögen nützt einem auch blaues Blut nichts.»

---

[a] Aber, was soll man machen ...

[b] Ich versichere es Ihnen.

«Ein Beweis dafür ist Strączek», bemerkte Władzio spöttelnd.

«Na, na!»

«Gib zu, mein Lieber, *que tu es un coquin*[a].»

«Das lasse ich nur unserer Freundschaft wegen durchgehen.»

Wilk jedoch erhielt eine Entschädigung für die Widrigkeiten dieses Abends. Als er in den Salon trat, um sich von den Damen zu verabschieden, traf er Fräulein Lucy dort nicht an. Dafür stieß er im Vorzimmer auf sie – wer weiß, ob sie dort nicht mit Absicht auf ihn gewartet hatte.

Beim Abschied reichte sie ihm die Hand: «Sie haben sich mit den Hoszyńskis gelangweilt?»

«Ja.»

Fräulein Lucys Finger zitterten leicht in Wilks Hand, und ihr Blick wurde irgendwie wärmer.

«Sie sind ein ganz anderer Mensch», flüsterte sie noch leiser hinzu. Das waren schlichte Worte, und doch war Wilk so froh darüber, daß er am liebsten vor ihr auf die Knie gefallen wäre.

Der Brief, den Wilk bald danach schrieb, lautete folgendermaßen: «Es fällt mir schwer, mich noch länger selbst zu belügen. Ich liebe dieses Kind mit der ganzen Kraft meines noch unverbrauchten Gefühls. Wenn sie meine Hütte mit mir teilen wollte, so wäre mir alles andere gleichgültig – es hängt nur von ihr ab. Mit welcher Freude würde ich sie der verderbten Atmosphäre des Chłodno-Hauses entreißen. Das Kind ist noch ganz rein. Sie besitzt ein ehrliches Herz, eine Seele wie ein Erzengel, und

---

[a] daß du ein Strolch bist

zugleich hat sie einen klaren Verstand. Sie selbst fühlt die Leere, die sie umgibt; sie selbst würde mit Freuden dort ausbrechen und sich in das Leben stürzen, in Arbeit und Pflichten. Ach, ich erschauere bei dem Gedanken, daß vielleicht einmal die Stunde kommt, in der ich sie hier haben werde, in meiner Hütte, an meinem Herzen, sie, mein geliebtes Vögelchen. Meine Seele durchströmt eine doppelte Energie, die Bitterkeit ist verschwunden, um mich herum ist es hell geworden; noch nie zuvor habe ich so gearbeitet. Es ist Frühling, Frühling auf meinem Hof! Es weht ein lauer Wind – vom Morgengrauen bis zum Abendrot bin ich auf dem Feld und verspüre keinerlei Müdigkeit. Oh, Franek, allein das Gefühl der Liebe macht mich glücklich.»

Ja, es waren wirklich die lichteren Stunden seines Daseins gewesen, denn ansonsten hatte er im Leben wenig Glück gehabt. Es ist wohl wahr, daß er selbst daran schuld war. So machte er zum Beispiel mit der Bücherei Verluste, kaufte aber trotzdem ständig neue Bücher hinzu. Er schrieb sogar selbst eine kleine Abhandlung über die Bienenzucht, die von Kennern sehr gelobt wird. In Mżynek hatte er eine Imkerei mit über hundert Bienenstöcken anlegen lassen, und dem Beispiel Mżyneks folgend, begannen auch andere benachbarte Dörfer, in Bienen zu investieren. Manch einer kam – mal ein Bauer, mal ein Adliger –, um die Musterwirtschaft in Mżynek zu besichtigen. Wilk setzte ihnen seine Theorien auseinander, erklärte ihnen alles und versuchte, sie zur Nachahmung zu überreden. Die einen stimmten ihm zu, die anderen nicht, doch ein lebendiges Beispiel vermag viel. In der Nachbarschaft begann man, sich an ihn zu gewöhnen, und er wurde in vielen Adelshäusern empfangen. Wilk kam mit den kleineren Gutsbesitzern, die nur ein Dorf besaßen, sogar besser aus als mit den «halbherrschaftlichen», wie er die Chłodnos und ihre Clique nannte.

«Wenn es die Borniertheit nicht gäbe, die in dieser Klasse blüht», schrieb er, «dann könnte man hier viel mehr machen. Zu allem Unglück sind sie ahnungslose Dummköpfe, doch ich ziehe sie den ‹Halbherrschaftlichen› vor. Sie sind weniger von ausländischen Einflüssen geprägt und gesünder.»

In seinen nächsten Briefen spricht er allerdings schon schlechter von ihnen.

«Sie fliehen», hieß es, «vor jedem Gedanken, sei es ihr eigener oder ein fremder, wie vor einem Gespenst, weil er ihren behaglichen Seelenfrieden stören könnte. Man hat sich über mich aufgeregt, weil ich einige ‹unreligiöse› Bücher angeschafft habe. Du lieber Himmel! Es sind wissenschaftliche Werke, die mit Unreligiosität nicht das geringste zu tun haben. Wenn wenigstens diejenigen, die so reden und mich des ‹Freimaurertums› bezichtigen, ihre eigenen festen Grundsätze hätten. Ich versichere Dir, daß sie sich nur aus Faulheit oder aus Angst vor ihren Frauen an ihre Prinzipien halten.

Ein Beweis dafür ist ihr Verhalten während der Gottesdienste, an denen sie übrigens regelmäßig teilnehmen. In der Kirche hier befindet sich neben dem Hochaltar eine Kapelle, die Damen sitzen direkt vor dem Altar, und die Herren sitzen in der Kapelle, damit sie sich nicht unter die Bauern zu mischen brauchen. Was sich dort während der Messe abspielt, wirst Du kaum glauben. Laute Unterhaltungen schwirren durch die Luft, manchmal bricht einer in ein Gelächter aus, das durch die ganze Kirche hallt, sie erzählen sich Anekdoten ganz besonderer Art. Alle nasenlang kann man hören: ‹Da soll mich doch der Schlag treffen!› oder ‹Ein Heide bin ich, kein Katholik!› Am vergangenen Sonntag wiederholte einer ständig: ‹Quatsch, mein Herr!› Ein andermal hat einer der begeisterten Jäger sogar in der Kapelle gejagt, und dabei beteuerte er, daß er tot umfalle, wenn er nicht die Wahrheit sage. Dazu ahmte er Schüsse und Hundegebell nach. Na, Franek? Das ist erbaulich! Und doch sagen diese Leute, ich sei ein Freimaurer, und bei jeder Gelegenheit wiederholen sie, daß ein Mensch ohne Religion weniger wert sei als ein Hund.»

Wie wir sehen, hatte sogar die Liebe zu Lucy Wilk nicht gelehrt, die Menschen mit heiteren Blicken zu betrachten. Mittlerweile hatte diese Liebe schnell zugenommen und völlig von ihm Besitz ergriffen. Nachdem er sich einmal über die Formen hinweggesetzt hatte, die im allgemeinen von Leuten mit guten Manieren eingehalten werden, folgte er nun in allem der Stimme seiner unbändigen Natur. Die Beziehungen zwischen den beiden jungen Leuten gestalteten sich immer bedenklicher.

Frau Chłodno, die auf Lucys Vernunft und ihre gute Erziehung vertraute, nahm am Unterricht nicht teil. Indessen kamen sich die beiden jungen Leute näher, und es entstand eine starke Vertrautheit zwischen ihnen, aus welcher Freundschaft erwuchs, und schließlich war ihr Wilk – seinerseits – von Herzen zugetan.

Übrigens war Wilk bei anderen Anlässen recht stark, wie man zugeben muß, doch in bezug auf Lucy war er weitaus schwächer. Wenn sie unter vier Augen waren, was sehr häufig vorkam, da die kränkliche Bogunia nicht immer dabeisein konnte, wurde Wilk weich wie Wachs. Außerdem stachelte Lucy seine Eigenliebe an.

«Dites-moi» [a], sagte sie in einem Anfall von Exaltation, *«dites-moi,* woher nehmen Sie nur so viel Kraft zum Kampf gegen alles und jeden?»

Wilk blickte sie an: ihre Stimme bebte, ihre jungfräuliche Brust hob und senkte sich rasch, und in ihren Augen leuchtete ein unbestimmter Wunsch, ein undeutliches Verlangen und eine fieberhafte Unruhe.

«Ja, woher so viel Kraft?» wiederholte sie noch einmal.

«Aus meinem Pflichtgefühl heraus.»

«Ach, ich bewundere diese Kraft in Ihnen – ich beneide Sie darum. Sie müssen die Menschen doch verachten.»

«Nein, ich habe sie noch nie verachtet.»

«Doch, doch, Sie müssen sie verachten; Sie hassen sie, *mais»* (bei diesen Worten beugte sich Fräulein Lucy vor und legte ihre Hand auf jene Wilks) *«mais vous n'êtes mon ennemi? vous ne me méprisez pas?»* [b]

Wilk wurde es schwarz vor den Augen; er neigte

---

[a] Sagen Sie mir...

[b] Aber Sie sind doch nicht mein Feind? Sie verachten mich doch nicht?

den Kopf und wußte selbst nicht, wann sich seine Lippen auf ihre kleine Hand gepreßt hatten, die auf der seinen lag.

Im Zimmer nebenan waren die Schritte von Frau Chłodno zu hören.

«I love, thou lovest, he loves ...», fing Lucy schnell zu konjugieren an.

«Lucy, die Herren Hoszyński sind vorgefahren», teilte die Mama mit.

«We love, you love, they love ...»

«Mon Dieu! comme elle fait d'énormes progrès»[a], freute sich Frau Chłodno.

Wilk hatte indessen seine Erschütterung überwunden.

Man mußte nun in den Salon gehen.

Im Salon saßen die Hoszyńskis. Als Strączek Wilks ansichtig wurde, rief er: «He, Apostel und Prophet! Hast du deine Blitze schon bereit? Sie nehmen dir dein Brot weg – bereite deine Blitze vor!»

Wilk schwieg verächtlich. Er war heute viel zu glücklich, um auf die unverschämten Scherze Strączeks zu reagieren.

«Ach!» rief dieser und versuchte, seinen Zorn mit einem Scherz zu überspielen, was ihm aber nur schlecht gelang. «Von der Höhe, auf der du stehst, kannst du dich nicht herablassen, einem so armseligen Wurm wie mir zu antworten. Nun gut, so nimm zur Kenntnis, daß du deine Bücher wieder nach Warschau zurückschicken kannst.»

«Herr Strączek, wenn wir Männer unter uns

---

[a] Mein Gott! Welch gewaltige Fortschritte sie macht.

wären, würde ich Ihnen noch ganz anders antworten.»

«Ja, wirklich, Herr Strączek, auch Scherze sollten eine gewisse Grenze haben», bemerkte Frau Chłodno. Strączek schluckte die Zurechtweisung glatt hinunter und begann sich zu erklären.

«*Pardonnez-moi, Madame!*[a] Ich sage ja nur, daß Herr Wilk seine Bücher nach Warschau zurückschicken kann, es sei denn, er wolle in N. eine Buchhandlung eröffnen.»

«Wieso?»

«Das mag Władzio den Damen erklären.»

Władzio lächelte kalt und begann zu erzählen: «Jeder von uns Gutsbesitzern begreift die Notwendigkeit des Lesens. Es geht nur darum, daß sich uns niemand mit Gewalt als Lehrmeister aufdrängen darf. Wir Gutsbesitzer können ohne die Fürsorge uns unbekannter Personen auskommen. Darum habe ich, von diesem Gedanken geleitet, ein Unternehmen geplant, dem die Mehrheit der Gutsbesitzer bereits zugestimmt hat, und» (hier wandte sich Władzio an Frau Chłodno) *«Monsieur votre mari aussi*[b].»

Fräulein Lucy verzog bei diesen Worten leicht den Mund. Hoszyński hatte ihre Grimasse sofort mit scharfem Blick bemerkt; er lächelte und sprach weiter: «Wir werden jeden Monat in Warschau für etliche Rubel Bücher kaufen, die der Reihe nach den Familien geschickt werden, die an diesem Projekt beteiligt sind. Später werden sie aufgeteilt

---

[a] Verzeihen Sie mir, Madame!

[b] Ihr Herr Gemahl ebenfalls

und wandern in den Besitz der jeweiligen Familien.»

Hierbei blickte Władzio drohend wie Jupiter vom Olymp auf Wilk herab.

In der Tat war er ungemein geschickt zu Werke gegangen, denn wenn Wilk nicht zeigen wollte, daß er sich nur von Eigenliebe hatte leiten lassen, blieb ihm nichts anderes übrig, als dem neuen Projekt Beifall zu zollen.

Er mußte dies als sehr schmerzhaften Schlag empfinden, so wenigstens schien es den Hoszyńskis. Strączek jedenfalls war beglückt. Frau Chłodno setzte eine süßsäuerliche Miene auf, und Fräulein Lucy sagte zum Abschied zu Wilk: «Das muß bitter für Sie sein, sehr bitter.»

«Nein, denn wenn meine Bücherei nicht wäre, gäbe es dann die Bücherei der Hoszyńskis?»

«Das ist auch wahr.»

«Wenn nur die Auswahl der Bücher gut und nützlich wird.»

Doch Wilk betrog sich selbst, denn es war, wie ich schon sagte, ein sehr schmerzhafter Schlag für ihn, spielen doch in alle Fragen, und seien sie noch so allgemein, persönliche Belange mit hinein. Niemand kann sich so weit vergessen, daß seine Handlungen nicht immer auch von einer Spur Eigenliebe geprägt sind. Wenn ein anderer als Hoszyński an der Spitze des Unternehmens gestanden hätte, dann hätte Wilk das weniger getroffen, doch zwischen ihm und Hoszyński schwelte ein verborgener Haß. Wilk sah in dessen Tun nur den Wunsch, ihn zu ärgern. Im übrigen hätte jeder guterzogene Mensch die Auswahl der Bücher Hoszyńskis gelobt, doch Wilk wetterte nur über sie in den Briefen an seinen Freund:

«Bisher hat man noch kein einziges polnisches Buch kommen lassen», schrieb er. «Sie lesen französische Liebesromane, die kein Quentchen tieferen Sinn enthalten, Kriminalgeschichten und die verschiedensten Dummheiten. Solche Sachen zu lesen kann nur Schaden anrichten. Ich war naiv, als ich sie um ihre Mithilfe bat. Meine Bücher lesen nur ich und höchstens noch zwei oder drei Beamtentöchter, die sich in Ermangelung eines Besseren in mich verliebt haben und nun über meinen Büchern sitzen.»

Wilks Sorgen nahmen von Tag zu Tag zu. In seinem trostlosen und arbeitsreichen Leben war lediglich der Unterricht bei den Chłodnos ein Lichtblick. Lucy machte erstaunliche Fortschritte; sie lernte mit einem solchen Feuereifer, daß ihre Wangen mit einer fiebrigen Röte überzogen waren.

«Lucy, Lucy!» warnte die Mama. «Du gehst zu lebhaft an diese Sache heran.» Diese Worte waren nur zu wahr.

Von den wirklichen Beziehungen zwischen den beiden jungen Leuten ahnte lediglich Władzio Hoszyński etwas. Auch bei ihm ging es nicht, wie er später sagte, um Lucy, sondern ebenfalls um verletzte Eigenliebe.

Auch er hatte im Buch seines Gedächtnisses eine Seite markiert, auf der «es nach Blut schrie», wie der Dichter sagen würde. Wenn auch nicht gleich nach Blut, so verlangte es ihn doch, wie wir es nennen würden, nach einer entsprechenden Genugtuung.

Trotzdem hielt er es für nicht ungefährlich, sich zu irgendwelchen undiplomatischen Schritten gegen Wilk hinreißen zu lassen. Schon der Name seines Rivalen erregte in ihm einen unaussprechlichen Widerwillen.

Strączek, der gewisse philologische Fähigkeiten besaß, hatte ihm einmal erklärt: «Weißt du, Władzio, was der Name Wilk Garbowiecki bedeutet?»

«Was?»

«Wilk, das heißt eben Wolf. Aber Garbowiecki, das kommt von ‹gerben›. Seine Vorfahren mußten offensichtlich Felle gerben.»

«Bist ja dumm, Strączek!» erwiderte Władzio.

Ob er die Wendung «das Fell gerben» noch anders verstand, als es Strączek eigentlich ausdrükken wollte – es läßt sich schwer sagen.

Er unternahm also keinerlei undiplomatische Schritte, sondern diplomatische. «Man muß ein Diplomat sein, und was mich anbetrifft, so habe ich es im Blut», sagte er sich des öfteren.

Und er wußte sich auch zu helfen. Er legte Herrn Chłodno seine Bedenken dar, und Herr Chłodno wiederum befragte seine Frau: «Warum beauftragst du Fräulein Gilbert nicht, beim Unterricht dabeizusitzen?» fragte er.

«Ach, wie kurzsichtig diese Männer doch sind. Fräulein Gilbert? Nein, ich danke... damit in meinem Hause etwa noch irgendwelche Liebschaften begonnen werden! Du verstehst das natürlich nicht, weil du überhaupt wenig verstehst.»

«*Ma chère,* fängst du schon wieder an...»

«Ach, Lehrerinnen! Natürlich weißt du nicht,

wie die auf eine Liebelei versessen sind. Eine Liebschaft unter meinem Dach... Oh, oh, oh!»

«Wenn sie und Wilk aber auch heiraten würden?»

«Das würde mich nicht stören, doch Leute ihres Schlages halten es für notwendig, sich gegenseitig zu lieben. Das wäre ein schlechtes Beispiel für Lucy; sie ist doch noch so naiv!»

«Hoszyński gefällt dieser Unterricht nicht besonders.»

«Sehr gut, sehr gut! Gib mir das nötige Geld, und ich fahre mit Lucy nach Warschau. Dort kann sie dann bei einem *Maître* Unterricht nehmen.»

Bei der Erwähnung von Geld machte sich Herr Chłodno sogleich auf den Weg zur Tür.

«Übrigens», fuhr Frau Chłodno fort, «für Hoszyński bleibt immer noch Zeit. Vorerst habe ich andere Pläne mit Lucy.»

«Worum geht es dir?»

«Das wird sich zeigen. Gib mir das nötige Geld, damit man Lucy vernünftig anziehen kann.»

Herr Chłodno hielt die Türklinke in der Hand. «Einstweilen sei bitte bei den Unterrichtsstunden zugegen», sagte er.

«Als ob ich nicht dabei wäre – wenn es mir meine Migräne erlaubt! Doch ich habe nicht immer genug Kraft, ich bin manchmal eher tot als lebendig; du hast gut reden... aber wenn es um Geld geht...»

Herr Chłodno war bereits nicht mehr im Zimmer.

Dennoch nahm Frau Chłodno von diesem Tag an häufiger am Unterricht teil, was Fräulein Lucy sichtlich verdroß. Vor der Mutter gab sie sich Wilk gegenüber äußerst kühl, ja sie behandelte ihn sogar mit einer gewissen Herablassung. Das Mutterherz erfreute es sehr, zu sehen, daß Lucy von ihrem Schlage war. Wilk jedoch grämte sich deswegen stark und wurde immer trübsinniger.

Sorgen fielen von allen Seiten auf ihn herab; die Bücherei florierte nicht. Die Stadt hätte sie nun selbst unterhalten können, doch mit der Stadtverwaltung stand er nicht gerade auf dem besten Fuße. Wilk hat auch den Ehrgeiz dieser Sphäre verletzt. Glücklicherweise schämte man sich dort und fürchtete ihn auch ein bißchen, doch die Abneigung wuchs.

Als Wilk eines Tages von den Chłodnos zurückkehrte, fand er Herrn Ludwig bei sich vor.

«Ah! Herr Ludwig!» rief er. «Na, was gibt's Neues?»

«Gnädiger Herr, es ist unmöglich länger auszuhalten.»

«Was?»

«Das mit der Bücherei. Komme, was da wolle, ich kann Ihnen nicht länger helfen.»

«Warum? Was soll das heißen?»

«Man läßt mich nicht in Ruhe!»

«Wer?»

«Sie schimpfen mich einen ‹Bibliothekar›», rief Herr Ludwig kläglich, «einen ‹Gelehrten› schimpfen sie mich.»

«Sie sollten über sie lachen, Herr Ludwig.»

«Nein, sie lachen doch über mich.»

«Achten Sie nicht auf diese Dummköpfe.»

«Ich weiß nicht mehr, wo mir der Kopf steht!

Wem soll ich glauben? Die anderen sagen, daß ich dumm bin.»

«Und wie erscheint es Ihnen, Herr Ludwig?»

«Auch beim Adel habe ich mein Ansehen verloren!»

«Das ist überaus schlimm!»

«Ich freute mich so, als ich erfuhr, daß auch die Herren Hoszyński eine Bücherei ins Leben rufen wollen. Denn ich dachte, das muß eine gute Sache sein, wenn sich auch solche Leute damit befassen. Doch dann fing mich Herr Strączek vor der Kirche ab und beschimpfte mich vor allen: ‹Du, Ludwig›, sagte er, ‹warst dumm und bleibst es. Du, gib dich nicht damit ab›, sagte er. ‹Wilk wird man aus dieser Gegend vertreiben und dich auch, und wenn nicht, dann wird kein anständiger Mensch dir mehr die Hand geben.›»

«Hören Sie, Herr Ludwig», wies ihn Wilk zurecht, «Strączek ist ein Halunke, und die Hoszyńskis schaffen nur französische Bücher an, um die Leute zu vergiften. Was sind das auch schon für Leute? Was Sie da erzählt haben... Das sind mir welche! Keinen roten Heller wert! Aber ich werde schon damit fertig, mit Strączek und auch mit den anderen, und wenn es sein muß, dann werde ich sie eben Mores lehren.»

«Gnädiger Herr, die Hoszyńskis sind Gutsherren... einen Kammerdiener haben sie...»

«Wenn es solche Leute doch bloß nicht gäbe! Sie, Herr Ludwig, machen Sie, was Sie wollen, nur vergessen Sie nicht, daß ich einiges bei Fräulein Kamilla vermag. Wenn sie Sie noch anguckt, nachdem Sie die Bibliothek aufgegeben haben, will ich nicht mehr Wilk heißen. Machen Sie, was Sie wollen, doch das ist mein letztes Wort.»

Danach redete Wilk noch lange von den Verdiensten, die sich Herr Ludwig erwerben würde, wenn er sich weiterhin um die Bücherei kümmere. Schließlich zeigte er ihm einen Artikel in einem Warschauer Blatt, in dem die Idee der Bücherei gelobt und in dem auch erwähnt wurde, daß die Bücher bei Herrn L., einem Förderer der Volksbildung und Beamten in N., untergebracht seien. Dadurch wurde der Brave endgültig besiegt. Sogar mit einem gewissen Stolz nahm er die Zeitung mit in die Stadt, um sie am nächsten Abend Fräulein Kamilla zu zeigen.

Im Hause des Kassierers, in dem man normalerweise spielte und sich ausgezeichnet amüsierte, kletterte Herr Ludwig auf eine zuvor eigens zu diesem Zweck aus Stühlen gebaute Tribüne und las den Artikel über die Bücherei aus der Zeitung vor. Für eine Weile herrschte ungeheure Begeisterung; man riß sich die Zeitung aus den Händen und schrieb den entsprechenden Absatz ab. Sowohl Wilk als auch Herr Ludwig wuchsen gewaltig in den Augen der versammelten Gesellschaft, so daß man beschloß, von jetzt ab, wenn von den beiden die Rede sei, immer «unser» hinzuzufügen – also «*unser* Herr Ludwig mit *unserem* Herrn Garbowiecki» oder «*unser* Herr Garbowiecki mit *unserem* Herrn Ludwig». Die Entrüstung über die Bücherei der Hoszyńskis war allgemein, und zwar deshalb, weil sich keine Beamten an dem Unternehmen beteiligen durften.

Herr Ludwig, der, wie er behauptete, von adliger Herkunft war, sprach sich vom Adel los, weil dieser zu eingebildet sei und die Nase zu hoch trage. Er zog sich sogar den Ring mit dem Wappen vom Finger und steckte ihn in die Tasche.

«Das geschieht ihnen recht», sagte er in der Annahme, daß diese Tatsache den Adel betrüben werde. «Sie haben es selbst so gewollt; was erheben sie sich über ordentliche Leute.»

Es ging nun recht geräuschvoll zu, und es stand nicht übel um Wilk und seine Bücherei, als sich plötzlich aus dem Mund des Steuereintreibers, der in der Zeitung weitergelesen hatte, ein unerwarteter Aufschrei der Empörung vernehmen ließ.

«Was gibt es Neues? Was hast du da entdeckt?» rief man im Chor.

Das edle Gesicht des Steuereintreibers glühte vor Wut; eine Weile schien es ihm sogar die Sprache verschlagen zu haben; schließlich schlug er mit der Faust auf den Tisch.

«Verräter, du! Verleumder! Judas Ischarioth!» schrie er aus vollem Halse, daß die Fensterscheiben klirrten.

«Wer ist ein Verräter? Wer ist ein Judas?»

«Wilk, Wilk! So lest doch, lest!»

Alle stürzten sich hastig auf die Zeitung. Herr Ludwig begann zu lesen.

Der Artikel lautete folgendermaßen:

«In unserer heutigen Ausgabe brachten wir eine Nachricht über die in N. gegründete Bibliothek. Hier bringen wir nun einen Brief, den man uns aus jener Gegend schrieb: ‹Der Wunsch zu lesen verbreitet sich bei uns nur äußerst langsam. Die Bevölkerung der Stadt unterhält sich bis heute lieber beim Kartenspielen, bei Alkohol oder bei Klatsch – mit einem Wort: sie befaßt sich mit allem, bloß nicht mit Büchern. Die Männer hocken den ganzen Tag in den hiesigen Kneipen, und die Damen› (unter den Damen entstand Unruhe) ‹ziehen es vor, ihre Zeit vor dem Spiegel zu verbringen: zur Rettung ihrer zweifelhaften Reize mittels ebenfalls zweifelhafter Kosmetika› (‹Falschheit! Nichtswürdige Falschheit!›), ‹oder sie ziehen sich gegenseitig durch den Kakao. Die Lieblingsbeschäftigung der Mädchen besteht darin, tagelang am Fenster zu sitzen› (‹Ach!›), ‹den pomadisierten jungen Herren nachzuschauen› (‹Pfui, pfui!›) ‹und ihnen zärtlich ins gepuderte Gesicht zu blicken› (‹Welche Verworfenheit!›). ‹Es gibt kaum eine Handvoll Ausnahmen, die eine ernsthaftere Unterhaltung vor diesem ebenso leichtfertigen wie tadelnswerten Totschlagen der Zeit bevorzugen.› (Rufe, Durcheinander, Lärm.)»

Wenn du, lieber Leser, weißt, was sich derzeit in den Kammern des französischen Parlamentes abspielt, auch dann wirst du dir kaum vorstellen können, was an diesem Abend im Hause des Kassierers vorging. *Unanimitate*[a] wurde Rache beschlossen; man nahm sich vor, die Bücherei niederzubrennen oder sie auf die Straße zu werfen. Die Herren Ludwig, Antoś etc. etc., kurz gesagt: alle, die sich in ihrer Ehre verletzt fühlten und gleichzeitig Wilks Vorgehen als Gemeinheit empfanden, faßten den Beschluß, daß sein Blut durch «Säbel oder Pistole» fließen müsse.

[a] einstimmig

Wilk jedoch erschrak nicht vor den Drohungen, die übrigens auch nicht in die Tat umgesetzt wurden, sondern er schrieb noch einen zweiten Artikel über die Gutsbesitzer seiner Gegend. Diesen Artikel verlas man auf einer recht zahlreich besuchten Versammlung bei Graf Sztumnicki, der die Angewohnheit hatte, andere Adlige mit auf dem Tisch liegenden Füßen zu empfangen. Hier gab es weniger Geschrei, denn der Graf war am Rückenmark erkrankt und vertrug deshalb keinen Lärm. Aber auch hier beschloß man, sich Wilks zu entledigen, koste es, was es wolle. Strączek wurde von den Adligen damit beauftragt, und er versprach («Wir haben genug Geduld gehabt, meine Herren!»), Wilk einen solchen Streich zu spielen, daß «er entweder aus dieser Gegend fortzieht oder... Meine Herren!... Na, ich weiß ja nicht!»

So brauten sich also die Wolken über unserem Helden zusammen, während er in Mżynek friedlich seinen Acker pflügte, seine Knechte und die Chłodno-Töchter unterrichtete und sich dabei immer mehr in Fräulein Lucy verliebte. Es ist schon angenehm, wenn man verliebt ist, sich in einem bequemen Sessel zurückzulehnen, die Arme hinter dem Kopf zu verschränken und vom Gegenstand seiner Liebe zu träumen – doch Wilk konnte das nicht. Er arbeitete. Die Felder von Mżynek prangten im Frühjahr in üppigem Grün, die Apfelbäume trieben Knospen, und die Wege und Pfade wurden zu Alleen; man pflanzte junge Obst- und Maulbeerbäumchen, die später veredelt werden sollten, neue Gebäude wuchsen empor, alles entfaltete sich in Ordnung und Wohlstand. Wilk freute sich darüber von Herzen, und sein lebhafter Geist ersann immer neue Projekte. Seine Pläne waren zweifacher Natur: zum einen betrafen sie die Allgemeinheit und zum andern sein Privatleben. Die ersteren umfaßten neue Unternehmungen, Verbesserungen und die Bücherei, über die zweiten schrieb Wilk wie folgt an seinen Freund:

«Ich sollte Lucy wohl sagen, daß ich sie liebe, doch bisher habe ich mich noch nicht getraut, obwohl ich mir fast sicher bin, daß sie meine Gefühle erwidert. Sobald auch sie mir ihre Liebe bekennt, werde ich offen vorgehen, denn daß sich unsere Beziehungen bisher nur im verborgenen entwickeln konnten, schmerzt und beschämt mich. Nur Kinder oder nichtsnützige Menschen tun etwas heimlich, doch unter den Umständen, in denen ich lebe, konnte es anfänglich nicht anders sein. Ich ahne bereits, was ich mit den Chłodnos und Hoszyńskis durchzumachen haben werde, doch wenn Lucy mir ihr Jawort gibt, werde ich keinen Zentimeter von meinem Vorhaben abrükken. Ich sage Dir: Alles hängt von Lucy ab, und deshalb ... bin ich guten Mutes. Heute sehe ich einen Altar vor mir und dann ... meine heute noch stille Hütte, erfüllt von ihrem Geplauder, und noch weiter sehe ich Arbeit und Mühe, Einsatz für etwas Bedeutendes, tätiges Wirken nach außen und daheim Frieden, Fortschritt. Gott gibt mir Kraft dazu!»

Der Englischunterricht lief nach wie vor pünktlich ab. Sooft es sich dabei ergab, erläuterte Wilk Fräulein Lucy seine Theorien über das Leben und die Pflichten, die es mit sich bringt.

Eines Tages, als Mama Chłodno Migräne hatte und Wilk lebendiger als sonst erzählte, fragte Fräulein Lucy ihn ziemlich unvermittelt: «Mama sagt, ich sei exaltiert. *Dites-moi* ... Ach, richtig, Sie mögen es ja nicht, wenn ich französisch spreche, nun trotzdem: *Dites-moi, est-ce que c'est vrai que je suis tellement exaltée?*[a]»

«Sofern Exaltation Liebe zu allem Guten bedeutet, dann stimmt es.»

«Sie müssen wohl ... *Mon Dieu!* ... Sie müssen wohl sehr gut sein?»

Wilk errötete leicht, und sein Herz begann so heftig zu schlagen, daß sich seine Kleidung auf der Brust bewegte.

«Warum sagen Sie das?» fragte er mit versagender Stimme.

Lucys Locken befanden sich dicht an seinem Gesicht, so daß er den Duft ihrer Zöpfe wahrnehmen konnte. Langsam, ganz langsam hob sie ihren Blick zu ihm und sagte: «Ich sage das, weil ... Wie heißt doch gleich ‹Liebe› auf englisch, Herr Wilk? Irgendwie sonderbar sprechen Sie dieses Wort immer aus!»

Lucys Musselinkleid verfing sich durch einen merkwürdigen Zufall in Wilks Beinen. «Oh, ich bin exaltiert, stimmt's?»

«Was ist mit Ihnen heute?» fragte Wilk mit bebender Stimme.

«Ich weiß nicht, was mit mir ist. Mir ist irgendwie schlecht!» sagte sie flüsternd. «Haben Sie schon mal jemanden geliebt, Herr Wilk? Ach, mir

---

[a] Sagen Sie, ist es wahr, daß ich derart überspannt bin?

ist so schlecht... Mein Gott, was geschieht mit mir?»

Plötzlich sank ihr Kopf auf Wilks Brust.

Gewiß hätte auch er jetzt nicht sagen können, was mit ihm geschah.

Als er endlich wieder zu sich kam und mit ihr über die gerade geschaffenen Tatsachen reden wollte, war sie bereits nicht mehr im Zimmer.

Dafür stand Herr Chłodno da, welcher Rauch aus seiner riesigen Bernsteinpfeife blies und seine Hand ruhig auf Wilks Schulter legte und ihn, nach seiner Art, ganz und gar *comme un vrai loup* anschaute.

«Na, geht es mit dem Unterricht voran? *Comment cela va-t-il*[a]», fragte er.

«Ja, sehr gut.»

«Vielleicht haben die Mädchen inzwischen schon genug gelernt?»

«Ein paar Stunden noch.»

«Das ist sehr gut. Ich werde *Ihm* für den Unterricht sehr dankbar sein.»

Wilk verzog leicht das Gesicht.

«Zuviel der Güte», erwiderte er.

«Nein, nein, das ist ganz und gar nicht zuviel. Aber *à propos:* Ich habe ein unbedeutendes Anliegen an Sie. Haben Sie den kleinen Artikel in der Zeitung geschrieben?»

«Ja, das habe ich.»

«Oh, das ist übel.»

«Finden Sie?»

«Graf Sztumnicki ist ebenfalls dieser Ansicht.

---

[a] Wie geht es?

Wie schlimm ist es, sich den Groll solcher Leute zuzuziehen!»

«Die Meinung des Grafen Sztumnicki ist mir gleichgültig.»

«Selbst die Meinung des Grafen Sztumnicki? Übrigens ist die ganze Gutsbesitzerschaft überaus empört. Völlig unnötigerweise machen Sie sich Feinde, Herr Wilk. Warum haben Sie diesen Artikel nur geschrieben?»

Wilk hob stolz seinen Kopf. «Ich stehe für ihn ein», erklärte er.

«Aber darum geht es doch gar nicht. Gestatten Sie mir, daß ich ein paar Dinge dazu bemerke. Auch ich schätze die Literatur. In meiner Jugend habe ich sogar Gedichte geschrieben und, *parole d'honneur,* sie waren gar nicht mal schlecht. Doch hier geht es darum, was die Literatur sein sollte. Freilich, wenn sie die schönen Seiten der Gutsbesitzer hervorheben würde, wenn wir zusammenhielten, unsere Fehler vertuschten und andere belehrten, wen sie als Haupt der Gesellschaft zu betrachten haben ... Eine solche Literatur würde sowohl den Lesern wie den Schriftstellern Gewinn bringen. Unter uns gibt es viele, die aus gutem Hause stammen und dabei zugleich fortschrittlich sind. Die Literatur sollte vorsichtig sein, habe ich nicht recht? Ganz abgesehen davon, daß es sich nicht schickt, die Fehler der Älteren an den Pranger zu stellen. Doch selbst wenn Sie die Wahrheit sagen sollten, wird sich jeder fragen, woher Sie das Recht nehmen, diese Wahrheit auszusprechen.»

«Werter Herr, wir stehen an einem Wendepunkt.»

«Graf Sztumnicki war überaus empört. ‹Ich hab' mir englische Pferde angeschafft›, sagte er, ‹in Wien eine Kutsche und bei Malcan einen Schafbock gekauft. Ich bin beliebt, grüße jeden, bin auf französische illustrierte Zeitschriften abonniert – doch davon geruhte Herr Wilk nicht zu sprechen›, äußerte er.»

Wilk lachte.

«Sie lachen; dabei sind alle Gutsbesitzer sehr aufgebracht über Ihren Artikel. Wir sind alle für den Fortschritt. Hoszyński zum Beispiel hat eine Bulldogge, zu der er deutsch spricht. Er hat sie aus Breslau kommen lassen, denn, wie er sagt, haben alle in Deutschland solche Hunde. Wollen Sie dem etwa widersprechen?»

«Nein, nein, ich widerspreche dem nicht.»

«Sie haben die Universität absolviert, und Sie könnten für uns, wenn Sie wollten – natürlich nur, wenn Sie es wollten –, nützlich und unentbehrlich werden. Sie haben recht, wenn Sie die Beamten tadeln, doch bei uns ist das eine andere Sache. Wäre es nicht vielleicht angebracht, durch einen neuen Artikel den unangenehmen Eindruck zu beseitigen und nun etwas zu schreiben, das das Ansehen der Gutsbesitzerschaft hebt, was meinen Sie?»

«Was ich dazu meine?»

«Schreiben Sie so: ‹Wie uns aus dem Kreise N. berichtet wird, zeichnen sich die dortigen Gutsbesitzer durch Edelmut aus› oder: ‹Es ist eine erwiesene Tatsache, daß das Land dort durch eine hervorragende Feldbestellung sowie durch die Umsicht der Gutsbesitzer reiche Getreideerträge bringt› und so weiter. Sie könnten das doch schreiben. Es wäre auch nicht schlecht, daran zu erinnern, daß die hiesigen Gutsbesitzer so gut wirtschaften können, weil schon ihre Vorfahren hier ansässig waren und sie deshalb den Boden gut kennen. Was sagen Sie dazu?»

«Nichts. Bis zu diesem Augenblick habe ich daran gedacht, daß ich mit einem Vater von Kindern spreche.»

Dann stand Wilk auf und ging. Im Salon stieß er auf Frau Chłodno, die ihn ziemlich kühl verabschiedete, doch er bemerkte es nicht einmal.

Auf dem Nachhauseweg schwang er fröhlich seinen Spazierstock und köpfte die neben dem Pfad wachsenden Kräuter. Der Mond schien, um ihn war es still – eine gewöhnliche, milde Sommernacht. Plötzlich glaubte Wilk ein Knacken zu hören, als ob jemand junge Bäumchen abbrechen würde. Er blieb stehen und lauschte. Ja, tatsächlich, da brach jemand die kleinen Obstbäume ab, die Wilk am Wegrand angepflanzt hatte. Ihm stieg das Blut in den Kopf.

«Wer ist da?» schrie er mit Donnerstimme.

Eine helle Gestalt versuchte, so schnell sie ihre Beine trugen, in Richtung der Straße zu fliehen. Wie ein Blitz stürzte Wilk hinterher und hatte sie noch im selben Moment eingeholt. Sie entpuppte sich als ein riesiger Kerl, der sofort begriff, daß er nicht mehr entkommen konnte. Deshalb drehte er sich drohend um. In der Hand hielt er eine Axt.

«Ach, das Herrlein denkt wohl, daß ich mich fürchte...»

Er stöhnte auf und beendete den Satz nicht mehr. Wilk hatte ihn mit einem einzigen stahlharten Hieb zu Boden gestreckt. Dann kniete er sich ihm auf die Brust und brüllte: «Du Halunke!»

«Oh, Herr, habt Erbarmen! Meine Frau, meine Kinder! Habt Erbarmen. Um Gottes willen! Man hat mich dafür bezahlt.»

Wilk ließ von ihm ab, packte ihn wie ein Kind am Kragen und stellte ihn auf die Beine. «Wer hat dich bezahlt?»

«Gnädiger Herr! Strączek war es. Zum Deibel mit ihm. Ich hab' Frau und Kinder. Er sagte: ‹Geh, Bartek, schlag dem Wilk die Bäume ab. Du bekommst einen Złoty fürs Stück.› Und ich bin gegangen. Er sagte noch: ‹Es sind junge Bäumchen, die brechen leicht.› Aber, gnädiger Herr, sie sind verdammt hart, ohne Axt schafft man's nicht.»

«Woher bist du?»

«Von Hoszyńskis Gut.»

«Bartek, habe ich dir jemals ein Unrecht getan?»

«Nein.»

«Warum tust du mir das dann an?»

«Einen Złoty fürs Stück kriege ich, gnädiger Herr. Mehr wollte er nicht geben.»

«Nun, dann wirst du vom Gericht dafür streng bestraft werden, da hilft nichts. Na, und Strączek wird mir ebenfalls dafür bezahlen.»

Bartek hob nun zu beten an, zu fluchen und um Vergebung zu bitten, doch leider gehörte Wilk nicht zu den Anhängern der idealistischen Vorstellung vom braven Bäuerlein, oder vielleicht mangelte es Wilk auch an Sanftmut, jedenfalls – kurz gesagt – mußte der arme Schlucker Bartek vors Gericht.

Wilk eilte am nächsten Tag persönlich zu Strączek und den Hoszyńskis. Zum Glück traf er niemanden an, denn wer weiß, wozu es sonst gekommen wäre. Aber aufgehoben ist ja nicht aufgeschoben. Die ganze Angelegenheit kam vor die örtlichen Gerichte. Wilk gewann den Prozeß, doch das Urteil fiel anders aus, als er es sich wünschte. Er hätte gern gesehen, daß Strączek ins Kittchen gegangen wäre, aber er wurde lediglich zu einer Geldstrafe verurteilt, die Wilk zur Erweiterung der Bücherei nutzen wollte.

Das Urteil wurde in Abwesenheit des Beklagten gefällt. Als Strączek davon erfuhr, ließ er Wilk nur ein Wort ausrichten: «Gut!»

Das bereitete Wilk ziemlichen Verdruß, vor allem, da er seit diesem Vorfall eine Schlappe nach der anderen erlitt. Wiederum hatte er Schäden auf den Getreidefeldern zu verzeichnen, sein Luzernenfeld wurde abgeweidet, die Bienen wurden gestohlen, und auch in der Stadt mußte er mancherlei Unannehmlichkeiten erdulden. Ob er sich darüber sehr grämte oder nicht, das kann man schwer sagen. Eines ist sicher, je mehr er auf Hindernisse stieß, um so größer und stärker wurde seine Widerstandskraft.

«Ich werde schon zurechtkommen», schrieb er an seinen Freund. «Als ich Mżynek kaufte, ahnte ich bereits, wieviel Schwierigkeiten ich zu überwinden haben würde. Doch trotzdem reizt es mich bis aufs Blut, und meine Geduld ist langsam erschöpft. Allzu viele Steine legen sie mir in den Weg, aber das könnte sie teurer zu stehen kommen, als sie glauben. Mich schmerzt nicht bloß, daß sie mir ständig zusetzen, viel mehr erregt mich die

Bosheit, die allem zugrunde liegt. Der Kampf mit ihnen spielt sich im verborgenen ab, doch ich werde sie zwingen, ans Tageslicht zu kommen. Ich lasse mich von ihnen nicht unterkriegen. Der Gedanke, daß ich mitten in der Ignoranz und Dummheit, die mich umgibt, einen geflügelten Bündnispartner – einem Schutzengel gleich – habe, dieser Gedanke gibt mir Kraft und beruhigt mich.

Ich möchte von Lucy sprechen. Unterlaß bitte in Deinen Briefen Deine Sticheleien gegen Lucy und schreib mir bitte nicht irgendwelche Andeutungen. Ich liebe sie, und ich vertraue ihr. Unsere Beziehungen sind so weit fortgeschritten, daß ich es für meine Pflicht erachte, so bald wie möglich um ihre Hand anzuhalten. Alle Bitternis wird vergehen, und ich bin bereit, allen alles zu vergeben, wenn sie mich erhört. Ich bin mir ihrer ganz sicher. Heute oder morgen vielleicht entscheidet sich mein weiteres Schicksal.»

Nun, er brauchte nicht lange zu warten. Einige Tage nach jenem Brief verließ er das Haus, um sich irgendwelche neuen Schäden anzugucken. Unterwegs traf er die Chłodnos auf einem Spaziergang. Die Eltern gingen mit der Lehrerin und Bogunia zu Fuß. Fräulein Lucy dagegen tollte auf dem Pferd über Felder und Wege; sie war den Eltern schon fast eine halbe Werst voraus. Als sie Wilks ansichtig wurde, hob sie die Reitpeitsche zum Zeichen der Begrüßung an den Hut. Ihre Hand glitt am Reitkleid hinunter und suchte jene Wilks.

«Ach, wie gut, daß ich Sie treffe. Gehen wir etwas voraus, dann können Sie mir Ihr Reich zeigen. *Bonjour, bonjour!*»

Wilks Reich sah im strahlenden Sonnenglanz tatsächlich wunderschön aus, und noch nie zuvor hatte er sich so sehr wie ein König gefühlt.

Fräulein Lucys Finger gaben Wilks Hand nicht frei, und ihr langer Druck, der voller geheimer Vibrationen war, schien zu sagen: «Schau, mehr dürfen wir uns nicht erlauben, denn sie beobachten uns, aber wir halten doch zusammen.»

«Jetzt oder nie!» dachte Wilk.

Eine seltsame und unbekannte Angst schnürte ihm das Herz ab: Dieser Augenblick war doch so wichtig für ihn; von ein paar Worten hing seine ganze Zukunft ab.

Er versuchte angestrengt, ein Wort herauszubringen – es gelang ihm nicht; ihm fehlten die Worte. Es erging ihm wie jemandem, der zum ersten Mal darum bittet, daß man ihm Geld leiht. Er war eben ein Neuling!

«Warum sind Sie heute so ernst, ja geradezu traurig?» fragte Lucy.

«Ich bin bloß glücklich.»

Ein erneuter Händedruck war gleichsam der Kommentar dazu.

«Haben Sie etwa ein blühendes Farnkraut oder ein vierblättriges Kleeblatt gefunden?»

«Oh, meine Blume ist hundertmal schöner!»

«Ihre Stimme bebt ja. Wo haben Sie denn Ihr Glück?»

«Ich hab's bei mir.»

«Niemand hört uns ... reden Sie ruhig!»

«Mein Glück hängt von Ihnen ab.»

«Von mir?»

«Ja!»

«Drück meine Hand fester. Von mir?»

«Ich liebe.»

Die jungen Leute neigten sich zueinander wie zwei Ähren; es war, als hörte man einen Kuß in der Luft.

Wilk wurde plötzlich ganz blaß. Er richtete sich in seiner vollen Größe auf und nahm den Hut ab.

«Lucy! Reich mir deine Hand fürs Leben, werde meine Frau.»

«Wie?»

Wilk stand plötzlich da wie vom Blitz getroffen. Lucy stand vier Schritte von ihm entfernt. Zorn und Verwunderung malten sich auf ihrem Gesicht ab.

«Herr Wilk!»

«Fräulein Lucy...»

«Herr Wilk, Sie vergessen wohl, mit wem Sie reden?»

«Beim lebendigen Gott! Was soll das heißen?»

Fräulein Lucy war außer sich vor Empörung. «Das heißt, daß Sie ungehörig, unaufrichtig und unehrenhaft an mir gehandelt haben, daß Sie mein Vertrauen mißbraucht und mich beleidigt haben!»

Das Blut schoß Wilk ins Gesicht; statt zu antworten, ergriff er die Zügel von Lucys Pferd.

«Lassen Sie mich frei, oder ich rufe Papa!»

«Ruf nur! Du mußt mich anhören! Vor allen Leuten und bei all den Küssen frage ich dich noch einmal: Was bedeuten deine Worte?!»

Wilk bebte am ganzen Leib, und seine Augen schleuderten feurige Blitze. Lucy erschrak in der Tat vor dieser Drohung; schließlich hatte sie sich seinerzeit zuerst an seine Brust geworfen.

«Was wollen Sie von mir?»

«Aufklärung darüber, was Sie sich gedacht haben, als Sie mir erlaubten, Sie in den Arm zu nehmen und zu küssen? Haben Sie nur mit mir gespielt? Konntest du nicht begreifen, wohin das führen mußte? Begreifst du heute, daß so etwas verpflichtet? Fehlt es dir an Herz oder an Verstand?»

«Mein Gott!»

«Sprich, sonst werde ich dich vor allen danach fragen!»

«Ja, bin ich denn schuld! Ich habe mich doch so gelangweilt in Chłodnica.»

*

Wilk fragte nicht weiter: er hatte alles begriffen. Die Ärmste hatte sich in Chłodnica gelangweilt; sie hatte sich dieses Spiel ausgedacht, *pour passer le temps*[a]. Aber sie war zwanzig Jahre alt, und so hatten ihre Nerven dem Spiel ein allzu warmes Kolorit gegeben. Wäre sie acht Jahre alt gewesen und Wilk zehn, dann hätte man gesagt, sie spielten Mann und Frau; doch in ihrem Alter spielt man nicht mehr Mann und Frau, man vertreibt sich die Zeit mit einem anderen (übrigens sehr amüsanten) Spiel: Liebhaber und Geliebte – manchmal sagt man dazu auch *Liebe*. Aber es ist nur ein Spiel, nichts weiter. Wilk hatte es zu ernst genommen. Wie dachte Lucy darüber? Sie hatte gedacht, Wilk sei ein schöner Mann, und sie hatte erfahren, daß sich erregte Nerven durch Küsse gut beruhigen

[a] zum Zeitvertreib

lassen. Demjenigen, der ihr etwas vorwerfen wollte, kann man nur entgegenhalten, daß sie in gutem Glauben gehandelt hatte. Daß Wilk dafür teuer bezahlen könnte, war ihr nicht in den Sinn gekommen. Schließlich hatte doch sogar die eigene Mutter sie naiv genannt. Frau Chłodno hatte sich auch nicht geirrt, wenn sie auf die Vernunft und die gute Erziehung ihrer Tochter vertraute. Vor einer Mesalliance scheute sie sich.

Ja, und hier, lieber Leser, ein kleines Bekenntnis für unsere Salons. Es soll uns nicht kümmern, wieviel Küsse dort heimlich auf ein mit Reismehl gepudertes Gesicht gehaucht werden. Eines aber muß man bemerken: Mesalliancen sind dort nicht anzutreffen. Jemandem zu sagen: «Lieben wir uns, solange es geht», ist eine andere Sache; und nach einiger Zeit sagt man:

«Ich werde deiner ewig ... gedenken,
Aber die Deine werden kann ich nicht.»[11]

Die öffentliche Meinung ist wie ein grelles Licht; wem die Augen schmerzen, der verschafft sich eben einen Sonnenschirm – einen Ehemann. Viele der jugendlichen Spiele gäbe es nicht, wenn nicht die Nerven wären – die unglückseligen Nerven!

Doch schließlich hat das alles für uns auch sein Gutes. Es nutzte Wilk insofern, als ihm

«... zum Trost
Ein süßes Pflaster doch geblieben – die
Erfahrung.»[12]

Er hatte Lucys Pferd losgelassen. Er hätte ihr zwar sagen können, daß er aufrichtig gehandelt habe, daß ihre Beziehungen ohne die Wendung, die er der Sache gegeben hatte, unmoralisch seien und daß er sie in ein ehrenhafteres Licht hatte stellen wollen und so weiter. Er hätte noch vieles sagen können, doch was hätte es genutzt? Er hatte Lucys Pferd losgelassen und war, ohne ihr zuzunicken, langsam nach Hause gegangen.

Er ging sehr, sehr langsam heimwärts, und er fühlte dabei nur, daß mit ihm etwas Ungewöhnliches passiert war.

Im Gedankenwirrwarr, der in seinem Kopf herrschte, suchte er nach einem Funken klaren Verstandes, nach einem deutlichen Niederschlag des soeben Erlebten.

Merkwürdig! Er empfand keinerlei Schmerz, auch keine Verzweiflung; er war einfach wie betäubt.

Erst nach längeren Anstrengungen gelang es ihm, Schlußfolgerungen aus dem Vorgefallenen zu ziehen. Nämlich: Erstens, er hatte Lucy verloren; zweitens, man hatte schändlich an ihm gehandelt; und drittens ...

Sein dritter Gedanke ließ sich schwer formulieren. Er taucht etwa bei jemandem auf, der sich sagt: «Ich muß ehrlich zu mir sein und mir eingestehen, daß ich ein Dummkopf bin.» Eine solche Überlegung ist nicht allzu schmerzhaft, doch die Umstände, in denen sich Wilk befand, machten sie für ihn wahrscheinlich schmerzhafter als die beiden ersten. Die Folge im praktischen Leben war, daß er den Glauben an die Menschen und die Liebe zu den Menschen verlor; ebenso die Hoffnung, daß es irgendwann einmal besser werden würde, als es jetzt war.

Wilk saß die ganze Nacht schlaflos herum. In den einsamen Stunden, die voll schmerzlichen Grübelns waren, entschied sich sein Schicksal. In solchen Stunden vollzieht sich im Leben eine Wende. Der Morgen sollte zeigen, ob Wilk aus diesem Kampf kraftlos und gebrochen oder gestählt hervorgehen würde.

Mittlerweile verblaßten die Sterne. Aus dem Nebel und dem Grau der Dämmerung traten alle Formen immer deutlicher hervor. Es wurde Tag. Das Licht in der Kammer, in welcher Wilk saß, erlosch, die Tür knarrte – Wilk war hinausgegangen, und nachdem er die Knechte geweckt hatte, machte er sich mit ihnen an die Arbeit.

Das war ein gutes Zeichen.

Als es endlich vollkommen hell geworden war, genügte ein Blick in Wilks Gesicht, um davon überzeugt zu sein, daß er gerettet war.

Sein Gesicht war ziemlich blaß (er hatte ja die ganze Nacht nicht geschlafen), doch ruhig, wenn auch ernst. Vielleicht zeigte sich auf ihm ein strenger Zug. Dennoch, er war weder grau noch kahl geworden; er ging auch nicht gebeugt, ja, er war nicht einmal besonders traurig. Nach einer Stunde Arbeit hätte niemand mehr sagen können, er sei anders als gestern oder alle Tage. Um acht kehrte er ins Haus zurück und frühstückte ausgiebig.

Den Knechten allerdings fiel auf, daß er an jenem Tag schnell ungeduldig wurde, aber er hatte ja nie besonders viel Geduld besessen.

Abends fuhr er wiederum zu Strączek wegen der abgehackten Bäume, und abermals sagte man ihm, daß der Herr nicht zu Hause sei. Wilk vermutete, daß man ihn nicht empfangen wollte, doch da am nächsten Tag Sonntag war, nahm er an, er könne Strączek nach der Kirche abfangen und mit ihm sprechen.

Leider konnte er nicht voraussehen, was bei diesem Gespräch herauskommen würde. Noch während des Hochamtes bemerkte Wilk, daß die anwesenden Gutsherren, statt miteinander zu plaudern oder zu «jagen», lieber zu ihm hinschauten und geheimnisvoll tuschelten. Strączeks Wagen fuhr viel zu spät vor, und Wilk sah sofort, daß Strączek betrunken war. Bei seinem Eintreffen richteten sich immer mehr Blicke auf Wilk, und das Geflüster wurde noch stärker.

Bald sollten sich Wilks Befürchtungen bestätigen. Als er aus der Kirche kam, erblickte er zu beiden Seiten des Weges, auf dem er gehen mußte, die Herren Sztumnicki, Chłodno, die beiden Hoszyńskis, Golibrodzki, Skomornicki. In der Mitte des schmalen Pfades dagegen stand Strączek. Er machte ein dreistes und herausforderndes Gesicht.

Wilks Herz begann schneller zu schlagen: «Oh, um Gottes willen!» dachte er. «Ich rate ihm, sich mir jetzt nicht in den Weg zu stellen.»

«Jetzt» hieß: nach dem Bruch mit Lucy zwei Tage zuvor. Wilk fühlte wie ehedem Hamlet, daß in ihm etwas Gefährliches schlummerte.[13]

«Na, was ist, mein gnädiger Herr Kolonist», rief Strączek, «hast du deinen Prozeß gewonnen? Was bin ich dir schuldig?»

«Herr Strączek!» erwiderte Wilk und versuchte vergeblich, seiner Stimme einen ruhigen Klang zu verleihen, «Herr Strączek, Ihre Worte könnten Ihnen unangenehmer werden als mir.»

«Ha, ha, ha!» lachte Strączek gekünstelt. «Ich habe gefragt, was ich dir schuldig bin. Du hast mich doch angezeigt, weil ich die Bäumchen abgehauen haben soll.»

«Ha, ha, ha!» schallte es ihm vielstimmig entgegen.

Wilks Augen blitzten wie bei einem richtigen Wolf. «Herr Strączek, noch ein Wort, und ich vergesse mich.»

«Ah! cela devient curieux!»[a] rief Graf Sztumnicki.

«Was ich schuldig bin, frage ich – ansonsten schweig!»

«Und du geh mir aus dem Weg, und ihr alle auch, so wie ihr hier steht!»

«Wie, was? Du wagst es, so zu sprechen? Hier hast du dein Geld! Das ist für die Bäume! Und hier hast du noch einen Rubel für Wodka!»

Strączek warf Wilk eine Handvoll Münzen ins Gesicht.

Wilks Temperament ging mit ihm durch: Wie ein Blitz aus heiterem Himmel klatschte eine Ohrfeige... Strączek fiel der Länge nach hin.

«Ihr Elenden!» schrie Wilk.

Panikartig stürzten die Herren davon: Sztumnicki verlor seinen Kneifer, andere zertraten ihre Hüte. Böse Zungen behaupteten, daß die Hoszyńskis in solcher Eile in ihre Kutsche sprangen, daß

[a] Es beginnt interessant zu werden.

sie drinnen mit ihren Köpfen aufeinandergeprallt seien.

Abends kam Skomornicki als Strączeks Sekundant zu Wilk. Es hieß, die Hoszyńskis hätten abgelehnt, Strączek diesen Dienst zu erweisen.

Wilk nahm die Herausforderung an.

«Dieses Duell», schrieb er an seinen Freund, «kam für mich ganz unerwartet. Trotz allem, was man gegen ein Duell einwenden kann – für viele Fragen weiß ich keine andere Lösung. All das ist kein geringes Problem für mich. Dabei ist es nebensächlich, daß ich noch nie, heute eher noch schlechter als früher, schießen konnte, doch vor allem weiß ich nicht, wen ich als Sekundanten nehmen könnte. Dich bitte ich erst gar nicht darum – ich weiß, es wäre gegen Deine Prinzipien. In der Umgebung habe ich nur Feinde, und schließlich kann ich doch keinen meiner Knechte auffordern, mir zu sekundieren, denn wir werden uns ja nicht mit Knüppeln schlagen. Erbarme Dich, schick mir jemanden aus Warschau! Ich möchte die Angelegenheit so schnell wie möglich zu einem Ende bringen. Ich glaube, daß es für einen von uns böse ausgehen wird, doch es müßte wohl keine Gerechtigkeit mehr geben, wenn bei einem Kampf zwischen mir und Strączek der Sieg auf seiner Seite sein sollte. Für den äußersten Fall jedoch möchte ich alles geordnet haben, deshalb schicke ich Dir eine Kopie meines Testamentes. Bleib gesund, erbarme Dich und such mir einen Sekundanten, denn ich weiß nicht, was ich sonst tun soll.»

Doch ein Zufall befreite Wilk von seinen Sorgen. Noch am gleichen Tag erhielt er einen Brief von Herrn Ludwig, in dem dieser ganz entschieden erklärte, daß er mit der Bücherei nichts mehr zu tun haben wolle. Außerdem versprach er, die Bücher in den Dreck zu werfen. Er wisse, Wilk sei ein Verräter, der beabsichtige, ihm Kamilla zu rauben – aber daraus werde nichts! Am Schluß gab er zu verstehen, wenn Wilk «für diese Worte» Genugtuung mit der Waffe verlange, dann sei er, Herr Ludwig, bereit, sich ihm zu stellen.

Das kam fast einer Herausforderung gleich. Wilk lächelte darüber und warf den Brief ins Feuer, doch nach einigem Nachdenken setzte er sich hin und antwortete wie folgt: «Sie sind ein Kind, Herr Ludwig! Niemand denkt daran, sich mit Ihnen zu schießen. Was die Bücher betrifft, so brauchen Sie diese nicht auf die Straße zu werfen. Ich würde mich freuen, wenn Sie die Güte hätten, sich heute zu mir zu bemühen. Ich bitte Sie ganz besonders darum und appelliere an Ihr Ehrgefühl und Ihr braves Herz.»

Einige Stunden später kam Herr Ludwig wirklich nach Mżynek.

Wilk begrüßte ihn herzlich. «Ich habe Sie mit Ungeduld erwartet.»

«Worum geht es?»

«Von allen Leuten, die ich in dieser Gegend kennengelernt habe, schätze ich Sie, Herr Ludwig, am meisten. Sie sind wenigstens nicht durch und durch verdorben. Geben Sie mir die Hand und hören Sie mir zu!»

«Worum geht es, gnädiger Herr?»

Wilk berichtete ihm von dem Vorfall mit Strączek, und dann sagte er: «Ich zähle auf Sie und darauf, daß Sie mein Sekundant sein wollen. In der Gegend hier habe ich weiter niemanden. Alle hassen mich, und alle setzen mir hart zu.»

«Ja, wie ist denn das möglich?»

«Und doch ist es so; nun, habe ich denn jemandem Böses getan? Ich habe geschuftet wie ein Ochse, weil ich hier in der Gegend die Landwirtschaft auf ein höheres Niveau bringen wollte, und das Geld, von dem die Bücherei eingerichtet wurde, habe ich mir vom Munde abgespart. Was wollte ich denn schon, Herr Ludwig? Wonach strebte ich denn?»

Herr Ludwig hielt es für angebracht, irgend etwas zu antworten, doch dann ließ er es bei der Erwägung bewenden.

«Schauen Sie», sprach Wilk weiter, «andernorts herrschen Ordnung, Vernunft und Wohlstand. Die Landwirtschaft blüht, die Industrie entwickelt sich, man baut Fabriken; die Leute arbeiten, lesen, denken nach; alle streben nach dem, was vernünftig und gut ist – sie preisen die Wissenschaft und die Arbeit; doch was ist bei uns?»

Wilk wurde nach und nach lebhafter, seine Wangen röteten sich, er erhitzte sich.

«Bei uns gibt es nur Abschaum, Bosheit und Unmoral: Faulheit und Hochmut bei den oberen, Unwissenheit bei den unteren Schichten. So sehen Sie doch: Wer ist bei uns vermögend? Wer ist glücklich? Wer lebt denn in Frieden? Die einen werfen ihr Leben groschenweise für müßige und armselige Vergnügungen weg, und selbst wenn sie arbeiten, dann sind Tränen und Schweiß ihr Lohn, denn ihnen fehlt der Sachverstand. Nun, was habe ich denn schon gewollt? Lag mir etwa am eigenen Gewinn? Habe ich unter euch mein Glück gefunden? Wenn ich euch gesagt habe: ‹Werft die Karten weg, die Flaschen, das Billardspiel, hört mit der Faulenzerei auf!›, wenn ich den letzten Pfennig in die Bücherei gesteckt habe und euch aufforderte: ‹Arbeitet, arbeitet, im Wissen liegt eure Zukunft, Wissen bringt euch Nutzen!›, habe ich mich dann von meinem eigenen Vorteil leiten lassen? Ja, sehen Sie sich das hier an!»

Wilk stieß mit der Hand das Fenster auf und deutete auf die Äcker von Mżynek. «Sehen Sie, wie alles grünt und wie das Getreide auf den Feldern wogt. Schauen Sie, überall spüren Sie die harte Arbeit. Sie erinnern sich sicherlich, daß Mżynek völlig ruiniert war. Aber heute, sagen Sie, wo steht alles derart in Blüte? Stolz sage ich, das ist mein Werk, und Gott ist mein Zeuge, daß ich nicht um meiner selbst willen vom Morgengrauen bis in die Nacht hinein geschuftet habe, daß ich nicht meinetwegen so viel Schweiß hinter dem Pflug vergossen habe. Für mich armen Menschen wären ein Krug Milch und ein Stück Brot genug gewesen, aber ich wollte den anderen ein Beispiel geben. Ach, Herr Ludwig, ich wollte die anderen nur anspornen und sie belehren. Wenn man mir geholfen hätte, anstatt mir Steine in den Weg zu legen, dann sähe die Gegend hier schon anders aus: überall herrschte eine rege Tätigkeit, und alles blühte in Wohlstand, Frieden und Glück. Das war es, was ich wollte; doch was ist dabei herausgekommen? Es macht nichts, daß mir keiner ein ‹Gott vergelt's!› sagt, es macht auch nichts, daß ich kein

Glück gefunden habe, man kann auch im Kummer arbeiten. All das bereue ich nicht! Doch morgen oder übermorgen, wenn ich eine Kugel in den Schädel kriege, dann verkommt alles, was ich geschaffen habe. Ja, ich will mich bei Ihnen nicht beklagen, doch ich möchte, daß mich wenigstens einer versteht, daß wenigstens einer besser und klüger werde.»

«Ach, gnädiger Herr!» rief der rechtschaffene Herr Ludwig unter Tränen, «wenn ich das gewußt hätte, wenn ich das verstanden hätte!»

«Sie werden also die Bücherei nicht auf die Straße werfen? Sie werden weiterarbeiten? Sie werden lernen und die anderen unterrichten?»

«Ich schwöre es, ich schwöre es! Ja, den letzten Pfennig werde ich für Bücher ausgeben. Und ich schwöre Ihnen, daß ich ein anderer Mensch werde!»

«Nun, dann umarmen Sie mich und werden Sie mein Sekundant.»

Herr Ludwig warf sich Wilk in die Arme, und als er dann den Kopf hob, war er wohl schon ein anderer Mensch. Seine Augen leuchteten voller Feuer wie nie zuvor. Er bebte, Schauer der Begeisterung durchströmten ihn von Kopf bis Fuß.

Wilk hatte seine Seele angerührt, ihn geweckt, und nun strebte er nach Fortschritt und Wissen.

«Ach, warum haben Sie nicht schon früher so mit mir gesprochen», rief er gerührt. «Gnädiger Herr, Sie waren manchmal so hart, so streng!»

Herr Ludwig ahnte gar nicht, daß er damit etwas sehr Wichtiges gesagt hatte, das zum großen Teil die allgemeine Abneigung erklären konnte, die

Wilk bei den Leuten weckte. Ja, ja, Wilk war oft hart und streng gewesen! Als Wilk den gelinden Vorwurf vernahm, senkte er den Kopf und schwieg. Jeder hat seine Fehler, das ist wohl wahr, doch Wilk schwieg, weil er sich vor Herrn Ludwig nicht damit herausreden wollte, daß jeder seine Fehler hat, und anders konnte er sein Verhalten nicht erklären.

Es hatte ihm im Leben schon so manches Mal an notwendigem Verständnis gemangelt. Das hätte ihm zu denken geben müssen. Wilk konnte nicht mit Menschen umgehen – er besaß nicht genug Beherrschung und Liebe. Wilk vertrat einen typischen Fortschritts-Chauvinismus.

Herr Ludwig blieb einige Stunden bei Wilk und wartete auf Skomornicki, den Sekundanten Strączeks. Als er kam, wurden die Bedingungen festgelegt: zwanzig Schritte Abstand; die Gegner sollten aufeinander zugehen und schießen; wer den ersten Schuß abgab, war gleichgültig, doch sollte spätestens auf acht Schritt Entfernung geschossen werden. Außerdem wurde vereinbart, daß jeder einen Brief bei sich tragen solle, in dem er behauptete, Selbstmord begangen zu haben. Diese Vorkehrung war notwendig, um nach dem Duell weder die Sekundanten noch den Gegner zu belasten.

Es blieben noch einige Tage bis zum festgesetzten Termin. Wilk arbeitete wie früher auf dem Feld; in den freien Stunden übte er sich im Schießen, und an den Abenden ordnete er seine Angelegenheiten und schrieb. Hier sind einige Zeilen aus dem Brief, welchen er am Abend vor dem Zweikampf verfaßte:

Obwohl ich nicht schießen kann, sagt mir mein Gefühl, daß ich aus diesem Kampf als Sieger hervorgehen werde. Morgen ist der Termin. Ich bemühe mich, ruhig zu sein; doch es gelingt mir nicht, gewisse Gedanken zu verjagen, mit denen ich, jedenfalls schien es mir so, bereits fertig war. Ich bekenne, daß ich Lucy wenigstens noch einmal sehen möchte; ja, sie aus irgendeinem Winkel mindestens einen Augenblick lang beobachten. Ich würde weiß Gott was dafür geben: bloß um sie nicht verachten zu müssen. Ich weiß, daß dies eine Schwäche ist, doch ich schäme mich zuzugeben, wie schwer es mir fällt, gegen solche Gedanken anzukämpfen. Ansonsten bin ich ruhig und guter Hoffnung. Hast Du die Kopie des Testamentes erhalten? Morgen früh um fünf Uhr ist es soweit. Gleich nach dem Duell werde ich nach Warschau kommen. Bleib gesund, mein Guter! Ich umarme Dich und grüße alle Bekannten.

W. Garbowiecki

Am nächsten Morgen, es dämmerte kaum, wartete Wilk mit Herrn Ludwig am Waldrand auf seinen Gegner. Wilks Gesicht war ernst, doch er hatte einen klaren Blick. Seine ganze Gestalt strahlte Ruhe, ja sogar eine gewisse Kühle aus. Es war zu erkennen, daß er sich der Bedeutung des Augenblicks bewußt war; in seinen Zügen zeichnete sich ein unbeugsamer Wille, ja eine gewisse Verbissenheit ab.

Nachdem sie eine Viertelstunde gewartet hatten, kamen Strączek und Skomornicki mit dem Arzt.

Alle verbeugten sich dem Brauch entsprechend voreinander, und dann schauten sich die Gegner in die Augen. Das war sozusagen ein Duell vor dem Duell. Strączek hielt dem Blick nicht stand und guckte zur Erde.

Sicher hielt er das für ein böses Zeichen. Er war nicht feige, doch offensichtlich besaß er nicht die Ruhe Wilks. Seine Bewegungen hatten etwas Fieberhaftes, und um seinen Mund spielte ein Lächeln, allerdings nur um den Mund. Gott weiß, was in seinem Innern vorgehen mochte – eines jedoch stand fest: er haßte seinen Gegner mit ganzer Kraft.

Strączek rauchte eine Zigarre. Es schien, daß er wohl einige Flaschen intus hatte. Dann war die Entfernung abgemessen – die Gegner standen sich gegenüber. Wie dir, lieber Leser, bekannt sein dürfte, folgte nun eine kleine Ansprache, bei der von Nächstenliebe die Rede war und in der die Gegner schließlich aufgefordert wurden, sich zu umarmen.

Doch die Kontrahenten lehnten ab.

Die kleine Ansprache erfolgte in Polnisch. Ein schlechter Brauch, doch es ist nun mal so üblich! Dafür spricht man die folgenden Worte in Französisch, sofern die Sekundanten gebildete Leute sind: *«Messieurs, commencez!»* [a]

Da Skomornicki ein gebildeter Mann war, gab er Herrn Ludwig mit den Augen ein Zeichen, dann wandte er sich an die Duellanten und forderte sie auf: *«Messieurs, commencez!»*

Wilk hob die Pistole in Schulterhöhe, und während er sich langsam seinem Gegner näherte, zielte

[a] Meine Herren, fangen Sie an!

er völlig gelassen. Die Waffe in seiner Hand, wie von einer eisernen Zange umklammert, zitterte nicht im geringsten. Ein leiser Windhauch wehte, die Blätter raunten einander etwas zu, und von den Birkenzweigen fielen Tautropfen wie Brillanten zur Erde hinab.

Die Duellanten hielten sich gegenseitig hin; schon waren sie keine acht Schritte mehr voneinander entfernt.

Die Zuschauer blickten sich beunruhigt an.

Plötzlich krachte ein Schuß ... Die Sekundanten stürzten unverzüglich hinzu.

Wilk strauchelte, er röchelte, wobei Blut aus seinem Mund rann, und dann fiel er mit ausgebreiteten Armen aufs Gesicht.

Strączeks Kugel hatte ihm den Schädel zertrümmert.

Das ist noch nicht das Ende der Geschichte. Durch die Bemühungen des Grafen Sztumnicki, der Chłodnos und Hoszyńskis wurde dem Prozeß, der nach Wilks Tod stattfand, die Spitze genommen. Man kam überein, daß die Todesursache Selbstmord gewesen sei, und die Ursache für den Selbstmord ...

Freiwillige Zeugen, die Wilk gut gekannt hatten, legten schriftlich folgende Erklärungen ab:

1. Weil sich der Tote zu Lebzeiten sowohl in Worten wie auch in seinem Verhalten durch Originalität und Absonderlichkeit seiner Prinzipien hervorgetan hatte;

2. Weil er eine Bücherei eingerichtet und Bücher angeschafft hatte, die keiner lesen wollte;

3. Weil er mit der ihm eigenen Aufdringlichkeit die Leute bedrängte und sie trotz stärkstem Widerstreben zum Lernen aufgefordert hatte;

4. Weil er seinen Knechten das Lesen beigebracht hatte;

5. Weil er in der Landwirtschaft seltsame und unbekannte Neuerungen eingeführt hatte, wie: die Seidenraupenzucht, die Imkerei, die Bepflanzung von Wegrändern mit Obstbäumen; dabei können alle ordentlichen Leute, wie wir wissen, sehr gut ohne das auskommen;

6. Weil er, obwohl er angeblich adlig war, selbst hinter dem Pflug gegangen war und sich häufig nicht einmal gescheut hatte, die niedrigsten Arbeiten selbst zu verrichten;

7. Weil sich ein solches Handeln nicht mit dem gesunden Menschenverstand in Einklang bringen läßt...

erklärten sie – die hier unterzeichneten Zeugen – einmütig, daß der Tote unter einer gewissen Art von Manie gelitten habe, die allen vernünftigen Menschen sofort aufgefallen sei und die mit der Zeit in eine völlige geistige Umnachtung übergegangen sei, welche den Selbstmord bedingt habe.

Wilk wurde als Selbstmörder an der Friedhofsmauer begraben. Wermut wuchert auf seinem Grab.

1872

«Kohleskizzen»

oder ein Epos mit dem Titel «Was in Schafskopf geschah»

ERSTES KAPITEL

in welchem wir die Bekanntschaft mit den Helden machen und zu hoffen anfangen, daß noch mehr passiert

Im Dorf Schafskopf war es in der Amtsstube des Dorfschulzen mucksmäuschenstill. Der Schulze, ein nicht mehr ganz junger Bauer namens Franz Rettich, saß am Tisch und kritzelte mit angespannter Konzentration etwas aufs Papier. Der Gemeindeschreiber hingegen, ein zu vielen Hoffnungen berechtigender junger Mann, der Fiesel hieß, stand am Fenster und bohrte in der Nase oder verjagte die Fliegen.

In der Amtsstube gab es so viele Fliegen wie in einem Stall. Die Wände waren derart von ihnen besprenkelt, daß sie ihre frühere Farbe verloren hatten. Genauso mit zahllosen Pünktchen übersät waren das Glas des Bildes, das über dem Schreibtisch hing, das Papier, die Stempel, das Kruzifix sowie die Amtsbücher des Dorfschulzen.

Die Fliegen krochen auch auf dem Dorfschulzen herum, wie wenn er nur ein ganz gewöhnlicher Schöffe wäre; doch besonders reizte sie der pomadisierte, nach Nelken duftende Kopf des Herrn Fiesel. Über seinem Kopf schwebte ein ganzer

Schwarm; sie ließen sich auf dem Scheitel nieder und bildeten lebendige, ruhelose schwarze Flekken. Herr Fiesel hob von Zeit zu Zeit vorsichtig die Hand und ließ sie dann plötzlich wieder fallen; man hörte die flache Hand auf den Kopf klatschen, der Schwarm schoß brummend empor, und Herr Fiesel neigte seinen Haarschopf, sammelte mit den Fingern die Leichen ein und warf sie auf die Erde.

Es war halb vier Uhr nachmittags; im ganzen Dorf herrschte Ruhe, da die Leute zur Arbeit aufs Feld gegangen waren. Nur vor dem Fenster der Amtsstube scheuerte sich eine Kuh an der Hauswand, und von Zeit zu Zeit sah man durch die Scheiben die schnaubenden Nasenlöcher und das Maul, aus dem der Speichel tropfte.

Von Zeit zu Zeit warf sie ihren schweren Schädel nach hinten, um sich ebenfalls von den Fliegen zu befreien, und stieß dabei mit einem ihrer Hörner an die Wand. Dann schaute Herr Fiesel aus dem Fenster und rief: «He! Daß dich ...»

Danach blickte er in den Spiegel, der gleich neben dem Fenster hing, ordnete seine Haare und begann wieder, phlegmatisch in der Nase zu bohren.

Schließlich unterbrach der Dorfschulze das Schweigen. «Herr Fiesel», sagte er in seinem masurischen Dialekt, «schreiben Sie bitte diesen ‹Rappurt›, bei mir will's nich so recht klappen. Sie sind doch der Schreiber.»

Doch Herr Fiesel war schlechter Laune, und wenn er einmal schlechte Laune hatte, dann mußte der Dorfschulze alles selber machen.

«Was heißt das schon, daß ich Schreiber bin?»

entgegnete er geringschätzig. «Ein Schreiber ist dazu da, daß er an den Amtsvorsteher und den Kommissar schreibt, aber an einen Dorfschulzen, wie Ihr einer seid, da müßt Ihr schon selbst schreiben.»

Etwas später fügte er noch mit majestätischer Verachtung hinzu: «Was ist denn schon ein Dorfschulze? Ein Bauer, und basta! Ein Bauer bleibt ein Bauersmann, wird ihm auch Purpur angetan.»

Dann blickte er wieder in den Spiegel und ordnete seine Haare.

Der Dorfschulze fühlte sich verletzt und erwiderte: «Guckt euch den an. Als ob ich nicht mit dem ‹Konnisar› Tee getrunken hätt'!»

«Das ist aber was Großes, Tee!» entgegnete Fiesel obenhin. «Vielleicht sogar ohne Arrak?»

«Nein, mit Arrak.»

«Na gut, dann mit Arrak, aber ich werde den Rapport trotzdem nicht schreiben.»

Der Dorfschulze brauste auf: «Wenn Sie so ein empfindlicher Studierter sind, warum haben Sie dann um den Posten gebeten?»

«Ich soll Euch gebeten haben? Nur wegen meiner Bekanntschaft mit dem Vorsteher habe ich ...»

«'ne große Bekanntschaft! Wenn er hierher kommt, kriegen Sie kaum Ihr Maul auf...»

«Rettich, Rettich! Ich warne Sie, halten Sie Ihre Zunge im Zaum. Eure Bauern und Euer Schreibkram hängen mir schon lange zum Halse raus. Ein gebildeter Mensch verkommt bloß zwischen euch. Wenn ich erst mal richtig wütend werde, schmeiß' ich den Schreibkram hin, und Euch soll dann der Teufel holen!»

«Ha, und was fangen Sie dann an?»

«Was? Ich werde schon nicht am Hungertuch nagen ohne den ganzen Schreibkram! Ein gebildeter Mensch weiß sich immer zu helfen. Um einen gebildeten Menschen braucht Ihr Euch überhaupt keine Sorgen zu machen. Erst gestern hat Revisor Dickwanowski zu mir gesagt: ‹Ach du, Fiesel! Aus dir würde, zum Teufel nochmal, ein guter Unterrevisor, denn du hörst ja das Gras wachsen!› Unterrevisor, ist das etwa nichts? Nur von Gutshof zu Gutshof fahren und mit den Adligen Karten spielen. Kippst dir einen nach dem anderen, und obendrein schwellen dir die Taschen... Schließlich, wo gibt es denn heute keine Gaunereien in den Brennereien? Oder hier bei uns in Schafskopf, der Herr Goldurski, mogelt der etwa nicht? Das könnt Ihr einem Dummen erzählen. Ich kann auf Euren Schreibkram pfeifen. Ein gebildeter Mann...»

«Och, davon geht die Welt nicht unter.»

«Die Welt geht davon nicht unter, doch Ihr werdet den Pinsel in die Schmierfettbüchse tauchen und damit in den Büchern herumschreiben. Das wird so lange gutgehen, bis Ihr die Rute auf Eurem Pelz zu spüren kriegt.»

Der Dorfschulze begann sich am Kopf zu kratzen. «Sie stell'n sich immer gleich so auf die Hinterbeine.»

«Dann schnauzt doch nicht so rum!»

«Na, na!»

Und wieder trat Stille ein, nur die Feder des Dorfschulzen kratzte leicht auf dem Papier.

Schließlich richtete sich der Dorfschulze auf, rieb die Feder an seinem Tuchrock und sprach: «Ach, mit Gottes Hilfe hab' ich's fertiggebracht.»

«So lest Euch mal durch, was Ihr da zusammengeschmiert habt.»

«Wieso sollte ich schmieren? Ich hab' alles genau so geschrieben, wie es sein muß.»

«Lest es Euch durch, sag' ich.»

Der Dorfschulze nahm das Papier in beide Hände und begann zu lesen: «An den Dorfschulzen von Türriegel. Im Namen des Vaters, des Sohnes und des Heiligen Geistes, Amen. Der Vorsteher hat befohlen, daß die Militärlisten dicht nach Muttergoddes und die aus den Kirchenbüchern vom Sprengel des Herrn Hochwürden und auch unsere Bauern, die bei Euch als Tagelöhner arbeiten, versteht Ihr, daß die ausgeschrieben und die Tagelöhner zu uns geschickt werden noch vor Muttergoddes, die das achtzehnte Jahr vollendet haben, wenn Ihr das nicht tut, dann kriegt Ihr ein paar auf den Schädel, was ich mir und Euch wünsche. Amen.»

Der brave Dorfschulze hörte jeden Sonntag in der Kirche, wie der Pfarrer auf diese Weise seine Predigt beendete. So ein Schluß schien ihm also unbedingt notwendig und allen Anforderungen eines amtlichen Stiles zu genügen. Fiesel indessen brach in Gelächter aus.

«So macht Ihr das?» fragte er.

«Na, schreiben Sie's doch besser.»

«Klar, daß ich das schreibe, denn das wär' eine Schande für ganz Schafskopf.»

Kaum hatte Fiesel das gesagt, setzte er sich hin, griff zur Feder, zog mit ihr einige Kreise, als wolle er Anlauf nehmen, und begann rasch zu schreiben.

In Kürze war die Benachrichtigung fertiggestellt, worauf der Autor seine Haare ordnete und das Folgende vorlas:

«Der Dorfschulze der Gemeinde Schafskopf an den Dorfschulzen der Gemeinde Türriegel!

Bezugnehmend auf die Anordnung der uns übergeordneten Behörde, die vorschreibt, daß die Rekrutenlisten an dem und dem Tag in dem und dem Jahr fertig sein sollen, teilen wir dem Dorfschulzen der Gemeinde Türriegel mit, daß das Verzeichnis der Einwohner des Dorfes Schafskopf vom Pfarramt in Türriegel zu erbeten und der Gemeinde Schafskopf binnen kurzem zuzusenden ist. Die Bewohner des Dorfes Schafskopf, die in Türriegel arbeiten, haben sich an diesem Tag bei uns zu stellen.»

Der Dorfschulze lauschte diesen Tönen begierig, und auf seinem Gesicht zeigte sich Ergriffenheit und eine fast religiöse Andacht. Wie herrlich und feierlich, so ganz und gar amtlich schien ihm dies alles. Zum Beispiel der Anfang: «Bezugnehmend auf die Anordnung» und so weiter. Der Dorfschulze bewunderte dieses «Bezugnehmend», aber er lernte einfach nicht, wie man es benutzte; richtig anfangen konnte er zwar noch, doch weiter war dann nichts mehr zu machen. Bei Fiesel aber ging das wie am Schnürchen; sogar in der Kreiskanzlei schrieben sie nicht besser. Man brauchte dann nur noch das Siegel anzuwärmen, es aufs Papier zu knallen, daß der Tisch wackelte – und fertig!

«Nun ja, Sie haben Köpfchen», sagte der Dorfschulze.

«Bah», antwortete der jetzt besänftigte Fiesel,

«ein Schreiber ist doch schließlich einer, der Bücher schreibt.»

«Sie schreiben auch Bücher?»

«Ihr fragt, als ob Ihr es nicht wüßtet; wer führt denn hier die Gemeindebücher?»

«Stimmt.»

Und nach einer Weile fügte er hinzu: «Die Listen werden blitzschnell hier sein.»

«Na, Ihr solltet sehen, daß Ihr die Taugenichtse im Dorf loswerdet.»

«Irgendwie wird man sie schon los.»

«Und ich sag' Euch, daß sich der Vorsteher über die Leute von Schafskopf beklagt hat. Bei der Spendensammlung, meint er, hätten sie nichts gegeben, sie würden nur saufen. ‹Rettich›, sagt er, ‹greift nicht genug durch, also muß er es auch ausbaden.›»

«Ha, ich weiß doch», erwiderte der Dorfschulze, «daß ich alles ausbaden muß. Als die Rozalka vom Schmied in die Wochen kam, hat das Gericht befohlen, ihr fünfundzwanzig überzuziehen, nur damit sie beim zweiten Mal dran denkt, daß so was sich für eine Jungfer nicht schickt. Wer hat's befohlen? Ich? Nicht ich, die beim Gericht. Was geht mich das an, sollen doch alle Jungfern in die Wochen kommen. Der Schöffenrat hat's befohlen, und ich krieg's ab. ‹Weißt du denn nicht›, sagt der Vorsteher zu mir, ‹daß man die Prügelstrafe jetzt abgeschafft hat?› Und zack, haut er mir eine in die Schnauze. ‹Man darf niemanden mehr verprügeln›, und wieder bekomme ich eine aufs Maul. Das ist nun mal mein Schicksal.»

An dieser Stelle stieß die Kuh mit einem solchen

Gepolter an die Wand, daß die ganze Amtsstube bebte. Der Dorfschulze rief verbittert: «Heh, daß dich doch der Deibel hole!»

Der Schreiber, der währenddessen am Tisch gesessen hatte, fing wieder an, in der Nase zu popeln.

«Das geschieht Euch recht, warum greift Ihr nicht härter durch. Mit der Sauferei ist's genauso. Ein räudiges Schaf steckt alle anderen an. Oder weiß man etwa nicht, wer in Schafskopf alle anstiftet und die Leute mit in die Schenke lockt.»

«Natürlich weiß man's nicht, und was die Trinkerei angeht: die brauchen eben was zu trinken, wenn sie auf dem Feld geschuftet haben.»

«Ich sage Euch nur eins: Wenn wir den Runkel loswerden, wird Ruhe einkehren.»

«Soll ich ihm denn den Kopf abreißen?»

«Den Kopf sollt Ihr ihm nicht abreißen, aber jetzt habt Ihr die Rekrutenlisten. Na, schreibt ihn auf die Liste, dann soll er ein Los[1] ziehen, und basta.»

«Der ist doch verheiratet, und sein Junge ist auch schon ein Jahr alt.»

«Wer weiß denn das dort schon. Er wird schon keine Beschwerde einlegen, und wenn doch, dann wird man ihr keine Beachtung schenken. Während der Rekrutierung hat kein Mensch Zeit für so was.»

«Oh, Schreiber, Schreiber! Euch geht's gar nicht um die Sauferei, Euch geht's um die Frau, und das ist eine Todsünde.»

«Was geht's Euch an? Denkt dran, auch Euer Sohn ist neunzehn Jahre alt und muß ein Los ziehen.»

«Ich weiß, aber ich gebe ihn nicht her. Wenn's nicht anders geht, dann kauf' ich ihn los.»

«Oh, wenn Sie so reich sind...»

«Ich hab', Gott sei Dank, ein paar Kupferkopeken; es ist nicht viel, aber vielleicht reicht's.»

«Achthundert Rubel wollt Ihr in Kupferkopeken zahlen?»

«Na, wenn ich sag', daß ich zahle, dann zahl' ich auch in Kupfergeld, und wenn Gott will, daß ich Dorfschulze bleib', bringe ich es mit seiner allerhöchsten Hilfe in zwei Jahren wieder herein.»

«Man kriegt es herein oder auch nicht. Ich brauche auch was, und alles gebe ich nicht an Euch weiter. Ein gebildeter Mensch hat immer höhere Ausgaben als ein einfacher Mann, doch wenn wir den Runkel anstelle Ihres Sohnes aufschrieben, dann wäre das für uns eine Ersparnis. Achthundert Rubel findet man nicht so einfach auf der Straße.»

Der Dorfschulze dachte eine Weile nach. Die Aussicht, eine so bedeutende Summe zu sparen, übte einen prickelnden Reiz auf ihn aus, und er lächelte wohlig.

«Na ja», sagte er schließlich, «das ist aber eine gefährliche Sache.»

«Darüber zerbrecht Euch nicht den Kopf.»

«Das ist es ja, wovor ich Angst habe, nämlich daß Ihr in Eurem Kopf etwas ausheckt, was ich dann ausbaden muß.»

«Wie Ihr wollt, dann zahlt doch die achthundert Rubel.»

«Ich find' ja auch, daß es schade um das Geld ist.»

«Ach, wenn Ihr denkt, daß Ihr's wieder hereinkriegt, wieso tut's Euch dann leid? Doch rechnet lieber nicht zu stark damit, daß Ihr Dorfschulze bleibt. Noch wissen sie nicht alles über Euch, doch wenn sie wüßten, was ich weiß ...»

«Sie nehmen viel mehr Gebühren als ich.»

«Ich spreche nicht von den Gebühren, sondern von etwas, das schon eine Weile her ist.»

«Ich habe keine Angst. Ich hab' getan, was man mir befohlen hat.»

«Nun, dafür werdet Ihr woanders Rede und Antwort stehen müssen.»

Nach diesen Worten nahm der Schreiber seine grünkarierte Kordmütze und verließ die Amtsstube. Die Sonne stand schon sehr tief, und die Leute kamen vom Feld zurück. Zuerst begegneten dem Schreiber fünf Schnitter, die ihre Sensen auf dem Rücken trugen und sich vor ihm verneigten und «Gelobt sei Jesus Christus!» sagten, doch der Schreiber nickte ihnen nur mit seinem pomadisierten Schädel zu, ohne «In alle Ewigkeit» zu antworten, denn er meinte, für einen gebildeten Menschen gehöre sich das nicht. Denn daß Herr Fiesel gebildet war, wußten alle, und dies zu bezweifeln, das vermochten wohl nur bösartige Menschen oder solche, die überhaupt schlecht über andere dachten, denen jede Persönlichkeit, die um Hauteslänge das gewöhnliche Niveau überragt, gleich ein Dorn im Auge ist und die deshalb nicht ruhig schlafen können.

Wenn wir, so wie es sich gehörte, eine Biographie aller unserer berühmten Männer hätten, würden wir im Lebenslauf dieses ungewöhnlichen Mannes – dessen Porträt (ich begreife nicht, weshalb) bis jetzt noch keine unserer illustrierten Zeitschriften brachte – lesen, daß er seine erste Bildung in Eselsfeld erhielt, der Hauptstadt des Eselsfelder Kreises, in welchem Schafskopf lag. Schon mit siebzehn schaffte der Jüngling den Sprung in die zweite Klasse, und er hätte es mit dem gleichen Tempo auch noch viel weiter gebracht, wären nicht plötzlich stürmische Zeiten[2] hereingebrochen, die seiner wissenschaftlichen Laufbahn ein für allemal ein Ende setzten. Mit jugendlichem Überschwang stellte sich Fiesel, dem übrigens schon lange die Ungerechtigkeit seiner Lehrer zugesetzt hatte, an die Spitze einiger ziemlich lebhafter Kameraden, brachte seinen Peinigern eine Katzenmusik dar, zerriß die Bücher, brach Lineal und Feder entzwei und begab sich, nachdem er Minerva nun den Rücken gekehrt hatte, unter die Obhut von Mars und Bellona.

Es war dies ein Abschnitt seines Lebens, in dem er die Hosenbeine nicht über den Stiefeln trug, sondern in die Stiefelschäfte gesteckt hatte, und in der er voller Begeisterung mit ebenso bitterer wie schrecklicher Ironie sang: «Oh, Ehre euch, ihr Herren Magnaten!»[3] Das Lagerleben, die Gesänge, die Wolken von Tabaksqualm, die romantischen Abenteuer, wenn sie irgendwo Quartier nahmen, wo den jungen Mädchen mit einem Kreuzchen auf der Brust, auf dem Rücken, am Kopf und weiß Gott wo sonst noch «für das Vaterland und seine kämpfenden Verteidiger» nichts zu schade war, ein solches Leben – sage ich – stand ganz im Einklang mit der leidenschaftlichen und stürmischen Seele des jungen Fiesel. Es war für ihn die Verwirklichung jener Träume, die einst seine Sinne so tief erregt hatten, als er in der Klasse unter der Bank «Rinaldo Rinaldini»[4] und ähnliche Werke las, die die Herzen unserer Jugendlichen bilden, ihre Sinne entwickeln und ihre Vorstellungskraft wecken.

Doch dieses Leben hatte auch seine dunklen oder vielmehr ziemlich risikovollen Seiten. Allzusehr ließ sich Fiesel von seinem überschäumenden Mut mitreißen. Wie sehr es ihn mitriß, kann man fast nicht glauben, wenn man nicht heute noch in Türriegel einen Zaun zeigte, über den auch das beste Pferd nicht springen würde, über den Fiesel aber in einer turbulenten Nacht mit einem Satz hinwegsetzte, fortgerissen vom leidenschaftlichen Verlangen, sich auch weiterhin für die Verteidigung und das Glück des Vaterlandes zu bewahren. Heute, da diese Zeiten schon längst vergangen sind, schaut Fiesel, immer wenn er mal in Türriegel ist, auf jenen Zaun und hält es selbst nicht mehr für möglich, daß er das einmal geschafft hat. Im Geiste sagt er sich dann: «Ach, hol's der Teufel! Heute würde ich das nicht mehr fertigbringen.»

Nach dieser immerhin übermenschlichen Tat, an die übrigens damals herausgegebene Bulletins erinnern, wandte sich Fortuna, die ihm bisher stets hold gewesen war und seinen Rücken wie ihren Augapfel gehütet hatte, urplötzlich von ihm ab, als wäre sie von so viel Mut abgeschreckt. Jener Vorfall lag noch keine Woche zurück, als eines Morgens den fortwährend heldisch gefährdeten Rükken Fiesels zwar (dank der Vorsehung, die immer weiß, was sie vollführt) keine Kugel und auch kein Bajonett trafen, sondern ein gewisses anderes, ebenfalls niederträchtiges Werkzeug – aus Ochsenhaut geflochten und mit einer Bleikugel am Ende versehen –, das die bis dahin unberührte Haut am Kreuz und an den Schultern unseres sympathischen Helden quasi in ein Sieb verwandelte.

Seither begann in seinem Denken und Fühlen ein grundlegender Wandel. Als er mit der Nase nach unten auf einem einfachen Strohsack in der Schafskopfer Schenke lag und seine schlaflosen Nächte mit Grübeln verbrachte – er grübelte wie einst Ignatius von Loyola –, kam er schließlich zu der Überzeugung, daß jeder der Allgemeinheit mit der Waffe dienen sollte, die er am besten beherrscht; die Intelligenz sollte also lieber mit dem Kopf dienen als mit dem Rücken, denn nicht jeder hat einen Kopf, einen Rücken jedoch hat jeder; also hatte er den seinen völlig unnötig der Gefahr ausgesetzt.

Was konnte er denn schon weiter für das Vaterland tun auf dem Weg, den er bis jetzt beschritten hatte. Wieder über irgendeinen Zaun springen? Nein! Der eine, den er übersprungen hatte, reichte. «Wenn wenigstens das jeder tun würde», dachte er bei sich. Weiterhin Blut vergießen? Wo er doch um ein Haar verblutet wäre. Nein! Und nochmal nein! Der Allgemeinheit konnte er nur auf einem gänzlich entgegengesetzten Weg – dem pazifistischen – dienen, und zwar mit Intelligenz, sprich Wissen. Da er viel wußte, da er fast über jeden Einwohner des Eselsfelder Kreises etwas wußte, konnte er während der Pazifikation der Allgemeinheit hervorragende Dienste leisten.

Er betrat diesen neuen Weg, leistete seine Dienste und brachte es in seiner neuen Laufbahn immerhin bis zum Gemeindeschreiber; er träumte – wie wir hörten – sogar vom Posten eines Unterrevisors.

Doch auch von der Schreiberei lebte er nicht schlecht. Ein solides Wissen vermag sich immer Respekt zu verschaffen, und da – wie ich bereits erwähnte – mein sympathischer Held über fast jeden Einwohner des Eselsfelder Kreises etwas wußte, empfanden alle Respekt vor ihm, der mit einer gewissen Vorsicht gemischt war, es mit solch einer außergewöhnlichen Persönlichkeit nicht zu verderben. Es grüßten ihn also die meisten Adligen, es verneigten sich auch die Bauern vor ihm, wobei sie schon von weitem die Mütze abnahmen und «Gelobt sei Jesus Christus!» sagten. Hier sehe ich jedoch, daß ich dem werten Leser erklären muß, warum Fiesel nicht mit dem normalerweise üblichen «In alle Ewigkeit» antwortete.

Ich habe schon erwähnt, daß er glaubte, für einen gebildeten Menschen gehöre sich das nicht; aber es gab noch andere Gründe. Durch und durch eigenständige Geister sind normalerweise kühn und radikal. Noch in jenen stürmischen Zeiten war Fiesel zu der Überzeugung gelangt, daß «die Seele Dampf ist, und basta». Außerdem las der Herr Schreiber jetzt gerade aus dem Verlag des Warschauer Buchhändlers Breslauer[5] «Isabella von Spanien, oder die Geheimnisse des Hofes von Madrid». Dieser in jeder Hinsicht vortreffliche Liebesroman gefiel ihm sehr gut; er war sogar so sehr hingerissen, daß er sich vornahm, alles hinzuschmeißen und nach Spanien zu fahren.

«Marfori hat es geschafft», dachte er, als er sich an die Szene erinnerte, in der Marfori Isabella die Strümpfe küßt, «warum sollte ich es nicht auch schaffen?» Vielleicht wäre er sogar nur hinter diesen Strümpfen hergefahren, da er überhaupt der Ansicht war, daß «der Mensch seine Fähigkeiten in diesem dummen Land nur vergeudet». Zum Glück jedoch hielten ihn andere, einheimische Strümpfe davon ab, von denen in dem Epos später noch die Rede sein wird.

Durch das Lesen jener «Isabella von Spanien», die zum großen Ruhm unserer Literatur von Herrn Breslauer in Fortsetzungsheften herausgegeben wurde, urteilte Fiesel sehr skeptisch über die Geistlichkeit und über alles, was mit dem Klerus mittelbar oder unmittelbar zusammenhing. Deshalb antwortete er den Schnittern also nicht mit dem üblichen «In alle Ewigkeit», sondern ging einfach weiter.

Er ging weiter, bis er den Mädchen begegnete, die mit Sicheln am Arm von der Ernte heimkehrten. Sie mußten gerade an einer großen Pfütze vorbei und liefen darum im Gänsemarsch hintereinander her. Alle rafften ihre Röcke und zeigten ihre geröteten Beine.

Jetzt erst fragte Fiesel: «Na, wie geht's euch, ihr Backfische?» Er blieb auf dem schmalen Wegstück stehen, und jedesmal, wenn ein Mädchen vorbei wollte, faßte er sie um die Taille, raubte ihr einen Kuß und schubste sie dann in die Pfütze, nur so zum Scherz.

Die Mädchen kreischten «Oh!» und «Ih!» und lachten so heftig, daß man ihre Backenzähne sehen konnte. Als sie weitergingen, hörte Fiesel, nicht ohne sich geschmeichelt zu fühlen, wie eins zum anderen sagte: «Ach, das ist schon ein hübscher Kavalier, unser Schreiber.» – «Und rot wie ein Apfel!» Eine dritte sagte: «Und sein Kopf duftet so nach Rosen; wenn er dich umfaßt, dann wirste schwach.»

Der Schreiber schritt weiter, den Kopf voller guter Gedanken. Doch etwas später, in der Nähe der Hütte, hörte er, wie ebenfalls über ihn gesprochen wurde, und er blieb hinter dem Zaun stehen. Auf der anderen Seite des Zauns befand sich ein Garten, in dem dicht nebeneinander Kirschbäume standen und in dem es auch Bienenstöcke gab.

Neben den Bienenstöcken saßen zwei Weiber, die sich miteinander unterhielten. Die eine hatte Kartoffeln in ihrer Schürze auf dem Schoß, die sie mit einem kleinen Taschenmesser schälte, und die andere redete: «Oh, Stachowa, ich hab' solche Angst, daß sie meinen Franek zu den Soldaten hol'n, daß mich richtig schauert, wenn ich dran denk'.»

Die Stachowa darauf: «Geht zum Schreiber. Wenn der Schreiber keinen Rat weiß, dann kann Euch keiner helfen.»

«Aber womit soll ich zu ihm gehen, Stachowa? Zu ihm kann man nich mit leeren Händen kommen. Der Schulze is besser; du bringst ihm weiße Krebse oder Butter oder Leinen oder ein Huhn unterm Arm. Der nimmt alles, ohne zu mäkeln. Der Schreiber wirft keinen Blick darauf. Oh! Er ist so schrecklich ehrgeizig. Bei ihm muß man gleich das Tuch aufknoten und einen Rubel hinschieben.»

«Da könnt ihr aber lange warten, bis ich von euch Eier oder Hühner nehme», murmelte der Schreiber vor sich hin. «Bin ich etwa einer, der sich bestechen läßt? Geh mit deinem Huhn zum Dorfschulzen.» Kaum hatte er das gedacht, schob er die Kirschzweige beiseite und wollte schon etwas zu den Frauen hinüberrufen, als er plötzlich hinter sich eine Britschka rattern hörte. Der Schreiber drehte sich um und sah in der Britschka einen jungen Studenten, die Mütze schief auf dem Kopf und eine Zigarette zwischen den Zähnen. Auf dem Kutschbock saß jener Franek, von dem die Weiber soeben geredet hatten.

Der Student neigte sich aus dem Wagen, erkannte Herrn Fiesel, grüßte mit der Hand und rief: «Wie geht's Ihnen, Herr Fiesel? Was gibt's Neues? Was, Sie pomadisieren sich immer noch zwei Zoll dick?»

«Euer untertänigster Diener!» stieß Fiesel, sich tief verneigend, hervor, doch als die Britschka sich entfernt hatte, rief er ihm leise hinterher: «Daß du dir das Genick brichst, bevor du ankommst!»

Diesen Studenten konnte der Schreiber nicht leiden. Er war ein Verwandter der Familie Goldurski und kam jeden Sommer zu ihnen zu Besuch. Fiesel konnte ihn nicht nur nicht leiden, er hatte vielmehr eine Heidenangst vor ihm, denn er war ein großer Spötter und Spaßmacher, der sich mit Vorliebe über Fiesel lustig machte, und er war der einzige weit und breit, der sich vom Schreiber nicht ins Bockshorn jagen ließ. Einmal platzte er sogar in eine Gemeindesitzung und sagte Fiesel auf den Kopf zu, daß er dumm sei, und zu den Bauern sagte er, daß sie nicht auf ihn hören sollten. Fiesel hätte sich gerne an ihm gerächt, doch ... was konnte er ihm anhaben? Über die anderen wußte er wenigstens ein bißchen etwas, über ihn aber wußte er rein gar nichts.

Die Ankunft des Studenten kam ihm auch noch aus anderen Gründen gar nicht gelegen; deshalb setzte er seinen Weg mit umwölkter Stirn fort, ohne irgendwo stehenzubleiben, bis er vor einer etwas abgelegenen Hütte angelangt war. Als er sie sah, heiterte sich seine Miene wieder auf. Die Hütte war vielleicht noch ärmlicher als die anderen, aber sie sah ordentlich aus. Der Platz davor war frisch gefegt, und der Hof war mit Kalmus bestreut. Am Zaun war gehacktes Holz gestapelt, und in einem Holzklotz, an einen Stubben gelehnt, stak das Beil. Etwas weiter entfernt sah man eine Scheune mit weit geöffnetem Tor und daneben einen Schuppen, der zugleich als Schweine- und Kuhstall diente. Weiter hinten war ein Stück Land eingezäunt; dort rupfte ein Pferd Gras und trat von einem Bein aufs andere. Vor dem Stall befand sich eine Jauchegrube, in der zwei Schweine lagen.

Enten watschelten um die Grube, nickten mit den Köpfen und fischten einige Mistkäfer aus dem Dung. Bei den Holzscheiten scharrte ein Hahn zwischen den Spänen in der Erde, und wenn er ein Körnchen oder einen Wurm gefunden hatte, begann er zu rufen: «Kotsch, kotsch, kotsch!» Auf dieses Losungswort kamen die Hühner um die Wette herbeigeflogen, hackten aufeinander ein und machten sich gegenseitig den Leckerbissen streitig.

Vor der Tür der Hütte saß eine Frau. Sie zerstampfte Hanf in einem Mörser und sang dabei: «Oj, ta dada! Oj, ta dada! Da-da-na!» Neben ihr lag mit ausgestreckten Vorderpfoten ein Hund, der nach Fliegen schnappte, welche sich auf sein eingerissenes Ohr setzten.

Die Frau war jung, vielleicht zwanzig Jahre alt, und auffallend schön. Auf dem Kopf trug sie eine gewöhnliche Frauenhaube und auf dem Leib ein weißes Hemd, das von einem roten Band zusammengehalten wurde. Unter dem Hemd wölbten sich gesunde, volle Brüste wie zwei Kohlköpfe; überhaupt war die ganze Frau gut gebaut, breit in den Schultern und in den Hüften, schlank und biegsam in der Taille, mit einem Wort: eine Stute.

Ihre Gesichtszüge waren zart, der Kopf nicht groß. Sie hatte einen blassen Teint, den die Sonnenstrahlen ein klein wenig vergoldet hatten, große schwarze Augen, Brauen wie gemalt, eine kleine schmale Nase und einen Kirschmund. Herrliche dunkle Haare lugten unter ihrer Haube hervor.

Als sich der Schreiber näherte, stand der Hund, der bis dahin neben dem Mörser gelegen hatte, auf, zog seinen Schwanz ein und fing zu knurren an, wobei er ab und zu seine Zähne zeigte, als ob er lächelte.

«Harras!» rief die Bäuerin mit wohlklingender, heller Stimme, «wirst du wohl kuschen, zum Kukkuck nochmal.»

«Guten Abend, Runkelowa!» begann der Schreiber.

«Einen schönen guten Abend dem Herrn Schreiber!» erwiderte die Bäuerin, ohne aufzuhören, Hanf zu stoßen.

«Euer Mann zu Hause?»

«Zur Arbeit im Wald.»

«Oh, das ist schade! Ich hab' da 'ne Sache für ihn von der Gemeinde.»

Eine Sache von der Gemeinde, das konnte für die einfachen Leute nie etwas Gutes bedeuten. Die Runkel-Frau hielt mit dem Hanfstoßen inne, blickte ängstlich auf und fragte besorgt: «Nun? Was gibt's?»

Inzwischen hatte der Schreiber die Gartenpforte durchschritten und war neben der Frau stehengeblieben.

«Na, wie wär's mit einem Kuß? Dann sage ich's Euch.»

«Darauf kann ich gut verzichten!» entgegnete sie.

Doch der Schreiber hatte bereits ihre Taille umfaßt und drückte sie an sich.

«Mein Herr, ich werde schreien», rief die Runkelowa und versuchte heftig, sich loszureißen.

«Kommt heute abend zu mir, ja?» flüsterte er und ließ sie nicht aus seinen Armen.

«Ich komme weder heute noch irgendwann!»

«Meine reizende Runkelowa ... Marysia!»

«Mein Herr! Das ist eine Todsünde! Herr!»

Während sie das sagte, versuchte sie sich mit aller Kraft zu befreien, doch Fiesel war ebenfalls recht kräftig und ließ sie nicht los. Sie begannen miteinander zu ringen; in dem Handgemenge stolperte die Frau über den Mörser und fiel in die Späne, der Schreiber mit ihr.

«Um Gottes willen! Mein Gott!» fing die Runkelowa laut zu schreien an.

In diesem Augenblick kam ihr Harras zu Hilfe. Seine Genickhaare sträubten sich, und mit wütendem Gebell stürzte er sich auf den Schreiber. Da dieser mit dem Gesicht zur Erde und auf dem Rücken nach oben lag und eine kurze Jacke trug, packte Harras die von der hochgerutschten Jacke nicht mehr geschützte Hose, durchbiß den Kord, packte die Unterhose, durchbiß die Unterhose, packte die Haut, durchbiß die Haut; und erst als er fühlte, daß er genug im Maul hatte, begann er wütend den Kopf zu schütteln und an all dem zu zerren.

«Maria und Joseph!» heulte der Schreiber auf, wobei er ganz vergaß, daß er zu den *esprits forts*[a] gehörte.

Der Schreiber fuhr hoch, als habe er sich verbrannt; die Frau war indessen freigekommen und ebenfalls aufgestanden; auch Harras stellte sich auf die Hinterpfoten, ließ aber den Schreiber nicht los. Erst als dieser ein Holzstück ergriff und blind auf den Hinterteil des Hundes einprügelte, sprang Harras, nachdem er einen Schlag aufs Kreuz gekriegt hatte, kläglich aufjaulend weg.

Doch nach einer Weile fiel er den Schreiber von neuem an.

«Nehmt diesen Hund! Nehmt diesen Teufel!» brüllte der Schreiber und schwenkte verzweifelt das Stück Holz.

Die Bäuerin rief den Hund zu sich und trieb ihn hinter das Tor. Darauf blickten sie sich, beide noch nach Luft schnappend, eine Weile schweigend an.

---

[a] starke Geister; hier: Atheisten

«O je, das ist ein Los! Was finden Sie nur an mir?» rief schließlich die Runkelowa aus, die ganz verschreckt war von der blutigen Wende, die alles genommen hatte.

«Das werdet Ihr mir büßen!» schrie der Schreiber, «Rache über Euch! Wartet, der Runkel kommt zu den Soldaten. Ich wollte Euch schützen ... Aber jetzt ... Ihr werdet schon noch zu mir kommen ... Das werdet Ihr mir büßen!»

Die arme Frau wurde ganz blaß, als hätte ihr jemand mit einer Keule auf den Kopf gehauen. Sie breitete die Arme aus und öffnete den Mund, wie wenn sie etwas sagen wollte. Doch der Schreiber hatte inzwischen seine grünkarierte Kordmütze von der Erde aufgehoben und ging nun rasch von dannen; mit der einen Hand schwenkte er den Holzstock, mit der anderen Hand hielt er die gräßlich verstümmelte Hose zusammen.

ZWEITES KAPITEL

Einige andere Personen und einige unangenehme Wiederbegegnungen

Eine Stunde später kam Runkel mit dem Zimmermann Lukas auf einem herrschaftlichen Wagen aus dem Wald. Runkel war ein kräftiger Bauer, groß wie eine Pappel – zum Holzschlagen wie geschaffen. Er fuhr täglich in den Wald, denn der Herr hatte alle Wälder, die nicht mit Nießbrauchrechten für die Bauern belastet waren, an Juden verkauft, welche die Kiefern nun abholzen ließen.

Runkel verdiente gut, weil er sich für diese

Arbeit hervorragend eignete. Wenn er in die Hände spuckte, die Axt packte, ausholte, schnaubte und zuschlug, dann erzitterte die Kiefer, und eine halbe Elle lange Späne flogen durch die Luft. Wurde ein Baumstamm auf den Wagen geladen, war er ebenfalls der erste. Die Juden, die mit einem Meßstab in den Händen durch den Wald liefen und sich die Gipfel der Kiefern anschauten, als würden sie darin nach Krähennestern suchen, bewunderten seine Kraft. Der reiche Kaufmann Nejman aus Eselsfeld sagte immer zu ihm: «Na, Runkel! Dich soll der Deibel hol'n. Na! Hier, sechs Groschen für Wodka ... Nej, warte! Na, finf Groschen für Wodka.»

Runkel erwiderte nichts darauf. Er schwang bloß die Axt, daß es dröhnte, und ließ zuweilen, nur so zum Spaß, seine Stimme durch den Wald schallen: «Hooh, hopp!»

Seine Stimme wurde zwischen den Stämmen fortgetragen und kehrte dann als Echo wieder.

Dann waren wiederum nur die Axthiebe Runkels zu hören, und manchmal flüsterten sich auch die Kiefern mit ihren Zweigen rauschend etwas zu, so wie es im Wald üblich ist.

Mitunter sangen die Holzfäller ein Lied, und auch da war Runkel der erste. Man muß es gehört haben, wie er mit den Holzfällern das Lied grölte, das er ihnen selbst beigebracht hatte:

«Was ist's, was im Walde schallt,
Buuuh!
Und was so schrecklich hallt?
Buuuh!

Da fiel von der Eiche eine Mücke,
Buuuh!
Und brach sich dabei das Genicke.
Buuuh!
Die brave Fliege jammert, klagt,
Buuuh!
Und die arme Mücke bange fragt,
Buuuh!
Ob sie nicht brauche den Doktor.
Buuuh!
O nein, sie braucht kein' Doktor,
Buuuh!
Zum Eingrab'n braucht se 'nen Prälaten.
Buuuh!
Ihr hilft auch nicht des Apothekers Raten,
Buuuh!
Nichts hilft ihr außer Hack' und Spaten.
Buuuh!

In der Schenke war Runkel ebenfalls immer vorneweg, nur daß er den Fusel liebte und, sobald er angetrunken war, recht rauflustig wurde. Einmal schlug er Antek, dem herrschaftlichen Knecht, ein solches Loch in den Schädel, daß Józwowa, die Wirtschafterin auf dem Vorwerk, beschwor, man habe da hindurch die Seele sehen können. Ein andermal, doch damals war er kaum siebzehn Jahre alt, prügelte er sich im Wirtshaus mit Sommergästen. Herr Goldurski, der dazumal noch das Amt des Dorfschulzen versah, brachte ihn zur Amtsstube, ohrfeigte ihn mehrmals, allerdings nur zum Schein, und sagte dann besänftigend: «Nimm Vernunft an! Wie solltest du denn mit ihnen fertig werden, schließlich waren sie doch zu siebt.»

Runkel darauf: «Hm, gnädiger Herr, ihre Beine sind vom Marschieren so schlapp, daß man einen nur anzutippen braucht, und schon liegt er auf der Erde.»

Herr Goldurski vertuschte die ganze Angelegenheit. Er war früher Runkel gegenüber ungewöhnlich nachsichtig. Die Weiber tratschten darüber und flüsterten einander zu, daß Runkel sein Sohn sei. «Man sieht gleich», fügten sie hinzu, «daß der Hundsfott so lebenslustig ist und Einfälle hat wie kein Bauer.»

Aber das entsprach nicht der Wahrheit, wenn auch alle Runkels Mutter kannten, seinen Vater jedoch niemand. Runkel selbst saß als Einlieger in einer Hütte mit drei Morgen Land, bis die Bauernbefreiung[6] kam. Dann fing er an, sein Land zu bestellen, und da er als Bauer recht geschickt wirtschaften konnte, ging es ihm einigermaßen gut. Er nahm sich eine Frau, daß man lange nach einer besseren suchen muß, und er hätte ganz anständig leben können, wenn er nicht allzusehr dem Wodka zugetan gewesen wäre.

Doch was sollte man dagegen tun. Wenn ihm deswegen jemand Vorwürfe machte, erwiderte er sogleich: «Gut, ich trinke, aber es ist mein Geld, was kümmert's Euch?»

Er fürchtete sich vor niemandem im Dorfe; einzig vor dem Schreiber hatte er Respekt. Sobald er von weitem die grüne Mütze, die Stupsnase und das Ziegenbärtchen auf langen Beinen langsam den Weg entlangkommen sah, faßte er sich an die Mütze. Auch über Runkel wußte der Schreiber etwas. Damals, während der Unruhen[7], hatte man ihm befohlen, irgendwelche Papiere zu befördern, was er auch tat. Doch was konnte man ihm schon anhaben? Übrigens war er seinerzeit erst fünfzehn Jahre alt gewesen und hatte noch die Gänse und Schweine gehütet. Später fiel ihm ein, daß man ihn für die Beförderung jener Papiere zur Rechenschaft ziehen könnte, und deshalb fürchtete er sich vor dem Schreiber. So war der Runkel nun mal.

Als er an jenem Tag aus dem Wald heimkam, stürzte ihm die Frau weinend entgegen und rief: «Du Armer, bald schon werde ich dich nicht mehr sehen, bald schon werde ich für dich nicht mehr waschen und kochen. Du armer Kerl mußt ans Ende der Welt gehen.»

Runkel wunderte sich. «Frau, was ist mit dir, sag, hast du Bilsenkraut gegessen oder hat dich eine Tarantel gestochen?»

«Nein, ich hab' kein Tollkraut gegessen, 'ne Tarantel hat mich auch nicht gestochen. Doch der Schreiber war hier und hat gesagt, daß du jetzt nicht mehr ums Militär drumrumkommst. Oh, du gehst, du mußt ans Ende der Welt gehen!»

Nun begann er sie auszufragen: wie? was?, und sie erzählte ihm alles, bloß von den Verführungsversuchen des Schreibers schwieg sie, denn sie hatte Angst, daß Runkel dem Schreiber irgend etwas Dummes sagen könnte oder gar – Gott bewahre! –, daß er sich auf ihn stürzte und damit seine Sache nur verschlimmerte.

«Ach, du Dumme», sagte Runkel schließlich, «warum weinst du? Die nehmen mich nicht zum

Militär, denn ich bin schon raus aus dem Alter. Außerdem habe ich eine Hütte, Grund und Boden, dich Dumme hab' ich und diesen verflixten Wurm.»

Als er das sagte, zeigte er auf die Wiege, in welcher der verflixte Wurm lag; gemeint war ein kräftiger einjähriger Junge, der mit den Beinen strampelte und schrie, daß es in den Ohren gellte.

Die Frau wischte sich die Augen mit der Schürze ab und sagte: «Was soll das heißen! Oder weiß der vielleicht nicht von den Papieren, die du von Wald zu Wald gefahren hast?»

Jetzt kratzte sich Runkel am Kopf. «Sicher weiß er's.»

Und nach einer Weile fügte er hinzu: «Ich geh' und rede mit ihm. Vielleicht ist es nicht so schlimm.»

«Geh, geh», bestärkte ihn die Frau, «und nimm 'nen Rubel mit. Zu ihm geh bloß nicht ohne Rubel.»

Runkel nahm einen Rubel aus der Truhe und machte sich auf den Weg zum Schreiber.

Fiesel war Junggeselle; er besaß deshalb auch kein eigenes Heim, sondern wohnte im Gesindehaus am Teich, im sogenannten Ziegelbau. Dort hatte er zwei Stuben mit einem separaten Eingang zur Verfügung.

Die erste Stube war leer; es lagen dort nur etwas Stroh und ein paar Gamaschen herum; die zweite diente als Wohn- und Schlafzimmer gleichzeitig. Darin stand ein Bett, das fast nie bezogen wurde, darauf zwei Kissen ohne Überzug, aus denen die Federn heraustraten; daneben ein Tisch, darauf ein

Tintenfaß, eine Feder, Kanzleibücher und -zig Hefte «Isabella von Spanien» in der Ausgabe des Herrn Breslauer; zwei schmutzige englische Kragen, ein Glas Pomade, Zigarettenhülsen und schließlich eine Kerze mit einem rötlichen Docht in einem Blechleuchter sowie Fliegen, die um den Docht herum in das Wachs eingeschmolzen waren.

Am Fenster hing ein ziemlich großer Spiegel, und dem Fenster gegenüber stand eine Kommode, welche die überaus elegante Garderobe des Schreibers barg: Unterhosen in verschiedenen Schattierungen, Westen in märchenhaften Farben, Krawatten, Handschuhe, Lackschuhe, sogar einen Zylinder, den Fiesel benutzte, wenn er in die Kreisstadt Eselsfeld fahren mußte.

Zu diesem Zeitpunkt, von dem hier die Rede ist, lagen auf dem Stuhl neben dem Bett die Kord- und die Unterhose des Schreibers; der Schreiber selbst ruhte auf seinem Lager und las ein Heft der «Isabella von Spanien» in der Ausgabe des Herrn Breslauer. Seine Lage – nicht die des Herrn Breslauer, sondern die des Schreibers – war schrecklich, sie war sogar so schrecklich, daß man wahrscheinlich wie Victor Hugo schreiben müßte, wollte man schildern, wie schrecklich sie war.

Vor allem schmerzte ihn die Wunde ganz fürchterlich. Die Lektüre der «Isabella», die ihn sonst immer erfreute und ihm die angenehmste Zerstreuung bot, vergrößerte diesmal nicht nur seinen Schmerz, sondern auch seine Erbitterung, die seit jenem Zwischenfall mit Harras an ihm nagte.

Er hatte leichtes Fieber und konnte seine Gedanken kaum beisammenhalten. Zuweilen suchten ihn entsetzliche Träume heim. Er hatte gerade gelesen, wie der junge Serrano mit Wunden übersät nach seinem großartigen Sieg über die Karlisten im Escorial eintrifft. Die junge Isabella ist sehr bleich und empfängt ihn voller Ergriffenheit. Ihr Musselinkleid wogt lebhaft über ihrem Busen.

«General! Sie sind verletzt?» fragt sie Serrano mit einem starken Beben in der Stimme.

Hier scheint es dem unglücklichen Fiesel, als sei er wirklich Serrano.

«O ja, ich bin verwundet!» sagte er mehrmals betrübt. «Euer Durchlaucht mögen mir verzeihen! Ich kann nicht sagen, wo. Die Etikette verbietet es. O je, o je, es ist ein Kreuz!»

«Ruhen Sie sich aus, General! Setzen Sie sich, setzen Sie sich! Erzählen Sie mir von Ihren Heldentaten.»

«Erzählen kann ich wohl, doch um keinen Preis werde ich mich setzen», ruft Serrano verzweifelt. «Au! Verzeiht, meine Königin. Dieser verdammte Harras! ... ich wollte sagen: Don José ... Oh, au, au!»

An dieser Stelle verscheuchte der Schmerz den Traum. Serrano schaute um sich, die Kerze brannte auf dem Tisch und tropfte, denn gerade begann eine Fliege zu brennen, die am Wachs festgeklebt war; weitere Fliegen krabbelten an der Wand herum. Ach, das ist das Gesindehaus und nicht der Escorial? Und Königin Isabella ist auch nicht da? Nun kam Fiesel vollständig zu Bewußtsein, erhob sich von seinem Bett, feuchtete ein Tuch im Wasserkrug an, der unter dem Bett stand, und wechselte den Umschlag auf der Wunde.

Danach drehte er sich zur Wand und schlief ein, nein, er träumte vielmehr vor sich hin im Halbschlaf, und natürlich fuhr er wieder fast wie mit der Extrapost zum Escorial.

«Lieber Serrano, mein Geliebter! Ich werde deine Wunden selbst versorgen», flüstert die Königin.

Serrano stehen die Haare zu Berge. Er fühlt, wie schrecklich seine Lage ist. Wie konnte er der Königin hier nicht gehorchen, doch wie sollte er den gewissen Körperteil zum eigentlich sehr verlockenden Verbinden darbieten? Kalter Schweiß tritt ihm auf die Stirn, als plötzlich...

Plötzlich verschwindet die Königin, die Tür öffnet sich polternd, und auf der Schwelle steht niemand anders als Don José, der erbitterte Feind Serranos.

«Was willst du? Wer bist du denn?» ruft Serrano.

«Ich bin's, Runkel», antwortet Don José düster.

Fiesel erwachte zum zweiten Mal; der Escorial wurde wieder zum Ziegelbau, die Kerze brannte, die Fliege am Docht knisterte, und das Wachs spritzte in bläulichen Tröpfchen nach allen Seiten: in der Tür stand Runkel, und hinter ihm – die Feder fällt mir aus der Hand – steckte Harras seinen Schädel durch die halb angelehnte Tür.

Das Ungeheuer fixierte Fiesel und schien zu lächeln.

In der Tat trat nun kalter Schweiß auf Fiesels Stirn, und seinen Kopf durchzuckte der Gedanke: «Runkel kommt und will mir die Knochen brechen, und Harras wird von der anderen Seite...»

«Was wollt ihr beiden?» rief er mit verängstigter Stimme.

Doch Runkel legte einen Rubel auf den Tisch und erwiderte demütig: «Gnädigster Herr Schreiber! Ich bin gekommen, weil ... ich doch eingezogen werden soll.»

«Weg! Weg! Weg!» schrie Fiesel, plötzlich beherzt geworden, daraufhin.

Und eine solche Wut packte ihn, daß er sich auf Runkel stürzte; doch in diesem Moment begann die Karlisten-Wunde heftig zu schmerzen, und so fiel er auf die Kissen zurück und gab nur noch ein gedämpftes Stöhnen von sich: «O je!»

DRITTES KAPITEL

Grübelei und Heureka

Die Wunde entzündete sich.

Ich sehe die schönen Leserinnen, wie sie über meinem Helden Tränen vergießen, doch ehe eine von ihnen in Ohnmacht fällt, füge ich rasch hinzu, daß der Held an dieser Wunde beileibe nicht gestorben ist. Ihm war noch ein langes Leben beschieden. Übrigens hätte ich, wenn er gestorben wäre, den Roman beendet und die Schriftstellerei an den Nagel gehängt; da er indes nicht gestorben ist, fahre ich in meiner Erzählung fort.

Jene Wunde entzündete sich also, was sich wider Erwarten sehr zum Nutzen des «Kanzlers» von Schafskopf auswirkte, und zwar auf eine sehr einfache Weise: Die Schmerzen vertrieben die Grillen aus seinem Kopf, er begann klar zu denken und erkannte sofort, daß er bisher nur Dummheiten gemacht hatte. Folgen wir seinem Gedankengang:

Der «Kanzler» stieg der Runkelowa nach, wie man in Warschau sagt, was auch nicht zu verwundern ist, denn sie war eine Frau, wie man im ganzen Eselsfelder Kreis keine zweite fand, und darum wollte er sich also Runkels entledigen. Wenn man Runkel einziehen würde, könnte er sich sagen: «Ohne lang sich zu genieren, woll'n wir uns jetzt amüsieren.»

Doch es war nicht so leicht, statt des Dorfschulzensohnes Runkel vorzuschieben. Ein Schreiber ist sehr mächtig, und Fiesel war unter den Schreibern eine Autorität, doch unglücklicherweise war er in Rekrutierungsfragen nicht die letzte Instanz. Hier hatte man es mit der Landwehr, mit der Rekrutierungskommission bei der Armee, mit dem Amtsvorsteher und mit dem Befehlshaber der Landwehr zu tun, und alle diese Persönlichkeiten hatten nicht das geringste Interesse daran, Heer und Staat mit Runkel statt des Sohnes von Rettich zu beschenken. «Man muß ihn auf die Rekrutierungsliste setzen. Doch wie dann weiter?» fragte sich mein sympathischer Held. Die Listen werden überprüft, und da das Kirchenbuch beigefügt werden muß und es auch nicht möglich ist, Runkel das Maul zu stopfen, wird man diesem einen Denkzettel verpassen müssen, denn sonst würde er vielleicht sogar seinen Schreiberposten verlieren, und dann wäre es aus mit ihm.

Die größten Männer haben unter dem Einfluß der Leidenschaften Dummheiten gemacht, aber ihre Größe liegt gerade darin, daß sie es noch früh genug erkannten. Fiesel sagte sich, daß er die erste Dummheit begangen hatte, als er Rettich versprach, Runkel auf die Musterungsliste zu setzen. Als er zur Runkelowa ging, die gerade beim Hanfstoßen war, und über sie herfiel, beging er die zweite Dummheit, und die dritte, als er ihr und ihrem Mann mit der Einberufung Angst einjagte. Oh, du hehrer Augenblick, in dem ein wirklich großer Mann sich sagt: «Ich bin ein Esel!», du nahtest der Gemeinde Schafskopf und kamst auf Fittichen aus dem Land, wo sich das Erhabene mit dem Edelmut eint, denn Fiesel sagte deutlich zu sich: «Ich bin ein Esel!»

Doch sollte er den Plan jetzt aufgeben, da er dafür schon sein Blut (im Eifer sagte er: «mein Herzblut») vergossen? Sollte er nun, nach der Opferung der neuen Kordhose (die er dem Schneider Salomon noch nicht einmal bezahlt hatte) und der neuen Nankinghose (die er wohl kaum mehr als zweimal getragen hatte), den Plan fallenlassen?

Nie und nimmer!

Im Gegenteil! Jetzt, da zum Appetit auf die Runkelowa noch das Verlangen gekommen war, sich an den beiden und an Harras zu rächen, schwor sich Fiesel, daß man ihn einen Narren nennen solle, wenn er dem Runkel nicht die Hölle heiß machen würde.

Am ersten Tag, während er die Umschläge wechselte, grübelte er darüber nach, wie er vorgehen solle, am zweiten grübelte er beim Umschläge-Wechseln, am dritten grübelte er beim Umschläge-Wechseln. Und wißt ihr, was er sich ausgedacht hat? Nichts, rein gar nichts hat er sich ausgedacht!

Am vierten Tag brachte ihm der Dorfpolizist

aus der Eselsfelder Apotheke Diachylonsalbe. Fiesel schmierte sie auf einen Lappen, legte diesen auf die Wunde und – welch wunderbare Wirkung des Medikaments – schrie fast im gleichen Moment auf: «Ich hab's gefunden!» Und tatsächlich hatte er etwas gefunden.

VIERTES KAPITEL

welches den Titel «Das Tier in der Falle» haben könnte

Ein paar Tage später – ich weiß nicht genau, ob fünf oder sechs Tage vergangen waren – saßen im Hinterzimmer des Schafskopfer Wirtshauses der Dorfschulze Rettich, der Schöffe Quargel und der junge Runkel. Der Dorfschulze griff nach dem Glas.

«Hört doch auf, um des Kaisers Bart zu streiten», sagte der Dorfschulze.

«Und ich sage, daß die Franzosen sich von den Preußen nicht unterkriegen lassen», behauptete Quargel und schlug mit der Faust auf den Tisch.

«Der Preuße, der Hundsfott, is gerissen!» entgegnete Runkel.

«Gerissen, na und wenn schon! Der Türke hilft den Franzosen, und der Türke ist der Stärkste.»

«Was Ihr so alles wißt! Der Stärkste ist Garibaldi!»

«Ihr... Armleuchter, spinnt wohl. Wo nehmt Ihr den Garibaldi bloß her?»

«Was soll ich den hernehmen? Schließlich reden die Leute doch, daß er vor sechs Jahren[8] mit dem Schiff die Weichsel runterkam und 'ne große Armee mitbrachte. Doch das Bier hat ihm nicht geschmeckt in Warschau, zu Hause hat er besseres, deshalb ist er wieder umgedreht.»

«Lästert nicht. Jeder Schwab[9] ist ein Jude.»

«Garibaldi ist doch kein Schwab.»

«Na was?»

«Was ‹was›? Ein Kaiser, und basta!»

«Oh, seid Ihr schrecklich klug!»

«Ihr seid auch nicht klüger.»

«Wenn Ihr so klug seid, dann sagt mir, wie hat der erste Mensch mit Nachnamen geheißen.»

«Wie schon? – Adam.»

«Na, das ist der Taufname, aber wie war der Nachname?»

«Woher soll ich das wissen?»

«Ha, seht Ihr. Ich weiß es. Mit Nachnamen hat er ‹Besiegt› geheißen.»

«Was is 'n das für 'n Blödsinn?»

«Na, wenn Ihr's nicht glaubt, dann hört zu:

‹Maria, du Meeresstern,
Die du den Herrn
Mit deiner Milch genährt!
Du, die den Todeskeim, den gesät
Der erste Mensch, besiegt.›

Also, was is? Heißt a nich ‹Besiegt›?»

«Hm, stimmt.»

«Trinken wa lieber noch einen», sagte der Dorfschulze.

«Eure Gesundheit, Gevatter!»

«Eure Gesundheit!»

«Le-Chaim!»

«Scholem!»

«Der Herr gebe seinen Segen!»

Sie tranken alle drei, aber da gerade der Deutsch-Französische Krieg im Gange war, kam der Schöffe Quargel wieder auf die Politik zurück.

«Die Franzosen», sprach er, «sind auch so 'n Volk von Schürzenjägern. Ich erinnere mich nicht mehr, aber mein Vater hat immer erzählt, daß es in Schafskopf ganz schön drunter und drüber ging, als sie bei uns Quartier nahmen. Die Weiber sind ja so schrecklich neugierig! Neben unserer Kate hat der Staś gewohnt, der Vater von Valentin, und bei ihnen war auch ein Franzose untergekommen, vielleicht sogar zwei, was weiß ich. Na, und eines Nachts wacht der Staś auf und ruft: ‹Kaśka! Kaśka! Mir scheint, daß da ein Franzose an dir rumfummelt.› Und sie antwortet: ‹Scheint mir auch so.› Da sagt der Staś: ‹Dann sag ihm, daß er abhauen soll!› – ‹Ha›, sagt die Alte, ‹red du doch mit ihm, wo er doch kein Polnisch versteht!› Tja, was sollte er da machen.»

«Na, dann trinken wir noch einen», sagte Rettich nach einer Weile.

«Der Herr gebe seinen Segen!»

«Gott vergelt's!»

«Na, auf eure Gesundheit!»

Sie tranken wieder, und da sie Arrak tranken, haute Runkel sein leeres Glas auf den Tisch und sprach: «Eh! Das is was Gutes, ja, das is gut!»

«Na, noch einer?»

«Schenkt ein!»

Runkel wurde immer röter, und Rettich goß ihm ständig nach.

«Nun», sagte er schließlich zu Runkel, «wenn Ihr Euch auch einen Sack Erbsen mit einer Hand auf den Rücken werfen könnt, so hättet Ihr doch bestimmt Angst, in den Krieg zu ziehen?»

«Was soll ich denn da Angst haben? Wenn man sich schlagen muß, dann schlägt man sich eben.»

Quargel erwiderte darauf: «Der eine ist klein und mutig, der andere groß und stark, aber furchtsam.»

«Das stimmt aber nicht!» rief Runkel, «ich bin nicht furchtsam.»

Quargel daraufhin: «Wer kann das wissen?»

«Und ich sage Euch», entgegnete Runkel, wobei er eine Faust so groß wie ein Brotlaib zeigte, «wenn ich Euch mit dieser Faust eins übers Kreuz ziehe, fliegt Ihr auseinander wie ein altes Faß.»

«Vielleicht auch nicht!»

«Woll'n wir's mal versuchen!»

«Gebt schon Ruhe», mischte sich der Dorfschulze ein, «ihr werdet euch doch wohl nicht prügeln? Trinken wir lieber noch was.»

Und sie tranken wieder, doch Rettich und Quargel nippten bloß. Runkel dagegen leerte das Glas Arrak in einem Zug, so daß ihm ganz anders wurde.

«Küßt euch jetzt», sagte der Dorfschulze. Runkel fing an zu weinen bei den Umarmungen und Küssen: ein Zeichen dafür, daß er schon ziemlich angesäuselt war. Dann begann er bitterlich darüber zu jammern, daß ihm vor zwei Wochen nachts im Stall ein buntgeschecktes Kalb verreckt war.

«Oh, was für ein Kalb hat mir der Herrgott doch genommen!» rief er bekümmert.

«He, nun werdet doch nicht so traurig!» sagte Rettich. «Der Gemeindeschreiber hat einen Brief bekommen, daß der herrschaftliche Wald jetzt an die Bauern gehen soll[10].»

Runkel erwiderte darauf: «Das ist nur recht und billig. Oder hat vielleicht der Herr den Wald gesät?»

Dann hub er schon wieder mit seinen Wehklagen an: «Oh, das war ein Kalb! Ein Kalb war das! Wenn es die Kuh beim Säugen mit der Stirn gestoßen hat, machte es einen Satz, daß es mit dem Hintern an die Decke stieß.»

«Der Schreiber hat gesagt...»

«Was geht mich der Schreiber an!» unterbrach Runkel wütend, «der Schreiber», und dann zitierte er aus dem bekannten Lied:

«Der kann mich mal
Genauso wie der Ignac...»

«Fluch nicht. Trinken wir!»

Und sie tranken wieder. Runkel beruhigte sich ein wenig und setzte sich friedlich auf seinen Schemel. Doch da öffnete sich die Tür, und die grüne Mütze, die Stupsnase und das Spitzbärtchen des Schreibers zeigten sich.

Runkel, der die Mütze in den Nacken geschoben hatte, warf sie sogleich zu Boden, sprang auf und stammelte: «Gelobt sei Jesus Christus!»

«Ist der Dorfschulze da?» fragte der Schreiber.

«Ja», antworteten ihm drei Stimmen.

Der Schreiber kam näher, und sofort rannte Schmul, der Gastwirt, mit einem Glas Arrak herbei. Fiesel roch daran, verzog das Gesicht und setzte sich an den Tisch.

Für einen Augenblick herrschte Schweigen.

Schließlich begann Quargel: «Herr Schreiber?»

«Was ist?»

«Stimmt das mit dem Wald?»

«Ja, es stimmt. Ihr müßt nur alle ein Gesuch unterschreiben.»

«Ich unterschreibe nichts», ließ sich Runkel hören, der wie alle Bauern einen Widerwillen dagegen empfand, seine Unterschrift unter irgend etwas zu setzen.

«Es wird dich auch niemand darum bitten. Wenn du nicht unterschreibst, kriegst du eben nichts. Wie du willst.»

Runkel begann sich am Kopf zu kratzen, der Schreiber dagegen wandte sich zum Dorfschulzen und zum Schöffen und sprach in amtlichem Ton: «Mit dem Wald, das stimmt, doch jeder muß seinen Teil einzäunen, damit es keine Streitereien gibt.»

«So ein Zaun wird mehr kosten, als der Wald wert ist», warf Runkel ein.

Der Schreiber beachtete ihn nicht. «Und zur Deckung der Kosten des Zaunes», sagte er zum Dorfschulzen und zum Schöffen, «hat die Regierung Geld geschickt. Jeder macht dabei noch ein gutes Geschäft, denn pro Kopf kommen fünfzig Rubel.»

Runkels Augen funkelten wie die eines Betrunkenen. «Wenn das so ist, dann unterschreibe ich. Und wo ist das Geld?»

«Bei mir», entgegnete der Schreiber. «Nun, und hier ist das Dokument.»

Nachdem er das gesagt hatte, zog er ein vierfach gefaltetes Papier hervor und las etwas vor; die Bauern verstanden es zwar nicht, freuten sich aber trotzdem darüber. Wenn Runkel jedoch nüchtern gewesen wäre, hätte er bemerkt, daß der Dorfschulze dem Schöffen zuzwinkerte.

Dann, o Wunder!, zog der Schreiber tatsächlich das Geld hervor und sagte: «Na, wer ist der erste?»

Sie unterschrieben der Reihe nach, und als Runkel sich anschickte, zur Feder zu greifen, schob Fiesel das Dokument beiseite und sprach: «Vielleicht möchtest du nicht? Hier ist alles freiwillig.»

«Warum sollte ich nicht wollen?»

Der Schreiber darauf: «Schmul!»

Schmul erschien in der Tür. «Nun, was wünschen der Herr Schreiber?»

«Komm her, du sollst bezeugen, daß hier alles aus freiem Willen geschieht.» Dann wandte er sich wieder Runkel zu: «Vielleicht willst du gar nicht?»

Doch Runkel hatte schon unterschrieben und einen Klecks – fast so groß wie Schmul – aufs Papier gemacht; danach nahm er das Geld vom Schreiber, ganze fünfzig Rubel, und nachdem er sie unter den Rock gesteckt hatte, rief er: «Nu geb noch 'n Arrak her!»

Schmul brachte ihn sofort, und sie tranken noch ein, zwei weitere. Dann stützte Runkel seine Fäuste auf die Knie und nickte ein. Er schaukelte ein paarmal hin und her, und schließlich fiel er vom Schemel, brummte: «Mein Gott! Verzeih mir armem Sünder!» und schlief ein.

Die Runkelowa kam ihn nicht holen, weil sie wußte, daß ihm, wenn er betrunken war, leicht die

Hand ausrutschte. Ja, so was kam vor. Am nächsten Tag bat er seine Frau dann um Verzeihung und küßte ihr die Hände. Wenn er nüchtern war, hörte sie kein böses Wort, doch wenn er betrunken war, kriegte sie schon mal ein paar Hiebe verpaßt.

So schlief Runkel also die ganze Nacht in der Schenke. Am anderen Morgen erwachte er bei Sonnenaufgang. Er schaut um sich, blinzelt mit den Augen – das ist doch nicht seine Hütte, sondern die Schenke, aber nicht das Hinterzimmer, in dem er gestern gesessen hat, sondern die Schankstube mit der Theke.

«Allmächtiger Gott!»

Er kann jetzt alles besser erkennen, die Sonne ist schon aufgegangen, und er schaut durch die bunten Scheiben in die Schankstube. Vor dem Fenster steht Schmul im fransenverzierten Taleskoten; er steht da, wiegt sich hin und her und betet laut.

«Schmul! Du mit deinem Hundeglauben!»

Doch Schmul reagiert nicht. Er neigt sich nach vorne, er neigt sich nach hinten. Unter dem Hemd zieht er irgendeinen Riemen hervor, küßt ihn und schreit weiter auf den Herrgott ein, ihm dankend, daß er die Morgenröte und die Sonne am Himmel gegeben hat, daß er die Nacht von der Erde genommen und es Tag werden ließ und daß er groß und stark ist.

Runkel fing an, sich abzutasten, wie das jeder Bauer tut, wenn er eine Nacht in der Schenke geschlafen hat. Er fühlte das Geld.

«Meine Güte, was hat das denn zu bedeuten?»

Schmul hatte indessen sein Gebet beendet und den Gebetskittel ausgezogen; er ging ins Hinterzimmer, um ihn dort zu verstauen. Von dort kam er mit langsamen Schritten, ernst und gefaßt, zurück.

«Schmul!»

«Nu, was willst du?»

«Was hab' ich da für 'n Geld?»

«Weißt du Dummkopf das denn nicht mehr? Du hast dich gestern einverstanden erklärt, für den Sohn des Schulzen losen zu gehen. Das Geld hast du genommen und den Kontrakt unterschrieben.»

Nun wurde Runkel weiß wie die Wand; er schleuderte seine Mütze zu Boden, schmiß sich dann über sie und begann zu brüllen, daß die Scheiben klirrten.

«Na, hau schon ab, du Soldat!» sagte Schmul phlegmatisch.

Eine halbe Stunde später näherte sich Runkel seiner Hütte. Die Runkelowa kochte gerade das Essen, als sie das Tor knarren hörte. Wütend rannte sie schnurstracks vom Herd weg, ihm entgegen. «Du Saufloch!» begann sie.

Doch bei seinem Anblick erschrak sie, sie erkannte ihn kaum wieder. «Was is mit dir?»

Runkel ging in die Hütte hinein und konnte zuerst kein Wort hervorbringen; er setzte sich nur auf die Bank und starrte auf die Erde. Doch die Frau begann zu fragen, und schließlich hatte sie alles aus ihm herausgefragt.

«Sie haben mich verkauft wie die Juden Christus», schloß er, ohne zu berücksichtigen, daß Christus unter etwas anderen Bedingungen an die Pharisäer verkauft worden war.

Die Frau jammerte fürchterlich, er ebenso. Das

Kind in der Wiege fing zu schreien an, und Harras heulte in der Tür so jämmerlich, daß die Weiber aus den anderen Hütten mit Kochlöffeln in den Händen herbeigelaufen kamen und einander fragten: «Was ist denn bei den Runkels los?»

«Er muß sie geschlagen haben, oder?»

Ja, die Runkelowa jammerte noch mehr als Runkel selbst, denn die Arme liebte ihn mehr als alles in der Welt.

FÜNFTES KAPITEL

in welchem wir das juristische Corpus von Schafskopf und seine Vorsitzenden kennenlernen

Am nächsten Tag war Schöffenratssitzung. Die Schöffen kamen aus der ganzen Gemeinde zusammen, mit Ausnahme der Herren, also der Schlachta[11], von denen auch einige wenige Schöffen waren. Doch diese wenigen wollten sich nicht von der Mehrheit unterscheiden, und deshalb hielten sie sich an den englischen Grundsatz der Politik der Nichteinmischung, der von dem berühmten Staatsmann John Bright so gepriesen wurde. Dies schloß allerdings nicht den indirekten Einfluß der «Intelligenz» auf das Schicksal der Gemeinde aus. Denn wenn jemand von der «Intelligenz» ein Anliegen hatte, lud er Herrn Fiesel am Abend vor der Sitzung zu sich ein. Man führte ihn in das Zimmer des Vertreters der «Intelligenz», reichte Wodka und Zigarren, und dann ließ es sich angenehm über die Angelegenheit plaudern. Darauf folgte ein reichliches Mahl, zu dem Herrn Fiesel mit den höflichen Worten gebeten wurde: «So nehmen Sie doch Platz, Herr Fiesel, bitte setzen Sie sich!»

Herr Fiesel setzte sich, und am nächsten Tag erzählte er dem Schulzen so nebenbei: «Gestern war ich zum Essen bei den Raffkinskis, Goldurskis oder Snoblewskis eingeladen. Hm, die haben eine Tochter im Haus. Ich weiß schon, was das bedeuten soll!» Beim Essen allerdings bemühte sich Herr Fiesel, gute Manieren zu zeigen, all die rätselhaften Speisen so zu essen wie die anderen am Tisch und sich nicht anmerken zu lassen, daß diese Vertraulichkeit mit der Gutsfamilie ihm ungemein schmeichelte.

Er war ein taktvoller Mann, der sich überall zurechtfand. So ließ er sich bei solchen Gelegenheiten seinen Schneid nicht abkaufen; zudem mischte er sich ständig ins Gespräch ein, wobei er diesen «braven Kommissar» und jenen «vortrefflichen Vorsteher» erwähnte, mit dem er gestern oder vorgestern ein Spielchen zu einer Kopeke pro Punkt gemacht habe. Kurz und gut, er bemühte sich zu zeigen, daß er mit den führenden Persönlichkeiten des Eselsfelder Kreises auf vertrautem Fuße stand. Er merkte zwar, daß die Herren während seiner Erzählungen irgendwie merkwürdig auf ihre Teller blickten, aber er meinte, dies sei so Mode. Er wunderte sich auch darüber, daß der Gastgeber nicht wartete, bis er sich von allein verabschiedete, sondern ihm gleich nach dem Essen auf die Schultern klopfte und dabei sprach: «Nun, leben Sie wohl, Herr Fiesel!», doch auch hier meinte er, daß dies in der feinen Gesellschaft so üblich sei. Wenn er dem Hausherrn zum Abschied die Hand drückte, dann spürte er stets etwas Raschelndes. Sofort machte er seine Finger krumm, und dem adligen Herrn über die Handfläche kratzend, scharrte er das «Raschelnde» zusammen, wobei er niemals zu erwähnen vergaß: «Aber gnädiger Herr! Unter uns ist das doch nicht nötig! Und was Ihr Anliegen betrifft, so können Sie völlig beruhigt sein!»

Ja, der gnädige Herr konnte in der Tat beruhigt sein, denn Fiesel hatte Rettich und den Schöffen Quargel in der Hand, und zu dritt hatten sie den ganzen Schöffenrat in der Hand, dem nichts weiter übrigblieb, als das abzusegnen, was jene drei beschlossen hatten. Das war nicht weiter verwunderlich, denn geniale Persönlichkeiten reißen in jedem Gemeinwesen die Macht und das Ruder an sich.

Bei einer solch energischen Führung und bei dem angeborenen Talent des Herrn Fiesel stünde es sicherlich bestens um die Gemeindeangelegenheiten, wenn nur Herr Fiesel nicht unglücklicherweise bei manchen Dingen das Wort ergreifen würde, um dem Rat zu erklären, wie man die eine oder andere Sache vom Rechtsstandpunkt aus zu betrachten habe. Die übrigen Sachen, vor allem diejenigen, denen nichts Raschelndes vorausgegangen war, überließ er dem Ermessen des Rates, und während der Verhandlungen bohrte er zur großen Beunruhigung der Schöffen, die sich kopflos fühlten, in der Nase.

Von der Schlachta, oder, um es treffender auszudrücken, von den Gutsherren, war nur Herr Krapp, der Pächter von Kleinfortschritt, anfänglich als Schöffe bei den Ratssitzungen anwesend, weil er der Auffassung war, daß die «Intelligenz» daran teilnehmen müsse. Doch dies nahm man ihm allgemein übel. Die Schlachta behauptete, Herr Krapp müsse ein «Roter» sein, wofür übrigens sein Name schon Beweis genug sei. Die Bauern hingegen, in dem ihnen eigenen demokratischen Bewußtsein ihrer Andersartigkeit, meinten auch, daß es sich für einen Herrn nicht gezieme, sich mit Bauern auf eine Bank zu setzen, und als schlagendster Beweis dafür galt ihnen, daß «jene Herren es auch nicht taten». Überhaupt warfen die Bauern Herrn Krapp vor, er sei kein richtiger Herr wie die anderen und auch der Herr Fiesel könne ihn nicht richtig leiden; Herr Krapp hatte sich nämlich nie mit etwas Raschelndem um Fiesels Gewogenheit bemüht. Ja, einmal hatte er sogar als Schöffe auf einer Sitzung Fiesel zu schweigen geheißen, also: die Abneigung gegen ihn war allgemein. Infolgedessen mußte er eines schönen Tages vor dem ganzen Rat aus dem Munde des neben ihm sitzenden Schöffen die folgenden Worte vernehmen: «Der werte Herr – ist das ein Herr? Herr Snoblewski ist ein Herr, Herr Goldurski ist ein Herr, aber der werte Herr ist kein Herr, nur ein Neureicher.» Als Herr Krapp, der sich gerade das Gut Wankelmut gekauft hatte, dies hörte, schmiß er alles hin und ließ den Schöffenrat Schöffenrat sein, so wie er seinerzeit die Stadt hatte Stadt sein lassen. Die Schlachta sagte daraufhin: «Nun hat er ausgespielt», wobei man zur Verteidigung des Grundsatzes der Nichteinmischung eines der Sprichworte anführte, die die Volksweisheit ausmachen: «Ein Bauer bleibt ein Bauersmann.»

Dann beriet der Gemeinderat, von der «Intelligenz» nicht gestört, über seine eigenen Angelegenheiten ohne die Hilfe des oben angeführten Elementes, allein unter Benutzung des Schafskopfer Verstandes, der schließlich für Schafskopf in gleicher Weise reichen mußte wie der Pariser Verstand für Paris oder zum Beispiel der autonom-galizische für Galizien. Übrigens ist es völlig klar, daß der Sinn fürs Praktische oder, wie man im «Weichselland»[12] und den angrenzenden Gebieten sagt, «der gesunde Bauernverstand» mehr wert ist als jegliche lebensfremde Intelligenz. Daß die Einwohner des oben genannten Landes und der angrenzenden Provinzen mit jenem «gesunden Menschenverstand» auf die Welt kommen, braucht, so scheint mir, nicht bewiesen zu werden.

Dies zeigte sich auch in Schafskopf bei der Sitzung, von welcher die Rede ist, als die Anfrage der übergeordneten Behörde verlesen wurde, ob die Gemeinde nicht gesonnen sei, den auf ihrem Boden liegenden Weg nach Eselsfeld auf eigene Kosten auszubessern. Das vorgeschlagene Projekt mißfiel den versammelten *patres conscripti* gar sehr. Einer der örtlichen Senatoren vertrat sogar die freidenkerische Ansicht, daß es gar nicht nötig sei, den Weg instand zu setzen, da man auch über die Wiese von Herrn Goldurski fahren könne. Wenn Herr Goldurski anwesend gewesen wäre, hätte er sicher *pro publico bono* etwas dagegen einzuwenden gehabt, doch er war ja nicht zugegen, da er dem Grundsatz der Nichteinmischung huldigte. Der Antrag wäre also unzweifelhaft *unanimitate* durchgegangen, wenn nicht Herr Fiesel am Vortag zum

Essen eingeladen gewesen wäre, wo er Fräulein Jadwiga die Szene von der Erdrosselung zweier spanischer Generäle erzählt hatte, die er in der von Herrn Breslauer herausgegebenen «Isabella von Spanien» gelesen hatte. Nach dem Essen hatte er beim Händedruck mit Herrn Goldurski in seiner Hand etwas Raschelndes gespürt. Nun hörte der Herr Schreiber also auf, in der Nase zu bohren, und anstatt den Antrag aufzuschreiben, legte er seine Feder aus der Hand, was stets als Zeichen galt, daß er das Wort ergreifen wollte.

«Der Herr Schreiber will was sagen», ertönten mehrere Stimmen aus der Versammlungsrunde.

«Ich wollte nur sagen, daß ihr ziemlich dumm seid», bemerkte der Schreiber gleichgültig.

Die Gewalt einer wahrhaft parlamentarischen Rede, sei sie auch inhaltlich noch so komprimiert, ist so groß, daß bei obigem Appell, mit welchem Protest gegen den Antrag und überhaupt gegen die administrative Politik des Schafskopfer juristischen Corpus ausgedrückt wurde, die Mitglieder des besagten Corpus beunruhigt um sich blickten und sich – ein untrügliches Zeichen für tiefes Eindringen in den Gegenstand – das edle Denkorgan kratzten.

Schließlich ließ sich nach langem Schweigen einer der Repräsentanten in fragendem Tone vernehmen: «Warum 'n das?»

«Weil ihr dumm seid!»

«Muß wohl so sein!» erhob sich eine Stimme.

«Wiese bleibt Wiese», fügte ein zweiter hinzu.

«Und im Frühjahr kann man überhaupt nicht drüberfahrn», endete ein dritter.

Infolgedessen wurde der Antrag, in welchem die Wiese des Herrn Goldurski als Durchfahrtsmöglichkeit vorgeschlagen wurde, abgelehnt und das Behördenprojekt angenommen. Man begann gemäß dem übersandten Voranschlag die Kosten für die Ausbesserung aufzustellen. Zuerst beabsichtigte man, die Übernahme der kompletten Kosten dem Gut aufzuerlegen, das nun weiterhin unangefochten von der Wiese Gebrauch machen konnte. Doch als auch dieser neue Vorschlag dank Herrn Fiesels Einsatz abgelehnt wurde, war jeder der anwesenden Rechtsgelehrten bestrebt, die Last von sich abzuwälzen und den Nächsten nicht des inneren Behagens und der Zufriedenheit zu berauben, die unmittelbarer Ausfluß des Gefühls sind, daß man für das Wohl der Allgemeinheit die größten Opfer bringt. Der Gerechtigkeitssinn war so tief im Denken der Schafskopfer Juristen verwurzelt, daß es niemandem gelang, sich um seinen Anteil an den Gesamtkosten zu drücken, mit Ausnahme des Schulzen und des Schöffen Quargel, die dafür die schwere Aufgabe auf sich nahmen, alles zu überwachen und für eine möglichst schnelle Erledigung zu sorgen.

Man muß jedoch zugeben, daß eine solche uneigennützige Aufopferung von seiten des Schulzen und des Schöffen – genau wie jede Tugend, die das Maß des Alltäglichen überschreitet – den Neid der anderen Schöffen weckte. Ja, es erhob sich sogar eine Stimme des Protestes, die sich ärgerlich vernehmen ließ: «Und ihr, warum bezahlt ihr denn nicht?»

«Wir werden doch nicht sinnlos unser Geld

hergeben, wo das, was ihr bezahlt, schon ausreicht», erwiderte Quargel darauf.

Das war ein Argument, gegen das – wie ich hoffe – nicht nur der gesunde Schafskopfer Menschenverstand, sondern auch kein anderer einen Einwand finden würde. So schwieg die Stimme des Protestes denn auch eine Weile, und dann tat sie im Brustton der Überzeugung den Ausspruch: «Ja, das is richtig!»

Die Sache war nun abgetan, und man wäre unverzüglich zum nächsten Tagesordnungspunkt übergegangen, wenn nicht plötzlich in die rechtsprechende Kammer zwei Ferkel eingedrungen wären. Wie verrückt stürzten sie durch die offene Tür, und ohne irgendeinen vernünftigen Grund rannten sie im Zimmer herum, flutschten zwischen den Beinen durch und quietschten lautstark. Natürlich wurden die Beratungen unterbrochen, das juristische Corpus nahm die Verfolgung der Eindringlinge auf, und eine Zeitlang riefen die «Deputierten» in seltener Einstimmigkeit immer wieder: «Nun, schmatz, schmatz! Wollt ihr wohl! Daß euch der Schlag treffe!» und ähnliches. Die Ferkel indessen verkrochen sich unter dem Stuhl von Herrn Fiesel und befleckten ihm seine Zweithose aus sandfarbenem Kord mit einer ungemein verdächtigen grünlichen Masse. Was die grünliche Färbung anlangt – wenn unsere Zeitungen aus der Provinz berichteten, wie es sich gehört –, so würden wir lesen, daß sie sich nicht herauswaschen ließ, obwohl Herr Fiesel Glyzerinseife verwendete und sie mit seiner Zahnbürste schrubbte.

Doch dank der Entschiedenheit und Ausdauer,

die auch diesmal die Schafskopfer Gemeindevertreter nicht verließen, wurden die Ferkel an den Hinterbeinen gepackt und trotz ihres nachdrücklichsten Protestes vor die Tür gesetzt, worauf man wieder zur Tagesordnung übergehen konnte. Auf eben dieser stand jetzt der Rechtsstreit des Bauern Atzel mit dem schon erwähnten Herrn Krapp. Atzels Ochsen hatten sich eines Nachts an dem Klee des Herrn Krapp überfressen und gegen Morgen dieses Tal des Jammers und der Tränen verlassen, um in eine bessere Ochsenwelt einzugehen. Der verzweifelte Atzel legte, in der Hoffnung auf Hilfe und Gerechtigkeit, die ganze traurige Angelegenheit dem Schöffenrat vor.

Der Rat vertiefte sich mit dem ihm eigenen Scharfsinn in die Angelegenheit und gelangte zu der Überzeugung, daß Atzel seine Ochsen zwar absichtlich auf das Feld von Herrn Krapp gelassen habe, aber daß die Ochsen noch leben würden, wenn dort zum Beispiel Hafer oder Weizen, nicht aber dieser elendige Klee wachsen würde; dann nämlich würden sie sich noch immer der besten Gesundheit erfreuen; und mit Sicherheit hätten sie dann nicht diese traurigen Beschwerden, diese Blähungen erlitten, durch die sie dahingerafft worden waren. Von dieser logischen wie auch streng rechtlich gesehenen Prämisse ausgehend, schlußfolgerte der Rat, daß nicht Atzel, sondern Herr Krapp schuld sei am Tod der Ochsen und Herr Krapp demzufolge Atzel die Ochsen bezahlen solle. Außerdem sollte er als Warnung für die Zukunft fünf Silberrubel Verwaltungsgebühr in die Gemeindekasse zahlen. Obige Summe sei, falls der Beklagte die Zahlung verweigere, von seinem Pächter Itzig Zweinas einzutreiben.

Danach wurden noch mehrere Urteile in Zivilsachen gefällt; alle Urteile übrigens, soweit sie nicht mehr oder weniger den genialen Fiesel berührten, wurden im Zustand der Unabhängigkeit gefällt – gewogen auf den Waagschalen der puren Gerechtigkeit und des gesunden Schafskopfer Menschenverstandes. Dank des englischen Grundsatzes der Nichteinmischung, an welchen sich, wie bereits erwähnt, die «Intelligenz» hielt, wurde die allgemeine Harmonie und Eintracht nur selten von abwegigen Bemerkungen gestört wie zum Beispiel den unwillkürlich ausgestoßenen Forderungen nach Pestilenz, Schlagfluß und Schrumpfleber, die sich sowohl die streitenden Parteien als auch die Richter selbst an den Hals wünschten.

Ich vermute nun, daß dank dem unschätzbaren Grundsatz der Nichteinmischung alle Angelegenheiten in der Art entschieden wurden, daß stets sowohl die gewinnende wie auch die verlierende Partei einen gewissen, verhältnismäßig hohen Betrag als «Kanzleigebühr» einzahlen mußte. Dies garantierte nebenbei die in den Gemeindestatuten geforderte Unabhängigkeit des Schulzen und des Schreibers; in erster Linie aber heilte es die Leute von der Prozeßsucht, und es hob die Moral der Gemeinde Schafskopf auf ein Niveau, von dem die Philosophen des 18. Jahrhunderts vergeblich geträumt hatten. Ebenfalls erwähnenswert ist noch – auch wenn wir uns einer lobenden oder einer mißbilligenden Stellungnahme enthalten werden –, daß Herr Fiesel stets nur die Hälfte der eingezahlten

Summe als Kanzleigebühren einschrieb, die zweite Hälfte aber für «unvorhergesehene Situationen» bestimmt war, in die der Schreiber, der Schulze und der Schöffe Quargel geraten konnten.

Schließlich ging man zur Verhandlung der Strafsachen über; man befahl dem Dorfpolizisten, die Gefangenen heranzuschaffen und vor das Hohe Gericht zu bringen. Ich brauche wohl nicht hinzuzufügen, daß in der Gemeinde Schafskopf das neueste, den Anforderungen der Zivilisation am meisten entsprechende Zellengefängnis-System gebräuchlich war. Selbst böse Zungen können das nicht bestreiten. Noch heute kann sich jeder davon überzeugen, daß es im Schweinestall des Dorfschulzen vier Verschläge gibt. Die Gefangenen saßen einsam, nur in Gesellschaft jener Tiere, von denen es in der «Zoologie für den Gebrauch der Jugend» heißt: «Schwein: ein Tier, das für seine Schmutzigkeit mit Recht so genannt wird, etc.» und denen die Natur – was als Beweis ihres zweckmäßigen Wirkens dienen mag – kompromißlos die Hörner versagt hat. Die Gefangenen saßen also in den Zellen nur in einer Gesellschaft, die sie anerkanntermaßen bei ihren Reflexionen und Betrachtungen über die begangenen bösen Taten und bei ihren Vorsätzen, sich in Zukunft zu bessern, nicht stören konnte.

Der Dorfpolizist begab sich also unverzüglich zu jenem Gefängnis, und aus den Zellen führte er nicht zwei, sondern im wahrsten Sinne ein Paar Missetäter vor das Angesicht ihrer Richter. Der Leser kann daraus leicht ersehen, über welch delikate und psychologisch höchst verwickelte Angelegenheit das Schafskopfer Gericht jetzt zu verhandeln hatte. Und in der Tat, die Sache war höchst delikat. Ein gewisser Romeo alias Wach Griemel und eine gewisse Julia alias Baśka Drescher standen beim gleichen Bauern in Diensten, er als Knecht, sie als Magd. Nun, was sollen wir es verheimlichen, sie liebten sich und konnten ohne einander nicht leben, so wie Joringel nicht ohne seine Jorinde. Kurz gesagt: sie liebten sich, ich weiß nicht, ob platonisch, aber jedenfalls, darauf gebe ich mein Wort, sehr heftig. Doch bald schlich sich zwischen Romeo und Julia die Eifersucht ein, denn letztere sah ihren Romeo einmal, wie er mit der Jagna vom Gutshof ziemlich lange scherzte. Seitdem wartete die unglückliche Julia nur auf eine gute Gelegenheit. Als Romeo dann eines Tages nach Ansicht Julias zu zeitig vom Feld heimkehrte und hartnäkkig nach Essen verlangte, kam es zum Ausbruch und zu gegenseitigen Vorhaltungen, wobei einige Dutzend Faust- und Kochlöffelschläge ausgetauscht wurden. Selbstverständlich waren Spuren dieser Schläge als blaue Flecken auf dem Engelsgesicht Julias, aber auch auf dem männlich stolzen Antlitz Romeos, dessen Stirn eine klaffende Wunde zierte, zurückgeblieben. Das Gericht sollte nun also darüber befinden, auf welcher Seite das Recht stand und wer dem anderen als Entschädigung für die Treulosigkeit oder für die Folgen des Ausbruches fünf Złoty oder, um es korrekt auszudrücken, siebzig Silberkopeken zahlen müsse.

Da der gesunde Geist des Gerichtes noch nicht vom Verwesungshauch westlicher Dekadenz berührt war, verabscheute er aus tiefster Seele die

Frauenemanzipation, die den idyllischen Neigungen der Slawen widerstrebt, und so gab das Gericht das Wort zuerst Romeo, welcher, sich seinen lädierten Schädel haltend, zu sprechen anfing: «Hochwürdiges Gericht! Dieses Biest läßt mir schon lange keine Ruhe. Ich kam zur Vesper nach Haus, hab' an nichts Böses gedacht, und da fährt sie mich an: ‹Du Hundesohn, du Rotfuchs, der Bauer ist noch auf dem Feld›, schreit sie, ‹und du kommst schon heim? Willst dich hinter den Ofen legen›, schreit sie, ‹willst mir wohl noch zuzwinkern?› Ich hab' ihr noch nie zugezwinkert, aber seit sie mich mit der Jagna vom Gutshof gesehn hat, wie ich der geholfen hab', den Eimer aus dem Brunnen zu ziehen, ist sie sauer auf mich. Sie knallte mir die Schüssel auf den Tisch, daß das Essen fast rausgefallen wär'. Dann hat sie mich nicht mal in Ruhe essen lassen; immer nur beschimpft hat sie mich: ‹Du Heidenbrut›, schreit sie, ‹du Wechselbalg, du Mentor, du Suffragan[13]!› Erst wie sie zu mir ‹Suffragan› gesagt hat, gab ich ihr eins aufs Maul, aber einfach so, ohne Wut, und sie haut mir den Kochlöffel über den Dez ...»

An dieser Stelle konnte die engelhafte Julia nicht länger an sich halten. Sie ballte die Faust, hielt sie ihrem Romeo unter die Nase und kreischte markerschütternd: «Das is nich wahr, nich wahr, nich wahr! Du bellst wie ein Hund!»

Dann entlud sich ihr übervolles Herz in bitteren Tränen, und zum Gericht gewandt, rief sie: «Hochwürdiges Gericht! Oh, ich unglückliche Waise, oh, um Gottes willen! Ich hab' ihn mit Jagna nich am Brunnen gesehen, ach, soll sie doch der

Blitz treff'n, ich hab' nur gesehn, wie sie in den Roggen gegang'n und da so an die fünf Ave Maria geblieb'n sind. Dieser Wüstling! -zig Mal hat a mir gesagt, daß a mich so lieb hat, daß a mich auffress'n könnt'. Verrecken soll a! Die Zunge soll ihm abfall'n! Nein, nicht mit 'nem Kochlöffel hab' ich ihm übern Dez gehaun – oh, das ist ein Schicksal! –, sondern mit 'na Runge. Die Sonne is noch ganz hoch, da kommt er schon vom Feld und schreit nach Essen! Ich sprech' mit ihm höflich wie mit 'nem guten Menschen: ‹Du Spitzbubengesicht, der Bauer is noch aufm Feld, und du schon zu Haus, was?› Doch Suffragan hab' ich nich zu ihm gesagt, so wahr mir Gott helfe! Daß ihn doch der...»

Hier rief der Schulze die Beschuldigte zur Ordnung, indem er an sie die Frage richtete: «He, du verflixtes Frauenzimmer, willst du wohl das Maul halten!»

Für einen Augenblick herrschte Ruhe, das Gericht begann über das Urteil nachzudenken, und – welch zartes Gespür für die Situation! – man verurteilte keine Seite zur Zahlung von fünf Rubeln. Lediglich zur Wahrung der gerichtlichen Autorität wie auch zur Warnung an alle verliebten Paare in ganz Schafskopf ließ man die Beklagten noch vierundzwanzig Stunden im Zellengefängnis sitzen und jeden einen Silberrubel Kanzleigebühren bezahlen.

«Von Wach Griemel und Baśka Drescher jeweils fünfzig Silberkopeken Kanzleigebühren erhalten», notierte Herr Fiesel.

Damit war die Sitzung beendet. Herr Fiesel erhob sich, glättete seine sandfarbenen Kordhosen und zog seine violette Weste nach unten. Die Schöffen waren schon im Begriff auseinanderzugehen, sie griffen nach ihren Mützen und Peitschen, als plötzlich die nach dem Einfall der Ferkel geschlossene Tür sperrangelweit aufgerissen wurde und Runkel, düster wie die Nacht, darin erschien, und hinter ihm die Runkelowa und Harras.

Die Runkelowa war bleich wie eine Leinwand; ihr hübsches, zartes Gesicht drückte Traurigkeit und Demut aus, und in ihren großen schwarzen Augen standen Tränen, die langsam über ihre Wangen zu kollern begannen.

Runkel war trotzig und hocherhobenen Hauptes eingetreten, aber als er das versammelte Gericht sah, das Metall[14] an dem Schulzen, das Kruzifix, den Ziegenbart und die Stupsnase auf hohen Beinen, verlor er sogleich den Mut, und mit ziemlich leiser Stimme sagte er: «Gelobt sei Jesus Christus!»

«In Ewigkeit, Amen!» antworteten die Schöffen im Chor.

«Na, was wollt ihr denn hier?» fragte der Schulze drohend, den Runkels Erscheinen zunächst verwirrt hatte. Inzwischen hatte er sich wieder gefaßt: «Was für ein Anliegen habt ihr? Habt euch wohl geprügelt, was?»

Wider Erwarten mischte sich der Schreiber ein: «Laßt sie reden.»

«Hochwürdiges Gericht... Ach, soll sie doch der...»

«Sei still! Schweig!» unterbrach ihn die Frau. «Laß mich reden und setz dich still hin.»

Nach diesen Worten wischte sie sich mit der Schürze Tränen und Nase ab und begann mit bebender Stimme die ganze Geschichte zu erzählen. Aber ach, wo denn? Sie klagte den Dorfschulzen und den Schreiber an – vor... dem Dorfschulzen und dem Schreiber.

«Sie haben ihn überrumpelt», sagte sie, «ihm Wald versprochen, wenn er nur unterschreibt. Na, und da hat er unterschrieben. Fünfzig Rubel haben sie ihm gegeben. Doch er war betrunken und hat nicht gewußt, daß er sein und mein Schicksal verkauft, und auch das von dem Kind. Betrunken war er, ehrwürdiges Gericht, sternhagelvoll», sprach sie unter Tränen weiter. «Ein Betrunkener weiß doch nicht, was er tut, auch bei Gericht wird's ihm nachgesehen, wenn er betrunken was ausgefressen hat, weil sie sagen: ‹Er hat nicht gewußt, was er tut.› Bei der Barmherzigkeit Gottes! Ein nüchterner Mensch verkauft doch nicht für fünfzig Rubel sein ganzes Schicksal! Oh, haben Sie doch Mitleid mit mir, mit ihm und mit unserem unschuldigen Kind! Was soll ich Unglückliche denn anfangen allein, mutterseelenallein auf der Welt, ohne ihn, ohne meinen ‹Armen›! Wir sind nur Habenichtse, aber Gott wird es euch reichlich lohnen.»

Hier konnte sie vor Schluchzen nicht weiterreden. Auch Runkel weinte, und alle Augenblicke putzte er sich die Nase mit den Fingern. Die Schöffen guckten einander betroffen an, sahen dann vom Schreiber zum Schulzen und wußten nicht, was sie tun sollten.

Da ergriff die Runkelowa wieder das Wort: «Wie vergiftet geht er umher. ‹Dich›, sagt er, ‹schlage ich tot, dem Kind blase ich das Lebenslicht aus, die Hütte brenn' ich nieder. Aber gehen, nein, gehen tue ich nicht›, sagt er. Was kann ich Arme denn dafür? Oder das Kind? In der Wirtschaft macht er nichts mehr, er greift nicht zur Sense und nicht zur Axt, sitzt nur in der Kammer und seufzt und seufzt, und ich warte auf den Gerichtstag. Ihr seid doch Leute, die Gott im Herzen haben und nicht zulassen werden, daß uns ein Unrecht geschieht. Jesus von Nazareth, Muttergottes von Częstochowa, bittet für uns!»

Einen Moment lang war wiederum nur das Schluchzen der Runkelowa zu hören.

Schließlich murmelte ein alter Schöffe: «Es ist nich schön, einen Menschen betrunken zu machen und dann zu verkaufen.»

«Nee, gar nich schön!» meinten auch andere.

«Gott und die Allerheiligste Gottesmutter mögen euch segnen», rief die Runkelowa, auf der Türschwelle kniend.

Der Dorfschulze schaute besorgt drein, und auch dem Schöffen Quargel war ziemlich mies zumute. Beide schauten zum Schreiber, der in der Nase popelte und, als die Runkelowa geendet hatte, zu den murmelnden Schöffen sagte: «Ihr seid ja dumm!»

Daraufhin trat Stille ein, so daß man das Fallen einer Stecknadel hätte hören können, und dann sprach der Schreiber weiter: «Klar und deutlich steht geschrieben: ‹Wer sich in einen freiwillig geschlossenen Vertrag einmischt, wird durch das Seegericht abgeurteilt.› Und wißt ihr Dummköpfe, was das ist, das Seegericht? Ihr wißt das nicht, ihr Dummköpfe, aber das Seegericht ist...»

An dieser Stelle kramte er sein Taschentuch hervor und schneuzte sich. In der Zwischenzeit konnte er sich genug Material zurechtlegen und mit kalter, amtlicher Stimme fortfahren: «Welcher Tölpel nicht weiß, was ein Seegericht ist, der soll seine Nase ruhig in so eine Angelegenheit stecken, er wird schon zu spüren kriegen, was ein Seegericht ist. Wenn sich ein Freiwilliger eingeschrieben hat, dann laß die Finger davon. Der Kontrakt ist unterschrieben, es gibt Zeugen, punktum! So steht es in der Verfassung, in der Jurisprudenz und in der ersten Auflage des Gesetzes über die Höchste Kommission für Dorfangelegenheiten, und wenn du's dann immer noch nicht glaubst, dann guck in das Procedere und in die Kommentare. Na, und wenn er betrunken ist dabei, was soll's? Trinkt ihr denn nicht, ihr Dummköpfe, immer und überall?»

Wenn nun Justitia selbst mit der Waage in der einen und dem blanken Schwert in der anderen Hand hinter dem Ofen des Schulzen hervorgekommen wäre und sich mitten unter die Schöffen gestellt hätte, dann wären sie nicht mehr erschrokken gewesen als über Seegericht, Verfassung, Jurisprudenz, Procedere und Kommentare.

Einen Augenblick herrschte dumpfes Schweigen. Erst nach einiger Zeit ließ sich Quargel mit leiser Stimme vernehmen, und alle schauten ihn an, als wären sie sehr erstaunt über seine Kühnheit: «Nun, das ist wahr! Wenn du ein Pferd verkaufst, begießt du den Handel; wenn du einen Ochsen kaufst, auch; wenn du ein Schwein kaufst, auch. Das ist so Brauch.»

«Na, und wir haben doch auch nur getrunken, wie es Brauch ist», warf der Schulze ein.

Dadurch bekamen die Schöffen wieder Oberwasser, und an Runkel gewandt, sagten sie: «Du hast dir die Suppe eingebrockt, jetzt mußt du se auch auslöffeln.»

«Biste erst sechs? Oder weißte nich, was te tust?»

«Die Rübe reißt man dir schon nich ab.»

«Wenn de zur Armee gehst, kannste dir 'nen Knecht ins Haus nehmen, der vertritt dich inner Wirtschaft und bei da Frau.»

Langsam verbreitete sich Heiterkeit unter den Versammelten.

Aber plötzlich öffnete der Schreiber erneut den Mund, und alles verstummte. «Ach, ihr wißt überhaupt nicht», sprach er, «was ihr anpacken und wo ihr eure Nase lieber nicht hineinstecken sollt. Daß Runkel seiner Frau und dem Kind gedroht hat, daß er versprochen hat, die eigene Hütte niederzubrennen, da müßtet ihr einschreiten, das könnt ihr nicht so einfach durchgehen lassen. Wenn die Runkelowa schon mit einer Klage gekommen ist, dann soll sie vom Gericht auch nicht weggehen, ohne daß ihr Gerechtigkeit widerfahren wäre.»

«Das is nich wahr! Das is nich wahr!» rief die Runkelowa verzweifelt, «ich hab' mich nich beklagt, er hat mir nie ein Unrecht angetan. O mein Gott! Jetzt hört sich alles auf!»

Doch man eröffnete die Verhandlung, und das unmittelbare Resultat war, daß das Ehepaar Runkel nicht nur nichts ausrichten konnte, sondern daß das Gericht in Sorge um die öffentliche Ordnung und die Unversehrtheit der Runkelowa beschloß, sie vor Runkel zu schützen, indem man ihn zwei Tage lang in den Schweinekoben sperrte. Und damit ihm in Zukunft nicht wieder ähnliche Gedanken in den Sinn kämen, beschloß man außerdem, daß er zwei Silberrubel und fünfzig Kopeken Kanzleigebühren bezahlen müsse.

Doch Runkel begann zu toben und brüllte, daß er nicht in den Schweinestall gehen werde. Und was die Kanzleigebühren anbetraf, so warf er nicht zwei, sondern die fünfzig Rubel, die er vom Schulzen bekommen hatte, auf den Boden und rief: «Soll sie doch nehmen, wer will!»

Es begann ein schrecklicher Tumult. Der Dorfpolizist kam hereingestürzt und wollte Runkel fortschleppen. Runkel gab ihm eins mit der Faust, daraufhin packte ihn dieser am Schopf. Die Runkelowa kreischte, bis einer der Schöffen sie am Genick faßte und vor die Tür setzte, wobei er ihr noch einen Faustschlag ins Kreuz mit auf den Weg gab. Die anderen halfen dem Dorfpolizisten, Runkel an den Haaren in den Schweinestall zu zerren.

Der Schreiber notierte indes: «Von Lorenz Runkel 1 Silberrubel und 25 Kopeken Kanzleigebühren erhalten.»

Die Runkelowa kehrte wie betäubt zu ihrer Hütte zurück. Sie achtete nicht auf den Weg und stolperte über jeden Stein. Verzweifelt rang sie die Hände und jammerte: «O je! O je! O je!»

Da der Schulze ein gutes Herz hatte, bemerkte er, als er langsam mit Quargel zur Schenke ging: «Mir tut dieses Weib ein wenig leid. Ich sollte ihnen vielleicht noch ein Viertel Erbsen draufgeben, was?»

Der alte Schöffe, der sich für die Runkelowa eingesetzt hatte, meinte zu einem anderen: «Ja, ich sag' Euch, wenn nur die Herren Gerichtstag halten würden, dann würd' so was doch nich passier'n.»

Nach diesen Worten stieg er in seinen Wagen, schwenkte die Peitsche und fuhr davon – denn er war nicht aus Schafskopf.

SECHSTES KAPITEL

Imogena[15]

Ich hoffe, daß der Leser den genialen Plan meines sympathischen Helden begriffen und gewürdigt hat. Herr Fiesel setzte das Ehepaar Runkel regelrecht schachmatt. Runkel einfach nur in die Liste einzutragen, hätte zu absolut nichts geführt. Aber ihn betrunken zu machen, so daß er selbst den Vertrag unterzeichnete und das Geld nahm, das machte die Sache schon ein wenig komplizierter. Durch dieses geschickte Vorgehen bewies Fiesel, daß er unter günstigen Umständen eine hervorragende Rolle spielen könnte, zum Beispiel in der Welt der Diplomatie. Der Schulze, der bereit war, seinen Sohn für achthundert Rubel – was bestimmt sein ganzes «Kupfergeld» verschlungen hätte – freizukaufen, stimmte diesem Plan mit Freuden zu, um so mehr, als Fiesel, ebenso maßvoll wie genial, nur fünfundzwanzig Rubel für die Idee beanspruchte. Er nahm dieses Geld nicht aus Habgier, so, wie er sich auch die Kanzleigebühren mit Rettich nicht aus Habgier teilte. Ich muß es offenbaren: Herr Fiesel hatte ständig Schulden bei Salomon, dem Schneider aus Eselsfeld, der die ganze Gegend mit «äscht Pariser» Garderobe versah.

Wenn ich nun schon einmal bei den Bekenntnissen bin, dann will ich dem geneigten Leser auch nicht länger vorenthalten, warum sich Herr Fiesel so sorgfältig kleidete. Sicherlich entsprang dies seinem Gefühl für Ästhetik, doch es gab auch noch einen anderen Grund. Nun, Herr Fiesel war verliebt. Denkt bloß nicht: in die Runkelowa. Auf die Runkelowa hatte er nur, wie er es selbst einst ausdrückte, Appetit, weiter nichts. Doch war Herr Fiesel auch hoher und komplizierter Gefühle fähig. Wenn nicht die Leser, so werden doch die Leserinnen sicherlich erraten, daß der Gegenstand dieser Leidenschaft im Grunde niemand anderes sein konnte als Fräulein Jadwiga Goldurska. Des öfteren, wenn der silberne Mond aufstieg, griff Herr Fiesel zur Ziehharmonika, auf der er es zu einiger Fertigkeit gebracht hatte, setzte sich auf die Bank vor das Gesindehaus, schaute in Richtung des Gutshofs und sang zu den melancholischen Tönen, manchmal etwas schnaufend, leise vor sich hin:

«Vom Morgengrauen voller Schmerz
Bis abends spät vergieß' ich Tränen,
Zerrissen ist auch nachts mein Herz,
Sinnlos das Hoffen und das Sehnen.»

Seine Stimme verhallte in der poetischen Stille der Sommernacht, doch Herr Fiesel fügte nach einer Weile noch hinzu:

«Warum, ihr rohen Leute, vergiftet ihr mir
's Leben,
Zerstört eines Jünglings edles Streben?»

Wer übrigens Herrn Fiesel der Sentimentalität bezichtigen würde, der irrt. Der Geist dieses großen Mannes war viel zu nüchtern, um sentimental zu sein. Nur in seinen Träumen war Fräulein Jadwiga die Isabella und er der Serrano oder Marfori. Die Grundlage dieser Beziehung war dabei die gleiche wie in Spanien, also das Küssen der Strümpfe und so weiter. Da aber die Wirklichkeit nicht an die Träume heranrückt, hat dieser eiserne Mann einmal seine Gefühle verraten; als er nämlich eines Abends an der Leine neben dem Holzschuppen zum Trocknen aufgehängte Unterröcke entdeckte, die an den Schlitzen die Initialen J. G. und darüber eine Krone trugen, erkannte er sofort, daß sie Fräulein Jadwiga gehörten. Sagen Sie, meine Herrschaften, wer hätte da widerstehen können? Nun, auch er widerstand nicht; er kam näher und begann einen der Röcke heiß zu küssen, was die Gutsmagd Malgosia beobachtete. Sofort rannte sie zum Gut, wo sie herumerzählte, daß «der Herr Schreiber seine Nase an dem Fräulein seinen Rökken putzt». Zum Glück glaubte man ihr dies nicht, vor allem, da an dem Rock kein *corpus delicti* zu finden war – und so blieben die Gefühle des Herrn Schreiber vor jedermann unentdeckt.

Ob für ihn überhaupt irgendeine Hoffnung bestand? Meine werten Herrschaften, nehmt ihm dies nicht übel, aber er glaubte fest daran. Sooft er zum Gutshof kam, flüsterte eine innere Stimme, schwach zwar, aber unaufhörlich: «Na, ob dich wohl heute Fräulein Jagwiga während des Essens unter dem Tisch auf den Fuß tritt?»

«Hm! Auf die Lackschuhe kommt's dabei nicht an», fügte er mit jener Seelengröße der wirklich Verliebten hinzu.

Durch das Lesen der Druckerzeugnisse des Herrn Breslauer glaubte er an die Möglichkeit unterschiedlicher Fußsignale. Aber nicht nur, daß Fräulein Jadwiga ihn nicht auf den Fuß trat, sie – wer versteht schon die Frauen? – sah ihn so an, wie man einen Zaun, eine Katze, einen Teller oder etwas Ähnliches anguckt. Wie quälte sich der Ärmste damit ab, ihre Aufmerksamkeit auf sich zu lenken. Wenn er sich eine Krawatte in einer unerhört neuen Farbe umband oder wenn er neue Kordhosen mit fabelhaften Biesen anzog, dachte er sich: «Nun, jetzt wird sie mich doch wohl bemerken!» Selbst Salomon meinte, wenn er ihm neue Beinkleider brachte: «Na, in solchen Hosen kann man, mit Verlaub gesagt, zu einer Grafentochter gehen.» Aber vergebens! Dann ging er zum Diner. Fräulein Jadwiga trat herein, stolz, jungfräulich und rein. Wie eine Königin. Ihr Kleid raschelte, Falten und Rüschen umspielten die Geheimnisse ihres marmornen Körpers. Sie setzte sich, nahm den Löffel in ihre schlanken Finger und warf nicht mal einen Blick auf ihn.

«Begreift sie denn überhaupt nicht, wieviel mich das alles kostet?» dachte Fiesel verzweifelt.

Doch er gab die Hoffnung nicht auf. «Wenn ich nur Unterrevisor werden könnte!» dachte er. «Dann würd' ich im Gutshof ein- und ausgehen.

Vom Unterrevisor zum Revisor ist es nicht weit. Da hätte man eine Britschka und ein paar Pferde, und wenigstens dann würde sie einem die Hand unterm Tisch drücken.» Herr Fiesel malte sich die Konsequenzen jenes Händedrucks in allen Einzelheiten aus, jedoch werden wir diese Gedanken – ein allzu großes Herzensgeheimnis – nicht verraten.

Wie vielseitig die Natur von Herrn Fiesel war, beweist die Leichtigkeit, mit der er neben dem idealen Gefühl für Fräulein Jadwiga, das übrigens dem aristokratischen Wesen des Jünglings sehr entsprach, für den «Appetit» auf die Runkelowa einen ebenbürtigen Platz fand. Ja, die Runkelowa war im wahrsten Sinne des Wortes eine sehr hübsche Frau. Doch der Schafskopfer Don Juan hätte ihr sicherlich nicht so viel Zeit und Mühe geopfert, wenn diese Frau nicht so seltsam widerspenstig gewesen wäre, was man natürlich bestrafen mußte. Der zähe Widerstand einer einfachen Frau – und gegen wen? gegen ihn! – schien Herrn Fiesel derart vermessen und unerhört, daß die Runkelowa in seinen Augen nicht nur den Reiz einer verbotenen Frucht hatte, sondern er auch beschloß, ihr eine Lehre zu erteilen. Der Zwischenfall mit Harras bestärkte ihn in seinem Vorhaben. Er wußte allerdings, daß sich das Opfer wehren würde, und deshalb hatte er sich jene freiwillige Übereinkunft zwischen Runkel und dem Dorfschulzen ausgedacht, welche, scheinbar wenigstens, ihm Runkel und dessen ganze Familie auf Gedeih und Verderb auslieferte.

Doch die Runkelowa gab sich nach den Vorgängen bei der Gerichtsverhandlung noch nicht geschlagen. Der folgende Tag war ein Sonntag, und so beschloß sie, wie gewöhnlich nach Türriegel zum Hochamt zu gehen und dort beim Priester Rat zu suchen. Es gab zwei Priester. Der Pfarrer, Kanonikus Bienerewski, war schon so alt, daß ihm die Augen vor Altersschwäche wie bei einem Fisch hervortraten und sein Kopf nach allen Seiten wakkelte; deshalb entschloß sich die Runkelowa, nicht zu ihm, sondern zum Vikar Zeisig zu gehen, der ein sehr frommer und vernünftiger Mann war und sie sicherlich gut beraten und trösten konnte. Sie wollte früher als gewöhnlich aufbrechen, um noch vor der Messe mit Vikar Zeisig zu reden. Aber sie mußte für sich und ihren Mann, der im Schweinekoben saß, arbeiten. Bevor sie also in der Hütte Ordnung gemacht, das Pferd, die Kuh und die Schweine gefüttert, das Frühstück bereitet und es Runkel im Henkeltopf in den Koben gebracht hatte, stand die Sonne schon hoch am Himmel, und sie merkte, daß sie es vor dem Hochamt nicht mehr schaffen würde.

Als sie bei der Kirche ankam, hatte der Gottesdienst bereits begonnen. Die Frauen, die in grüne, mit Lammfell gefütterte Jacken gekleidet waren, saßen auf dem Friedhof und zogen sich flink ihre Halbschuhe an, die sie bis jetzt in den Händen getragen hatten. So machte es auch die Runkelowa und huschte dann in die Kirche. Vikar Zeisig predigte gerade, und der Kanonikus saß, das Birett auf seinem wackelnden Kopf, auf einem Stuhl am Altar und starrte in die Gegend, wie es so seine Art war. Das «Evangelium» war schon vorbei, und jetzt – ich weiß übrigens nicht, warum – sprach der

Vikar Zeisig über die mittelalterliche Häresie der Katharer. Er erklärte seinen Pfarrkindern, wie man in Übereinstimmung mit dem Standpunkt der Kirche jene Häresie und die gegen sie erlassene Bulle *Ex stercore* zu betrachten habe. Dann ermahnte er seine Schäfchen, diese Einfältigen, die arm waren wie die Vögel des Himmels und deshalb vom Herrn besonders geliebt wurden, sehr beredt und mit großer Erregung, nicht auf falsche Propheten, und schon gar nicht auf die von satanischem Hochmut Verblendeten zu hören, die Unkraut statt Weizen säen und nur Tränen und Sünde ernten werden. Nebenbei erwähnte er Condillac, Voltaire, Rousseau und Ochorowicz[16], wobei er im übrigen keine Unterschiede zwischen diesen Männern machte; schließlich ging er zu einer detaillierten Beschreibung der mannigfachen Unannehmlichkeiten über, denen die Verdammten im Jenseits ausgesetzt sind.

Die Runkelowa schien von einem anderen Geist beseelt zu sein, denn obwohl sie nicht verstand, was der Pfarrer sagte, dachte sie sich: «Er muß wohl herrlich sprech'n, wenn a so schreit und ihm der Schweiß in Strömen läuft und die Leute stöhnen, als ob se in den letzten Zügen liegen.» Dann endete die Predigt, und das Hochamt begann. Oh! Die Runkelowa, die Ärmste, betete und betete wie noch nie in ihrem Leben, und ihr wurde immer leichter ums Herz.

Und schließlich kam der feierliche Augenblick. Strahlend weiß wie eine Taube entnahm der alte Dechant das allerheiligste Sakrament dem Ziborium, wandte sich der Gemeinde zu und stand, die

Monstranz wie eine Sonne gleich neben seinem Gesicht in seinen zitternden Händen haltend, eine Weile mit geschlossenen Augen und geneigten Hauptes da – in tiefer Sammlung –, bis er dann schließlich anstimmte: «Laßt uns tief gebeugt verehren . . .»

Und ein mächtiger Chor fiel ein:

«Ein so großes Sakrament:
Dieser Bund wird ewig währen,
Und der alte hat ein End.
Unser Glaube soll uns lehren,
Was das Auge nicht erkennt.»

Das Lied erschallte, daß die Scheiben klirrten. Die Orgel brauste, die Glocken und Glöckchen klangen, vor der Kirche dröhnte die Trommel, aus den Weihrauchschiffchen stiegen blaue Rauchkringel empor, die bei den einfallenden Sonnenstrahlen in allen Regenbogenfarben leuchteten. Zwischen all den Klängen, Rauchschwaden, Strahlen und Stimmen glänzte manchmal für Augenblicke das Allerheiligste hoch oben, das der Priester bald hob, bald senkte. Alsdann erschien dieser weiße Greis, halb vom Rauch verhüllt und leuchtend, wie ein himmlisches Wesen, das Seligkeit und Zuversicht in alle Herzen und in alle frommen Gemüter senkte.

Diese Seligkeit und diese Zuversicht nahmen auch die gequälte Seele der Runkelowa unter die göttlichen Fittiche: «Jesus, im Allerheiligsten verborgen! Jesus!» rief die unglückliche Frau, «verlaß mich Arme nicht!» Und aus ihren Augen rannen

Tränen, aber nicht von der Art, wie sie sie vor dem Dorfschulzen geweint hatte, sondern milde, sanfte, zwar groß wie Perlen aus Kalkutta, aber doch beruhigende Tränen. Die Runkelowa fiel vor der göttlichen Majestät zu Boden; dann wußte sie nicht mehr, was mit ihr geschah. Ihr schien, sie werde von Engeln wie ein welkes Blatt emporgehoben und gen Himmel getragen, in die ewige Glückseligkeit, dorthin, wo es weder Herrn Fiesel noch den Schulzen, noch Rekrutierungslisten gab, sondern nur eine strahlende Morgenröte; darin der Thron Gottes, und um den Thron solch eine blendende Helligkeit, daß man die Augen zusammenkneifen mußte, und Scharen von Engelchen wie Vögel mit weißen Schwingen.

Die Runkelowa lag sehr lange so. Als sie sich erhob, war die Messe schon zu Ende, und die Kirche hatte sich geleert. Die Rauchschwaden hatten sich unter der Decke zusammengezogen, die letzten Beter verließen die Kirche, und am Altar löschte der alte Küster die Kerzen. Die Runkelowa erhob sich also und begab sich in das Pfarrhaus, um mit dem Vikar zu reden.

Vikar Zeisig aß gerade zu Mittag, doch er kam sofort heraus, als man ihm meldete, daß ihn eine verweinte Frau zu sprechen wünsche. Er war noch ein junger Priester mit einem blassen, aber sanften Gesicht; er hatte eine weiße, hohe Stirn und ein freundliches Lächeln.

«Nun, was wollt Ihr, liebe Frau?» fragte er mit leiser, aber wohltönender Stimme.

Die Runkelowa fiel ihm zu Füßen und begann unter Tränen sofort die ganze Angelegenheit haarklein zu erzählen, wobei sie ihm immer wieder die Hände küßte, bis sie schließlich ihre schwarzen Augen demütig zu ihm erhob und ausrief: «O je! So gebt mir doch einen Rat, Hochwürden, ich bin gekomm'n, mir Euern Rat zu holen.»

«Daran habt Ihr auch recht getan, liebe Frau», erwiderte Vikar Zeisig sanft. «Doch ich kann Euch nur einen Rat geben: Opfert Gott all Eure Leiden. Gott stellt seine Getreuen ständig auf die Probe, sogar auf härtere Proben als Hiob, dem die eigenen Hunde die schmerzenden Wunden leckten, oder als Asarja, den er mit Blindheit schlug. Doch Gott weiß, was er tut, und er belohnt seine Getreuen. Seht das Unglück, das Euren Mann getroffen hat, als Strafe Gottes für seine Trunksucht an, und dankt Gott dafür, daß er ihn schon zu Lebzeiten straft, so daß er ihm nach dem Tode vielleicht seine Sünden nachsieht.»

Die Runkelowa schaute ihn mit ihren schwarzen Augen an, verneigte sich tief und ging wortlos von dannen.

Auf dem Wege spürte sie einen Kloß im Hals. Sie wollte weinen, konnte es aber nicht.

SIEBTES KAPITEL

Imogena

Ungefähr in der fünften Nachmittagsstunde blitzte zwischen den Hütten auf dem Hauptweg ein weißer Sonnenschirm, ein gelber Strohhut mit blauen Bändern und ein mandelbraunes, blau eingefaßtes Kleid. Es war Fräulein Jadwiga, die nach dem Mittagessen in Begleitung von Cousin Viktor promenierte.

Fräulein Jadwiga war fürwahr ein hübsches Frauenzimmer. Sie hatte schwarze Haare, himmelblaue Augen und einen milchweißen Teint; obendrein war sie auffallend sorgfältig, adrett und elegant gekleidet, was ihren Liebreiz erhöhte und sie wie mit Strahlen umgab. Ihre zierliche jungfräuliche Figur zeichnete sich so reizend von der Umgebung ab, als würde sie durch die Luft schweben. In der einen Hand hielt sie den Schirm, in der anderen das Kleid, unter dem der gekräuselte Saum des Unterrocks und die niedlichen kleinen Füße, die in ungarischen Schuhen steckten, hervorlugten.

Herr Viktor, der neben ihr her schritt, sah, obwohl er einen mächtigen blonden Krauskopf und nur den Anflug eines Milchbartes besaß, ebenfalls wie gemalt aus.

Gesundheit, Jugend, Heiterkeit und Glück gingen von diesem Paar aus. Beide trugen Zeichen eines höheren, feiertäglichen Lebens; eines Lebens der geflügelten Phantasie, das sich nicht nur mit Äußerlichkeiten abgibt, sondern sich zur Welt der Gedanken, der fernen Sehnsüchte und ebenso weit greifender Ideen emporschwingt und manchmal sogar auf den Pfaden goldener und strahlender Träume wandelt.

Inmitten der Hütten, neben den Dorfkindern, den Bauern und der ganzen ordinären Umgebung, nahmen sich die beiden wie Wesen von einem anderen Planeten aus. Ja, es war angenehm zu wissen, daß zwischen diesem prachtvollen, gebildeten, poetischen Paar und dem prosaischen, grauen, halb tierischen Dorfdasein keinerlei Verbindung bestand. Nein, ganz und gar nicht, wenigstens keine geistige. So lustwandelten sie also und plauderten über Poesie und Literatur, wie es bei einem jungen Mann und einem jungen Fräulein von Adel üblich ist. Diese Leute in ihren derben Leinwandkitteln, diese Bauern und ihre Weiber könnten ja nicht einmal ihre Worte und ihre Sprache verstehen. Dieser Gedanke ist sehr angenehm! Das müssen Sie doch zugeben, meine verehrten Herrschaften!

In der Unterhaltung des prachtvollen Paares gab es nichts, das man nicht schon mindestens hundertmal gehört hätte. Sie flatterten von Buch zu Buch wie die Schmetterlinge von Blume zu Blume. Aber eine solche Unterhaltung erscheint nicht hohl und gewöhnlich, wenn zwei verwandte Seelen reden, wenn das Gespräch nur der Stoff ist, in den eine Seele die goldenen Blüten der eigenen Gefühle und Gedanken einstickt und von Zeit zu Zeit wie eine weiße Rose ihr geflammtes Inneres enthüllt. Ein solches Gespräch erhebt sich wie ein Zugvogel in die Lüfte, in die azurblauen Sphären, heftet sich an die Welt des Geistes und rankt in die Höhe wie ein Pflänzchen an der Stange. Dort in der Schenke trank das gemeine Volk und schwatzte mit einfachen Worten über einfache Dinge – jenes Paar dagegen glitt in andere Gefilde auf einem Schiff, das, wie es im Lied von Gounod heißt:

> «Masten aus Elfenbein,
> Rosarote Seidenflagge
> Und ein Steuer aus gediegenem Golde»

hatte.

Es muß noch hinzugefügt werden, daß Fräulein Jadwiga nur übungshalber ihrem Cousin den Kopf verdrehte. In solchen Situationen redet man meistens über Poesie.

«Haben Sie das neueste Buch von El... y[17] gelesen?» fragte der junge Mann.

«Wissen Sie, Herr Viktor», erwiderte Fräulein Jadwiga, «ich habe eine Schwäche für El... y. Wenn ich ihn lese, ist mir, als ob ich Musik hörte, und unwillkürlich fühle ich mich dann wie in jenen Versen Ujejskis[18]:

‹Ruhend auf dem Wolkensaume
Und in Stille aufgelöst,
Eine Träne schwimmt im Auge,
Und ich höre nicht mal Atem.
Wie ein Ozean umgeben
Veilchendüfte schmeichelnd mich.
Eine Hand umfaßt die andre,
Und ich fliege, und ich schwebe...›»

«Ach!» unterbrach sie sich plötzlich, «wenn ich ihn kennen würde, ich würde mich gewiß in ihn verlieben. Mit Sicherheit würden wir einander sofort verstehen.»

«Zum Glück ist er verheiratet!» entgegnete Herr Viktor trocken.

Fräulein Jadwiga neigte ihr Köpfchen ein wenig, verzog ihren Mund zu einem halben Lächeln, bis auf ihren Wangen Grübchen erschienen, und mit einem schiefen Blick zu Herrn Viktor gewendet, fragte sie: «Warum sagen Sie ‹zum Glück›?»

«Zum Glück für all die, für die das Leben sonst

überhaupt keinen Reiz mehr haben würde», sagte Herr Viktor mit tragischer Stimme.

«Oh! Sie schmeicheln mir.»

Cousin Viktor wurde lyrisch. «Sie sind ein Engel...»

«Na... meinetwegen... Sprechen wir von etwas anderem. Sie mögen El...y also nicht?»

«Vor ein paar Minuten habe ich angefangen, ihn zu hassen.»

«Sie haben ja heute Grillen. Eigentlich hätten Sie einen Klaps verdient. Bitte grollen Sie nicht mehr, und nennen Sie mir Ihren Lieblingsdichter.»

«Sowiński[19]...», brummte Herr Viktor finster.

«Ich fürchte mich glattweg vor ihm. Ironie, Blut, Feuer... wilde Ausbrüche, brr!»

«So was schreckt mich ganz und gar nicht.»

Bei diesen Worten blickte Herr Viktor so angriffslustig um sich, daß ein Hund, der aus einer Hütte herausgelaufen kam, seinen Schwanz unter dem Bauch versteckte und sich verschreckt zurückzog.

Indessen hatten sie die Gesindehäuser erreicht, wo sich hinter einem der Fenster ein Spitzbart, eine Stupsnase und eine hellgrüne Krawatte bewegten. Dann blieben sie vor einem hübschen, mit wildem Wein bewachsenen Häuschen stehen, dessen hintere Fenster zum Teich hinausgingen.

«Sehen Sie, mein Herr, welch ein hübsches Häuschen! Das ist der einzige poetische Ort in Schafskopf.»

«Was ist das für ein Haus?»

«Das war früher ein Kinderhort. Die Dorfkinder lernten hier lesen, während die Eltern auf dem

Feld waren. Papa ließ das Haus eigens zu diesem Zweck errichten.»

«Und was ist jetzt darin?»

«Jetzt lagern dort Fässer mit Aquavit. Begreifen Sie? Die Zeiten haben sich geändert. Jetzt wohnen wir lediglich in der Nähe unserer Bauern, doch wir bemühen uns, möglichst keinerlei Kontakt mit ihnen zu haben.»

«Hm!» brummte Herr Viktor, «doch...»

Er setzte seinen Gedankengang nicht fort, denn sie hatten soeben eine große Pfütze erreicht, in der einige Schweine lagen, «die für ihre Schmutzigkeit mit Recht so genannt werden». Um diese Pfütze zu umgehen, mußten sie ganz dicht an der Hütte der Runkelowa vorbei; also taten sie dies.

Vor dem Tor saß die Runkelowa auf einem Stubben, die Ellbogen auf die Knie gestützt, das Kinn in die Hände gelegt. Ihr Gesicht war bleich und fast versteinert, ihre Augen gerötet und ihr Blick von Tränen verschleiert; sie starrte gedankenlos in die Weite.

Die Runkelowa hörte die beiden nicht einmal näherkommen, doch das Fräulein bemerkte sie gleich und sprach: «Guten Abend, Runkelowa!»

Die Bäuerin stand auf, trat ein paar Schritte näher und verneigte sich tief vor Fräulein Jadwiga und Herrn Viktor, wobei sie lautlos zu weinen anfing.

«Was habt Ihr denn?» fragte das Fräulein.

«Oh, meine goldene Blume, meine lichte Morgenröte! Vielleicht hat Gott dich mir geschickt! Du setzt dich doch für mich ein, du unser Trost!»

Und die Runkelowa begann die ganze Angelegenheit zu berichten, wobei sie dem Fräulein immer wieder die Hände, genauer eigentlich die Handschuhe, küßte und sie dabei mit ihren Tränen benetzte. Das Fräulein wurde ganz verlegen; ihre Ratlosigkeit zeichnete sich deutlich auf dem schönen, ernsten Gesichtchen ab, und sie wußte selbst nicht, was sie anfangen sollte, bis sie schließlich zögernd sagte: «Nun, was kann ich Euch schon helfen, meine Liebe! *Enfin!* Ja, Ihr tut mir wirklich von Herzen leid, aber wir haben keinerlei Macht. Wir können uns auch nicht so einfach da einmischen. Wirklich ... ich kann Euch nicht helfen. Übrigens, geht doch zu meinem Papa ... vielleicht kann Papa ... Nun, lebt wohl, meine Gute.»

Während sie das sagte, hob sie ihr mandelbraunes Kleid noch höher, so daß über dem Schuh ein weißer Strumpf mit blauen Streifen hervorblitzte, worauf sie ihren Spaziergang mit Cousin Viktor fortsetzte.

«Gott segne dich, du allerschönste Blume, du!» rief ihr die Runkelowa noch hinterher.

Fräulein Jadwiga war betrübt geworden, und es schien Herrn Viktor sogar, als stünden in ihren Augen Tränen. Um die Traurigkeit zu vertreiben, plauderte er von Kraszewski[20] und über andere, kleinere Fische im literarischen Meer. Und so im Gespräch, das nach und nach lebhafter wurde, vergaßen sie beide jene «unangenehme Angelegenheit» bald.

«Zum Gut?» fragte sich indessen die Runkelowa. «Da hätt' ich zuerst hin sollen, noch eher als zum Schulzen. Wo soll man denn hin, woher soll man denn Hilfe kriegen, wenn nich aufm Gut? Oh, ich bin ein dummes Weibsstück!»

ACHTES KAPITEL

Imogena

Der Vorbau des Gutshauses war mit Wein bewachsen, und man konnte von dort auf den Hofraum und die von Pappeln gesäumte Straße blikken. In diesem Vorbau tranken die Herrschaften im Sommer nach dem Mittagessen ihren Kaffee. Auch jetzt saßen sie dort mit dem Dechanten Bienerewski, dem Vikar Zeisig und dem Brennereirevisor Dickwanowski zusammen. Herr Goldurski, ein ziemlich beleibter Mann mit ziemlich rotem Gesicht und einem großen Schnurrbart, saß pfeifenrauchend auf einem Stuhl. Frau Goldurska goß Tee nach, und der Revisor, ein Nihilist, neckte den alten Dechanten.

«Nun, Hochwürden, erzählen Sie uns doch etwas von der ruhmreichen Schlacht», bat der Revisor.

Doch der Dechant legte die Hand ans Ohr und fragte: «Hä?»

«Von der Schlacht!» wiederholte der Revisor lauter.

«Ach, von der Schlacht?» sagte der Dechant, und als würde er über etwas nachsinnen, begann er vor sich hin zu flüstern. Er schaute dabei nach oben, als müsse er sich krampfhaft etwas ins Gedächtnis rufen. Der Revisor konnte sich das Lachen nicht mehr verbeißen, und alle warteten nun auf die Erzählung, die sie schon an die hundert Mal gehört hatten, denn sie hatten den Alten immer wieder dazu überredet.

«Ja, wie war das doch?» begann der Dechant.

«Damals war ich noch Vikar, und Pfarrer war Gladysz ... Ja, das stimmt: Pfarrer Gladysz. Er war es, der die Sakristei umbauen ließ. Das ewige Licht leuchte ihm! Nun, gleich nach dem Hochamt sag' ich zu ihm: ‹Herr Pfarrer?› Und er fragt: ‹Was?› – ‹Mir scheint, da wird was draus.› Er darauf: ‹Mir scheint auch, da wird was draus.› Wir gucken, und gleich hinter der Windmühle reiten sie auf ihren Pferden heran; da ist Infanterie, da sind Fahnen, da Geschütze. Ich dacht' gleich: ‹Oh! Was mag wohl von der anderen Seite kommen, Schafe?› denke ich. Doch das sind keine Schafe, das ist Kavallerie. Sobald sie sich sehen, rufen die einen wie die anderen: ‹Halt!› Jetzt kommt die Reiterei aus dem Wald, die einen nach rechts, die anderen nach links, die einen nach links, die anderen ihnen hinterher. Jetzt erst merken sie: ‹Es steht schlecht!› Also denn drauf auf sie. Und da fangen sie auch schon zu schießen an, und hinterm Berg blitzt wieder was. ‹Sehen Sie, Herr Pfarrer?› frage ich. Und er sagt: ‹Ja, seh' ich.› Da dröhnen schon die Kanonen und Karabiner. Die anderen wollen zum Fluß, die einen lassen sie nicht durch, da stürzt sich einer auf den anderen. Eine Zeitlang sind die einen obenauf, dann wieder die anderen. Kanonendonner! Qualm! Dann greifen sie zu den Bajonetten! Doch gleich darauf sehe ich die einen schwächer werden. ‹Herr Pfarrer›, sage ich, ‹die anderen haben gewonnen.› Und er sagt: ‹Mir scheint auch, daß sie gewonnen haben.› Kaum hat er zu Ende geredet, als die einen sich aufrappeln. Die anderen hinterdrein. Jetzt geht's richtig los, sie drücken die Leute unter Wasser, erschlagen sie und machen Gefangene. Ich denk', jetzt geht's zu Ende. Aber woher denn! ‹Die …›, sage ich, ‹gerade da!›»

Hier winkte der Alte ab, rutschte tiefer in den Sessel hinein, saß wie in Gedanken versunken da; nur sein Kopf wackelte stärker als gewöhnlich, und seine Augen traten noch mehr hervor als sonst.

Der Revisor lachte Tränen.

«Hochwürden», fragte er, «wer hat sich denn mit wem geschlagen, wo und wann?»

Und der Kanonikus legte die Hand ans Ohr und sagte: «Hä?»

«Na! Ich kann einfach nicht mehr vor Lachen», sagte der Revisor zu Herrn Goldurski.

«Vielleicht nehmen Sie eine Zigarre?»

«Vielleicht Kaffee?»

«Nein, danke, nein, ich kann nicht mehr vor Lachen.»

Alle lachten, auch die Goldurskis, aus Höflichkeit gegenüber dem Revisor, obwohl sie sich diese Geschichte, wie erwähnt, jeden Sonntag anhören mußten. Es herrschte allgemeine Heiterkeit, als sich plötzlich draußen vor dem Vorbau eine leise, ängstliche Stimme vernehmen ließ: «Gelobt sei Jesus Christus!»

Herr Goldurski erhob sich sofort, ging aus dem Vorbau und fragte: «Wer ist da?»

«Ich bin's, die Runkelowa.»

«Was gibt's?»

Die Runkelowa verneigte sich tief, soweit das mit dem Kind auf dem Arm möglich war.

«Hilfe such' ich, gnädigster Herr, und Erbarmen.»

«Liebe Runkelowa, so laßt mich doch wenigstens am Sonntag in Frieden!» unterbrach sie Herr Goldurski mit solcher Selbstverständlichkeit, als würde die Runkelowa jeden Tag zu ihm kommen. «Ihr seht doch, daß ich Gäste habe. Die kann ich ja schließlich nicht wegen Euch allein lassen.»

«Ich werd' warten ...»

«Na, dann wartet, ich kann mich doch nicht zerreißen.»

Bei diesen Worten zog sich Herr Goldurski wieder in den Vorbau zurück, während die Runkelowa bis zum Gartentor zurückwich und dort demütig stehenblieb. Doch sie mußte lange warten. Die Herrschaften amüsierten sich bei ihrer Unterhaltung, und hin und wieder kam ein fröhliches Lachen zum Ohr der Runkelowa herübergeflogen; es ging ihr merkwürdig nahe, denn der Ärmsten war überhaupt nicht nach Lachen zumute. Später kehrten dann Herr Viktor und Fräulein Jadwiga heim, worauf sich die ganze Gesellschaft in den Salon begab. Langsam neigte sich die Sonne gen Westen. Der Lakai Jasiek, den Herr Goldurski immer nur «Komm-Her» nannte, kam in den Vorbau hinaus und begann den Tisch für den Tee zu decken. Er wechselte das Tischtuch, stellte die Tassen darauf und ließ die Löffel klirrend in die Tassen fallen. Die Runkelowa wartete und wartete. Sie überlegte, ob sie nicht in ihre Hütte zurückkehren und lieber später noch einmal wiederkommen sollte, doch fürchtete sie, es könne dann zu spät sein. So ließ sie sich am Zaun im Gras nieder, um ihrem Kind die Brust zu geben. Das Kind trank sich satt und schlief ein. Allerdings schlief es ziemlich unruhig, denn schon seit dem Morgen war es nicht ganz gesund. Auch die Runkelowa fühlte, wie es sie mal heiß, mal kalt vom Scheitel bis zur Sohle durchschauderte. Manchmal wurde sie von einem Krampf erfaßt, doch schenkte sie all dem keine Beachtung, sondern wartete geduldig. Langsam wurde es dunkel, und der Mond zeigte sich am Himmel. Zum Tee war bereits alles vorbereitet; die Lampen brannten im Vorbau, doch die Herrschaften kamen nicht, weil das Fräulein Klavier spielte. Die Runkelowa fing dort am Lattenzaun an, den «Engel des Herrn» zu beten, dann grübelte sie darüber nach, wie Herr Goldurski ihr wohl helfen werde. Sie wußte nicht genau, wie, aber ihr war klar, daß er als Gutsherr mit dem Kommissar und dem Amtsvorsteher bekannt sein mußte. Er konnte erklären, wie alles gekommen war. Ein Wort von ihm würde genügen, und mit Gottes Hilfe wird sich's dann zum Guten wenden. Außerdem meinte sie, daß ein Gutsherr schon wissen werde, wo er sich hinzuwenden habe, wenn sich Fiesel oder der Schulze querstellten. «Der Herr war immer gut und zu allen barmherzig», dachte sie bei sich, «mich wird a schon nich im Stich lass'n.»

Sie irrte sich nicht, denn Herr Goldurski war wirklich sehr human. Weiterhin fiel ihr ein, daß er gegenüber Runkel immer Nachsicht gezeigt hatte und daß ihre Mutter, Gott hab sie selig, die Amme von Fräulein Jadwiga gewesen war, und so füllte sich ihr Herz mit Zuversicht. «Soll'n die Leute doch sag'n, was se woll'n», sprach sie zu sich selbst, «wenn 'n armer Mensch bedrängt is, dann nichts wie hin zum Gutsherrn.»

Daß sie nun schon ein paar Stunden wartete, das

erschien ihr ganz natürlich, so daß sie darüber nicht einmal nachdachte. In der Zwischenzeit waren die Herrschaften in den Vorbau zurückgekehrt. Die Runkelowa beobachtete durch das Weinlaub, wie das Fräulein aus einem silbernen Kessel Tee eingoß, oder – wie ihre Mutter, Gott hab sie selig, immer sagte – «so ein duftendes Wasser, von dem dir nach und nach die ganze Gosche riecht». Dann tranken alle, unterhielten sich und lachten. Erst jetzt kam es der Runkelowa in den Sinn, daß im Herrenstand mehr Glück liege als im Bauernstand, und sie wußte selbst nicht, warum ihr von neuem die Tränen über das Gesicht rannen. Doch die Tränen wurden bald von einem anderen Gefühl verdrängt, denn «Komm-Her» trug dampfende Schüsselchen in den Vorbau, was die Runkelowa daran erinnerte, daß sie hungrig war; denn mittags hatte sie keinen Brocken runtergekriegt, und am Morgen hatte sie nur ein wenig Milch getrunken.

«Oh, wenn sie mir wenigstens 'n Knöchelchen zum Abnagen geben würden!» dachte die Runkelowa, und sie wußte, daß sie ihr sicherlich nicht nur ein Knöchelchen geben würden. Sie wagte es aber nicht, darum zu bitten, denn sie wollte nicht lästig fallen und sich vor den Gästen auch nicht aufdrängen, da dies den Herrn vielleicht erzürnen könnte.

Endlich war das Abendbrot vorüber. Der Revisor fuhr sofort heim, und eine halbe Stunde später saßen die beiden Priester dann in der herrschaftlichen Britschka. Die Runkelowa sah, wie der Herr dem Dechanten auf den Wagen half. Sie glaubte, nun sei der passende Zeitpunkt gekommen, und so näherte sie sich dem Vorbau.

Die Britschka setzte sich in Bewegung; der Herr rief dem Kutscher noch hinterher: «Und kipp den Wagen auf dem Damm nicht um, sonst kipp' ich dich aus den Latschen!» Dann schaute er in den Himmel, um festzustellen, wie das Wetter am nächsten Tag werden würde, und schließlich erblickte er in der Dunkelheit die weiße Bluse der Runkelowa.

«Wer ist da?»

«Die Runkelowa.»

«Ach, Ihr seid's! Sagt schnell, was Ihr wollt, denn es ist schon spät.»

Die Runkelowa erzählte von neuem ihre traurige Geschichte. Der Gutsherr hörte zu und blies die ganze Zeit über kleine Rauchwölkchen aus seiner Pfeife in die Luft. Dann sprach er: «Meine Liebe! Ich würde Euch gerne helfen, wenn ich könnte, doch ich habe mir geschworen, mich nicht in Gemeindeangelegenheiten einzumischen. Früher war das etwas anderes... nicht wahr, meine Liebe!... aber heute: ihr kümmert euch nicht um meine Sachen und ich mich nicht um eure. Heute seid ihr nur meine Nachbarn, und damit basta!»

«Ja, weiß ich, gnädigster Herr», erwiderte die Runkelowa mit bebender Stimme, «ich dachte nur, daß vielleicht der gnädigste Herr mit mir ein Erbarmen hat...» Die Stimme versagte ihr plötzlich.

«Das ist alles gut und schön», antwortete Herr Goldurski, «aber was kann ich da tun? Ich kann doch wegen Euch nicht mein Wort brechen, und extra Euretwegen zum Amtsvorsteher fahren werde ich auch nicht, denn er sagt ohnehin schon, daß ich ihn immerfort mit allen möglichen Privatangelegenheiten behellige. Was wollte ich noch sagen? Ich kann nur wiederholen: ihr kümmert euch nicht um meine Sachen und ich mich nicht um eure. Ihr habt eure Gemeindevertretung, und wenn euch die Gemeindevertretung nicht helfen kann, dann kennt ihr den Weg zum Amtsvorsteher genausogut wie ich. Was soll ich noch sagen? Heutzutage könnt ihr dort mehr ausrichten als ich. Es ist nicht mehr wie in den guten alten Zeiten, meine Liebe. Nun, dann geht mit Gott!»

«Gott vergelt's!» entgegnete die Frau dumpf, während sie sich vor dem Gutsherrn tief verneigte.

NEUNTES KAPITEL

Imogena

Als Runkel aus dem Schweinestall kam, ging er nicht zu seiner Hütte, sondern geradewegs in die Schenke. Wie man weiß, trinkt ein Bauer, wenn er Kummer hat. Von der Schenke aus begab er sich, wie seine Frau vom Gedanken geleitet, daß man in allen Unglücksfällen am besten zum Gut geht, zu Herrn Goldurski, wo er sich sehr dumm benahm.

Ein Mensch, der nicht nüchtern ist, weiß nicht, was er redet. Nun, Runkel war ziemlich aufdringlich, und als er das gleiche wie seine Frau über den Grundsatz der Nichteinmischung zu hören bekam, da begriff er diesen höchst diplomatischen Grundsatz der einem einfachen Menschen angeborenen geistigen Beschränktheit wegen nicht. Vielmehr erlaubte er sich, mit der für einfache Menschen typischen Flegelhaftigkeit zu erwidern, daß «alle

Herren jetzt nur noch an sich denken», wofür er kurzerhand vor die Tür gesetzt wurde.

Als er seine Hütte betrat, sagte er zu seiner Frau: «Ich war auf dem Gut.»

«Hast du was ausgerichtet?»

Doch er hieb mit der Faust auf den Tisch: «Ausräuchern müßte man diese Hundesöhne!»

«Sei doch still, du Rohling! Was hat der Herr dir denn gesagt?»

«Zum Amtsvorsteher hat er mich geschickt. Der soll...»

«Na, dann muß man also nach Eselsfeld gehen.»

«Und ob ich hingeh'! Gibt's denn über dem Herrn überhaupt keinen mehr auf der Welt?»

Merkwürdig! So leidenschaftlich, wie sich Runkel nach seinem Besuch auf dem Gut über den Herrn äußerte, hatte er sich nicht einmal über den Schulzen und den Schreiber ausgelassen. Der Schulze und der Schreiber hatten ihm übel mitgespielt, doch ihm war klar, daß sie eben so waren – das Gut dagegen, das war etwas anderes, auf dem Gut konnte man ihm helfen, aber man wollte nicht.

«Ja, ich fahre nach Eselsfeld», meinte er dann, «und zeige ihm, daß es auch ohne ihn geht.»

«Nein, fahr lieber nicht, mein Ärmster, ich fahr' selbst, mein Guter. Du betrinkst dich bloß, und dann wirste gleich trotzig, und es gibt bloß noch mehr Unglück.»

Runkel war damit anfangs überhaupt nicht einverstanden, doch am Nachmittag ging er dann in die Schenke, um seine Sorgen im Alkohol zu ertränken, und am darauffolgenden Tag war es dasselbe. Die Frau ließ ihn völlig in Ruhe und legte alles weitere in Gottes Hand. Doch am Mittwoch nahm sie ihr Kind und machte sich auf den Weg nach Eselsfeld.

Das Pferd wurde in der Landwirtschaft gebraucht, also mußte sie zu Fuß gehen, und da es bis Eselsfeld gut drei Meilen waren, brach sie schon im Morgengrauen auf. Sie hatte gehofft, freundlichen Menschen mit einem Fuhrwerk zu begegnen, die ihr vielleicht erlauben würden, auf dem Wagenrand Platz zu nehmen, doch sie traf niemanden. Gegen neun Uhr früh setzte sie sich müde am Waldrand nieder, aß ein Stückchen Brot und ein paar Eier, die sie in einem Korb mitgenommen hatte, und ging dann weiter. Die Sonne begann zu brennen, und als der Pächter Herschel von Türriegel des Wegs kam, der im Leiterwagen Gänse in die Stadt fuhr, bat sie ihn, sie doch mitzunehmen.

«Mit Gott, liebe Runkelowa», antwortete ihr Herschel, «aber hier ist so ein Sand, daß das Pferd schon mich allein kaum ziehen kann. Gebt einen Złoty, dann nehm' ich Euch mit.»

Erst jetzt fiel ihr ein, daß sie lediglich einen Sechser in ihr Tuch gebunden hatte. Sie wollte ihn sogleich dem Juden geben, doch er entgegnete ihr: «Einen Sechser? Einen Sechser hebt man nicht mal von der Erde auf, das ist doch kein Geld! Nee, nee!» Bei diesen Worten trieb er die Pferde an und fuhr weiter.

Es wurde immer heißer, und der Schweiß lief ihr in Strömen, doch sie ging, so schnell sie konnte; und hatte eine Stunde später Eselsfeld erreicht.

Wer genügend geographische Kenntnisse besitzt, der weiß, daß man, wenn man von Schafskopf nach Eselsfeld hineinfährt, an der reformierten Kirche vorbei muß, in der einst ein wundertätiges Muttergottes-Bild gehangen hatte und vor der noch heute jeden Sonntag die ganze Straße voller lauthals schreiender Bettler sitzt. Jetzt, an einem Wochentag, hockte vor dem Zaun lediglich ein Alter, der aber dafür unter den Lumpen einen nackten Fuß ohne Zehen entblößte und in seinen Händen den Deckel einer Schuhcremedose hielt und dazu sang:

«O Heilige, Himmlische,
O du Reine, Göttliche...»

Als er merkte, daß jemand vorüberging, hörte er auf zu singen, streckte seinen Fuß noch weiter vor und begann zu schreien, als würde er gehäutet: «Liebe Mitmenschen, habt Erbarmen! Ein armer Krüppel fleht um Mitleid! Der barmherzige Gott wird euch alles Glück dieser Erde schenken!»

Bei seinem Anblick knüpfte die Runkelowa ihr Tuch auf, holte den Sechser heraus und sagte, während sie näher an ihn herantrat: «Habt a ma fünf Groschen?»

Sie wollte ihm nur einen Groschen geben, doch als der Alte den Sechser in seinen Fingern spürte, fing er an, sie zu beleidigen: «Euch tut's wohl leid, dem Herrn einen Sechser zu opfern, dann wird's auch dem Herrn leid tun, Euch zu helfen. Scher dich zum Kuckuck, sonst geht's dir schlecht!»

Da sagte sich die Runkelowa: «So sei's drum zum Lobe Gottes» und setzte ihren Weg fort.

Erst als sie den Marktplatz erreicht hatte, bekam

sie es mit der Angst zu tun. Nach Eselsfeld zu gehen, war leicht, aber sich in Eselsfeld zu verirren, war noch leichter. Das war schließlich eine ordentliche Stadt und kein Witz! Wenn du in ein fremdes Dorf kommst, mußt du ja auch fragen, wo dieser und jener wohnt, also in Eselsfeld erst recht. «Ich werd' mich hier verirren wie aufm Meer», dachte die Runkelowa. Es blieb ihr nichts weiter übrig, als sich bei den Leuten nach dem Weg zu erkundigen. Den Weg zum Kommissar hatte sie schnell erfahren, doch als sie an seinem Haus ankam, erfuhr sie, daß er zur Gouvernementsverwaltung gefahren war. Über den Amtsvorsteher sagte man ihr, daß sie ihn im Kreisamt suchen müsse. Ha! Aber wo ist das Kreisamt? Oh, du strohdummes Weib. In Eselsfeld natürlich, wo denn sonst.

Sie suchte und suchte also nach dem Kreisamt in Eselsfeld. Schließlich blickte sie auf: da stand vor ihr ein grün angemalter Palast von furchteinflößenden Ausmaßen mit einem Adler über dem Tor. Davor eine Unmenge von Britschkas, Wagen und jüdischen Karren. Die Runkelowa meinte, hier würde irgendein Ablaß erteilt. «Wo is 'n hier das Kreisamt?» fragte sie jemanden im Amtsrock, wobei sie sich tief vor ihm verbeugte.

«Du stehst davor, Frau.»

Sie nahm all ihren Mut zusammen und ging schnell in den Palast hinein. Wieder schaute sie um sich: alles voller Korridore, Türen links, Türen rechts, weiter hinten Türen und wieder Türen, und auf jeder irgendein Buchstabe. Die Runkelowa bekreuzigte sich und öffnete zaghaft und leise die erste; schon befand sie sich in einem großen, abgeteilten Raum mit Bänken, die wie das Chorgestühl in einer Kirche mit Schnitzereien verziert waren.

Dahinter saß jemand mit vergoldeten Knöpfen und einer Feder hinterm Ohr, und davor stand eine Vielzahl der verschiedensten Männer. Die Männer zahlten und zahlten; der im Amtsrock rauchte eine Zigarette und stellte Quittungen aus, die er den Männern gab. Wer eine Quittung bekommen hatte, ging weg. Erst dachte die Runkelowa, daß man hier bezahlen muß, und sie bedauerte, ihren Sechser weggegeben zu haben. Daher trat sie schüchtern an das Gitter heran.

Aber dort würdigte man sie keines Blickes. Die Runkelowa steht und steht und steht; etwa eine Stunde vergeht. Die einen kommen, die anderen gehen, die Uhr hinter dem Gitter tickt, und sie steht da. Endlich lichtet es sich etwas, schließlich bleibt keiner mehr übrig. Der Beamte setzt sich hinter den Tisch und beginnt zu schreiben.

Nun wagt die Runkelowa den Mund aufzutun: «Gelobt sei Jesus Christus!»

«Was gibt's?»

«Gnädigster Herr Amtsvorsteher! ...»

«Hier ist die Kasse.»

«Gnädigster Herr Amtsvorsteher! ...»

«Hier ist die Kasse, sag' ich.»

«Aber wo is der Amtsvorsteher?»

Der Beamte zeigt mit dem anderen Ende der Feder auf die Tür: «Da.»

Die Runkelowa geht also wieder in den Korridor hinaus. Da? Ha! Aber wo? Überall eine Unmenge von Türen, aber zu welcher soll sie gehen? Endlich sieht sie unter den verschiedenen Leuten, die mal hierher, mal dahin gehen, einen Bauern mit einer Peitsche in der Hand; also nichts wie hin.

«Väterchen!»

«Was wollt Ihr denn?»

«Wo seid Ihr her?»

«Aus Schweinsdorf; was is 'n noch?»

«Wo is 'n der Amtsvorsteher?»

«Was weiß ich?»

Danach fragte sie noch einmal jemanden mit vergoldeten Knöpfen, aber diesmal nicht einen im Amtsrock, sondern einen mit Löchern an den Ellbogen. Dieser hörte ihr nicht einmal zu, sondern sagte nur: «Ich hab' keine Zeit.»

Wiederum trat die Runkelowa durch die erstbeste Tür. Die Ärmste wußte nicht, daß gerade an dieser Tür stand: «Personen, die nicht zu den Verwaltungsbeamten gehören, ist der Zutritt nicht gestattet.» Sie gehörte nicht zu den Verwaltungsbeamten; die Aufschrift hatte sie, wie gesagt, nicht gesehen, und selbst wenn sie sie gesehen hätte, dann hätte sie sie nicht begriffen.

Soeben hatte sie also die Tür geöffnet und schaute sich nun um: ein leeres Zimmer; unter dem Fenster eine Bank, auf der jemand saß und ein Schläfchen hielt. Dann gab es noch eine zweite Tür, die zu einem Zimmer führte, in dem man Herren in Amtsröcken und Uniformen hin- und hergehen sehen konnte.

Die Runkelowa trat näher an den auf der Bank Schlafenden heran; vor ihm hatte sie keine Scheu, denn er sah wie ein einfacher Mann aus, und die Schuhe an seinen weit ausgestreckten Beinen waren löchrig.

Sanft berührte sie seine Schulter.

Er sprang auf, warf einen kurzen Blick auf sie und schrie: «Zutritt verboten! *Nel'zja! Pošli von!*[a]»

Das Frauenzimmer machte sich eiligst aus dem Staub; der Mann versetzte ihr noch einen Schubs und schlug krachend die Tür hinter ihr zu.

Zum dritten Mal befand sie sich nun wieder in demselben Korridor. Sie setzte sich neben irgendeine Tür und beschloß, da bis zum Ende der Welt sitzenzubleiben.

«Schließlich muß mich doch mal jemand fragen», dachte sie sich. Sie weinte nicht, rieb sich bloß die Augen, weil sie juckten, und sie spürte, daß sich der Korridor samt den vielen Türen zu drehen begann.

Um sie herum war alles voller Leute, einige gingen nach rechts, andere nach links. Die Türen wurden zugeschlagen. Knall! Knall! Alles redete durcheinander, ein Radau wie auf dem Jahrmarkt.

Endlich hatte Gott ein Erbarmen mit ihr. Aus der Tür, neben der sie saß, kam ein gesetzter Herr heraus, ein Adliger, den sie schon manchmal in der Türriegeler Kirche gesehen hatte. Er stolperte über sie und fragte: «Liebe Frau, was wollt Ihr denn hier? Warum sitzt Ihr hier?»

«Zum Amtsvorsteher...»

«Hier ist der Gerichtsvollzieher, nicht der Amtsvorsteher.»

Der Herr zeigte auf eine Tür in der Tiefe des Korridors. «Da, wo die grüne Tafel ist, seht Ihr? Doch geht nicht gleich zu ihm hinein, denn er ist

[a] Russ.: Es ist verboten! Raus hier!

beschäftigt, ja? Wartet hier, er muß hier vorbeikommen.»

Und als der Herr weiterging, schaute sie ihm nach wie ihrem Schutzengel. Sie dachte: «Ein Herr hat eben doch am ehsten Erbarmen mit einem!»

Sie mußte jedoch noch ziemlich lange warten, bis die Tür mit der grünen Tafel krachend aufgestoßen wurde. Heraus kam ein nicht mehr ganz junger Militär, der sehr eilig und mit großem Lärm den Korridor entlangschritt. Ja, man sah sofort, daß er der Amtsvorsteher war, denn hinter ihm liefen behend einige Männer; bald rannten sie rechts, bald links von ihm, und an das Ohr der Runkelowa drangen die Rufe: «Werter Herr Vorsteher!» – «Nur ein Wörtchen, Herr Vorsteher!» – «Gnädiger Herr Vorsteher!» Doch er schenkte all dem kein Gehör und eilte weiter.

Der Runkelowa wurde bei seinem Anblick schwarz vor Augen. «Gottes Wille geschehe!» schoß es durch ihren Kopf; also stürzte sie in die Mitte des Korridors, warf sich mit erhobenen Händen auf die Knie und verstellte ihm so den Weg.

Er blickte sie kurz an und blieb stehen; die ganze Prozession machte vor ihr halt.

«Was soll das?» fragte er.

«Allererlauchtigster Herr Vorschteh . . .» Weiter kam sie nicht, sie hatte einen Knoten in der Zunge. Sie war derart verstört, daß ihr der Rest ihrer Rede im Halse steckenblieb.

«Was gibt's?»

«O je! O je! Doch! Doch . . . wegen . . . der Einberufung . . .»

«Ja, was heißt denn das? Sie wollen Euch zur Armee einberufen? Wirklich?» fragte der Vorsteher.

Die ihn umringenden adligen Herren brachen im Chor in schallendes Gelächter aus, um den Vorsteher bei Laune zu halten, doch er wandte sich an seine Höflinge: «Bitte! Ruhe bitte!» Dann zur Runkelowa gekehrt: «Schneller! Was wollt Ihr? Ich habe keine Zeit.»

Die Runkelowa aber hatte durch das Gelächter der Herren endgültig den Kopf verloren, und so fing sie an, zusammenhanglos zu stammeln: «Rettich! Runkel! Runkel! Rettich! O je!»

«Sie muß betrunken sein», sagte einer der Herren.

«Sie hat ihre Zunge zu Hause gelassen», fügte ein anderer hinzu.

«Was wollt Ihr denn?» fragte der Vorsteher, nun noch ungeduldiger. «Seid Ihr betrunken – oder was?»

«O mein Gott!» rief die Runkelowa, als sie den letzten Rettungsanker aus ihren Händen gleiten fühlte. «Allererlauchtigster Herr Vor...»

Doch er war wirklich sehr beschäftigt, denn die Rekrutierungen hatten schon begonnen, und Probleme gab es genug. Außerdem sollte in Eselsfeld ein Ball stattfinden, und ihm oblag es, diesen auszurichten. Ansonsten konnte er aus der Frau nichts herausbringen, und so winkte er ab und sagte laut: «Na ja, der Wodka! Der Wodka! Eine so junge und hübsche Frau!»

Zur Runkelowa sagte er dann mit einer Stimme, daß sie sich fast in der Erde verkrochen hätte:

«Wenn du wieder nüchtern bist, dann trag dein Anliegen dem Schöffenrat vor, der wendet sich dann schon an mich.»

Das letzte Wort klang wie ein Peitschenknall. Er ging eilig weiter, und die Herren hinter ihm wiederholten unablässig: «Werter Herr Vorsteher!» – «Nur ein Wörtchen, Herr Vorsteher!» – «Gnädiger Herr Vorsteher!»

Der Korridor hatte sich geleert; Stille breitete sich aus, und nur das Kind der Runkelowa fing zu schreien an. Sie erwachte wie aus einem tiefen Schlaf, stand auf, hob das Kind hoch und sang mit unnatürlicher Stimme: «Eia! Eia! Eia!»

Dann verließ sie das Gebäude. Der Himmel war vollständig mit Wolken bedeckt; am Horizont wetterleuchtete es. Die Luft war schwül.

Ich will gar nicht erst zu beschreiben versuchen, was im Innersten der Runkelowa vorging, als sie auf dem Rückweg nach Schafskopf wieder an der reformierten Kirche vorbeikam.

Ach! Wenn sich Fräulein Jadwiga in einer ähnlichen Situation befinden würde, dann schriebe ich einen Sensationsroman, und ich würde es wagen, darin auch die eingefleischtesten Positivisten davon zu überzeugen, daß es noch ideale Wesen auf der Welt gibt. Fräulein Jadwiga würde jeder Eindruck voll zu Bewußtsein gelangen; verzweifelte Seelenqualen würden bei ihr in nicht minder verzweifelten, aber gleichzeitig auch sehr dramatischen Gedanken und Worten ihren Ausdruck finden. Und jener Kreislauf, das tiefe und überaus schmerzhafte Empfinden der Ohnmacht und der

Hilflosigkeit gegenüber der Übermacht, das Gefühl, wie ein Blatt im Wind zu sein, die überwältigende Erkenntnis, daß von nirgendwoher Rettung kommt, weder auf Erden noch vom Himmel, würde Fräulein Jadwiga gewiß zu einem seelenvollen Monolog inspirieren, den ich nur noch niederzuschreiben brauchte, um mir Reputation zu verschaffen.

Doch die Runkelowa? Nun, wenn das einfache Volk leidet, dann leidet es – und weiter nichts! Unter der harten Hand des Schicksals machte die Runkelowa Augen wie ein Vogel, der von einem bösartigen Kind gequält wird.

So ging sie vor sich hin; der Wind trieb sie an, der Schweiß stand ihr auf der Stirn – und das war alles!

Nur zuweilen, wenn das kranke Kind seinen Mund öffnete und schwer atmete, als ob es gleich sterben wolle, rief sie ihm zu: «Jasiek, kleiner Jasiek, mein Herzchen!» und drückte dann ihre mütterlichen Lippen auf die glühende Stirn des Kindes.

Sie hatte schließlich die reformierte Kirche hinter sich gelassen und befand sich auf freiem Feld, als sie plötzlich stehenblieb, weil ein betrunkener Bauer des Weges kam.

Am Himmel türmten sich die Wolken immer dichter auf, und es braute sich in ihnen ein Gewitter zusammen; von Zeit zu Zeit blitzte es. Doch der Bauer scherte sich nicht darum; er überließ seine Rockschöße dem Winde, hatte die Mütze schief aufs Ohr gesetzt, und mal nach rechts und mal nach links torkelnd, sang er:

«Doda in den Garten ging,
Pastinak zu graben.
Und ich geh' ihr mit 'nem Stock
Unter ihren bunten Rock,
Schreiend rennt sie weg.
Uh! Uh!»

Als er die Runkelowa bemerkte, breitete er seine Arme aus und krakeelte:

«So komm, mein Schatz,
Im Korn ist's gut,
Da ist viel Platz!»

Und er wollte ihre Taille umfassen, doch die Runkelowa sprang aus Angst um das Kind und um sich selber zur Seite, der Bauer hinterher; aber er war so betrunken, daß er sofort umfiel. Er sprang zwar sogleich wieder auf, setzte ihr aber nicht nach, sondern hob nur einen Stein auf und warf ihn nach ihr, daß die Luft pfiff.

Die Runkelowa verspürte einen Schmerz am Kopf, ihr wurde schwindlig, und sie fiel auf die Knie. Sie dachte nur eins: «Das Kind!» und floh noch weiter. Erst am Kreuz machte sie halt, und als sie sich umdrehte, sah sie, daß der Bauer schon etwa eine halbe Werst entfernt war und schwankend auf die Stadt zuging.

In diesem Moment fühlte sie etwas merkwürdig Warmes am Halse. Sie griff sich dorthin, und als sie dann ihren Finger betrachtete, war Blut daran. Ihr wurde schwarz vor Augen, und sie verlor das Bewußtsein.

Als sie wieder zu sich kam, saß sie mit dem Rücken an das Kreuz gelehnt. Von weitem näherte sich ein Cabriolet aus Snoblew, worin der junge Herr Snoblewski und die Gouvernante saßen.

Herr Snoblewski kannte die Runkelowa nicht, aber sie kannte ihn von der Kirche. Sie wollte zu dem Cabriolet laufen und um der Barmherzigkeit Christi willen bitten, daß sie wenigstens das Kind mitnähmen, damit es vor dem Gewitter geschützt sei; sie kam sogar auf die Beine, doch sie konnte keinen Schritt tun.

Indes war der junge Herr herangekommen, und als er die unbekannte Frau unter dem Kreuz bemerkte, rief er: «He Frau! Nimm doch Platz!»

«Möge es Euch Gott...»

«Da, auf der Erde, auf der Erde!»

Oh! Der junge Herr Snoblewski war in der ganzen Gegend als Spaßvogel bekannt, und wenn er irgend konnte, spielte er jedem einen Possen. So trieb er auch mit der Runkelowa seinen Scherz und fuhr dann weiter. Die Runkelowa hörte ihn und die Gouvernante lachen, sie sah auch, wie die beiden sich küßten und mit dem Cabriolet in der dunklen Ferne verschwanden.

Die Runkelowa blieb allein zurück. Aber nicht umsonst heißt es: «Weiber und Kröten sind selbst mit einer Axt nicht zu töten!» Nach einer Stunde machte sie sich wieder auf den Weg, und wenn ihr auch die Beine wegzuknicken drohten, so ging sie doch weiter.

«Was hat dir, o Herrgott, denn das Kind getan, dieses Goldfischchen?» fragte sie in einem fort, wobei sie den kranken Jasiek an ihre Brust drückte.

Bald wurde sie offensichtlich von einem Fieberanfall gepackt, denn wie betrunken begann sie zu murmeln: «Die Wiege in der Hütte ist leer, und mein Schatz zog mit dem Karabiner in den Krieg.»

Der Wind hatte ihr das Häubchen vom Kopf gerissen. Ihre schönen Haare fielen über ihre Schultern und flatterten im Winde. Plötzlich blitzte es; der Blitz schlug so nah bei ihr ein, daß ihr Schwefelgeruch entgegenwehte und sie sich duckte. Das brachte sie wieder zu Bewußtsein, und sie rief: «Und das Wort ist Fleisch geworden!» Sie blickte hinauf zum aufgewühlten, unbarmherzigen, zürnenden Himmel und begann mit bebender Stimme zu singen: «Unter Deinem Schutz und Schirm.» Ein unheilverkündender kupferfarbener Widerschein fiel von den Wolken auf die Erde. Die Runkelowa ging in den Wald, doch dort war es nur noch dunkler und unheimlicher. Von Zeit zu Zeit setzte ein heftiges Rauschen ein, als ob sich die gewaltigen alten Kiefern erschreckt zuflüsterten: «Was soll das bloß werden! O mein Gott!» Dann war es wieder still. Hin und wieder erklangen aus der Tiefe des Waldes irgendwelche Laute. Die Runkelowa überlief es eiskalt, denn sie glaubte, «das Böse» bei den Tümpeln lachen zu hören. Ihr graute auch vor dem Reigen der Pflanzen und Tiere, der vielleicht jeden Augenblick beginnen konnte. «Nichts wie raus aus dem Wald, nichts wie raus aus dem Wald», dachte sie sich, «gleich hinterm Wald ist die Mühle und dem Müller Jagodziński seine Hütte.» Sie bot also ihre letzten Kräfte auf, schnappte mit ihrem ausgetrockneten Mund nach Luft, doch da öffnete der Himmel seine

Schleusen über ihrem Haupte. Hagel prasselte nieder, und es goß wie aus Eimern; der Sturm brach mit solcher Gewalt los, daß sich sogar die großen alten Kiefern bis zur Erde neigten; der Wald verschwand im Nebel, im Dampf und im strömenden Regen. Der Weg war nicht mehr zu erkennen, die Bäume krümmten sich bis auf die Erde, sie knarrten und rauschten. Man hörte das Knacken und Brechen der Äste – überall Finsternis.

Die Runkelowa fühlte sich einer Ohnmacht nahe. «Leute! Zu Hilfe!» rief sie mit schwacher Stimme, doch niemand hörte sie. Der Wirbelsturm erstickte ihre Stimme und raubte ihr den Atem. Da begriff sie, daß es keinen Sinn hatte, noch weiter zu gehen.

Sie nahm ihr Tuch vom Kopf, legte Weste und Schürze ab; sie zog sich fast bis auf das Hemd aus und wickelte das Kind in diese Kleidungsstücke. Dann kroch sie auf allen vieren zu einer in der Nähe stehenden Trauerbirke und legte das Kind unter das dichte Geäst. Sie selbst fiel daneben nieder. «O Gott, nimm meine Seele zu Dir!» flüsterte sie leise und schloß die Augen.

Das Unwetter tobte noch eine ganze Weile, bis es endlich nachließ. Doch inzwischen war es schon Nacht geworden; zwischen den Wolkenfetzen begannen Sterne zu glänzen. Unter der Birke leuchtete fortwährend die weißliche, unbewegliche Gestalt der Runkelowa.

«Hüh!» ertönte eine Stimme in der Dunkelheit.

Nach einer Weile hörte man, wie in der Ferne ein Wagen ratterte und die Pferde durch Pfützen stapften.

Es war Herschel, der Pächter aus Türriegel, der in Eselsfeld seine Gänse verkauft hatte und sich nun auf dem Heimweg befand.

Als er die Runkelowa bemerkte, sprang er vom Wagen.

ZEHNTES KAPITEL

Der Sieg des Genius

Herschel aus Türriegel hatte die Runkelowa unter der Birke aufgehoben und nach Schafskopf gebracht. Unterwegs traf er Runkel, der seiner Frau entgegengefahren war, als er sah, daß ein Gewitter aufzog. Die Arme lag die Nacht und den ganzen darauffolgenden Tag im Bett, doch am zweiten Tag stand sie schon wieder auf, weil das Kind krank war. Die Gevatterinnen kamen, brannten geweihte Kränze ab und räucherten es damit ein. Dann besprach die alte Cisowa, die Schmiedemeisterin, die Krankheit mit einem Sieb und einem schwarzen Huhn in der Hand.

Irgendwie half das Ganze dem Kinde sogleich; dagegen wurde das Elend mit Runkel selbst immer schlimmer. Er goß täglich Unmengen von Wodka in sich hinein, und es war unmöglich, mit ihm zu Rande zu kommen. Seltsam! Als die Runkelowa ihr Bewußtsein wiedererlangt hatte und sofort nach dem Kind fragte, fuhr er sie, anstatt fürsorglich mit ihr umzugehen, mürrisch an: «Du läufst in der Stadt herum, und das Kind holt inzwischen der Deibel. Du hättst was erleb'n könn', wenn ihm was zugestoß'n wär'.»

Angesichts einer solchen Undankbarkeit fühlte

sie große Bitterkeit in sich aufsteigen, und mit Worten, die direkt aus ihrem Herzen kamen, in dem sich unsäglicher Schmerz angesammelt hatte, wollte sie ihm Vorhaltungen machen; doch sie konnte nichts weiter hervorbringen als den Schrei: «Lorenz!» Dabei schaute sie ihn unter Tränen an. Der Bauer wäre dabei fast von der Kiste hochgefahren, auf der er saß. Einen Augenblick lang war er still, und dann sagte er mit gänzlich veränderter Stimme: «Liebe Maryska, entschuldige, was ich gesagt hab', denn ich seh', daß ich dir weh getan hab'!» Kaum hatte er das gesagt, fing er laut an zu heulen und ihre Füße zu küssen, und sie weinte mit ihm. Er fühlte, daß er eine solche Frau nicht verdiene.

Doch die Eintracht währte nicht lange. Die Sorge war eine schwärende Wunde und begann sich wie ein Keil zwischen die beiden zu schieben. Wenn Runkel die Hütte betrat, betrunken oder nüchtern, sprach er kein Wort mit seiner Frau, sondern setzte sich bloß auf die Kiste und starrte wie ein Wolf auf die Erde. So saß er stundenlang wie versteinert. Die Frau machte sich in der Hütte zu schaffen, sie arbeitete wie früher, doch sie schwieg ebenfalls. Später, wenn dann einer dem anderen etwas sagen wollte, fiel es ihnen recht schwer. So lebten sie, als würden sie gegeneinander einen großen Groll hegen, und in der Hütte herrschte Grabesstille. Aber worüber sollten sie auch sprechen, da sie doch beide wußten, daß es keine Hilfe mehr gab und ihr Los besiegelt war.

Nach ein paar Tagen begannen böse Gedanken in Runkels Kopf zu kreisen. Er ging deshalb bei

Vikar Zeisig zur Beichte, doch der Priester erteilte ihm keine Absolution, sondern hieß ihn am nächsten Tag wiederkommen. Am nächsten Tag jedoch ging Runkel in die Schenke anstatt in die Kirche. Die Leute hörten, wie er im Rausch sagte, daß er seine Seele dem Teufel verkaufen werde, wenn ihm der Herrgott nicht helfen wolle, und sie begannen ihn zu meiden. Es war, als ob auf seiner Hütte ein Fluch laste. Die Leute wetzten ihre Mäuler und meinten, daß der Schulze und der Schreiber gut daran getan hätten, Runkel loszuwerden, da ein solcher Taugenichts nur die Rache Gottes auf ganz Schafskopf herabbeschwöre. Auch über die Runkelowa begannen sich die Klatschbasen unerhörte Dinge zu erzählen.

Der Zufall wollte es, daß eines Tages der Brunnen auf Runkels Hof ausgetrocknet war. Die Runkelowa ging also vor die Schenke, um Wasser zu holen, und hörte unterwegs, wie einige junge Burschen zueinander sagten: «Da geht das Soldatenweib!» Und ein anderer Junge entgegnete ihnen: «Das ist kein Soldatenweib, das ist doch 'ne Teufelin!»

Die Frau ging wortlos weiter, doch sie bemerkte, daß sie sich hinter ihr bekreuzigten. Sie füllte ihren Krug mit Wasser und wollte heimgehen. Aber vor der Schenke stand Schmul. Als er die Runkelowa erblickte, zog er sogleich die Porzellanpfeife, die immer an seinem Bart hing, aus dem Maul und rief: «He, Runkelowa!»

Die Runkelowa blieb stehen und fragte: «Was wollt Ihr?»

«Wart Ihr am Gerichtstag beim Schöffenrat?»

«Ja.»
«Wart Ihr beim Priester?»
«Ja.»
«Wart Ihr auf dem Gut?»
«Ja.»
«Wart Ihr beim Kreisamt?»
«Ja.»
«Und Ihr habt nichts erreicht?»

Die Runkelowa seufzte bloß, und Schmul begann wieder: «Nein, Ihr seid ja vielleicht dumm, in ganz Schafskopf gibt's ja wohl nichts Dümmeres! Wozu seid Ihr nur soviel herumgelaufen?»

«Wo sollt' ich denn sonst hin?» erwiderte die Frau.

«Wo? Worauf steht denn der Vertrag? Auf dem Papier! Is keen Papier da, is och keen Vertrag da. Man muß das Papier zerreißen, und basta!»

«Oh, wie schlau!» sagte die Runkelowa, «wenn ich das Papier hätt', dann wär's schon längst zerrissen.»

«Ha, wißt Ihr denn nicht, daß das Papier beim Schreiber is? Nun, ich weiß, daß Ihr bei ihm viel ausrichten könnt. Er hat selbst zu mir gesagt: ‹Die Runkelowa soll ruhig kommen, und wenn se mich bittet›, sagt er, ‹dann zerreiß' ich das Papier, und basta!›»

Die Runkelowa erwiderte nichts, griff rasch nach dem Henkel ihrer Kanne und ging heim. Inzwischen wurde es langsam dunkel.

Abends lag der Herr Schreiber schon ausgezogen, nur in der Unterwäsche, den Spitzbart zur Decke gekehrt, auf dem Bett und las die «Geheimnisse der Tuilerien», ebenfalls ein Heft aus dem Verlage des Herrn Breslauer. Er las gerade die Szene, in der der spanische Botschafter Olozaga Eugénie die Strümpfe küßt. Die Szene war so bezaubernd geschrieben, daß es den Herrn Schreiber vom Bett hochriß. Die Kerze brannte, eine Mücke knackte im Talg. Plötzlich hörte der Herr Schreiber, daß jemand an die Tür klopfte. Poch! Poch! Aber so leise, daß es das Ohr des Herrn Schreibers kaum wahrnehmen konnte.

«Wer da?» fragte er laut, denn er war ärgerlich, daß er gestört wurde.

«Ich», antwortete eine flüsternde Stimme.

«Wer ist ich?»

«Die Runkelowa!»

Der Herr Schreiber sprang auf und öffnete. Die Runkelowa betrat derart verängstigt seine Stube, daß sie kein Wort hervorbringen konnte. Doch Fiesel war ein guter Mensch, und so sprach er ihr Mut zu; und da er nicht angezogen war, umfaßte er sogleich ihre Taille und sprach: «Aha! Die Ziege ist zum Wagen gekommen! Wegen dem Kontrakt, Marysia, was?»

«Ja!»

Er zog sie zu sich heran, drückte sie an sich und preßte seinen Mund auf ihre zitternden Lippen.

«Na, was soll jetzt werden?» fragte er fröhlich.

Die Frau wurde kreidebleich. «Gottes Wille geschehe!»

Der Herr Schreiber... pustete die Kerze aus.

ELFTES KAPITEL

Das Elend hat ein Ende

Der Große und der Kleine Bär waren schon vom Nachthimmel verschwunden und das Siebengestirn aufgegangen, als die Tür zur Hütte der Runkels knarrte und die Runkelowa leise in die Stube trat. Kaum hereingekommen, blieb sie wie angewurzelt stehen, denn sie hatte gedacht, daß Runkel wie gewöhnlich in der Schenke schlafen werde; statt dessen saß er auf der Kiste an der Wand, die Fäuste auf die Knie gestützt, und starrte auf die Erde. Auf dem Herd verglimmten die Kohlen.

«Wo warst du?» fragte Runkel düster.

Statt zu antworten, fiel sie ihm zu Füßen, und schluchzend und weinend rief sie: «Lorenz! Lorenz! Für dich, nur für dich hab' ich es getan! Ich bin in Schande geraten. Betrogen hat a mich, dann hat a mich beschimpft und weggejagt. Lorenz, mein Herz, hab wenigstens du Mitleid mit mir. Lorenz, Lorenz!»

Runkel zog hinter der Kiste eine Axt hervor.

«Nein», sagte er mit ruhiger Stimme, «dein Ende ist gekommen, du Unglückselige! Nimm Abschied von dieser Welt, du siehst sie nicht mehr wieder. Du wirst nicht mehr in der Hütte sitzen, du Arme, sondern auf dem Kirchhof liegen ... du ...»

Erst jetzt schaute sie ihn ganz verschreckt an. «Willst du mich denn umbringen?»

«Nun, Maryska, verlier keine Zeit! Bekreuzige dich, und dann ist Schluß. Du wirst dabei nicht mal was spüren, du Arme.»

«Lorenz, du willst wirklich?...»

«Leg den Kopf auf die Kiste!»

«Lorenz! Hab Erbarmen!»

«Leg den Kopf auf die Kiste!» rief er, nun schon mit Schaum vor dem Mund.

«O mein Gott! Hilfe! Leute, zu Hil...»

Ein dumpfer Schlag war zu vernehmen, darauf ein Stöhnen und das Aufschlagen des Kopfes auf dem Fußboden. Dann folgte ein zweiter Schlag und ein schwächeres Stöhnen, dann ein dritter Schlag, ein vierter, fünfter, sechster. Ein Blutstrom ergoß sich über den Fußboden, die Kohlen im Herd verloschen. Ein Zittern durchlief den Körper der Runkelowa.

1877

Aus den Erinnerungen eines Posener Hauslehrers

Obwohl das Licht der Lampe abgeschirmt war, weckte es mich öfter um zwei oder drei Uhr früh, und ich sah dann Michaś, der noch arbeitete. Seine kleine, schmächtige Gestalt, die nur in Unterwäsche gekleidet war, beugte sich über das Buch, und eine schläfrig-matte Stimme leierte in der nächtlichen Stille mechanisch lateinische oder griechische Konjugationen herunter. Das klang so monoton wie Litaneien in der Kirche. Als ich ihm zurief, er solle schlafen gehen, antwortete er mir: «Ich kann mein heutiges Pensum noch nicht, Herr Wawrzynkiewicz.» Dabei hatte ich mit ihm von vier bis acht und danach erneut von neun bis zwölf die Aufgaben gemacht und ging selbst nicht eher ins Bett, bis ich mich überzeugt hatte, daß er wirklich alles beherrschte. Doch in der Tat, es war zu viel.

Kaum war der Junge am Schluß der letzten Aufgabe angelangt, hatte er die erste bereits vergessen. Die griechischen, lateinischen und deutschen Konjugationen sowie die Namen der verschiedenen Landkreise richteten in seinem armen Kopf einen derartigen Wirrwarr an, daß er nicht schlafen konnte. Meist kroch er dann unter der Decke hervor, zündete die Lampe an und setzte sich wieder an den Tisch. Schimpfte ich deswegen mit ihm, weinte er und bat mich inständig, ihn gewähren zu lassen.

Ich gewöhnte mich bald so sehr an die nächtlichen Sitzungen, den Schein der Lampe und das Murmeln der Konjugationen, daß ich später ohne sie nicht schlafen konnte. Vielleicht hätte ich es nicht zulassen dürfen, daß das Kind seine Kräfte so über Gebühr strapazierte, doch was hätte ich tun sollen? Er mußte täglich die Lektionen wenigstens einigermaßen bewältigen, sonst wäre er von der Schule gewiesen worden. Und Gott allein weiß, welch ein Schlag das für Frau Maria gewesen wäre, die nach dem Tode ihres Mannes mit zwei minderjährigen Kindern zurückgeblieben war und die nun alle ihre Hoffnungen auf Michaś setzte.

Die Lage war fast ausweglos, denn ich sah auch, daß die übermäßige geistige Anstrengung die Gesundheit des Jungen untergrub und sein Leben gefährdete. Man hätte ihn zumindest physisch stärken, mit ihm Gymnastik treiben und ihn anhalten müssen, viel spazierenzugehen oder zu reiten – doch dazu war keine Zeit. Das Kind hatte so viel zu tun, so viel auswendig zu lernen, täglich so viel zu schreiben, daß ich ganz ehrlich sagen kann: es war keine Zeit. Er hatte keinen freien Augenblick zum Fröhlichsein, dabei wäre das für seine Gesundheit und sein Leben nötig gewesen. Wenn ich ihm morgens die Bücher in den Ranzen packte und dabei sah, wie er sich unter der Last der byzantinischen Folianten[1] krümmte, blutete mir das Herz.

Manchmal bat ich um Verständnis für ihn und um Nachsicht, doch die deutschen Lehrer antworteten nur, daß ich das Kind verderben und verzärteln würde, daß Michaś offensichtlich nicht genug arbeite, daß er einen polnischen Akzent habe und beim geringsten Anlaß losheule. Ich bin selbst krank auf der Brust, einsam und launenhaft, und diese Vorwürfe vergifteten mir zusätzlich noch manchen Augenblick. Ich mußte es schließlich am besten wissen, ob Michaś nicht genug arbeitete! Er war ein Kind von mittlerer Begabung, aber sehr ausdauernd und bei aller Zartheit mit einer Charakterstärke ausgestattet, der ich niemals bei einem anderen Jungen begegnet bin.

Der arme Michaś war seiner Mutter blind und leidenschaftlich ergeben. Sagte man ihm, seine Mutter sei sehr unglücklich und schwer krank und es könne ihr den Todesstoß versetzen, wenn er schlecht lerne, zitterte der Junge. Er saß dann ganze Nächte über den Büchern, nur damit sich die Mutter nicht gräme. Erhielt er eine schlechte Note, so brach er in Tränen aus. Doch niemandem kam in den Sinn, warum er weinte und wie schwer er in diesen Momenten an seiner Verantwortung trug. Freilich, was ging das jemanden an? Er hatte einen polnischen Akzent, und damit basta! Weder verdarb ich ihn, noch verzärtelte ich ihn. Ich verstand ihn nur besser als andere. Statt bei Mißerfolgen zu schimpfen, sah ich es als meine Aufgabe an, ihn zu trösten. Auch mein Leben bestand aus Arbeit und Mühe, ich litt Hunger und Armut; ich war nicht glücklich, und ich werde es nie sein. Hol's der Teufel! Ich habe mich damit abgefunden. Ich glaube nicht, daß es sich lohnt zu leben, aber vielleicht habe ich gerade deshalb wirkliches Mitgefühl mit jeglicher Armut.

Immerhin: Als ich so alt wie Michaś war, die Tauben auf der Straße jagte und vor dem Rathaus auf Stelzen ging, da erlebte ich gesunde und vergnügte Zeiten. Kein Husten quälte mich. Bezog ich Prügel, weinte ich, solange sie auf mich einschlugen. Ansonsten war ich frei wie ein Vogel und fürchtete mich vor nichts. Aber sogar das war Michaś unbekannt. Zwar hätte das Leben zweifelsohne auch ihn auf den Amboß gelegt und mit dem Hammer bearbeitet, aber er hätte es besser ertragen können, wenn man ihm in seiner Kindheit Gelegenheit gegeben hätte, zu lachen, zu spielen, Streiche auszuhecken und an der frischen Luft herumzutollen.

Doch in Michaś' Kindheit gab es keinen harmonischen Wechsel von Spielen und Lernen. Ich sah ein Kind, das niedergeschlagen und unter der Last der Bücher gebückt zur Schule ging und genauso zurückkehrte, ein Kind, das überanstrengt war und dessen Augen ständig einen Tränenausbruch zu unterdrücken schienen. Ich fühlte mit ihm und wollte ihm Zuflucht sein.

Ich selbst bin Lehrer, ein einfacher Privatlehrer, und weiß nicht, was ich auf der Welt machen würde, wenn ich auch noch den Glauben an die Wissenschaft und ihren Nutzen verlieren würde. Nur bin ich der Ansicht, daß das Lernen für die Kinder keine Tragödie sein sollte, daß Latein frische Luft und Gesundheit nicht ersetzen kann und ein guter oder schlechter Akzent nicht über das Schicksal eines Menschen entscheiden sollte.

Weiterhin denke ich, daß der Pädagoge sein Ziel besser erreichen kann, wenn das Kind eine Hand spürt, die es milde führt, statt eines Stiefels, der es zu Boden tritt und alles zerstampft, was man es im Elternhaus lieben und ehren lehrt. Ich bin so altmodisch, daß ich meine Auffassung in dieser Hinsicht bestimmt nicht mehr ändere, und ich fühle mich in meinen Überzeugungen bestärkt, wenn ich mich an Michaś erinnere, den ich aufrichtig in mein Herz geschlossen hatte.

Sechs Jahre war ich sein Lehrer; erst Hauslehrer, dann, als er in die zweite Klasse kam, gab ich ihm Nachhilfeunterricht – ich hatte also genügend Zeit, ihn liebzugewinnen. Übrigens, warum soll ich es mir nicht eingestehen: er war mir teuer, weil er der Sohn des Wesens war, das mir von allen das teuerste war. Natürlich wußte sie nichts davon, und sie wird es niemals erfahren. Ich weiß, daß ich lediglich Herr Wawrzynkiewicz der Privatlehrer bin und zudem ein kranker Mann. Sie dagegen ist die Tochter einer wohlhabenden Adelsfamilie; sie ist nun einmal eine Frau, zu der ich nicht wagen würde, die Augen zu erheben. Doch ein einsames Herz, das vom Leben hin- und hergetrieben wurde, muß schließlich an etwas haftenbleiben. Wie die Muschel, die in den Wellen treibt, irgendwo hängenbleibt, so verfing sich mein Herz in ihr. Was kann ich dagegen tun? Und schließlich, was schadet es ihr? Ich will von ihr nicht mehr Licht als von der Sonne, die im Frühjahr meine kranke Brust wärmt. Sechs Jahre war ich in ihrem Haus. Ich war beim Tod ihres Mannes zugegen; ich sah sie unglücklich und allein, doch immer gut wie ein Engel; sie liebte ihre Kinder und war fast heilig in ihrer Witwenschaft. Nun, es mußte dazu kommen.

Aber mein Gefühl für sie ist nicht Liebe, eher schon religiöse Verehrung.

Michaś ähnelt seiner Mutter sehr. Wenn er zu mir aufblickte, war mir nicht selten so, als sähe ich sie. Die feinen Züge, die Stirn, die von üppig herabfallenden Haaren umschattet war, und die weiche Zeichnung der Brauen hatten sie gemeinsam. Vor allem die Stimme schien mir gleich zu sein. Auch im Wesen von Mutter und Kind gab es Übereinstimmungen, die sich in einer gewissen Neigung zum Überschwang der Gefühle und in ihren Anschauungen zeigten. Sie gehörten beide zu jenen nervösen, empfindlichen, edlen und liebenden Wesen, die der größten Opfer fähig sind, die aber im Leben wenig Erfüllung finden, weil sie im voraus mehr geben, als sie jemals bekommen können. Diese Art von Menschen stirbt langsam aus, und ich denke, daß irgendein Naturgelehrter heute über sie sagen könnte, sie seien von vornherein zum Tode verurteilt, da sie mit einem Herzfehler auf die Welt kommen: sie lieben zuviel.

Michaś' Familie war einst sehr reich, aber – sie liebte zuviel. Unterschiedliche Stürme[2] fegten das Vermögen hinweg. Sie lebte jetzt nicht eigentlich in Not, auch in Armut nicht. Im Vergleich zu früheren Zeiten jedoch ging es ihr nur mittelmäßig. Michaś war der letzte Sproß der Familie; deshalb liebte Frau Maria in ihm nicht nur ihr eigenes Kind, sondern legte in ihn auch alle ihre Zukunftshoffnungen. Zum Unglück sah sie in ihrer für Mütter typischen Verblendung eine ungewöhnliche Begabung in ihm. Der Junge war nicht dumm, doch er gehörte zu der Art von Kindern, deren Begabung zu Anfang mittelmäßig ist und sich erst später, mit der Zunahme der physischen Kräfte und einer gestärkten Gesundheit, entfaltet. Unter anderen Bedingungen hätte er die Schule und die Universität absolvieren können und Nützliches auf jedem Gebiet geleistet; aber unter den gegebenen Umständen quälte er sich nur, und da er die hohe Meinung kannte, welche die Mutter von seinen Fähigkeiten hatte, strengte er sich besonders an – doch vergeblich.

Meine Augen hatten auf dieser Welt schon viel gesehen, und eigentlich wollte ich mich über nichts mehr wundern. Doch ich hatte Mühe zu glauben, daß derart verrückte Zeiten, in denen Ausdauer, Charakterstärke und Arbeit einem Kind zum Nachteil gereichen, möglich sind. Es liegt darin etwas Krankhaftes, und wenn mich Wörter für Trauer und Bitterkeit entschädigen könnten, würde ich mit Hamlet sagen, daß auf dieser Welt Dinge geschehen, die sich die Schulweisheit nicht träumen läßt[3].

Ich arbeitete mit Michaś, als ob von den Noten, die er für seine Leistungen erhielt, meine eigene Zukunft abhinge. Denn wir hatten ein gemeinsames Ziel: sie nicht zu betrüben und ihr gute Zensuren vorzulegen, um auf ihren Lippen ein freudiges Lächeln hervorzurufen.

Gelang es dem Kleinen, eine gute Note zu erhalten, verließ er strahlend vor Glück die Klasse. Es schien mir dann, er sei auf einmal gewachsen und habe sich entkrampft. Seine Augen, die sonst verdüstert waren, glänzten wie zwei Kohlen und lachten voll aufrichtiger kindlicher Freude. Sofort warf er seinen mit Büchern vollgestopften Ranzen von seinen schmalen Schultern, und während er mir zuzwinkerte, sprach er, noch auf der Schwelle stehend: «Herr Wawrzynkiewicz, Mama wird zufrieden sein! In Geographie habe ich heute eine ... Na, raten Sie mal, was ich bekommen habe!»

Und wenn ich so tat, als würde ich es nie erraten, kam er mit prahlerischer Miene zu mir gelaufen und umarmte mich. Dabei tat er so, als ob er es mir ins Ohr sage, aber er redete sehr laut: «Eine Eins! Wirklich eine Eins!»

Das waren für uns beide glückliche Augenblikke. Abends versank Michaś dann in Träumereien, und während er sich vorstellte, wie es sein würde, wenn er in allen Fächern ausgezeichnete Noten bekäme, plauderte er drauflos, teils mit sich selbst, teils zu mir gewandt: «Weihnachten werden wir nach Zalesin fahren. Es wird schneien wie jeden Winter, also werden wir mit dem Schlitten fahren. Wir werden in der Nacht ankommen, doch oh, Mama wird auf mich warten. Sie wird mich umarmen, mich küssen und nach meinen Zensuren fragen. Ich werde absichtlich ein trauriges Gesicht machen, während sie liest: ‹Religion: ausgezeichnet; Deutsch: ausgezeichnet; Latein: ausgezeichnet ...› Lauter *Ausgezeichnet!* Oh, Herr Wawrzynkiewicz!»

Dem armen Jungen standen Tränen in den Augen, und anstatt ihn zu bremsen, ließ ich mich, müde wie ich war, auf seine Phantasien ein und rief mir das Haus in Zalesin in die Erinnerung zurück, seine Würde und seine Ruhe. Ich dachte an jene adlige Frau, die dort die Hausherrin war. Ich stellte mir das Glück vor, das ihr die Ankunft des Jungen mit seinen ausgezeichneten Noten bereiten würde.

Ich nutzte solche Momente, um Michaś zu erklären, daß der Mutter seine Fortschritte beim Lernen sehr viel bedeuteten, aber auch seine Gesundheit wichtig sei, und daß er nicht weinen solle, wenn ich ihn auf einen Spaziergang mitnehme. Außerdem sagte ich ihm, daß er soviel schlafen müsse, wie ich es von ihm verlange, und daß er nicht auf seinen nächtlichen Sitzungen beharren solle.

Der Kleine umarmte mich gerührt und versprach: «Gut, mein lieber Herr Wawrzynkiewicz, ich will fürchterlich gesund sein und so groß werden, daß weder die Mama noch die kleine Lola mich wiedererkennen.»

Ich erhielt häufig Briefe von Frau Maria, in denen sie mich anwies, auf die Gesundheit des Kindes zu achten. Doch verzweifelt stellte ich täglich fest, daß es ein Ding der Unmöglichkeit ist, Lernen und Gesundheit in Übereinstimmung zu bringen. Wenn der Unterrichtsstoff zu schwierig gewesen wäre, hätte ich mir dadurch zu helfen gewußt, daß ich Michaś aus der zweiten in die erste Klasse hätte zurückversetzen lassen. Aber er begriff die Dinge, und seien sie auch noch so trocken, hervorragend. Es ging also nicht um das Lernen, sondern nur um die Zeit und dieses unglückselige Deutsch, das das Kind nicht ausreichend beherrschte. Ich konnte es nicht ändern, und so baute ich einzig darauf, daß die kommenden Feiertage Erholung bringen und seine von der übermäßigen

Arbeit mitgenommene Gesundheit wiederherstellen würden.

Wäre Michaś ein gleichgültigeres Kind gewesen, hätte ich mir nicht solche Sorgen um ihn zu machen brauchen. Doch er erlebte jeden Mißerfolg intensiver als einen Erfolg. Und zu allem Unglück waren die Augenblicke der Freude und jene Einsen, die ich schon erwähnt habe, selten.

Ich hatte so gut gelernt, in seinem Gesicht zu lesen, daß ich, kaum war er hereingekommen, schon beim ersten Blick wußte, wenn ihm etwas mißlungen war.

«Hast du eine schlechte Zensur erhalten?» fragte ich.

«Ja!»

«Hast du's denn nicht gekonnt?»

Dann sagte er manchmal: «Nein, ich hab's nicht gekonnt», häufiger jedoch: «Ich konnte es, aber ich konnte nichts sagen.»

Wie der kleine Owicki – der Primus der zweiten Klasse, den ich absichtlich öfter einlud, damit die beiden zusammen lernten – sagte, erhält Michaś hauptsächlich deswegen schlechte Noten, weil er sich nicht ausdrücken kann.

Je mehr sich das Kind körperlich und geistig überfordert fühlte, desto häufiger wiederholten sich solche Mißerfolge. Ich bemerkte, daß er, wenn er sich ausgeweint hatte und sich darauf an die Arbeit machte, oftmals still und gesammelt war. Doch in der Verdoppelung der Energie, mit welcher er die Aufgaben in Angriff nahm, lag etwas Verzweifeltes und zugleich Fieberhaftes.

Manchmal verkroch er sich auch in eine Ecke,

stützte den Kopf in die Hände und schwieg. Der exaltierte Junge stellte sich vor, er schaufle seiner geliebten Mutter das Grab, und er wußte sich keinen Rat; er fühlte sich in einer ganz und gar ausweglosen Situation.

Seine nächtlichen Sitzungen fanden nun immer öfter statt. Da er befürchtete, wieder ins Bett geschickt zu werden, wenn ich aufwachen würde, stand er leise im Dunkeln auf, trug die Lampe ins Vorzimmer, zündete sie dort an und setzte sich an die Arbeit. Bis ich ihn dabei ertappte, hatte er schon einige Nächte auf diese Weise im ungeheizten Raum zugebracht. Es blieb mir nichts anderes übrig, als aufzustehen, ihn aufzufordern, ins Zimmer zu kommen, und mit ihm noch einmal das ganze Pensum durchzuarbeiten, um ihm zu beweisen, daß er das alles konnte und daß er sich unnötig der Gefahr einer Erkältung ausgesetzt hatte. Aber er wußte am Ende selbst nicht mehr, was er konnte und was nicht.

Das Kind verlor immer mehr an Kraft, magerte ab, wurde immer blasser und trauriger. Manchmal kam es zu Situationen, die mich überzeugten, daß es nicht die Arbeit allein war, die an seinen Kräften zehrte. Einmal, als ich mit ihm ein Kapitel aus der «Geschichte Polens, vom Oheim seinen Neffen erzählt»[4], besprach, was ich auf Verlangen von Frau Maria täglich tat, sprang Michaś mit funkelnden Augen auf. Ich erschrak fast, als ich den forschenden, ernsten Ausdruck seines Gesichtes sah, mit dem er ausrief: «Herr Wawrzynkiewicz, ist das wirklich kein Märchen? Weil ...»

«Weil was, Michaś?» fragte ich verwundert.

Anstelle einer Antwort biß er die Zähne zusammen, und schließlich brach er in ein so leidenschaftliches Weinen aus, daß ich ihn lange nicht beruhigen konnte.

Ich versuchte, von Owicki die Gründe für diesen Ausbruch zu erfahren; aber er konnte oder er wollte mir nichts sagen. Allerdings konnte ich es mir selbst denken: Zweifelsohne mußte ein polnisches Kind in einer deutschen Schule viele Dinge hören, die seine tiefsten Gefühle verletzten und in völligem Widerspruch zu ihnen standen, Dinge, die sein Land, seine Sprache und die vaterländischen Traditionen, mit einem Wort: all das, was man es zu Hause lieben und ehren gelehrt hatte, verachteten und verhöhnten.

Solche Dinge prallten an den anderen Knaben ab, hinterließen nichts außer einem tiefen Haß auf die Lehrer und ihre ganze Rasse, aber einen so redlichen Jungen wie Michaś trafen sie schmerzlich. Er traute sich nicht, zu widersprechen, obwohl er vielleicht manchmal vor Schmerz hätte schreien wollen; er empörte sich innerlich, biß die Zähne zusammen, ärgerte und grämte sich. Und zu dem Verdruß, den ihm die Mißerfolge und die schlechten Noten bereiteten, kam die Bitterkeit des moralischen Zwiespalts, in welchem er ständig lebte.

Zwei Kräfte, zwei Stimmen, auf die zu hören die Pflicht eines Kindes ist, aber die gerade deshalb übereinstimmen sollten, zerrten Michaś in zwei verschiedene Richtungen. Was die eine Autorität rein, tugendhaft und liebenswert nennt, charakterisiert die andere als überlebt und lächerlich; was die eine als Tugend bezeichnet, ist für die andere ein Laster. In dieser Zweiteilung also richtete sich der Junge nach der Autorität, zu der ihn sein Herz drängte, aber er mußte so tun, als ob er auf die gegenteiligen Worte hörte und sie sich zu Herzen nähme. Von früh bis spät mußte er so tun *als ob* und unter diesem gewaltigen Druck Tage, Wochen, Monate leben. Welch eine Lage für ein Kind!

Michaś' Schicksal war ein merkwürdiges. Dramatische Lebensabschnitte beginnen gewöhnlich erst später, wenn die ersten Blätter vom Baum der Jugend fallen. Für ihn begann all das, woraus sich das Unglück zusammensetzt, im elften Lebensjahr: moralischer Druck, heimlicher Kummer, Unruhe, vergebliche Mühe, Ringen mit Schwierigkeiten, allmähliches Schwinden der Hoffnung. Weder seine schmächtige Gestalt noch seine geringen Kräfte waren dieser Last gewachsen.

Es vergingen Tage, Wochen. Der Ärmste verdoppelte seine Anstrengungen, aber der Ertrag war immer geringer, immer beklagenswerter und kläglicher. Die Briefe von Frau Maria, so liebenswert sie waren, verstärkten noch die Last, die das Kind zu tragen hatte.

«Gott hat Dich mit ungewöhnlichen Talenten ausgestattet», schrieb die Mutter, «ich vertraue also darauf, daß Du die Hoffnungen nicht enttäuschen wirst, die ich in Dich gesetzt habe, und daß Du dereinst dem Land und mir ein Lichtblick sein wirst.»

Als der Junge zum ersten Mal einen solchen Brief erhielt, umklammerte er krampfhaft meine Hand, und schluchzend fragte er immer wieder:

«Was kann ich tun, Herr Wawrzynkiewicz, was kann ich nur tun?»

Wirklich, was konnte er tun? Was konnte er dagegen tun, daß er ohne Sprachbegabung auf die Welt gekommen war und sich auf deutsch nicht ausdrücken konnte?

Allerheiligen war herangerückt. Die Vierteljahreszensuren waren durchaus nicht besonders gut: in den drei wichtigsten Fächern hatte er nur mittelmäßige Noten. Auf sein inständiges Bitten und seine Beschwörung schickte ich sie nicht an Frau Maria.

«Lieber Herr Wawrzynkiewicz!» rief er, faltete dabei die Hände und fuhr fort: «Die Mama weiß nicht, daß es zu Allerheiligen Zensuren gibt, und bis Weihnachten hat der Herr vielleicht noch Erbarmen mit mir.»

Das arme Kind wiegte sich in der trügerischen Hoffnung, daß es bis Weihnachten seine schlechten Noten verbessern könne, und offen gestanden, auch ich ließ mich täuschen. Ich hoffte, daß er sich in die Routine des Schulalltags einleben, sich an alles gewöhnen, seine Sprachfertigkeit verbessern und seinen Akzent verlieren würde; vor allem aber, daß er immer weniger Zeit zum Lernen benötigen würde. Wäre nicht diese Hoffnung gewesen, ich hätte längst an Frau Maria geschrieben und ihr die Lage der Dinge erklärt.

Auch schienen die Hoffnungen vorerst nicht unbegründet gewesen zu sein. Gleich nach Allerheiligen erhielt Michaś dreimal «Ausgezeichnet», davon einmal in Latein. Von allen Schülern in der Klasse hatte er als einziger gewußt, daß das Perfektum zu *gaudeo gavisus sum* lautet; er wußte es deshalb, weil er mich das letzte Mal, nachdem er zwei «Ausgezeichnet» erhalten hatte, fragte, wie «ich freue mich» lateinisch ausgedrückt werde. Ich dachte, der Junge werde vor Glück verrückt. Er schrieb einen Brief an seine Mutter, der mit den Worten begann: «Teuerste Mama! Ob meine Liebe wohl weiß, wie das Perfekt von *gaudeo* heißt? Sicherlich weiß das weder die Mama noch die kleine Lola, denn in der ganzen Klasse wußte nur ich es.» Michás liebte seine Mutter abgöttisch.

Seit jenem «Ausgezeichnet» fragte er mich alle Augenblicke nach verschiedenen Perfektformen und Partizipien; «Ausgezeichnet» zu halten wurde jetzt zur Aufgabe seines Lebens. Aber der Glanz des Glückes war nur von kurzer Dauer. Schon bald machte sein polnischer Akzent all das zunichte, was er mit Fleiß aufgebaut hatte, und die übermäßige Anzahl von Fächern gestattete es dem Kind nicht, jedem von ihnen so viel Zeit zu widmen, wie sein überanstrengtes Gedächtnis gebraucht hätte.

Ein Zwischenfall vergrößerte die Reihe der Mißerfolge. Sowohl Michaś als auch Owicki hatten vergessen, mir von einer schriftlichen Hausarbeit zu erzählen, und so versäumten sie, diese anzufertigen. Owicki ließ man es durchgehen, denn als Primus wurde er gar nicht erst danach gefragt, doch Michaś erhielt einen öffentlichen Tadel mit der Androhung der Relegation.

Man vermutete natürlich, daß er die Aufgabe absichtlich vor mir geheimgehalten habe, um sie nicht machen zu müssen, und dieser Junge, der eigentlich nicht zur kleinsten Lüge fähig war, vermochte niemanden von seiner Unschuld zu überzeugen. Zu seiner Verteidigung hätte er vorbringen können, daß auch Owicki es vergessen hatte, doch das verbot ihm seine Schülerehre.

Als ich mich für ihn einsetzte, antworteten mir die Deutschen mit der Bemerkung, daß ich den Jungen zur Faulheit ermutige. Dies bereitete mir nicht wenig Kummer, aber noch mehr versetzte mich Michaś' Anblick in Unruhe.

Am Abend dieses Tages sah ich, wie er den Kopf in die Hände stützte und, im Glauben, ich könne ihn nicht hören, flüsterte: «Das tut weh, tut weh, tut weh!» Der Brief der Mutter, der am Morgen des Vortages gekommen war und in dem Frau Maria Michaś mit Zärtlichkeiten für jene «Ausgezeichnet» überschüttete, war für ihn ein neuer Schlag.

«Oh, ich werde der Mama eine schöne Freude bereiten!» rief er, das Gesicht mit den Händen bedeckend.

Als ich ihm am nächsten Morgen den Ranzen mit den Büchern auf den Rücken schnallte, taumelte er und wäre fast gestürzt. Ich wollte ihm nicht erlauben, in die Schule zu gehen, aber er sagte, daß ihm nichts fehle. Er bat mich nur, ihn zu begleiten, da er fürchtete, ihm könne schwindlig werden.

Mittags kam er erneut mit einer mittelmäßigen Note nach Hause. Er hatte sie für eine Aufgabe erhalten, die er eigentlich hervorragend beherrschte. Doch wie Owicki berichtete, war er zu verängstigt gewesen, als daß er auch nur ein Wort herausgebracht hätte. Die vorgefaßte Meinung über ihn, er sei ein von «rückständigen Grundsätzen und

Instinkten» durchdrungener dummer und fauler Junge, hatte sich wieder einmal bestätigt.

Gegen die beiden letzten Vorwürfe, die ihm bekannt waren, kämpfte er an wie ein Ertrinkender gegen die Wellen – verzweifelt, aber umsonst. Schließlich verlor er jeden Glauben an sich selbst, jegliches Vertrauen in die eigene Kraft. Er gelangte zur Überzeugung, daß jegliche Mühe und Arbeit vergeblich sei, daß er nie die richtige Aussprache beherrschen würde und daß er einfach nicht besser lernen könne. Gleichzeitig stellte er sich vor, was die Mutter dazu sagen und welchen Schmerz es ihr bereiten würde. Er hatte Angst, es könne ihre schwache Gesundheit untergraben.

Der Pfarrer von Zalesin, der ihm zuweilen schrieb – ein Mensch, der es gut mit Michaś meinte, aber unbesonnen war –, schloß jeden Brief mit den Worten: «Michaś, denke daran, daß nicht nur die Freude, sondern auch die Gesundheit Deiner Mutter von Deinen Fortschritten beim Lernen und Deiner Sittsamkeit abhängt.»

Ja, er dachte daran, er dachte sogar viel zu sehr daran, denn noch im Schlaf wiederholte er mit trauriger Stimme: «Mama, Mama!» – als wolle er von ihr Verzeihung erflehen.

Dennoch bekam er immer schlechtere Noten. Indessen rückte Weihnachten schneller näher, und was die Zensuren anbetraf, so konnte es keine Illusionen mehr geben. Ich schrieb an Frau Maria, da ich sie vorwarnen wollte. Ich sagte offen und entschieden, daß das Kind schwächlich und überlastet sei und trotz unermüdlichster Arbeit nicht zu Rande komme; daß man den Jungen wahrscheinlich nach den Feiertagen von der Schule nehmen müsse, um ihn auf dem Dorf zu erziehen und vor allem seine Gesundheit zu stärken. Doch ich fühlte den verletzten Mutterstolz aus ihrer Antwort heraus, auch wenn sie wie eine vernünftige Frau und eine liebende Mutter schrieb.

Mit Michaś sprach ich nicht über diesen Brief und über die Absicht, ihn von der Schule zu nehmen, denn ich befürchtete, jede starke Gefühlserschütterung könne ihm schaden. Ich sagte ihm nur, daß, was auch immer passiere, die Mutter wisse, wie fleißig er arbeite, und auch für seine Mißerfolge könne sie Verständnis aufbringen. Dies erleichterte ihn sichtlich. Zum ersten Mal seit geraumer Zeit weinte er sich tüchtig aus. Schluchzend sagte er immer wieder: «Wieviel Kummer mach' ich doch der Mama!» Aber bei dem Gedanken, daß er in Kürze aufs Dorf fahren werde, daß er die Mutter und die kleine Lola, Zalesin und den Pfarrer Maszyński wiedersehen werde, lächelte er unter den Tränen.

Auch ich hatte es eilig, nach Zalesin zu kommen, denn ich konnte es fast nicht mehr ertragen, den Zustand des Kindes mit anzusehen. Dort erwarteten ihn das liebende Herz der Mutter und das Wohlwollen der Menschen, Ruhe und Erholung. Dort hätte der Unterricht ein vertrautes Gesicht, man wäre Michaś wohlgesonnen, nichts wäre fremd und abweisend; die ganze Atmosphäre, die die kindliche Brust dort atmen würde, wäre rein und ihm wohlbekannt.

So sah ich den Feiertagen wie einer Erlösung entgegen, und ich zählte an den Fingern die Stunden ab, die uns noch von ihnen trennten und die Michaś ständig neuen Verdruß brachten. Es schien, als hätte sich alles gegen ihn verschworen. Um eine «immer größere» Fertigkeit in der Unterrichtssprache[5] zu erlangen, hatten die Kinder die Anweisung, untereinander keine andere Sprache zu benutzen. Michaś vergaß sich einmal und erhielt wiederum einen öffentlichen Tadel; man warf ihm vor, er *demoralisiere* die anderen. Das war schon kurz vor den Ferien und wog deshalb um so schwerer. Wie dieser Zwischenfall auf den sensiblen und ehrgeizigen kleinen Kerl wirkte, vermag ich nicht zu beschreiben: Welches Chaos mußte in seinem Kopf herrschen! In der kindlichen Brust zerbrach etwas, und vor seinen Augen sah er statt Licht nur Finsternis. Er schwankte wie eine Ähre im Wind.

Schließlich nahm das Gesicht des elfjährigen Kindes einen geradezu tragischen Ausdruck an. Michaś schien unablässig seine Tränen zurückzuhalten und gewaltsam das Schluchzen zu unterdrücken. Manchmal guckten seine Augen wie die eines leidenden Vogels; dann wieder beherrschte ihn eine seltsame Versonnenheit und Schläfrigkeit; seine Bewegungen wurden beinahe mechanisch und seine Stimme merkwürdig langsam; er wurde ungewöhnlich still, ruhig und gehorchte fast wie ein Automat. Wenn ich ihm sagte, es sei Zeit für einen Spaziergang, sträubte er sich nicht wie früher, sondern nahm seine Mütze und ging schweigend mit.

Ich wäre sogar noch zufrieden gewesen, wenn dieses Verhalten auf Gleichgültigkeit beruht hätte, doch dahinter verbarg sich schmerzliche Resignation. Er saß an seinen Schularbeiten und machte seine Aufgaben so wie früher, aber mehr aus Gewohnheit. Wenn er die Konjugationen herunterleierte, war es offenkundig, daß er an was anderes dachte, oder vielmehr, daß er an gar nichts dachte.

Einmal, als ich ihn fragte, ob er schon mit allem fertig sei, antwortete er mir mit seiner schleppenden Stimme, fast wie im Schlaf: «Ich denke, Herr Wawrzynkiewicz, daß es sowieso zwecklos ist.»

In seiner Gegenwart wagte ich es nicht, die Mutter zu erwähnen, denn ich wollte den bitteren Kelch, aus welchem sein kindlicher Mund täglich trank, nicht zum Überlaufen bringen.

Immer größere Sorgen machte ich mir auch um seine Gesundheit, denn er wurde schwächer und schwächer; schließlich war er beinahe durchsichtig. Ein Netz feiner Äderchen, das früher an seinen Schläfen erschien, wenn er sehr erregt war, zeigte sich jetzt ständig. Er wurde so schön, daß er einem Gemälde ähnelte. Es jammerte mich, dieses fast engelsgleiche Kinderköpfchen zu sehen, das den Eindruck einer welkenden Blume machte. Obwohl ihm allem Anschein nach nichts Ernstliches fehlte, verkümmerte er zusehends, und seine Kräfte schwanden mehr und mehr. Er war bereits zu schwach, alle Bücher im Ranzen zu schleppen. So legte ich ihm nur einige hinein und trug den Rest selbst, denn ich brachte ihn jetzt täglich zur Schule und holte ihn dort auch wieder ab.

Endlich waren die Feiertage gekommen. Seit zwei Tagen warteten die Pferde aus Zalesin auf uns, und ein Brief von Frau Maria, der zusammen mit diesen eingetroffen war, kündigte an, daß uns dort alle mit Ungeduld erwarteten.

«Ich hörte, daß Du, Michaś, Schwierigkeiten hast», schloß Frau Marias Brief, «ich erwarte keine ‹Ausgezeichnet›, ich möchte nur, daß auch Deine Lehrer so denken wie ich, daß Du alles getan hast, was in Deinen Kräften stand, und Dich bemüht hast, mangelnde Fortschritte durch gutes Betragen wettzumachen.»

Aber die Lehrer dachten in jeder Hinsicht anders, so daß auch die Zensur in «Betragen» die Erwartungen enttäuschte. Der letzte öffentliche Tadel betraf nämlich gerade das Betragen des Jungen, an das Frau Maria freilich andere Maßstäbe anlegte. Nach Ansicht der deutschen Lehrer ist ein Kind nur dann artig, wenn es ihren Spott über die «polnische Rückständigkeit», über die Sprache und die Tradition mit zustimmendem Lachen belohnt. Das Ergebnis solcher ethischen Grundsätze war, daß Michaś, von dem man auch in Zukunft nicht erwarten konnte, daß die Vorträge bei ihm fruchten würden, und der also einem anderen nutzlos den Platz wegnahm, von der Schule gewiesen wurde.

Dieses Urteil überbrachte er mir eines Abends. In der Wohnung war es schon fast dunkel, da es draußen heftig schneite, und so konnte ich seinen Gesichtsausdruck nicht erkennen. Ich sah nur, daß er zum Fenster ging, dort stehenblieb und gedankenverloren und schweigend die Schneeflocken betrachtete, die durch die Luft wirbelten. Ich beneidete den Ärmsten nicht um die Gedanken, die ihm wie die Flocken im Kopf herumwirbeln mußten, und ich zog es vor, mit ihm nicht über die Zensur und den Entscheid zu sprechen. Auf diese Weise verging eine Viertelstunde in peinlichem Schweigen, und es war unterdessen fast ganz dunkel geworden.

Ich machte mich daran, die Sachen in den Koffer zu packen, und weil ich sah, daß Michaś noch immer am Fenster stand, fragte ich schließlich: «Was tust du da, Michaś?»

«Nicht wahr», entgegnete er mit bebender Stimme, wobei er nach jeder Silbe eine kleine Pause machte, «die Mama sitzt jetzt mit Lola im grünen Kabinett vor dem Kamin und denkt an mich?»

«Mag sein. Warum zittert deine Stimme so? Bist du vielleicht krank?»

«Mir fehlt nichts, Herr Wawrzynkiewicz, mir ist bloß kalt.»

Ich entkleidete ihn sofort und brachte ihn zu Bett. Beim Ausziehen sah ich voller Mitleid auf seine abgemagerten Beine und Arme, die so dünn waren wie Schilfrohre. Ich gab ihm Tee zu trinken und deckte ihn zu mit allem, was mir gerade in die Hand kam.

«Ist dir jetzt wärmer?»

«O ja! Mein Kopf tut ein bißchen weh.»

Der arme Kopf! Bei allem, was er mitgemacht hat, war es ja nicht erstaunlich, daß er weh tat. Das ermüdete Kind schlief bald ein, und seine kleine Brust hob und senkte sich fleißig im Schlaf. Ich dagegen packte seine und auch meine Sachen fertig ein, und da ich mich ebenfalls nicht recht wohl fühlte, ging ich gleich zu Bett. Nachdem ich die

Kerze ausgepustet hatte, schlief ich augenblicklich ein.

Gegen halb drei Uhr nachts weckte mich Licht und ein gleichförmiges, mir gut bekanntes Gemurmel. Auf dem Tisch brannte die Lampe, und vor dem Tisch saß Michaś nur im Hemd über den Büchern. Seine Wangen brannten, die Augen waren geschlossen, wie um sich besser konzentrieren zu können; den Kopf hatte er etwas nach hinten geneigt, und mit schläfriger Stimme wiederholte er: *«Coniunctivus: amem, ames, amet, amemus, ametis . . .»*

«Michaś!»

«Coniunctivus: amem, ames . . .»

Ich rüttelte ihn am Arm: «Michaś!»

Er erwachte und begann vor Verwunderung mit den Augen zu blinzeln; dabei blickte er mich an, als ob er mich nicht erkennen würde.

«Was machst du? Kind, was ist mit dir?»

«Herr Wawrzynkiewicz», entgegnete er mir lächelnd, «ich wiederhole alles von Anfang an; ich muß morgen ein ‹Ausgezeichnet› erhalten.»

Ich hob ihn hoch und trug ihn ins Bett. Wie an einem Feuer verbrannte ich mich an seinem Körper. Zum Glück wohnte ein Arzt im gleichen Haus; ich holte ihn unverzüglich. Er brauchte nicht lange nachzudenken. Einen Augenblick lang fühlte er den Puls des Kindes, dann legte er ihm die Hand auf die Stirn: Michaś hatte eine Hirnentzündung.

Ach! Sein Kopf hatte die vielen Dinge offenbar nicht fassen können.

Die Krankheit nahm rasch beängstigende Formen an. Ich sandte Frau Maria ein Telegramm. Als am darauffolgenden Tag im Flur heftig an der Klingelschnur gerissen wurde, kündete mir das ihre Ankunft an. Ich öffnete die Tür und sah, daß ihr Gesicht unter dem schwarzen Schleier weiß wie eine Leinwand war. Sie stützte sich mit ungewöhnlicher Kraft auf meinen Arm, und aus ihren Augen, mit denen sie mich fixierte, sprach ihre ganze Seele, als sie kurz fragte: «Lebt er?»

«Ja. Der Doktor sagt, es gehe ihm besser.»

Sie schlug den Schleier, welcher vom vereisten Hauch ihres Atems vollständig bedeckt war, zurück und lief ins Kinderzimmer. Ich hatte gelogen. Michaś lebte zwar, aber es ging ihm nicht besser. Seine Mutter setzte sich zu ihm und nahm seine Hände; aber nicht einmal sie erkannte er. Erst als ich ihm frisches Eis auf die Stirn legte, begannen seine Lider zu zucken, und eindringlich betrachtete er das über ihn gebeugte Gesicht. Sein Gehirn, das gegen Fieber und Wahnsinn kämpfte, strengte sich sichtlich an, seine Lippen zitterten, er lächelte ein, zwei Mal und hauchte schließlich: «Mama!»

Seine Hände haltend, saß sie einige Stunden bei ihm, ohne ihre Reisekleider abzulegen. Erst als ich sie darauf aufmerksam machte, sagte sie: «Ach ja, ich habe ganz vergessen, den Hut abzunehmen.»

Als sie ihn abgenommen hatte, ergriff mich ein seltsames, beklemmendes Gefühl: Da, zwischen den blonden Haaren, die diesen jungen, schönen Kopf schmückten, blitzten zahlreiche silberne Fäden hervor. Vor drei Tagen waren sie vielleicht noch nicht dort gewesen.

Sie wechselte dem Jungen jetzt selbst die Umschläge und gab ihm seine Arznei. Michaś verfolgte sie mit seinem Blick, wohin sie sich auch wandte, aber erkannte sie nicht. Am Abend nahm das Fieber noch zu. Er deklamierte im Fieberwahn eine Duma[6] über Żiółkiewski aus den «Gesängen» des Niemcewicz[7], zuweilen sprach er in der Unterrichtssprache, dann wieder deklinierte er lateinische Wörter.

Ich ging öfter aus dem Zimmer, denn ich konnte das nicht mit anhören. Als er noch gesund war, hatte er heimlich das Stufengebet gelernt. Damit wollte er seine Mutter nach der Ankunft auf dem Dorf überraschen. Jetzt schauerte mich, als ich in der abendlichen Stille das elfjährige Kind hörte, das vor seinem Tod mit monotoner, verlöschender Stimme immer wieder vor sich hin sprach: *«Deus meus, Deus meus, quare me repulisti et quare tristis incedo, dum affligit me inimicus!»*[a]

Ich bin nicht in der Lage zu beschreiben, welch tragischen Eindruck diese Worte in mir hinterließen. Es war Heiligabend. Von der Straße tönte Stimmengewirr und das Klingeln von Schlittenglocken herauf. Die Stadt wurde feierlich und fröhlich. Als es vollständig dunkel geworden war, sah man in den Fenstern der gegenüberliegenden Häuser Christbäume, die von Kerzen hell erleuchtet und mit blitzenden goldenen und silbernen Nüssen behangen waren. Darum herum tanzten helle und dunkle Kinderköpfe mit wehenden Lokken. Sie hüpften auf und ab, als säßen sie auf

---

[a] Mein Gott, mein Gott, warum hast du mich zurückgewiesen, und warum gehe ich traurig umher, während mich der Feind bedrängt! – Vgl. Psalm 43,2.

Sprungfedern. Die Fenster flammten im Lichterglanz, und die Zimmer hallten wider von Rufen der Verwunderung und der Freude. Unter den Stimmen, die von der Straße her zu uns klangen, waren nur fröhliche; die Freude war allgemein geworden. Nur unser Kleiner wiederholte mit großer Wehmut: *«Deus meus, Deus meus, quare me repulisti?»*

Am Haustor versammelten sich einige Jungen mit der Krippe, und bald drang ihr Gesang zu uns: «Wer sich zu Ihm begibt, der in der Krippe liegt, dem Kindelein zu singen...» Die Heilige Nacht kam heran, und wir hofften zitternd, daß es keine Nacht des Todes werden würde.

Einen Moment lang schien es uns sogar, als ob der Junge bei Bewußtsein sei, denn er begann nach Lola und der Mutter zu rufen, aber das dauerte nur kurz. Sein schneller Atem setzte manchmal ganz aus. Es war keine Täuschung mehr möglich! Diese kleine Seele weilte nur noch halb unter uns. Sein Verstand war schon davongeflogen, und jetzt ging auch er selbst in eine dunkle Ferne und Unendlichkeit. Er sah niemanden mehr, fühlte nichts, auch nicht den Kopf der Mutter, der leblos zu seinen Füßen lag. Er war teilnahmslos geworden, und er schaute uns nicht mehr an. Mit jedem Atemzug entfernte er sich mehr: als ob er im Nebel verschwände. Die Krankheit löschte sein Leben Fünkchen für Fünkchen aus. Die Hände des Kindes, die auf der Steppdecke lagen, zeichneten sich schon mit der schweren Bewegungslosigkeit toter Gegenstände auf ihr ab. Seine Nase wurde spitzer, und sein Gesicht nahm einen Ausdruck kühler

Würde an. Sein Atem ging immer schneller, bis er schließlich dem Ticken einer Uhr glich. Ein Augenblick noch, ein Seufzer, und das letzte Sandkörnchen in seinem Stundenglas mußte gefallen, mußte – das Ende sein.

Gegen Mitternacht schien es uns ganz sicher, daß er in den letzten Zügen lag, denn er begann zu röcheln und zu stöhnen, wie wenn ihm Wasser in den Mund strömte. Dann verstummte er plötzlich. Aber der Spiegel, den ihm der Doktor vor den Mund hielt, beschlug sich noch mit dem Hauch seines Atems. Eine Stunde später ließ das Fieber plötzlich nach; wir dachten, er sei gerettet; selbst der Arzt hatte eine schwache Hoffnung. Die arme Frau Maria war einer Ohnmacht nahe.

In den nächsten zwei Stunden ging es immer besser. Gegen Morgen – es war schon die vierte Nacht, die ich bei dem Kleinen schlaflos verbracht hatte – begab ich mich, da mich der Husten immer stärker quälte, ins Vorzimmer. Kaum hatte ich mich auf den Strohsack gelegt, schlief ich ein. Frau Marias Stimme weckte mich. Ich dachte, sie habe mich gerufen, aber in der nächtlichen Stille hörte ich deutlich: «Michaś! Michaś!» Die Haare sträubten sich mir, als ich den fürchterlichen Klang begriff, mit dem sie das Kind rief. Noch bevor ich mich hochgerappelt hatte, kam sie ins Vorzimmer gelaufen; in der Hand hielt sie eine Kerze, und mit zitternden Lippen flüsterte sie: «Michaś ... ist tot!»

Ich stürzte an das Bett des Jungen. Ja, es stimmte. Die Haltung des Kopfes auf dem Kissen, der geöffnete Mund, die Augen, die unbeweglich auf einen Punkt gerichtet waren, und die Starrheit seiner Züge ließen nicht den geringsten Zweifel aufkommen: Michaś war tot.

Ich deckte ihn mit der Steppdecke zu, welche die Mutter von seinem abgemagerten Körper heruntergerissen hatte, als sie vom Bett hochgefahren war, und drückte ihm die Augen zu. Danach gelang es mir lange nicht, Frau Maria aus ihrer Ohnmacht wiederzuerwecken.

Der erste Feiertag verging mit den Vorbereitungen für die Beerdigung; sie waren fürchterlich für mich, denn Frau Maria wollte den Leichnam nicht allein lassen, und immer wieder verließen sie ihre Kräfte. Sie wurde ohnmächtig, als Leute kamen, um das Maß für den Sarg zu nehmen, dann wieder, als man begann, die Leiche anzuziehen, und schließlich, als man den Katafalk aufstellte. Ihre Verzweiflung, die fortwährend auf die Gleichgültigkeit der Leute vom Bestattungshaus stieß – diese waren an einen solchen Anblick gewöhnt –, grenzte schon fast an Wahnsinn. Sie selbst richtete die Holzspäne unter der Atlasseide, und dabei murmelte sie wie im Fieber, daß der Kopf des Kindes zu niedrig liege. Michaś lag indessen steif, gleichgültig und friedvoll auf dem Bett, in eine neue Uniform mit weißen Handschuhen gekleidet. Schließlich legten wir den Körper in den Sarg, den wir auf den Katafalk hoben und mit zwei Reihen Kerzen umrahmten.

Das Zimmer, in dem sich das arme Kind mit dem Konjugieren so vieler lateinischer Vokabeln abgeplagt und wo es sich mit der Anfertigung so vieler Hausaufgaben abgemüht hatte, verwandelte sich jetzt fast in eine Kapelle, denn die geschlossenen Fensterläden ließen kein Tageslicht herein, und der gelbe, flackernde Schein der Kerzen gab den Wänden ein kirchliches, feierliches Gepräge. Nie, seitdem er das letzte «Ausgezeichnet» erhalten hatte, sah ich sein Gesicht so gelöst. Sein feines Profil, das sich von der Zimmerdecke abhob, lächelte mild, als ob es dem Jungen in den ewig währenden Ferien gefallen würde und er sich glücklich fühle. Das Flackern der Kerzen verlieh seinem Gesicht und dem Lächeln den Anschein, als lebe er noch und schliefe nur.

Langsam versammelten sich diejenigen seiner Schulkameraden, die zu den Feiertagen nicht verreist waren. Die Kinder machten große Augen beim Anblick der Kerzen, des Katafalks und des Sarges. Vielleicht befremdeten die kleinen, in Schuluniformen steckenden Jungen die Würde und die Rolle, die ihr Schulkamerad nun einnahm, denn vor kurzem war er doch noch mit ihnen zusammen gewesen, hatte sich wie sie unter der Last des Tornisters gebeugt, der mit deutschen Büchern überladen war, hatte schlechte Zensuren, Schelte und öffentliche Tadel erhalten und hatte eine schlechte Aussprache; jeder von ihnen konnte ihn an den Haaren ziehen oder am Ohr; und jetzt lag er erhöht vor ihnen, feierlich, ruhig und von Kerzen umgeben. Alle näherten sich ihm mit Ehrfurcht und einer gewissen Scheu – und sogar Owicki, obwohl Primus, bedeutete nicht viel im Vergleich zu ihm. Die Jungen, die sich mit den Ellbogen anstießen, flüsterten sich zu, daß er jetzt vor nichts mehr Angst haben müsse; selbst wenn der *Herr*

Inspektor[a] käme, würde er nicht verschreckt aufspringen, sondern ruhig weiterlächeln; nun könne er machen, was er wolle, nach Herzenslust lärmen und mit den anderen kleinen Engeln wenigstens Polnisch reden.

So flüsterten sie, als sie sich den Kerzenreihen näherten und für Michaś' ewige Ruhe beteten.

Am nächsten Tag wurde der Sarg geschlossen und der Deckel mit Nägeln befestigt. Man brachte den Sarg auf den Friedhof, wo ihn bald mit Schnee vermischte Sandklumpen meinen Blicken entzogen. Für immer!

*

Seither ist fast ein Jahr vergangen, und jetzt, wo ich das alles niederschreibe, leben die Erinnerung an dich und mein Mitleid mit dir noch immer in mir fort. Mein armer Michaś, meine kleine Blume, die zu früh verwelkt ist! Du hattest eine schlechte Aussprache, aber ein gutes Herz. Ich weiß nicht, wo du bist und ob du mich hörst; ich weiß nur, daß dein alter Lehrer immer mehr hustet, daß es immer schlechter um ihn steht, seine Einsamkeit zunimmt und er bald dahingehen wird, so, wie du von uns gegangen bist.

1879

[a] Deutsch im Original

Janko der Musikant

Das arme Wesen kam schwach und kränklich zur Welt. Die am Lager der Wöchnerin versammelten Gevatterinnen schüttelten die Köpfe über Mutter und Kind. Frau Schmiedemeister Szymanowa, die Gescheiteste von allen, begann die Kranke zu trösten. «Nur ruhig», sagte sie, «ich zünde eine geweihte Kerze über Euch an, wo Ihr doch nicht wieder hochkommt, meine Gevatterin. Macht Euch fertig für die andere Welt; und nach dem Pfarrer muß man schicken, damit Euch noch die Sünden vergeben werden.»

«Bah!» sagte die zweite, «und der Bub muß sogleich getauft werden; er hält nicht durch, bis der Pfarrer kommt. Ich meine, wir können von Glück sagen, wenn er nicht als Nachtgespenst umgeht.»

Bei diesen Worten zündete sie eine geweihte Kerze an, nahm das Kind und besprengte es mit Weihwasser, bis es die Äuglein zusammenkniff. Dabei sprach sie: «Ich taufe dich im Namen des Vaters, des Sohnes und des Heiligen Geischtes und gebe dir den Namen Jan, und jetzt, chrischtliche Seele, gehe dorthin, wo du hergekommen bist. Amen!»

Aber die christliche Seele hatte durchaus keine Lust, dorthin zu gehen, woher sie gekommen war, und den schwächlichen Leib zu verlassen; vielmehr begann sie, mit den Beinen dieses Leibes zu strampeln, soviel sie nur vermochte, und, wenn auch schwach und kläglich, zu weinen, so daß die Gevatterinnen meinten: «Jemand könnte denken, es sei eine Katze oder so was!»

Man schickte nach dem Geistlichen. Er kam, verrichtete seine Pflicht und fuhr wieder davon. Die Kranke erholte sich; nach einer Woche ging das Weib wieder an seine Arbeit. Der Junge atmete wenigstens, doch «pfiff er auf dem letzten Loch», bis im vierten Jahr der Kuckuck die Krankheit wegrief. Nun ging es also etwas besser, und bei leidlicher Gesundheit erreichte er das zehnte Lebensjahr.

Mager war er immer und sonnenverbrannt, der Bauch war aufgetrieben, die Wangen eingefallen, und eine hanffarbene, fast weiße Haartolle fiel ihm über die hellen, weit aufgerissenen Augen, mit denen er in die Welt wie in eine unermeßliche Ferne starrte. Im Winter hockte er hinter dem Ofen und weinte leise vor Kälte, dann und wann auch vor Hunger, denn sein Mütterchen hatte weder etwas in den Ofen noch in den Topf zu tun. Im Sommer lief er in einem Hemdchen herum, das mit einem Streifen aus Webkante gegürtet war, und trug ein Strohhütchen. Unter der abgewetzten Hutkrempe quollen die Flachshaare hervor, und er reckte seinen Kopf wie ein Vogel in die Höhe.

Die Mutter, eine arme Einliegerin, welche von einem Tag zum anderen lebte, gleichsam wie die Schwalbe unter einem fremden Dache, liebte ihn vielleicht, aber nach ihrer Art, denn sie schlug ihn oft, und für gewöhnlich nannte sie ihn einen Wechselbalg. Im achten Jahr ging er schon als Hütejunge hinter dem Vieh her, und wenn es in der Hütte nichts zu essen gab, suchte er im Wald Blätterpilze. Daß er dort nicht vom Wolf gefressen wurde, verdankte er nur der Gnade Gottes.

Er war kein besonders aufgeweckter Junge, und wie alle Dorfkinder steckte er, wenn ihn jemand ansprach, den Finger in den Mund. Die Leute verhießen ihm kein langes Leben; selbst wenn die Mutter ihn großkriegte, würde sie an ihm keine Freude haben, da er zur Arbeit nicht taugte. Es ist schwer zu sagen, woher er es hatte, aber es gab eine Sache, bei der er auflebte: wenn irgendwo aufgespielt wurde. Überall hörte er Musik, und als er etwas herangewachsen war, dachte er an nichts anderes mehr. Ging er mit der Herde in den Wald oder mit dem Henkelkörbchen in die Beeren, kehrte er ohne eine einzige Beere zurück und lispelte: «Mütterchen! Ach, im Walde hat es so schön gespielt. Oj! Oj!»

Doch die Mutter rief: «Ich werd' dir was vorspielen, ich spiel' dir was! Da habe keine Angst.» Und dann machte sie ihm manchmal mit dem Kochlöffel Musik. Der Junge schrie, versprach, es werde nicht wieder vorkommen, dachte aber unentwegt daran, daß im Walde etwas spielte. Aber was? Oder wußte er es? Die Kiefern, die Buchen, die Birken, die Pirole, alles musizierte und tönte: überhaupt der ganze Wald, und damit basta. Auch das Echo... Im Felde spielten für ihn die Grashalme; im Gärtchen hinter der Hütte zwitscherten die Sperlinge, daß die Kirschbäume erzitterten! Abends hörte er alle möglichen Stimmen, die auf dem Lande zu hören sind, und gewiß dachte er bei sich, das ganze Dorf musiziere. Wurde er zur Arbeit geschickt, den Dung umzuwenden, glaubte er den Wind in der Mistgabel spielen zu hören. Sah ihn der Aufseher müßig stehen, die Haare zerzaust und dem Spiel des Windes in der Gabel lauschend, sah er ihn so, dann nahm er seinen Leibriemen ab und verpaßte ihm einen tüchtigen Denkzettel. Aber wohin führte das alles?

Die Leute nannten ihn Janko, den Musikanten!

Im Frühling lief er oft von zu Hause fort und schnitzte sich Pfeifen am Bach. Nachts, wenn die Frösche quakten, die Wachtelkönige auf den Wiesen schwatzten, die Rohrdommeln im Tau brummten, die Hähne hinter den Zäunen krähten, konnte er nicht schlafen, denn er horchte immerfort, und nur Gott allein mag wissen, welche Melodie er aus alledem heraushörte.

In die Kirche durfte ihn die Mutter nicht mitnehmen, denn wenn die Orgel aufbrauste oder mit süßer Stimme sang, umnebelten sich die Augen des Jungen, oder sie leuchteten und strahlten, als ob der Widerschein einer anderen Welt sie verklärte.

Der Wächter, der bei Nacht im Dorfe auf und ab ging und die Sterne am Himmel zählte oder leise Zwiegespräche mit den Hunden führte, um nicht einzuschlafen, sah öfter das weiße Hemdchen Jankos, der in der Finsternis zur Schenke huschte. Aber der Junge ging nicht in die Schenke, sondern blieb draußen, kauerte sich an die Mauer und lauschte. Drinnen tanzten die Leute *Obertas*[1], und manchmal stieß einer der Knechte ein «U-ha!» aus. Man hörte das Stampfen der Stiefel, dann wieder die Stimmen der Mädchen: «Warum denn?»[2] Die Geigen sangen leise: «Wir wollen essen, wollen singen, unsere Gläser sollen klingen», und die Baßgeige brummte bedächtig: «Wie's Gott gab, wie's Gott gab!» Die Fenster erstrahlten in hellem Licht, und jeder Balken in der Schenke schien zu beben, zu singen und zu spielen, und Janko lauschte.

Was hätte er darum gegeben, eine Geige zu besitzen, die leise spielte: «Wir wollen essen, wollen singen, unsere Gläser sollen klingen.» Solch ein singendes Brettchen! Bah, wo es hernehmen? Wo wird es gemacht? Wenn man ihm wenigstens erlauben würde, so ein Ding einmal in die Hand zu nehmen! – Aber behüte! Es stand ihm frei zu horchen, und er horchte gewöhnlich auch so lange, bis sich die Stimme des Nachtwächters hinter ihm in der Dunkelheit vernehmen ließ: «Willst du nicht heimgehen, du Plagegeist?»

Erst dann rannte er auf seinen nackten Füßen davon, und die Stimme der Geigen verfolgte ihn: «Wir wollen essen, wollen singen, unsere Gläser sollen klingen.» Und bedächtig brummte der Baß: «Wie's Gott gab, wie's Gott gab!»

Wenn er nur die Geige hören konnte, sei es beim Erntefest, sei es auf einer Hochzeit, so war das für ihn ein großer Festtag. Danach verkroch er sich hinter dem Ofen und sprach tagelang kein Wort; wie eine Katze sah er mit funkelnden Augen aus der Dunkelheit hervor.

Eines Tages baute er sich selbst aus einer Schindel und Roßhaaren eine Fiedel, aber sie wollte nicht so schön spielen wie jene in der Schenke: sie klang leise, leise wie ein Mäuschen oder wie das Summen von Mücken. Doch er spielte vom Morgen bis zum Abend, wenn er auch dafür so viele Rippenstöße erhielt, daß er, obwohl noch unreif, bald so angeschlagen wie Fallobst aussah. Aber es lag nun einmal in seiner Natur. Der Kleine magerte immer weiter ab, nur der Bauch blieb aufgetrieben, und der Haarschopf wurde immer dichter; die Augen weiteten sich noch mehr und schwammen meist in Tränen, die Wangen und die Brust aber fielen immer tiefer und tiefer ein.

Anderen Kindern glich er überhaupt nicht, eher schon seiner Fiedel, die kaum hörbar summte. Dazu hungerte er vor der Ernte sehr, denn er lebte fast nur von rohen Mohrrüben und der Sehnsucht nach dem Besitz einer Geige.

Aber diese Sehnsucht sollte ihm nichts Gutes einbringen. Der Lakai im Herrenhaus besaß eine Geige, auf der er zuweilen in der Dämmerstunde spielte, um der Kammerjungfer zu gefallen. Janko schlich sich dann und wann zwischen dem Strauchwerk bis an die offene Tür des Anrichtezimmers, um dem Spiel zu lauschen oder wenigstens einen Blick auf die Geige zu werfen. Sie hing an der Wand, gerade gegenüber der Tür. In diesen Blick legte der Junge seine ganze Seele, denn die Geige erschien ihm als unnahbares Heiligtum, das zu berühren er unwürdig sei, wenn sie ihm auch das Teuerste und Liebste war. Es verlangte ihn nach ihr; einmal wenigstens wollte er sie in den Händen halten, einmal wenigstens sie aus der Nähe betrachten. Das arme kleine Kinderherz erbebte beim bloßen Gedanken vor Seligkeit.

Eines Abends befand sich niemand im Anrichtezimmer. Die Herrschaft war seit längerer Zeit im Ausland, das Haus stand leer, und der Lakai saß wie gewöhnlich im anderen Flügel des Hauses bei der Kammerjungfer. Janko blickte schon lange, versteckt zwischen hohen Pflanzen, durch die weit offenstehende Tür auf das Ziel seiner Wünsche. Es war eine Vollmondnacht. Das Licht fiel schräg durch das Fenster ins Zimmer und brach sich in der Form eines großen, hellen Quadrates an der gegenüberliegenden Wand. Das Quadrat näherte sich langsam der Geige, und schließlich beleuchtete es sie ganz. Es schien, als ob die Geige in der dichten Finsternis einen silbernen Lichtschein ausstrahlte. Der bauchige Teil glänzte besonders stark, so daß er Janko fast blendete. In diesem Licht war jede Einzelheit genau zu erkennen: die geschweiften Flanken, die Saiten und der gebogene Griff. Die Wirbel leuchteten wie Johanniskäfer, und der Geigenbogen hing daneben wie eine Silberrute.

Ach, alles war so schön, fast märchenhaft; Jankos Blick wurde immer gieriger. Zwischen den Kletten zusammengekauert, die Ellbogen auf die abgemagerten Knie gestützt, schaute er mit offenem Mund unverwandt auf die Geige. Bald hielt ihn die Angst auf seinem Platze fest, bald trieb ihn ein unbezähmbarer Drang vorwärts. War es Zauberei oder sonst etwas? Die Geige in ihrem Glanz schien sich zu nähern, als schwebe sie dem Kinde zu. Zeitweise erlosch sie, doch nur um gleich darauf noch stärker aufzuflammen. Zauber, ein wahrer Zauber! Indessen wehte der Wind – es rauschten leise die Bäume, es flüsterten die Sträucher, und Janko war es, als ob er deutlich vernähme: «Geh,

Janko, geh! In der Anrichtestube ist niemand... geh, Janko!»

Es war eine klare, mondhelle Nacht. Im herrschaftlichen Garten am Teich begann die Nachtigall zu schlagen, und sie flötete bald leise, bald laut: «Geh! Komm! Und nimm sie!» Der ehrliche Nachtreiher kreiste leise um den Kopf des Kindes und rief: «Nein, Janko, nein!» Aber der Reiher flog davon, die Nachtigall blieb, und die Sträucher im Garten murmelten: «Es ist niemand dort!» Die Geige erstrahlte von neuem.

Die arme, kleine geduckte Gestalt schlich langsam und vorsichtig näher, und gleichzeitig flötete die Nachtigall leise: «Geh! Komm! Und nimm sie!» Das weiße Hemd flimmerte immer näher zur Tür. Schon verbergen es die schwarzen Pflanzen nicht mehr. An der Schwelle hört man das rasche Atmen der kranken Kinderbrust. Einen Moment noch, und das weiße Hemdchen ist verschwunden, nur ein nacktes Füßchen steht jetzt auf der Schwelle. Vergebens fliegst du, ehrlicher Nachtreiher, noch einmal vorüber und rufst: «Nein! Nein!» Janko ist schon im Anrichtezimmer.

Die Frösche im Gartenteich begannen laut zu quaken, als ob sie über etwas erschrocken wären; dann wurde es wieder still. Die Nachtigall verstummte, die Sträucher im Garten hörten zu raunen auf. Indessen war Janko leise und vorsichtig näher gekrochen, aber bald erfaßte ihn die Angst. Im Gestrüpp hatte er sich fast wie zu Hause gefühlt, wie ein wildes Tier im Dickicht; aber jetzt war ihm zumute wie einem wilden Tier in der Falle. Seine Bewegungen wurden hastig, sein Atem kurz und pfeifend, und die Finsternis lähmte ihn. Ein schwaches Sommerwetterleuchten, das zwischen Ost und West aufblitzte, erhellte noch einmal das Innere des Anrichtezimmers und den armen Janko vor der Geige, der, auf allen vieren, den Kopf in die Höhe streckte. Doch das Wetterleuchten erlosch, und der Mond verschleierte ein Wölkchen; es war weder etwas zu sehen noch zu hören.

Erst nach einer Weile drang durch die Finsternis ein leiser, weinerlicher Ton, so, als ob jemand unvorsichtig eine Saite berührt hätte – und plötzlich erscholl eine tiefe, verschlafene Stimme aus einer Stubenecke und fragte zornig: «Wer da?»

Janko hielt den Atem zurück, aber erneut fragte die tiefe Stimme: «Wer da?» Ein Streichholz flakkerte an der Wand auf, es wurde hell, und dann, ach Gott!, vernahm man Flüche, Schläge, das Weinen eines Kindes, Rufe: «O Gott!» Man hörte Hundegebell, Lärm im ganzen Hof und sah, wie sich hinter den Fenstern Lichter eilig bewegten.

Am nächsten Tag stand der arme Janko schon vor dem Dorfgericht, vor dem Gemeindevorsteher.

Sollte er dort als Dieb abgeurteilt werden? Natürlich. Der Gemeindevorsteher und die Schöffen blickten auf ihn, wie er vor ihnen stand, den Finger im Mund, und mit weit aufgerissenen, erschrockenen Augen ins Weite starrte. Klein, dürr, schmutzig und zerschlagen stand er da, ohne zu wissen, wo er sich befand und was man von ihm wollte. Wie soll man solches Elend richten, das zehn Jahre alt ist und sich kaum auf den Beinen halten kann? Soll man ihn ins Gefängnis sperren, oder was soll man sonst mit ihm machen? Man muß doch mit den Kindern Erbarmen haben. Möge ihn der Nachtwächter nehmen und ihm einige Rutenstreiche geben, damit er nicht wieder stehle, und die Sache ist abgetan.

«So ist es recht!» Man rief Stach, den Nachtwächter, herbei. «Nimm ihn und verpaß ihm einen Denkzettel!»

Stach nickte mit seinem dummen Tierkopf, nahm Janko wie ein Kätzchen unter den Arm und schaffte ihn zur Scheune. Das Kind verstand entweder nicht, worum es ging, oder es war zu verstört. Nicht nur, daß es kein Wort sprach, es guckte auch wie ein erschreckter Vogel. Wußte es denn, was man mit ihm vorhatte? Erst als Stach das Kind in der Scheune packte, auf den Boden legte, ihm das Hemdchen hochzog und weit ausholte und kräftig zuschlug, schrie Janko auf: «Mütterchen!», und nach jedem Schlag des Nachtwächters rief das Kind: «Mütterchen!», aber immer leiser, immer schwächer, bis es nach unzähligen Schlägen verstummte und nicht mehr nach der Mutter rief.

Die arme, zerschlagene Fiedel!

Und du tölpelhafter, böser Stach! Wer schlägt denn so ein Kind? Wo es doch schon immer klein und schwach war und kaum lebte.

Endlich kam die Mutter und nahm den Jungen mit – sie mußte ihn nach Hause tragen. Am darauffolgenden Tag konnte Janko nicht aufstehen, und am Abend des dritten Tages lag er auf seinem Lager unter einer Decke aus Sackleinen still im Sterben.

Die Schwalben zwitscherten im Kirschbaum,

der vor dem Hause wuchs. Ein Sonnenstrahl drang durch die Scheibe und ergoß seinen Goldglanz über das zerzauste Köpfchen und das Gesicht des Kindes, in dem kein Blutstropfen zurückgeblieben war. Dieser Sonnenstrahl war gleichsam die Straße, auf der die kleine Seele des Jungen von dannen ziehen sollte. Gut, daß das Kind wenigstens im Augenblick des Todes einen breiten, sonnigen Weg betreten konnte, denn im Leben ging es einen gar dornigen Weg. Der Atem bewegte noch die abgezehrte Brust, und das Gesicht des Kindes schien den Stimmen des Dorfes zu lauschen, die durch das offene Fenster drangen. Es war Abend, und die Mädchen, die von der Heumahd kamen, sangen: «Oh, auf grüner Flur», und vom Bach ertönte das Spiel der Hirtenflöten. Janko horchte zum letzten Mal, wie das Dorf sang und klang. Neben ihm auf der Pferdedecke lag seine aus einer Schindel gefertigte Fiedel.

Plötzlich verklärte sich das Gesicht des sterbenden Kindes, und die bleichen Lippen bewegend, flüsterte er: «Mütterchen?»

«Was ist denn, mein lieber Sohn?» fragte die Mutter mit tränenerstickter Stimme.

«Mütterchen! Wird mir der Herrgott im Himmel eine richtige Fiedel geben?»

«Ja, das wird er, mein Kind, das wird er gewiß!» erwiderte die Mutter; sie konnte nicht weitersprechen, denn aus ihrer harten Brust brach plötzlich das angesammelte Leid hervor, und mit dem stöhnenden Ausruf: «O Jesu, Jesu!» fiel sie, das Gesicht voran, auf einen Kasten und begann zu brüllen wie eine Wahnsinnige oder wie ein Mensch, der sieht, daß er sein Liebstes dem Tod nicht mehr entreißen kann.

Und sie konnte es ihm nicht mehr entreißen. Denn als sie sich erhob und auf das Kind blickte, waren die Augen des kleinen Spielmannes zwar offen, aber unbeweglich; sein Gesicht war sehr ernst, düster und starr. Auch der Sonnenstrahl war verschwunden. Ruhe in Frieden, Janko!

*

Tags darauf kehrte die Herrschaft mit dem Fräulein und dem Kavalier, der um es warb, aus Italien zurück. Der Freier sagte: *«Quel beau pays que l'Italie.»*[a] – «Und welch ein Volk von Künstlern! *On est heureux de chercher là-bas des talents et de les protéger...»*[b], fügte das Fräulein hinzu. Über Jankos Grab rauschten die Birken.

1880

[a] Was für ein schönes Land doch Italien ist!
[b] Wie glücklich, wer dort Talente suchen und fördern kann.

Der Leuchtturmwärter

Die Erzählung beruht auf einer wahren Begebenheit, über die seinerzeit J. Horain[1] in seinen Briefen aus Amerika berichtete.

I.

Eines Tages war der Leuchtturmwärter von Aspinwall[2], unweit von Panama, spurlos verschwunden. Da er während eines Unwetters verschwand, nahm man an, daß der Unglückliche zu dicht an das Ufer der felsigen Insel, auf der sich der Leuchtturm befand, herangetreten und dort von den Wellen fortgespült worden sei. Diese Annahme war um so wahrscheinlicher, da man am nächsten Tag auch sein Boot nicht finden konnte, das gewöhnlich in einer Felsspalte lag. Die Stelle des Leuchtturmwärters war also vakant, und sie mußte so schnell wie möglich besetzt werden, da der Leuchtturm sowohl für den lokalen Verkehr als auch für die von New York nach Panama fahrenden Schiffe eine große Bedeutung hatte.

Die Moskitobucht ist reich an Sandbänken, so daß es schon am Tage schwerfällt, eine Durchfahrt zu finden, geschweige denn nachts. Besonders bei Nebel, der oft aus den von der Äquatorsonne erwärmten Gewässern aufsteigt, ist die Fahrt fast unmöglich. Der einzige Wegweiser für die zahlreichen Schiffe ist dann das Licht des Leuchtturmes.

Zu den Pflichten des in Panama residierenden Konsuls der Vereinigten Staaten von Amerika gehörte es, für einen neuen Leuchtturmwärter zu sorgen. Dies war keine leichte Aufgabe, zum einen, weil man unbedingt binnen zwölf Stunden einen Nachfolger finden mußte, zum anderen, weil nur ein überaus gewissenhafter Mensch in Frage kam. Man konnte also nicht den ersten besten einstellen. Das wesentliche Problem aber war, daß es überhaupt an Bewerbern für diesen Posten mangelte.

Das Leben auf dem Turm ist ungewöhnlich hart und besitzt für die den Müßiggang und das freie Umherschweifen liebenden Südländer absolut keinen Reiz. Der Leuchtturmwärter lebt fast wie ein Gefangener. Außer am Sonntag darf er seine felsige Insel nie verlassen. Ein Boot aus Aspinwall bringt ihm täglich Lebensmittel und frisches Trinkwasser. Doch die Fährleute fahren sogleich wieder weg, und auf der gesamten Insel, deren Fläche etwa einen Morgen beträgt, befindet sich dann keine Menschenseele mehr. Der Wärter wohnt im Leuchtturm, den er in Ordnung halten muß. Tagsüber hängt er je nach Barometerstand verschiedenfarbige Flaggen als Signal heraus, und am Abend zündet er das Feuer an. Eigentlich wäre diese Arbeit nicht so beschwerlich, wenn man nicht mehr als vierhundert steile Stufen einer Wendeltreppe hinaufsteigen müßte, um zum Feuer in der Turmspitze zu gelangen. Und der Wärter muß diese Kletterpartie nicht selten mehrmals am Tag bewältigen. Er führt überhaupt ein klösterliches Leben, ja sogar ein Einsiedlerleben.

Es ist also nicht verwunderlich, daß Mr. Isaac Falconbridge in arger Verlegenheit war, weil er nicht wußte, wo er einen geeigneten Nachfolger für den Verstorbenen hernehmen sollte, und man kann seine Freude verstehen, als sich noch am selben Tag völlig unerwartet ein Bewerber bei ihm meldete. Der Interessent war ein bereits bejahrter Mann, siebzig oder älter, aber noch rüstig. Er hielt sich aufrecht, seine Bewegungen und seine Haltung hatten etwas Soldatisches; sein Haar war ganz weiß, die Haut braungebrannt wie bei einem Kreolen; doch nach seinen blauen Augen zu urteilen, konnte er kein Südländer sein. Sein Gesicht hatte einen bedrückten traurigen Ausdruck, und zugleich wirkte er ehrlich. Er gefiel Falconbridge auf den ersten Blick. Nun mußte er noch geprüft werden, und so entspann sich das folgende Gespräch:

«Woher kommt Ihr?»

«Ich bin Pole.»

«Was habt Ihr bisher gemacht?»

«Ich bin in der Welt umhergezogen.»

«Ein Leuchtturmwärter sollte gern fest an einem Ort bleiben.»

«Ich muß mich ausruhen.»

«Habt Ihr irgendwo gedient? Habt Ihr Zeugnisse über Dienste beim Staat?»

Der alte Man zog aus der Innentasche seines Rockes einen ausgeblichenen Seidenlappen hervor, der von einer Fahne zu stammen schien. Er breitete den Fetzen aus und sprach: «Das hier sind meine Zeugnisse. Dieses Kreuz habe ich im Jahre dreißig bekommen. Das zweite hier ist spanisch und stammt aus den Karlistenkriegen, das dritte ist die französische Ehrenlegion, das vierte erhielt ich in Ungarn. Dann kämpfte ich in Amerika gegen die Südstaaten – doch da gibt es keine Kreuze, dort gab's nur dieses Papier.»

Falconbridge nahm das Papier und begann zu lesen.

«Hm! Skawiński? Ist das Euer Name?... Hm! ... Zwei Fahnen eigenhändig mit Bajonetten im Kampf erobert... Ihr wart ein tapferer Soldat!»

«Ich vermag auch ein gewissenhafter Leuchtturmwärter zu sein.»

«Man muß dort mehrere Male am Tag den Turm hinaufsteigen. Habt Ihr gesunde Beine?»

«Ich habe zu Fuß die Great Plains durchquert.»

«*All right!* Kennt Ihr Euch in der Seefahrt aus?»

«Drei Jahre bin ich auf einem Walfänger gefahren.»

«Ihr habt Euch in vielen Berufen versucht.»

«Nur Ruhe habe ich bisher nie kennengelernt.»

«Warum?»

Der alte Mann zuckte mit den Achseln. «Das Schicksal...»

«Dennoch, für einen Leuchtturmwärter scheint Ihr mir zu alt.»

«Sir», ließ sich der Bewerber plötzlich vernehmen, und seine Stimme klang bewegt, «ich bin sehr müde und abgekämpft. Wie Ihr seht, habe ich viel durchgemacht. Das ist eine Stelle, wie ich sie mir sehnlichst erwünscht habe. Ich bin alt, und ich brauche Ruhe! Ich muß mir sagen können: ‹Hier bleibst du jetzt, hier ist dein Hafen.› Ach, *Sir!* Es hängt nur von Ihnen ab. Ein zweites Mal wird sich mir ein solcher Posten nicht bieten. Was für ein Glück, daß ich in Panama gewesen bin... Ich flehe Euch an... Bei Gott, ich bin wie ein Schiff, das untergeht, wenn es keinen Hafen mehr findet... Wenn Ihr einen alten Menschen glücklich machen

wollt... Ich schwöre Euch, daß ich rechtschaffen bin, und... ich habe genug vom Umherziehen.»

Die blauen Augen des Alten baten so inständig, daß Falconbridge, der ein gutes schlichtes Herz hatte, tief gerührt war.

«Well!» sagte er. «Ich nehme Euch. Ihr seid der neue Leuchtturmwärter.»

Das Gesicht des Alten strahlte vor unaussprechlicher Freude: «Ich danke Ihnen.»

«Könnt Ihr noch heute zum Turm fahren?»

«Jawohl.»

«Na, dann *good-bye!* Noch eins: Auf jedwede Verfehlung im Dienst folgt unverzüglich Ihre Entlassung.»

«All right!»

Noch am gleichen Abend, als die Sonne jenseits der Landenge versunken war und auf den strahlend hellen Tag ohne Dämmerung die Nacht folgte, war der neue Leuchtturmwärter weithin sichtbar auf seinem Posten, denn die Laterne warf wie gewöhnlich ihre grellen Lichtgarben auf das Meer. Es war eine völlig ruhige, stille, richtig subtropische Nacht. Lichter Nebel hüllte alles ein und bildete um den Mond einen großen regenbogenfarbenen Hof mit weichen, verschwommenen Rändern. Nur das Meer brauste, denn die Flut stieg.

Skawiński stand auf der Plattform des Turmes neben dem riesigen Feuer. Von unten gesehen glich er einem schwarzen Pünktchen. Er versuchte seine Gedanken zu sammeln und sich seiner neuen Lage bewußt zu werden. Doch es war so viel Neues auf ihn eingestürmt, daß er nicht imstande war, folgerichtig zu denken. Er fühlte sich wie ein gehetztes Tier, dem es endlich gelungen war, sich vor der Meute auf irgendeinem unzugänglichen Felsen oder in einer Höhle zu verstecken. Endlich konnte er zur Ruhe kommen. Ein Gefühl der Sicherheit erfüllte seine Seele mit unsagbarer Freude. Hier, auf diesem Felsen, konnte er ganz einfach über sein früheres Wanderleben, sein Unglück und seine Mißgeschicke spotten.

Er war in der Tat wie ein Schiff, dem ein Unwetter alle Masten gebrochen und die Taue und Segel zerrissen hat, wie ein Schiff, das vom Himmel auf den Meeresgrund geschleudert, von den Wellen hin- und hergeworfen und von Schaum überspült wurde – und dennoch in den Hafen einläuft. Bilder dieses Unwetters glitten in schneller Folge an seinem geistigen Auge vorüber und bildeten zur stillen Zukunft, die jetzt beginnen sollte, einen krassen Gegensatz.

Von seinem wechselvollen Schicksal hatte er Falconbridge manches erzählt, doch tausend andre Abenteuer waren unerwähnt geblieben. Sooft er irgendwo sein Zelt aufgeschlagen und ein Feuer entfacht hatte in der Hoffnung, sich für immer ansiedeln zu können, hatte er das Pech gehabt, daß ein Wind die Zeltpflöcke herausriß, das Feuer ausblies und ihn selbst ins Verderben jagte. Als er jetzt von der Plattform des Turmes auf die von den Lichtstrahlen beleuchteten Wellen blickte, erinnerte er sich an alles, was er durchgemacht hatte.

In vier Erdteilen hatte er gekämpft und sich auf seiner Wanderschaft in fast allen Berufen versucht. Er war arbeitsam und rechtschaffen, und zuweilen war es ihm gelungen, sich ein paar Groschen zu erarbeiten, die er jedoch aus unvorhersehbaren Gründen und trotz der größten Vorsicht immer wieder einbüßte. In Australien war er Goldgräber gewesen, in Afrika hatte er Diamanten gesucht, und in Ostindien hatte er als Jäger im Dienst der Regierung gearbeitet. Als er seinerzeit in Kalifornien eine Farm aufgebaut hatte – ruinierte ihn die Dürre. Danach hatte er versucht, mit Eingeborenen aus dem Inneren Brasiliens Waren zu tauschen – sein Floß zerschellte auf dem Amazonas. Er selbst jedoch irrte wehrlos und fast nackt einige Wochen lang durch den Urwald, sich nur von Wildfrüchten ernährend. Jeden Augenblick lief er Gefahr, im Rachen eines Raubtieres zu enden. In Helena, in Arkansas, richtete er sich eine Schmiedewerkstatt ein – sie brannte ab während des großen Feuers, das die ganze Stadt in Schutt und Asche legte. Später geriet er in den Rocky Mountains in die Hände von Indianern – und wurde nur durch ein Wunder von kanadischen Jägern gerettet. Er heuerte als Matrose auf einem zwischen Bahia und Bordeaux verkehrenden Schiff an und fuhr später als Harpunier auf einem Walfänger – beide Schiffe zerschellten. In Havanna besaß er eine Zigarrenfabrik – und er wurde von seinem Kompagnon bestohlen, als er mit Gelbfieber krank darniederlag.

Endlich gelangte er nach Aspinwall, wo seine Mißgeschicke ein Ende finden sollten. Was schon konnte ihm auf dieser felsigen Insel passieren? Hier lauerten keine Gefahren, weder Wasser noch Feuer, noch Menschen. Mit den Menschen hatte Skawiński übrigens nur wenige schlechte Erfahrungen gemacht; er war mehr guten als bösen begegnet. Es kam ihm vielmehr vor, als hätten es die vier Elemente auf ihn abgesehen. Die Leute, die ihn kannten, meinten, er habe eben kein Glück; damit erklärten sie alles.

Schließlich wurde er etwas wunderlich, denn er glaubte, eine mächtige Rächerhand verfolge ihn über Länder und Meere, überallhin. Aber er sprach nicht gern darüber; nur zuweilen, wenn man ihn fragte, wessen Hand das denn sein solle, wies er auf den Polarstern[3] und erwiderte, sie komme von dort...

Tatsächlich kann sich jemand, der so unglaublich viele Mißerfolge erlitten hat, leicht eine fixe Idee in den Kopf setzen. Übrigens war er geduldig wie ein Indianer, und eine starke, beständige Widerstandskraft, wie sie einem redlichen Herzen entspringt, war ihm eigen. In Ungarn erhielt er seinerzeit einige Bajonettstiche, weil er die mögliche Rettung verschmähte. Dabei hätte er nur einen Steigbügel zu ergreifen und um Pardon zu bitten brauchen. Ebensowenig ergab er sich dem Unglück. Emsig wie eine Ameise krabbelte er den Berg hinauf. Wurde er hundertmal hinabgestoßen, unerschütterlich begann er seinen Weg zum hundertundersten Mal.

Er war ein Sonderling. Dieser alte Soldat, der in Gott weiß welchen Feuern gebrannt, in der Armut geschmiedet und gehärtet worden war, besaß das Herz eines Kindes. Die Epidemie in Kuba hatte ihn nur deshalb heimgesucht, weil er sein gesamtes Chinin, von dem er einen beträchtlichen Vorrat besaß, an die Kranken verteilt hatte, ohne auch nur ein Gran für sich zu behalten.

Merkwürdig an ihm war auch, daß er nach den vielen Enttäuschungen stets zuversichtlich blieb und nie die Hoffnung verlor, es werde sich alles einst zum Guten kehren. Im Winter lebte er regelmäßig auf und prophezeite große Ereignisse[4]. Er erwartete sie ungeduldig und lebte jahrelang von dem Gedanken daran. Doch ein Winter folgte dem anderen, ohne daß sich etwas tat; nur Skawińskis Haare wurden weiß. Schließlich war er alt geworden, und er spürte, wie seine Energie langsam schwand. Seine Geduld verwandelte sich allmählich in Resignation; die frühere Ruhe ging immer mehr in Wehmut über, und dieser harte Soldat entwickelte sich nach und nach zu einem Heulpeter: beim geringstem Anlaß war er zu Tränen gerührt. Zudem packte ihn von Zeit zu Zeit ein fürchterliches Heimweh, das von jeder beliebigen Ursache hervorgerufen werden konnte: der Anblick von Schwalben oder von grauen Vögeln, die aussahen wie Sperlinge; schneebedeckte Berge; das Ertönen einer Melodie, die ihn an eine einst gehörte erinnerte...

Zuletzt beherrschte ihn nur noch ein Gedanke: Ruhe! Dieser Gedanke erfüllte ihn ganz und gar. Alle anderen Wünsche und Hoffnungen gingen darin auf. Für den ewigen Wanderer war jetzt nichts erstrebenswerter, nichts wertvoller als ein stiller Winkel, in dem er sich ausruhen und friedlich sein Ende erwarten konnte. Gerade weil eine Laune des Schicksals ihn in allen Ländern und auf allen Meeren umhergetrieben hatte, so daß er kaum Atem holen konnte, bildetete er sich vielleicht ein, es sei des Menschen größtes Glück, nicht herumziehen zu müssen. Wahrlich, er hätte dieses bescheidene Glück verdient, doch war er schon so sehr an Enttäuschungen gewöhnt, daß er es sich nur als unerfüllbaren Traum dachte, dessen Verwirklichung er nicht zu erhoffen wagte.

Nun hatte er ganz unerwartet binnen zwölf Stunden ein Amt erhalten, das wie für ihn geschaffen schien. Kein Wunder, daß er, nachdem er abends das Feuer angezündet hatte, fast benommen war und sich fragte, ob dies alles Wirklichkeit sei. Er wagte nicht, die Frage zu bejahen; und doch gab es unbestreitbare Beweise.

So verging ihm auf der Plattform eine Stunde nach der anderen. Er betrachtete alles, nahm es in sich auf und überzeugte sich. Man hätte meinen können, er sehe zum ersten Mal in seinem Leben die See. Von den Uhren in Aspinwall schlug es bereits Mitternacht, und noch immer hatte er seine luftige Höhe nicht verlassen – er schaute hinaus. Tief unter seinen Füßen brauste das Meer. Die Linse der Laterne warf einen riesigen Lichtkegel in die Dunkelheit; hinter ihm verlor sich der Blick des Alten in der schwarzen, geheimnisvollen und grauenvollen Ferne. Aber es schien, als strebe diese Ferne dem Licht entgegen. Meilenlange Wellen rollten aus der Finsternis heran. Sie schlugen tosend an den Fuß der Insel, und man sah ihre schaumigen Kämme rosig im Licht des Leuchtturmes glitzern. Die Flut stieg stetig und überspülte die Sandbänke. Die geheimnisvolle Sprache des Ozeans erscholl immer mächtiger und lauter, manchmal wie Kanonendonner, dann wieder wie das Rauschen riesiger Wälder, dann wie fernes

Stimmengewirr; zuweilen war es ganz still. Dann wiederum drangen einige tiefe Seufzer an das Ohr des Alten, worauf eine Art Schluchzen und erneute bedrohliche Ausbrüche folgten. Schließlich wehte der Wind den Nebel auseinander; doch er trieb schwarze Wolkenfetzen vor sich her, die den Mond verdeckten. Vom Westen her blies es stärker und stärker. Die Wogen sprangen wütend gegen die Steilküste am Fuße des Leuchtturmes und beleckten mit ihrem Schaum schon die Grundmauern. In der Ferne grummelte ein Gewitter. Im sturmbewegten Dunkel blitzten einige grüne Laternen, die an die Schiffsmasten gehängt waren. Diese grünen Pünktchen wurden bald emporgehoben, bald sanken sie in die Tiefe, oder sie schwankten nach links und nach rechts.

Skawiński stieg in seine Kammer hinab. Der Sturm begann zu heulen. Dort draußen auf jenen Schiffen kämpften die Menschen mit der Nacht, mit der Finsternis und den Wogen. In seiner Stube dagegen war es ruhig und still; sogar der Hall des Donners drang nur schwach durch die dicken Mauern. Nur das regelmäßige Ticken der Uhr wiegte den Alten in den Schlaf.

2.

Stunden, Tage, Wochen flossen dahin.

Die Matrosen behaupten, daß sie manchmal, wenn das Meer besonders heftig tobt, beim Namen gerufen würden. Kann die Unendlichkeit des Meeres den Menschen rufen, so ist es wohl möglich, daß, wenn er alt wird, auch noch eine andere, finstere und geheimnisvollere Unendlichkeit nach ihm ruft. Je müder er vom Leben ist, desto mehr werden ihm jene Rufe willkommen sein. Doch bedarf es der Stille, um sie vernehmen zu können. Im übrigen liebt das Alter die Einsamkeit, gleichsam als Vorgeschmack des Grabes. Für Skawiński war der Leuchtturm schon ein halbes Grab; es gibt nichts Eintönigeres als das Leben auf einem solchen Turm.

Junge Leute, die sich zum Leuchtturmdienst bereit finden, verlassen ihren Posten bald wieder. In der Regel ist ein Leuchtturmwärter ein nicht mehr ganz junger, melancholischer und verschlossener Mann. Wenn er gelegentlich einmal seinen Leuchtturm verläßt und unter Menschen kommt, bewegt er sich unter ihnen wie einer, der gerade aus einem tiefen Schlaf erwacht ist. Im Turm fehlt es an all den kleinen Eindrücken, die im normalen Leben lehren, die Dinge richtig einzuordnen. Alles, womit der Leuchtturmwärter in Berührung kommt, ist gewaltig und hat keine festen, genau bestimmbaren Konturen. Der Himmel zum Beispiel oder das Wasser – und in dieser Unendlichkeit eine einsame Menschenseele!

Bei einem solchen Leben hängt der Turmwart nur ständig seinen Gedanken nach, und nichts, nicht einmal seine Beschäftigungen, lenken ihn von diesem Grübeln ab. Ein Tag gleicht dem anderen wie die Perlen eines Rosenkranzes; lediglich Wetterveränderungen sorgen für Abwechslung.

Skawiński indes fühlte sich glücklich wie noch nie in seinem Leben. Er stand im Morgengrauen auf, nahm seine Mahlzeit ein, putzte die Linsen an der Laterne und setzte sich dann auf die Plattform, um in die Weite des Meeres hinauszublicken. Er konnte sich an den Bildern, die sich vor ihm entrollten, nicht satt sehen. Gewöhnlich sah man auf dem riesigen türkisblauen Hintergrund Schwärme von geblähten Segeln, die im Sonnenschein so stark leuchteten, daß man die Augen schließen mußte vor dem Übermaß an Glanz. Manchmal zogen die Schiffe, die Passatwinde ausnutzend, eines nach dem anderen in langer Reihe dahin wie eine Kette von Möwen oder Albatrossen. Die roten Bojen, die den Weg wiesen, schaukelten sanft auf den Wellen. Jeden Tag erschien gegen Mittag zwischen den Segeln ein riesiger gräulicher Rauchfederbusch: der Dampfer aus New York, der Passagiere und Fracht nach Aspinwall brachte. Er zog eine lange schaumige Fährte hinter sich her.

Auf der anderen Seite der Plattform stehend, sah Skawiński Aspinwall und dessen belebten Hafen mit einem Wald von Masten, Booten und Kähnen zum Greifen nahe vor sich ausgebreitet, und etwas weiter entfernt die weißen Häuser und Türmchen der Stadt. Von der Höhe des Leuchtturmes aus schienen die Häuser Möwennester, die Boote Käfer, und die Menschen bewegten sich wie winzige Pünktchen auf dem weißen gepflasterten Quai.

Morgens trug ein leichter Ostwind ein Durcheinander von verschiedenen Geräuschen menschlichen Treibens herüber, das vom Tuten der Dampfer übertönt wurde. Mittags kam die Stunde der Siesta; im Hafen kehrte Ruhe ein, die Möwen versteckten sich in Felsspalten, die Brandung wurde schwächer und irgendwie träge, und auf dem

Land, auf dem Meer und dem Leuchtturm trat eine ungetrübte Stille ein. Die gelben, von den zurückfließenden Wellen entblößten Sandflecken leuchteten golden inmitten des Wassers; die Turmsäule zeichnete sich in harten Umrissen vor dem blauen Himmel ab. Eine Flut von Sonnenstrahlen ergoß sich vom Himmel übers Wasser, über den Sand und die Steilküste. Da übermannte den Alten eine Schwäche, die voller Süßigkeit war. Er fühlte, wie vorzüglich die Ruhe war, die er genoß, und beim Gedanken, daß sie andauern würde, fehlte ihm nichts mehr.

Er ging ganz auf in seinem Glück. Aber da man sich leicht an ein besseres Los gewöhnt, gewann er seinen Glauben und seine Zuversicht wieder: Wenn die Menschen Häuser für Invaliden bauen, dann wird sich wohl endlich auch Gott seines Invaliden annehmen. Die Zeit verging und bestärkte ihn immer mehr in dieser Überzeugung. Der Alte verwuchs mit dem Turm, der Laterne, der Steilküste, den Sandbänken und der Einsamkeit. Er freundete sich mit den Möwen an, die in den Felsspalten brüteten und abends auf dem Dach des Leuchtturmes ihre Versammlungen abhielten; Skawiński hatte ihnen immer die Reste seiner Mahlzeiten hingeworfen. Schon nach kurzer Zeit waren sie so zutraulich geworden, daß ihn beim Füttern ein wahrer Sturm weißer Flügel umbrauste und der Alte sich in der Vogelschar wie ein Hirt zwischen seinen Schafen bewegte.

Bei Ebbe wanderte er zu den niedrigen Sandbänken, wo er schmackhafte Schnecken und schöne perlmuttschillernde Nautilusschalen sammelte, welche die abfließenden Wellen auf dem Sand zurückgelassen hatten. Nachts, beim Schein des Mondes und des Leuchtturmes, ging er Fische fangen, von denen es im Felsenriff wimmelte. Schließlich gewann er seinen Felsen und die baumlose Insel, die nur mit kleinen, dickblättrigen Pflanzen bewachsen war, aus denen klebriges Harz heraussickerte, richtig lieb. Für die Kargheit der Insel entschädigte ihn der weite Ausblick. In den Mittagsstunden, wenn die Luft sehr klar war, konnte man die ganze mit üppigem Grün bedeckte Landenge bis zum Stillen Ozean überblicken. Skawiński schien es dann, er sehe einen riesigen Garten vor sich. Trauben von Kokosnüssen und Bündel von riesigen Bananen bildeten gleich hinter den Häusern von Aspinwall prachtvolle, üppige Sträuße. Weiter dann, zwischen Aspinwall und Panama, war ein ungeheuer großer Wald zu sehen, über dem jeden Morgen und Abend rötlicher Dunst hing – ein wahrer Urwald, dessen Stämme im Wasser standen, umschlungen von Lianen; und wie Wellen rauschten die riesigen Orchideen, Palmen, Milch-, Eisen- und Gummibäume.

Durch sein Wächterfernrohr konnte der Alte nicht nur die einzelnen Bäume und die breit ausladenden Bananenblätter ausmachen, sondern sogar Affenhorden, große Marabus und Schwärme von Papageien, die wie eine regenbogenfarbene Wolke über dem Wald aufstiegen. Skawiński hatte solche Wälder schon aus der Nähe kennengelernt, als er nach seinem Schiffbruch auf dem Amazonas wochenlang wie in einem Gewölbe durch ähnliches grünes Dickicht geirrt war. Er hatte gesehen, daß unter der wundervollen, lächelnden Oberfläche viele Gefahren – gar der Tod – lauerten. In den dort zugebrachten Nächten hatte er dicht neben sich die unheimlich klingenden Stimmen der Brüllaffen und das Heulen der Jaguare gehört, hatte riesige Schlangen sich wie Lianen an den Bäumen schaukeln gesehen; er kannte jene verträumten Waldseen, in denen es von Zitteraalen und Krokodilen wimmelte; er wußte, unter welchen Beschwernissen ein Mensch lebt in dieser undurchdringlichen Wildnis, wo einzelne Blätter ihn an Größe zehnmal überragen und wo sich blutsaugende Moskitos, Egel und riesige gefräßige Spinnen tummeln. Er hatte die Beschwernisse am eigenen Leibe erfahren und erlitten. Deshalb bereitete es ihm jetzt auch ein derart großes Vergnügen, aus der sicheren Höhe auf jene sumpfige, tropische Ebene hinabzublikken, ihre Schönheit zu bewundern und gleichzeitig vor ihren Tücken geschützt zu sein. Der Turm bewahrte ihn vor allem Übel.

So verließ er seinen Turm auch nur am Sonntagmorgen. Er zog dann seinen blauen Dienstrock mit den silbernen Knöpfen an und schmückte seine Brust mit den Orden. Stolz reckte er sein schlohweißes Haupt, wenn er beim Verlassen der Kirche hörte, wie die Kreolen zueinander sagten: «Wir haben einen ordentlichen Leuchtturmwärter. Und kein Ketzer, obwohl er *Yankee* ist.»

Nach der Messe kehrte er sogleich wieder auf die Insel zurück und war glücklich heimzukommen, denn noch traute er dem Festland nicht. Sonntags war es auch, da er halblaut vor sich hin murmelnd die spanische Zeitung, die er in der

Stadt zu kaufen pflegte, oder den New Yorker *Herald,* den er sich bei Falconbridge borgte, las und darin eifrig nach Neuigkeiten aus Europa suchte. Das arme alte Herz! Auf dem Wachtturm und auf der anderen Halbkugel der Erde schlug es noch immer für das Vaterland. Manchmal, wenn das Boot, das ihm täglich Nahrung und Wasser brachte, an der Insel anlegte, stieg er vom Turm herab, um mit dem Hafenwächter Johns ein Schwätzchen zu halten. Doch nach einiger Zeit wurde er, so schien es, völlig menschenscheu. Er kam nicht mehr in die Stadt, las keine Zeitungen mehr und stieg auch nicht mehr zur politischen Debatte mit Johns herab. Wochen vergingen, ohne daß er von jemandem gesehen wurde oder selber jemanden zu Gesicht bekam. Das einzige Anzeichen, daß der Alte noch lebte, war das Verschwinden der am Ufer hingestellten Lebensmittel und das Feuer im Leuchtturm, das jeden Abend mit derselben Regelmäßigkeit angezündet wurde, mit der die Sonne in jener Gegend morgens aus dem Meer steigt. Offensichtlich war dem Alten die ihn umgebende Welt gleichgültig geworden; der Grund dafür war nicht das Heimweh, vielmehr die Tatsache, daß sogar dieses von Resignation erfaßt worden war. Die Insel war nunmehr für den Alten der Anfang und das Ende der Welt. Bereits hatte er sich an den Gedanken gewöhnt, den Turm bis ans Ende seiner Tage nicht mehr zu verlassen. Er hatte vergessen, daß es noch etwas anderes gab.

Er war zum Mystiker geworden. Seine sanften blauen Augen bekamen einen kindlichen Ausdruck; versonnen blickten sie in die Ferne. In der ständigen Abgeschiedenheit und angesichts seiner überaus einfachen, aber großartigen Umgebung verlor der Alte allmählich das Gefühl seiner Individualität, hörte auf als Person zu existieren und verschmolz mehr und mehr mit seiner Umgebung. Er sann darüber nicht nach, er nahm es unbewußt wahr; schließlich schienen ihm der Himmel und das Wasser, sein Felsen, der Turm und die goldenen Sandbänke, die geblähten Segel, die Möwen, Ebbe und Flut eine Einheit zu sein: eine ungeheuer große, geheimnisvolle Seele. Er selber fühlte sich als Teil des Geheimnisses und spürte die Seele, wie sie lebt und auf alles einen besänftigenden Einfluß hat; er versank in ihr, wiegte sich ein und vergaß sich selbst; in der Beschränkung auf sein eigenes, abgeschiedenes Dasein, halb wach, halb träumend, fand er eine Ruhe, die so groß war, daß sie beinahe dem Scheintod glich.

3.

Doch das Erwachen kam.

Als Skawiński eines Tages – das Boot hatte eine Stunde zuvor Wasser und neue Lebensmittelvorräte gebracht – vom Turm herabstieg, bemerkte er neben der üblichen Ladung ein zusätzliches Paket. Auf seiner Oberseite befanden sich Briefmarken der Vereinigten Staaten und, auf grobes Segeltuch geschrieben, die deutlich lesbare Adresse: «Skawiński Esq.» Der neugierig gewordene Alte schnitt die Leinwand auf und erblickte Bücher. Er nahm eines in die Hand, warf einen Blick darauf und legte es wieder zurück, wobei seine Hände stark zu zittern begannen. Er schirmte seine Augen mit der Hand ab, als ob er ihnen nicht trauen könnte; er glaubte zu träumen. Es war ein polnisches Buch. Was hatte das zu bedeuten? Wer konnte ihm das Buch geschickt haben? Im ersten Augenblick hatte er offenbar vergessen, daß er gleich zu Beginn seiner Amtszeit als Leuchtturmwärter im *Herald,* den er sich vom Konsul geliehen hatte, von der Gründung einer polnischen Gesellschaft gelesen und der er umgehend die Hälfte seines Monatslohnes, mit dem er ohnehin auf dem Turm nichts anzufangen wußte, geschickt hatte. Die Gesellschaft zeigte sich nun erkenntlich, indem sie polnische Bücher sandte. Sie kamen also auf ganz natürlichem Wege, aber im ersten Moment war es dem Alten unfaßbar. Polnische Bücher in Aspinwall, auf seinem Turm, in seiner Einsamkeit waren für ihn etwas Außergewöhnliches, ein Hauch der Vergangenheit, ein Wunder. Jetzt schien ihm, wie jenen in der Nacht segelnden Schiffern, etwas habe ihn mit geliebter, aber fast vergessener Stimme beim Namen gerufen. Er blieb eine Weile mit geschlossenen Augen sitzen und war sich beinahe sicher, daß der Traum verschwinden würde, sobald er die Augen öffnete. Doch nein! Das aufgeschnittene Paket lag, von den Strahlen der Nachmittagssonne beleuchtet, deutlich sichtbar vor ihm, und obenauf lag das bereits aufgeschlagene Buch. Als der Alte seine Hand danach ausstreckte, hörte er in der Stille sein Herz pochen. Er schaute kurz hin: es waren Verse. Oben strand in großen Lettern der Titel, darunter dann der Name des Verfassers. Der Name war Skawiński nicht unbekannt; er wußte, daß sich in ihm ein großer Dichter verbarg, dessen Werke er nach 1830 in Paris gelesen hatte. Später, als er in Algerien und in Spanien kämpfte, hörte er seine Landsleute vom ständig wachsenden Ruhm dieses großen Poeten sprechen, doch war er zu der Zeit so sehr an das Gewehr gewöhnt, daß er kein Buch in die Hand nahm. Im Jahre neunundvierzig ging er nach Amerika, und bei dem abenteuerlichen Leben, das er führte, begegnete er kaum einem Polen, und polnischen Büchern schon gar nicht. Um so größer war nun die Hast, mit der er die Titelseite umblätterte, und um so heftiger schlug sein Herz. Es schien ihm jetzt, als würde sich auf seinem einsamen Felsen etwas Feierliches ereignen. Es war ein Augenblick tiefen Friedens und großer Stille. Die Uhren von Aspinwall hatten eben die fünfte Nachmittagsstunde geschlagen. Am klaren Firmament zeigte sich kein einziges Wölkchen, lediglich ein paar Möwen schwebten am azurblauen Himmel. Der Ozean ruhte unbeweglich. Die Wellen murmelten leise und ergossen sich sanft über den Sand. In der Ferne lächelten die weißen Häuser Aspinwalls und wundervolle Palmengruppen. In der Tat, es war irgendwie feierlich, still und erhaben. Plötzlich ertönte in dieser Stille die bebende Stimme des Alten, der, um selbst besser verstehen zu können, laut las:

«Litauen! Wie die Gesundheit bist du, mein Vaterland!
Wer dich noch nicht verloren, der hat dich nicht erkannt.

In deiner ganzen Schönheit prangst du heut vor mir.
So will ich von dir singen, denn mich verlangt nach dir!»

Skawiński versagte die Stimme. Die Buchstaben begannen vor seinen Augen zu tanzen; etwas sprengte seine Brust, und eine Welle stieg vom Herzen immer höher und höher, erstickte seine Stimme, schnürte ihm die Kehle zu. Nach einer Weile hatte er sich wieder in der Gewalt und las weiter:

«O Heil'ge Jungfrau, Częstochowas Schirm und Schild,
Leuchte der Ostrabrama[5]! Du, deren Gnadenbild
Schloß Nowogródek und sein treues Volk bewacht:
Wie mich, als Kind, dein Wunder einst gesund gemacht,
Als von der weinenden Mutter in deinen Schutz gegeben,
Ich das erstorbne Aug' erhob zu neuem Leben,
Und konnte gleich zu Fuß in deine Tempel gehn
Gerettet, Gott zu danken für das Heil, das mir geschehn:
So wird zum Schoß der Heimat dein Wunder uns wiederbringen!»[6]

Aber eine anschwellende Woge durchbrach den Damm seines Willens. Der Alte schrie auf und warf sich auf die Erde; seine schlohweißen Haare vermischten sich mit dem Küstensand. Fast vierzig Jahre waren verstrichen, seit er seine Heimat zum letzten Mal gesehen hatte, und Gott weiß, wie lange es her war, daß er seine Muttersprache zuletzt gehört hatte. Und nun war sie von selbst zu ihm gekommen, über den Ozean, und hatte ihn in seiner Einsamkeit auf der anderen Halbkugel der Erde gefunden, die geliebte, so teure, so schöne Sprache! Das Schluchzen, das ihn schüttelte, entsprang nicht dem Schmerz, sondern einer plötzlich aufgeflammten grenzenlosen Liebe, die alles andere nichtig erscheinen ließ.

Mit seinen Tränen bat er die vielgeliebte, die ferne Heimat um Verzeihung, daß er so alt geworden, daß er mit seinem einsamen Felsen schon so verwachsen war und sich so vergessen hatte, daß seine Sehnsucht langsam verblaßt war. Doch nun war er, wie es im Gedicht heißt, durch ein Wunder heimgebracht. Dies brach ihm das Herz. Eine Minute nach der anderen verging – er blieb liegen. Die Möwen kamen zum Leuchtturm geflogen, sie kreischten, als wären sie um ihren alten Freund besorgt. Zu dieser Zeit pflegte er sie sonst mit seinen Essensresten zu füttern, und darum flogen einige von der Spitze des Turmes zu ihm herab. Dann kamen immer mehr; sie fingen an, ihn sanft zu picken und über seinem Kopf herumzuflattern. Das Geräusch der Flügel weckte ihn. Nachdem er sich ausgeweint hatte, lag auf seinem Gesicht ein fast ruhiger, strahlender Ausdruck, und seine Augen leuchteten beseelt. Mechanisch verteilte er all seine Nahrungsmittel unter die Vögel, die sich mit Geschrei darauf stürzten, er selbst dagegen griff wieder zum Buch. Die Sonne stand jetzt schon fast über den Gärten und den unberührten Wäldern Panamas und versank langsam hinter der Landzunge im anderen Ozean, doch noch war der Atlantik voller Glanz; es war noch ganz hell, und so las er weiter:

«Jetzt trage meine Seele, von Sehnsucht übermannt,
Nach jenen Waldeshöhen, nach jener Wiesenau...»

Die Dämmerung verwischte die Buchstaben auf dem weißen Blatt – es war eine kurze Dämmerung, die kaum einen Augenblick lang währte. Der Alte lehnte seinen Kopf an den Felsen und schloß die Augen. Sodann nahm sie, «Częstochowas Schirm und Schild», von seiner Seele Besitz und führte ihn «hin zu den Feldern, die buntfarben schillern von mancherlei Korn». Am Himmel flammten rote und goldene Streifen, und er flog in diesem Licht den geliebten Gefilden entgegen. In seinen Ohren rauschten die Kiefernwälder, murmelten die heimatlichen Flüsse. Er sah alles vor sich, wie es gewesen war. Alles fragte ihn: «Erinnerst du dich noch?» Und ob er sich erinnerte! Er sah weite Felder, Flurraine, Wiesen, Wälder und Dörfer.

Es war Nacht geworden! Um diese Zeit erhellte sein Leuchtturm normalerweise schon die Finsternis des Meeres; doch er war jetzt in seinem Heimatdorf. Das alte Haupt sank ihm auf die Brust, und er träumte.

Die Bilder ziehen vor seinen Augen rasch und etwas verworren vorüber. Sein Elternhaus sieht er nicht, denn der Krieg hat es dem Erdboden gleichgemacht; er sieht weder Vater noch Mutter, denn sie starben, als er noch ein Kind war, aber sonst sieht das Dorf aus, als hätte er es gestern verlassen: eine Reihe von Hütten mit Lichtern in den Fenstern, der Damm, die Mühle, die zwei einander gegenüberliegenden Teiche, aus denen die Froschchöre erschallen. Einst stand er des Nachts mit seinem Pferd im Dorf Wache und lauschte auf feindliche Bewegungen. Jetzt taucht diese Vergangenheit plötzlich aus einer Reihe anderer Traumbilder vor ihm auf. Er ist wieder Ulan und steht auf seinem Posten: Aus der Ferne schaut ihn das Wirtshaus mit seinen leuchtenden Augen an, es singt und klingt. Durch die nächtliche Stille dröhnen das Stampfen der Füße, die Klänge der Geigen und Bässe. «U-ha! U-ha!» Da schlagen die Ulanen mit ihren eisenbeschlagenen Absätzen Feuer, und er langweilt sich allein auf seinem Pferd! Die Stunden ziehen träge dahin, schließlich verlöschen die Lichter. Jetzt ist weit und breit nur Nebel, dichter Nebel. Der Dunst steigt von den Wiesen auf und hüllt die ganze Welt in eine weißliche Wolke. Man könnte meinen: ein Ozean. Es sind aber die Wiesen. Bald wird sich der Wachtelkönig vernehmen lassen und die Rohrdommel im Ried rufen. Die Nacht ist still und kühl – eine wahrhaft polnische Nacht! Entfernt rauscht ein dichter, alter Kiefernwald, obwohl es windstill ist, wie die Brandung. In Kürze wird die Morgendämmerung den Osten erhellen; auch die Hähne krähen schon in den Höfen. Von Hütte zu Hütte gibt einer dem anderen den Ton an; gleichzeitig schreien die Kraniche aus der Höhe. Der Ulan fühlt sich frisch und munter. Er hat gehört, daß am anderen Tag eine Schlacht stattfinden wird. Ha, da wird er eben gehen, wie die anderen gehen werden; mit wehenden Fahnen und viel Lärm. Sein junges Blut pocht ungestüm, obwohl ein kühler Nachtwind weht. Doch schon dämmert es! Die Nacht beginnt dem Morgen zu weichen; aus den Schatten tauchen Wälder auf, Büsche, eine Reihe von Hütten, die Mühle; die Schatten verwandeln sich in Pappeln. Die Pumpenschwengel knarren wie eine Blechfahne auf einem Turm. Wie herrlich ist doch die geliebte Heimat im rosigen Schein des Morgens! Ach, Einzige! Still! Der wachsame Posten hört jemanden nahen. Sicherlich kommt die Wachablösung...

Plötzlich ertönt eine Stimme über Skawiński: «He, Alter? Steht auf! Was ist mit Euch?»

Der Alte öffnet die Augen und schaut verwundert auf den vor ihm stehenden Mann. Die letzten Bilder kämpfen in seinem Kopfe mit der Wirklichkeit; schließlich verblassen und verschwinden die Traumbilder. Vor ihm steht Johns, der Hafenwächter.

«Was gibt's?» fragte er. «Seid Ihr krank?»

«Nein.»

«Ihr habt im Leuchtturm kein Feuer angezündet. Ihr fliegt aus dem Dienst. Das Boot von San Geromo ist auf eine Sandbank aufgelaufen. Zum Glück ist niemand ertrunken, sonst würdet Ihr vor Gericht gestellt. Kommt mit mir, den Rest hört Ihr im Konsulat.»

Der Alte erblaßte. Er hatte tatsächlich vergessen, diese Nacht, das Feuer im Leuchtturm anzuzünden.

Ein paar Tage später wurde er an Deck des Schiffes gesehen, das von Aspinwall nach New York fuhr. Der Ärmste hatte seinen Posten verloren. Das unstete Wanderleben lag wieder vor ihm. Der Wind hatte das Blatt von neuem ergriffen, um es über Länder und Meere zu wehen, um nach Belieben sein grausames Spiel mit ihm zu treiben. Der Alte war in diesen wenigen Tagen zum Greis geworden; er war förmlich in sich zusammengesunken. Nur seine Augen hatten ihren früheren Glanz behalten.

Auf den neuen Lebensweg jedoch hatte er sein Buch mitgenommen, das er an seiner Brust trug und von Zeit zu Zeit an sich drückte, als hätte er Angst, daß auch dies ihm verlorengehen könnte.

1881

Seefahrerlegende

Es war einmal ein Schiff namens «Purpur». Es war so groß und stark, daß es weder Stürme noch Wogen fürchtete, selbst die schlimmsten nicht.

Es fuhr ständig mit vollen Segeln, es bäumte sich gegen die turmhohen Wellen, zermalmte mit seiner mächtigen Brust die Klippen, an denen andere Schiffe zerschellten – und schwamm in die Ferne, die Segel in der Sonne, so schnell, daß der Schaum an seinen Seiten surrte und hinter ihm ein breiter und langer leuchtender Weg zurückblieb.

«Ein stolzes Schiff», sagten die Seeleute anderer Schiffe.

«Man könnte meinen, ein Leviathan beschwöre die Wellen.»

Manchmal fragten sie die Mannschaft der «Purpur»: «He, Leute! Wohin fahrt ihr?»

«Wohin der Wind uns treibt!» antworteten die Matrosen.

«Vorsicht! Dort gibt es Strudel und Felsenriffe!»

Als Antwort auf die Warnung überbrachte der Wind nur die Worte des Liedes «Fröhlich fahren wir, fröhlich!»[1], so brausend wie der Sturm selbst.

Das Leben der Besatzung verlief glücklich. Die Matrosen, die auf die Größe und Seetüchtigkeit des Schiffs vertrauten, spotteten über die Gefahren.

Auf anderen Schiffen herrschte strenge Zucht, aber auf der «Purpur» machte jeder, was er wollte.

Das Leben dort war ein unablässiger Feiertag. Die glücklich durchlebten Unwetter und die Klippen, die der mächtige Schiffsleib zermalmt hatte, stärkten noch das Vertrauen. Man sagte, es gebe weder Riffe noch Unwetter, die der «Purpur» etwas anhaben könnten. Soll der Hurrikan das Meer durchwühlen – die «Purpur» schwimmt weiter.

Und die «Purpur» schwamm tatsächlich, stolz und prachtvoll. Es vergingen viele Jahre. Sie schien nicht nur allen Gefahren zu trotzen, sondern rettete auch andere Schiffe aus Seenot und nahm Schiffbrüchige an Bord.

Der blinde Glaube an ihre Stärke wuchs mit jedem Tag in den Herzen der Besatzung. Die Seeleute wurden faul in diesen glücklichen Zeiten und vergaßen die Kunst des Segelns.

«Die ‹Purpur› fährt von allein», sagten sie. «Wozu arbeiten, wozu auf das Schiff achtgeben, wozu das Steuer im Auge behalten, die Masten, die Segel, die Leinen? Wozu soll man sich im Schweiße seines Angesichts abmühen, wenn das Schiff wie ein Gott unsterblich ist?»

«Fröhlich fahren wir, fröhlich!»

Und so fuhren sie lange Jahre; bis die Mannschaft im Laufe der Zeit schließlich völlig verweichlichte, ihre Pflichten vernachlässigte und niemand bemerkte, wie das Schiff zu verfallen begann. Das Salzwasser zerfraß die Balken, die mächtigen Befestigungen lockerten sich, die Wellen rissen die Reling herunter, die Masten wurden morsch, und die Segel zerfielen an der Luft.

Immerhin erhoben sich Stimmen der Vernunft: «Nehmt euch in acht!» sagten einige der Matrosen.

«Nichts da! Wir fahren mit der Welle!» erwiderte die Mehrheit der Seeleute.

Indessen brach eines Tages ein Unwetter aus, wie es bisher noch keines auf dem Meer gegeben hatte. Die Stürme vermischten den Ozean mit den Wolken zu einem einzigen Höllenchaos. Wassersäulen ragten empor und wälzten sich tosend auf die «Purpur», schrecklich, schäumend und brodelnd. Sie überrollten das Schiff und drückten es dabei bis zum Meeresboden hinunter, warfen es danach den Wolken zu, um es dann wieder zu Boden zu schmettern. Die locker gewordenen Befestigungen barsten, und plötzlich verbreitete sich ein furchtbarer Schrei an Bord: «Die ‹Purpur› sinkt!»

Und die «Purpur» sank wirklich; die Mannschaft, der harten Arbeit und des Umgangs mit den Segeln entwöhnt, wußte nicht, wie sie das Schiff retten sollte!

Doch nach dem ersten Augenblick des Schrekkens wallte Wut auf in ihren Herzen, denn auch diese Seeleute liebten ihr Schiff. Also stürzten sie los und begannen aus den Geschützen auf die Stürme und schäumenden Wellen zu schießen und mit dem, was sie gerade in Händen hielten, auf das Meer einzuprügeln, welches die «Purpur» versenken wollte.

Großartig war dieser Kampf der menschlichen Verzweiflung gegen die Elemente. Doch die Wellen waren stärker als die Seeleute. Die überfluteten Geschütze verstummten. Gewaltige Strudel rissen viele Kämpfer mit sich und schwemmten sie in den wäßrigen Abgrund. Die Mannschaft wurde mit jedem Augenblick kleiner, aber sie kämpfte trotzdem. Überflutet, halb erblindet, bedeckt mit einem Berg von Schaum, kämpften die Seeleute bis zur Erschöpfung.

Mitunter verließen sie ihre Kräfte, doch nach einer kurzen Erholungspause rafften sie sich wieder zum Kampf auf. Schließlich ließen sie die Arme sinken und fühlten, daß der Tod nahte. Für einen Moment überwältigte sie die Verzweiflung. Die Seeleute sahen sich an – wie wahnsinnig.

Dann erhoben sich die gleichen Stimmen, die schon früher vor der Gefahr gewarnt hatten. Sie wurden so stark, daß das Brüllen der Wellen sie nicht übertönen konnte.

Die Stimmen sagten: «Oh, ihr Verblendeten! Ihr solltet nicht auf das Unwetter einschlagen, die Wellen verprügeln, sondern das Schiff reparieren! Steigt hinab in den Schiffsrumpf. Dort arbeitet. Noch ist die ‹Purpur› nicht verloren.»[2]

Bei jenen Worten zuckten die zu Tode Erschöpften zusammen und stürzten in den Kielraum. Sie begannen die Arbeit von unten.

Und sie arbeiteten von früh bis spät in der Nacht, sie schufteten im Schweiße ihres Angesichts, denn sie wollten ihre frühere Tatenlosigkeit und Verblendung wettmachen...

1884

Die Dritte

1.

Das Atelier, in welchem ich gemeinsam mit Światecki wohnte und malte, war nicht bezahlt, erstens, weil wir beide zusammen im ganzen nur etwa fünf Rubel besaßen, und zweitens, weil wir gegen das Bezahlen von Miete einen aufrichtigen Widerwillen hegten.

Man nennt uns Maler zwar Verschwender, doch ich würde mein Geld lieber vertrinken, als es für die Miete an den Hauswirt zu vergeuden.

Was unseren Hauswirt betrifft, so war er kein böser Mensch; und außerdem fanden wir für ihn die richtige Methode. Wenn er zu uns heraufkam, um uns zu mahnen – für gewöhnlich tat er dies frühmorgens –, richtete sich Światecki halb vom auf dem Fußboden liegenden Strohsack auf, wo er – zugedeckt mit einem türkischen Vorhang, der uns sonst als Hintergrund für Porträts diente – geschlafen hatte, und sprach mit Grabesstimme: «Gut, daß ich Sie sehe, denn ich habe geträumt, Sie seien gestorben.»

Der Hauswirt, der abergläubisch war und sich sichtlich vor dem Tod fürchtete, geriet in höchste Verwirrung. Światecki aber warf sich mit dem Rücken auf den Strohsack, streckte die Beine aus, faltete die Hände auf der Brust und sprach weiter: «So sah ich Sie, wie jetzt: Sie trugen weiße Handschuhe mit zu langen Fingern und Lackschuhe; im übrigen waren Sie nicht sehr verändert.»

Dann fügte ich hinzu: «Bisweilen gehen solche Träume nicht in Erfüllung.»

Es schien, daß dieses «Bisweilen» den Hauswirt zur Verzweiflung brachte. Es endete damit, daß er, zornig geworden, die Türen zuknallte, und wir hörten, wie er, vier Stufen auf einmal nehmend und fluchend, was das Zeug hielt, die Treppe hinunterlief. Uns jedoch den Gerichtsvollzieher auf den Hals schicken, das wollte die gute Seele nicht.

Zum Wegnehmen war freilich auch nicht viel vorhanden, und sicherlich hatte sich unser Wirt ausgerechnet, daß, selbst wenn andere Maler in das Atelier und die anliegende kleine Küche einziehen würden, sich nichts ändern würde oder es sogar noch schlimmer käme.

Mit der Zeit jedoch verlor unser Mittel an Wirkung. Dem Hauswirt wurde der Gedanke an den Tod immer vertrauter. Światecki plante gerade die Ausführung dreier Bilder in der Art von Würz[1] mit den Titeln «Der Tod», «Das Begräbnis» und «Das Erwachen aus dem Scheintod». Natürlich sollte unser Hausbesitzer auf allen in Erscheinung treten.

Solche Grabesszenen waren die Spezialität Świateckis, welcher, wie er es selber sagte, «Männer-, Frauen- und Kinderleichen» malte. Das ist wohl der Grund, warum niemand seine Bilder kaufen will, obgleich er ansonsten Talent hat. Er hatte gerade zwei Leichen für den Pariser «Salon» eingesandt; ich dagegen meine «Juden an der Weichsel», die im Katalog des «Salons» in «Juden an den

Flüssen Babylons» umgetauft wurden. Wir warteten also ungeduldig auf das Urteil der Jury.

Natürlich sah Świątecki voraus, daß das alles schlimm enden würde: die Jury bestehe aus den letzten Idioten, und wenn nicht, dann sei ich ein Idiot, er ein Idiot und unsere Bilder idiotisch; und ihre Prämierung wäre der Gipfel der Idiotie!

Wieviel Ärger mir dieser Affe während unseres zweijährigen Zusammenlebens bereitet hat, läßt sich nicht beschreiben. Świąteckis ganzer Ehrgeiz bestand darin, als moralischer «Leichnam» angesehen zu werden. So gab er sich zum Beispiel als Trunkenbold, der er keineswegs war. Er goß zwei oder drei Gläser Wodka in sich hinein und guckte, ob wir es merkten; war er sich dessen nicht sicher, so stieß er einen von uns mit dem Ellbogen an und fragte mit finsterem Blick und dumpfer Stimme: «Nicht wahr, ich bin schon recht tief gesunken, stimmt's?»

Wir antworteten ihm darauf, daß er dumm sei. Nun geriet er in Raserei, denn über nichts ärgerte er sich mehr als über den Zweifel an seinem moralischen Niedergang. Dabei war er eigentlich ein grundanständiger Kerl.

Einmal hatten wir uns in den Bergen des Salzkammerguts bei Zell am See verirrt. Da die Nacht hereinbrach und man sich leicht das Genick brechen konnte, sagte Świątecki zu mir: «Höre, Władek, du hast das größte Talent; es wäre also um dich mehr schade. Ich gehe voraus. Falle ich runter, so rührst du dich nicht von der Stelle bis zum Morgen; bei Tagesanbruch wirst du dir schon zu helfen wissen.»

«Nicht du wirst vorausgehen, sondern ich», entgegnete ich ihm, «denn ich habe die besseren Augen.»

Darauf Światecki: «Egal, ob ich mir heute das Genick breche oder nicht. Ich ende sowieso in der Gosse. Mir ist's gleichgültig.»

Wir gerieten darüber in Streit. Unterdessen wurde es düster wie im Keller. Schließlich beschlossen wir, das Los entscheiden zu lassen. Und so geschah es: Światecki war es, der den Knoten zu fassen bekam – und setzte sich als erster in Bewegung. Wir tasteten uns den Gebirgspfad entlang. Zunächst war der Kammweg noch recht breit, dann wurde er immer schmaler. Soweit wir es spüren konnten, ging es rechts und links steil hinab – sicherlich bodenlose Abgründe.

Der Felsgrat wird immer schmaler, und was noch schlimmer ist, unter unseren Füßen bröckeln Stücke des verwitterten Steins ab.

«Ich kriech' auf allen vieren weiter, anders geht's nicht», sagt Światecki. Anders geht es wirklich nicht. Wir lassen uns also auf alle viere nieder und kriechen nun wie zwei Schimpansen weiter.

Aber bald zeigt sich, daß auch das nichts nützt. Der Felsrücken ist jetzt kaum so breit wie der eines Pferdes. Światecki setzt sich rittlings hin, ich hocke mich hinter ihn, und indem wir uns mit den Händen stützen, schieben wir uns langsam vorwärts, wobei unsere Kleider großen Schaden nehmen.

Nach einiger Zeit höre ich Świateckis Stimme: «Władek?»

«Was gibt's?»

«Der Felsen endet hier.»

«Und was weiter?»

«Leere. Scheint ein Abgrund zu sein.»

«Nimm einen Stein und schmeiß ihn runter. Wir wollen hören, wie lange er fällt.»

Ich vernahm, wie Świątecki im Finstern mit den Händen nach einem losen Felsstück tastete. Dann sagt er: «Paß auf, ich schmeiß' jetzt.»

Wir spitzen beide die Ohren ... Stille!

«Hast du nichts gehört?»

«Nein!»

«Da haben wir uns was eingebrockt! Es muß an die hundert Klafter tief sein.»

«Wirf noch mal!»

Świątecki findet einen größeren Brocken und wirft. Kein Widerhall.

«Ist denn da unten kein Grund, oder was?» fragt Świątecki.

«Jetzt ist guter Rat teuer! Wir werden bis morgen früh hier sitzen bleiben müssen.»

Und so sitzen wir. Świątecki wirft noch einige Steine. Alles umsonst. Es vergeht eine Stunde, eine zweite; endlich höre ich Świąteckis Stimme: «Władek! Daß du mir nicht einnickst! Hast du keine Zigarette?»

Es stellt sich heraus, daß ich noch Zigaretten habe, uns beiden aber die Streichhölzer ausgegangen sind. Es ist zum Verzweifeln! Ein Uhr nachts mag es sein; oder noch früher.

Es beginnt zu nieseln. Ringsherum undurchdringliche Finsternis. Mir wird bewußt, daß wir, die wir immer unter Menschen leben, egal ob in der Stadt oder auf dem Land, keine Vorstellung davon haben, was Stille ist. Denn die Stille, die uns jetzt umgibt, dröhnt geradezu in unseren Ohren. Ich höre fast, wie das Blut in meinen Adern kreist; zumindest das Pochen meines Herzens vernehme ich ganz deutlich.

Anfangs fasziniert mich die Situation. In stockfinsterer Nacht auf einem felsigen Bergrücken, dicht an einem unergründlichen Abgrund, wie auf einem Pferde zu sitzen, so etwas bringt schließlich irgendein hauptstädtischer Spießbürger nicht fertig.

Doch bald wird es kalt, und obendrein beginnt Światecki noch zu philosophieren: «Was ist schon das Leben? Das Leben ist einfach eine Schweinerei. Sie sagen: die Kunst! – Die Kunst! Sie können mich mal mit der Kunst. Reines Nachäffen der Natur, und eine Niedertracht obendrein. Ich habe schließlich zweimal den ‹Salon› gesehen. Sie haben so viele Bilder eingeschickt, daß man aus der Leinwand Strohsäcke für die Juden auf der ganzen Welt anfertigen könnte, aber was ist das schon? So gut es nur geht, versuchen sie dem Geschmack von Krämern zu schmeicheln, alle sind nur aufs Geschäft versessen und darauf, sich den Bauch vollzustopfen. Eine Hure ist diese Kunst, sonst nichts. Der Schlag hätte sie getroffen, wenn die echte Kunst vertreten gewesen wäre. Doch zum Glück gibt es keine wirkliche Kunst auf der Welt, es gibt nur Natur. Vielleicht ist die Natur auch nur eine Schweinerei. Am besten wäre es, dort hinunterzuspringen, Schluß zu machen. Wenn ich Wodka bei mir hätte, würde ich es tun. Da ich aber keinen habe, lass' ich es bleiben, denn ich habe mir geschworen, nicht nüchtern zu enden.»

Ich bin an das Geschwätz Świateckis gewöhnt, doch mitten in dieser Stille und Verlassenheit, in der Kälte und der Dunkelheit über dem Abgrund stimmen seine Worte auch mich melancholisch. Zum Glück hat er sich ausgetobt und hört auf. Er wirft noch ein paar Steine, wiederholt noch ein paarmal: «Kein Ton!» – und dann schweigen wir so an die drei Stunden.

Wie mir scheint, es müsse bald dämmern, hören wir plötzlich über unseren Köpfen ein Krächzen und das Rauschen von Flügeln. Es ist noch dunkel, und ich kann nichts erkennen, aber ich bin überzeugt, daß Adler über dem Abgrund zu kreisen beginnen. Das «Krakra» breitet sich zunehmend aus, hoch in der Luft und in der Dunkelheit. Ich wundere mich, daß so viele dieser Stimmen zu hören sind; als würden ganze Legionen von Adlern vorbeifliegen! Jedenfalls kündigen sie den Tag an.

Nach einer gewissen Zeit kann ich meine Hände sehen, welche auf den Felsrand gestützt sind; danach zeichnet sich vor mir der Rücken Świateckis ab; eine schwarze Silhouette vor einem weniger schwarzen Hintergrund. Der Hintergrund verblaßt zusehends. Danach kommt ein prächtiger blaßsilberner Schimmer auf, der die Felsen und Schultern Świateckis beleuchtet und die Finsternis immer mehr durchdringt, ganz so, als ob ihr jemand eine silbrige Flüssigkeit hinzugefügt hätte, die langsam durchsickert und sich dann mit ihr vermischt, indem sie das Schwarz in Grau und das Grau in Perlmutt verwandelt. Über allem liegt eine gewisse Herbheit und Feuchtigkeit; nicht nur die Felsen, auch die Luft scheint naß.

Mit jedem Augenblick wird es heller. Ich schaue und bemühe mich, mir die Veränderungen der Farbtöne einzuprägen und sie nach und nach im Geiste zu malen; da unterbricht mich plötzlich ein Schrei Świateckis: «Pfui, wir Idioten!» – und sein Rücken entschwindet meinen Augen.

«Światecki», schreie ich, «was machst du?»

«Brüll nicht! Guck lieber!»

Ich beuge mich vor, gucke hinunter – und was sehe ich da? Ich sitze auf einem Felskamm, der in eine Wiese hineinragt, die etwa anderthalb Ellen tiefer liegt. Moos hat den Aufprall der Steine gedämpft. Übrigens ist die Wiese glatt wie ein Teppich. In der Ferne ist ein Weg zu sehen, über dem Krähen kreisen, die ich für Adler gehalten habe. Wir hätten bloß die Beine von der Felskante heruntergleiten lassen müssen, um auf die bequemste Weise nach Hause zu gelangen. Statt dessen hockten wir die liebe lange Nacht zähneklappernd auf dem Felsen.

Ich wußte nicht, warum ich mich gerade jetzt, da ich mit Światecki auf das Kommen des Hauswirtes wartete, an dieses schon eineinhalb Jahre zurückliegende Abenteuer erinnerte, als sei es gestern gewesen.

Die Erinnerung gab mir fürs erste eine merkwürdige Zuversicht, und so sagte ich zu Światecki: «Weißt du noch, Antek, wie wir damals glaubten, wir säßen über einem Abgrund, und sich dann herausstellte, daß ein ebener Weg vor uns lag? So ist es vielleicht auch diesmal. Wir sind arm wie die Kirchenmäuse, der Hausbesitzer will uns aus dem Atelier werfen, und doch kann sich alles noch ändern. Vielleicht öffnet sich auch für uns eine Schleuse des Ruhmes und des Geldes.»

Światecki saß gerade auf dem Strohsack und zog sich einen Schuh an, wobei er vor sich hin brummte, daß das Leben aus dem Anziehen der Schuhe am Morgen und dem Ausziehen derselben am Abend bestehe und daß nur der Verstand habe, der den Mut besitze, sich aufzuhängen. Wenn er das selber bisher nicht getan habe, so nur deshalb, weil er nicht bloß der allergrößte Dummkopf, sondern überdies ein elender Feigling sei.

Der Ausbruch meines Optimismus unterbrach diese Betrachtungen; er blickte mich mit seinen Fischaugen an und sagte: «Du hast ja auch besonderen Grund, dich zu freuen; vorgestern hat dich Susłowski aus seinem Haus und aus dem Herzen seiner Tochter gewiesen, und heute wird dich der Hauswirt aus dem Atelier schmeißen.»

Leider sagte Światecki die Wahrheit. Noch vor drei Tagen war ich der Verlobte von Kazia Susłowska gewesen, doch am Dienstag früh, ja, am Dienstag!, erhielt ich folgenden Brief von ihrem Vater:

Werter Herr!

Dem elterlichen Zureden Folge leistend, willigt unsere Tochter in die Auflösung einer Verbindung ein, die ihr Unglück gewesen wäre. Sie hätte zwar jederzeit Zuflucht an der Mutterbrust und unter dem väterlichen Dach finden können, doch gehört es gerade zu unseren Pflichten als Eltern, dem Äußersten vorzubeugen. Nicht nur Ihre materielle Lage, sondern auch Ihr leichtsinniger Charakter, den Sie trotz all Ihrer Bemühungen nicht verbergen konnten, bewegen uns und unsere Tochter, Ihnen Ihr Wort zurückzugeben und alle weiteren Beziehungen zu Ihnen abzubrechen, was übrigens unsere Gewogenheit für Sie keineswegs vermindert.

Hochachtungsvoll
Heliodor Susłowski
Vorsteher a. D. der einstigen
Schatzamtskommission des Kgr. Polen

So lautete der Brief.

Daß man mit meinen Finanzen keinen Hund hinter dem Ofen hervorlocken konnte, dem stimme ich mehr oder weniger zu. Was aber dieser pathetische Affe mit meinem Charakter hatte, begreife ich wirklich nicht.

Kazias Kopf erinnert an den Typ aus der Directoire-Zeit, und es würde ihr ganz wunderbar stehen, wenn sie sich statt nach der jetzigen nach der damaligen Mode frisieren würde. Ich hatte sie sogar darum gebeten, aber vergeblich; solche Sachen versteht sie nicht. Ihr Gesicht hingegen hat eine so warme Farbgebung, als hätte Fortuny[2] es gemalt. Schon deshalb liebte ich sie so innig, und am ersten Tag, nachdem ich den Brief von Susłowski erhalten hatte, ging ich bedrückt und mißmutig umher. Erst am zweiten Tag, und zwar am Abend, wurde mir leichter ums Herz, denn ich sagte mir: «Nein ist nein!» Daß mein Kopf mit dem «Salon» und meinen «Juden» beschäftigt war, half mir am meisten, den Schlag zu verwinden. Ich war überzeugt, daß es ein recht gutes Bild war, wenn auch Światecki prophezeit hatte, daß man es sogar aus der Vorhalle des «Salons» werfen würde.

Schon vor einem Jahr hatte ich mit der Arbeit an diesem Bild begonnen, und das war so: Eines Abends gehe ich an der Weichsel entlang und sehe einen mit Äpfeln beladenen zerschellten Kahn. Gassenjungen fischen sich Äpfel aus dem Wasser, und am Ufer sitzt eine ganze Judenfamilie, so verzweifelt, daß sie nicht einmal jammert. Alle ringen nur stumm die Hände und blicken wie Statuen starr auf das Wasser. Da ist ein alter Jude, ein Patriarch – eine zerlumpte, elende Gestalt; eine alte Jüdin; ein junger Jude, ein Koloß wie ein Makkabäer; ein junges Mädchen, zwar etwas sommersprossig, aber mit ungeheuer viel Charakter in der Zeichnung von Mund und Nase; und schließlich noch zwei Judenkinder. Es wird Abend. Der Fluß zeigt kupferfarbene Reflexe – einfach wunderbar! Die Bäume von Saska Kępa[3] standen im Abendrot, weiter hinten in Saska Kępa war der Fluß über die Ufer getreten – rote, ultramarinfarbene, fast stählernde Farbtöne, dann wieder vom Purpur ins Violett verlaufende Übergänge. Ein Schillern der Farben in klarer Luft – ein Genuß! Der Übergang von einem Farbton in einen anderen ist so unfaßbar und wundervoll, daß die Seele jubelt. Ringsherum ist es still, leuchtend und friedvoll. Melancholie liegt über dem Ganzen, daß man heulen möchte – und diese in Trauer versunkene Gruppe sitzt da, als hätten alle von klein auf in Ateliers Modell gestanden.

Plötzlich kommt mir der Einfall: Das ist mein Bild! Ich habe meinen Farbkasten, ohne den ich nie aus dem Haus gehe, bei mir; und nachdem ich den Juden gesagt habe: «Bleibt so sitzen, ohne euch zu rühren! Einen Rubel für jeden, bis es dunkel wird!», mache ich mich sofort ans Skizzieren!

Meine Juden begreifen im Nu, worum es geht, und sitzen wie angewurzelt. Ich zeichne und zeichne! Die Gassenjungen sind aus dem Wasser gekrochen, und bald höre ich hinter mir: «Ein Kleckser. Ein Kleckser. Einer, der sagt, er hat's gefunden, wenn er was gestohlen hat.» Doch ich pariere in ihrer Sprache und gewinne sie sofort für mich. Sie hören sogar auf, die Juden mit Spänen zu bewerfen, um meine Arbeit nicht zu behindern.

Dafür verfällt nun meine Gruppe unerwartet in eine heitere Stimmung. «Juden», schreie ich, «trauert!»

Daraufhin erwidert die Alte: «Mit Verlaub, Herr Maler, warum sollen wir trauern, wo der Herr einem jeden von uns einen Rubel versprochen hat? Soll doch der trauern, der nichts verdient!»

Ich mußte ihnen drohen, daß ich sie nicht bezahlen würde. So skizzierte ich an zwei Abenden, dann saßen sie mir noch ein paar Monate im Atelier Modell. Soll Światecki sagen, was er will, das Bild ist gut, denn es ist keineswegs kalt. Es liegt darin eine aufrichtige Wahrheit, es ist ganz Natur. Sogar die Sommersprossen der jungen Jüdin habe ich beibehalten. Die Gesichter hätten schöner sein können, aber nicht wahrhaftiger und nicht charakteristischer.

Ich hatte so intensiv an das Bild gedacht, daß mir der Verlust Kazias erträglicher wurde. Als mich Światecki jetzt an sie erinnerte, schien mir, als läge diese Sache schon weit hinter mir. Indessen zog Światecki den zweiten Stiefel an, und ich begann den Samowar aufzustellen. Die alte Antoniowa kam mit den Frühstücksbrötchen. (Seit einem Jahr redete Świątecki ihr vergeblich zu, sich aufzuhängen.) Dann setzten wir uns zum Tee.

«Warum bist du heute so aufgeräumt?» fragte mich Świątecki unwirsch.

«Was weiß ich! Du wirst sehen, heute passiert etwas Ungewöhnliches.»

In diesem Augenblick hören wir die Treppe, die zum Atelier führt, knarren.

«Der Hauswirt! Da hast du dein Ungewöhnliches!» knurrt Świątecki.

Nachdem er das gesagt hat, trinkt er den heißen Tee so hastig, daß ihm die Tränen in die Augen treten, steht schnell auf und – unsere Küche bildet den Durchgang – verbirgt sich im Atelier hinter den Kostümen; aus seinem Versteck ruft er mit gedämpfter Stimme: «Mein Lieber! Er hat dich sehr gern, sprich du mit ihm!»

«Er schwärmt für dich!» antworte ich, ebenfalls zu den Kostümen laufend. «Rede du mit ihm!»

In dem Moment geht die Tür auf, und herein kommt . . . Wer? Nicht der Hauswirt, sondern der Portier des Hauses, in dem die Familie Susłowski wohnt.

Wir stürzen hinter den Kostümen hervor.

«Ich bringe einen Brief für den Herrn», sagt der Portier.

Ich nehme den Brief. Beim Hermes – von Kazia! Ich reiße den Umschlag auf und lese das Folgende: «Ich habe die Gewißheit, daß die Eltern uns verzeihen werden. Kommen Sie sofort ohne Rücksicht auf die frühe Stunde. Wir sind soeben aus der Trinkhalle des Sächsischen Gartens zurückgekehrt. K.»

Zwar habe ich wirklich keine Ahnung, was mir die Eltern zu verzeihen hätten, aber ich habe auch keine Zeit, darüber nachzudenken, denn vor Verwunderung werde ich fast verrückt.

Erst nach einer Weile gebe ich den Brief Światecki und sage zum Portier: «Mein Freund. Sag dem Fräulein, daß ich unverzüglich kommen werde. Warte! – Ich habe kein Kleingeld, aber hier hast du drei Rubel, meine letzten! Wechsle sie! Nimm dir einen Rubel und bring mir den Rest zurück.»

Nebenbei bemerkt, dieses Ungeheuer hat die drei Rubel eingesteckt und sich nicht wieder gezeigt. Dieser Unmensch wußte genau, daß ich im Hause der Susłowskis keinen Krach schlagen würde, und das nutzte er schamlos aus. Aber damals bemerkte ich das nicht einmal.

«Nun, was meinst du?» frage ich Światecki.

«Nichts! Jedes Kalb findet seinen Schlächter.»

Die Eile, mit der ich mich anziehe, läßt mich kein passendes Schimpfwort für Światecki finden.

2.

Eine Viertelstunde später klingle ich bei den Susłowskis. Kazia selbst öffnet mir. Sie ist bezaubernd. Sie hat noch die Wärme des Schlafes und die Frische des Morgens in sich, die sie in den Falten ihres blaßblauen Kattunkleides aus dem Garten mitgebracht hat. Der Hut, den sie schon abgesetzt hatte, hat ihre Haare ein wenig zerzaust. Ihr Gesicht lacht, die Augen lachen, ihre feuchten Lippen lachen: der reinste Morgenglanz! Ich ergreife ihre Hand und bedecke ihren Arm bis zum Ellbogen mit Küssen, sie dagegen beugt sich zu meinem Ohr und fragt: «Na, wessen Liebe ist stärker?»

Dann nimmt sie mich bei der Hand und führt mich zu ihren Eltern. Der alte Susłowski macht ein Gesicht wie ein Römer, der sein einziges Kind *pro patria* dem Tode opfert; die Mutter läßt ihre Tränen in die Tasse fallen, denn beide sitzen beim Kaffee. Als sie unserer ansichtig werden, erheben sie sich, und Papa Susłowski spricht: «Vernunft und Pflicht gebieten mir eigentlich, *nein* zu sagen – doch auch das elterliche Herz hat seine Rechte; wenn das eine Schwäche ist, dann möge mich Gott dafür bestrafen!»

Dabei hebt er seine Augen gen Himmel als Beweis dafür, daß er bereit ist, sich vor dem himmlischen Tribunal zu verantworten, wenn dieses ihn auf der Stelle zur Sache vernehmen wollte. In meinem ganzen Leben habe ich noch nichts gesehen, was, abgesehen von den Salami und den Makkaroni, die am Corso feilgeboten werden, römischer gewesen wäre. Der Augenblick ist so feierlich, daß ein Nilpferd vor Rührung zerfließen würde. Die feierliche Stimmung wird noch durch Frau Susłowska gehoben, die ihre Hände ausbreitet und mit tränenerstickter Stimme sagt: «Mein Kind! Wenn es euch irgendwann einmal in eurem Leben schlecht ergehen sollte, dann flüchtet hierher, hier zu mir!» Und dabei zeigt sie auf ihren Busen.

So dumm bin ich nun auch wieder nicht, daß ich dort Zuflucht suchen würde, gerade dort! Ja, wenn Kazia mir dieses Angebot gemacht hätte, das wäre etwas anderes! Bei alldem bin ich überrascht von der Güte der Susłowskis, und mein Herz ist voller Dankbarkeit.

Vor lauter Rührung trinke ich so viele Tassen Kaffee, daß Susłowski anfängt, unruhige Blicke auf die Kaffeemaschine und den Sahnetopf zu werfen. Kazia gießt mir ständig neu ein, und ich versuche derweil, unter dem Tisch ihr Bein zu berühren. Doch sie zieht es immer wieder zurück und schüttelt dabei kaum merklich den Kopf, wobei sie mich so schelmisch anlächelt, daß ich nicht weiß, wie ich es schaffte, vor Freude nicht närrisch zu werden.

So sitze ich ungefähr anderthalb Stunden, bis ich schließlich gehen muß, da im Atelier Bobuś auf mich wartet, der bei mir Zeichenunterricht nimmt und mir jedesmal eine Visitenkarte mit seinem Wappen zurückläßt. Übrigens, meistens verliere ich diese Karten. Kazia und ihre Mutter begleiten mich ins Vorzimmer, worüber ich mich ärgere, denn ich wäre lieber mit Kazia allein. Was für einen Mund sie hat!

Mein Weg führt mich durch den «Garten». Eine Menge Leute kehrt aus der Trinkhalle zurück. Unterwegs merke ich, daß die Menschen bei meinem Anblick stehenbleiben. Rings um mich höre ich Geflüster: «Magórski! Magórski! Das ist er.» Mädchen, deren wundervolle Formen sich unter Kattunkleidern aller Farbschattierungen abzeichnen, werfen mir Blicke zu, die zu sagen scheinen: «Komm herein, mein Heim steht dir offen!» Was zum Teufel ist bloß los! Bin ich so berühmt, oder was ist? Ich begreife das alles nicht.

Ich gehe weiter, überall das gleiche. Im Hausflur an der Treppe pralle ich auf den Besitzer wie ein Boot auf einen Felsen. O je, die Miete!

Indessen kommt der Hauswirt näher und sagt: «Mein Herr! Ich bin Ihnen ja sicherlich manchmal lästig gefallen, doch glauben Sie mir, daß ich für Sie soviel... Ach, gestatten Sie mir einfach...»

Bei diesen Worten fällt er mir stürmisch um den Hals. Ha, ich begreife! Światecki wird ihm wohl gesagt haben, daß ich heirate, und er denkt, daß ich von jetzt ab die Miete regelmäßig bezahlen werde. Soll er ruhig denken!

Ich poltere die Treppe hinauf. Schon auf den Stufen höre ich Stimmengewirr bei uns. Ich stürze hinein. Im Atelier ist es dunkel vor Rauch. Julek Rzysiński ist da, Wach Poterkiewicz, Franek Cepkowski, der alte Słudecki, Karmiński, Wojtek Michalak. Alle unterhalten sich damit, daß sie den eleganten Bobuś unsanft im Zimmer herumschubsen und ihn verspotten. Aber wie sie mich erblikken, lassen sie von ihm ab und erheben sofort einen Heidenlärm: «Wir gratulieren! Wir gratulieren! Wir gratulieren! – Hebt ihn hoch!»

In diesem Moment werde ich auf ihre Hände gehoben und eine Weile in die Luft geworfen, wobei sie ein Geschrei ausstoßen, das einer Horde Brüllaffen würdig gewesen wäre. Endlich finde ich mich auf der Erde wieder, ich bedanke mich so gut ich kann und verspreche, sie alle zu meiner Hochzeit einzuladen, ganz besonders aber Światecki, den ich schon vorab zum Brautführer ernenne.

Indessen hebt Światecki die Hände und sagt:

«Dieser Fatzke glaubt, daß wir ihm zur Verlobung gratulieren.»

«Wozu denn sonst?»

«Was? Du weißt von nichts?» fragen alle auf einmal.

«Ich weiß von nichts, was zum Deiwel nochmal wollt ihr denn von mir?»

«Gebt ihm den *Latawiec*[a]! Die Morgenausgabe des *Latawiec*!» schreit Wach Poterkiewicz.

Sie reichen mir also die Morgenausgabe des *Latawiec*. Alle rufen durcheinander: «Guck bei den Depeschen!»

Ich schaue bei den Depeschen nach und lese folgendes: «Eigenbericht des *Latawiec*. Magórskis Gemälde, ‹Die Juden an den Flüssen Babylons›, erhielt im diesjährigen ‹Salon› die Große Goldmedaille. Die Kritik findet nicht genug Worte für das Genie des Meisters. Albert Wolff[4] nannte das Bild eine Sensation. Baron Hirsch[5] bietet 15000 Francs.»

Mir werden die Knie weich. Rettet mich! Ich werde verrückt. Es ist so schlimm, daß ich kein Wort sagen kann. Ich wußte zwar, daß mir das Bild gelungen war, doch von einem solchen Erfolg hatte ich nicht einmal geträumt.

Die Nummer des *Latawiec* gleitet mir aus den Händen.

Sie heben sie wieder auf und lesen mir aus den «Letzten Meldungen» folgende Kommentare zur Depesche vor:

---

[a] Der Name dieser Zeitung lautet übersetzt: «Der Papierdrache».

1. Nachricht: Wie wir aus dem Mund des Meisters erfahren haben, beabsichtigt er, das Gemälde in den Mauern seiner Vaterstadt auszustellen.

2. Nachricht: Auf die Anfrage des Vizepräsidenten des hiesigen Kunstvereins an unseren Meister, ob er die Absicht habe, sein Meisterwerk in Warschau auszustellen, antwortete er: «Ich würde lieber darauf verzichten, das Bild in Paris zu verkaufen, als es in Warschau nicht zu zeigen!» Hoffen wir, daß diese Worte von unseren Nachkommen am Grabe des Meisters (gebe Gott, möglichst spät) gelesen werden.

3. Nachricht: Die Mutter unseres Meisters ist nach Erhalt der Depesche aus Paris vor Aufregung erkrankt.

4. Nachricht: Wie wir noch im Moment der Drucklegung erfahren haben, fühlt sich die Mutter unseres Meisters besser.

5. Nachricht: Unser Meister erhielt aus allen europäischen Hauptstädten Angebote zur Ausstellung seines Gemäldes.

Das Übermaß dieser ungeheuren Lügen bringt mich wieder einigermaßen zu mir. Ostrzyński, Redakteur und Ex-Konkurrent beim Werben um Kazia, hat vermutlich durchgedreht, denn das übersteigt ja wirklich jedes Maß. Natürlich werde ich das Bild vor allem in Warschau ausstellen, aber ad 1 habe ich darüber noch mit niemandem gesprochen, ad 2 hat der Vizepräsident des Kunstvereins mich nichts gefragt, ad 3 habe ich ihm demzufolge auch nichts geantwortet, ad 4 ist meine Mutter vor neun Jahren gestorben, und ad 5 habe ich keine

Angebote zur Ausstellung meines Bildes bekommen.

Doch was noch schlimmer ist, mich durchzuckt der Gedanke: «Wenn die Depesche ebenso wahr ist wie die fünf Meldungen, na, dann gute Nacht!» Ostrzyński, der vor einem halben Jahr einen Korb von Kazia erhalten hatte, obwohl die Eltern sein Werben unterstützten, will mich vielleicht absichtlich für dumm verkaufen? Er wird «mit dem Kopf oder etwas Ähnlichem dafür bezahlen», wie es im Libretto einer gewissen Oper heißt. Doch die Freunde beruhigen mich, indem sie erklären, daß Ostrzyński zwar Meldungen fabrizieren könne, die Depesche aber echt sein müsse.

In diesem Augenblick kommt Stach Kłosowicz mit der Morgenausgabe des *Biegun*[a]. Die Depesche steht auch im *Biegun*. Ich atme auf.

Jetzt beginnen die einzelnen Gratulationen. Der alte Słudecki, ein falscher Fuffziger durch und durch, doch dabei süß wie Honig, schüttelt mir die Hand und sagt: «Ach, Gott! Ich habe immer an das Genie meines Kollegen geglaubt und Sie verteidigt.» (Ich weiß, daß er mich einen Esel genannt hat.) «Ach, Gott! Vielleicht wünschen Sie gar nicht, daß so ein *fa presto*[b] wie ich Sie Kollege nennt. Wenn dies der Fall sein sollte, dann verzeihen Sie vielmals. Es ist eine alte Angewohnheit.»

Insgeheim wünsche ich ihm die Pest an den Hals, aber ich kann ihm nicht antworten, weil mich Karmiński in dem Moment zur Seite zieht und

---

[a] Diese Zeitung heißt «Der Pol».

[b] Jemand, der sehr schnell und flüchtig arbeitet.

leise, aber doch so, daß es alle hören können, sagt: «Vielleicht braucht der Herr Kollege Geld; sagen Sie es ruhig, ich werde ...»

Karmiński ist bei uns wegen seiner Hilfsbereitschaft bekannt. Immer wieder sagt er zu einem von uns: «Kollege, falls Sie Hilfe brauchen, dann lassen Sie es mich wissen, und ich werde ... auf Wiedersehen!» Ja, er hat wirklich Geld. Ich antworte ihm, daß ich mich an ihn wenden werde, wenn ich einmal keinen anderen Ausweg wisse.

Unterdessen kommen andere Freunde, Kumpel, treu wie Gold, und drücken mich, daß mir die Rippen weh tun. Als letzter nähert sich Świątecki. Ich sehe, daß er gerührt ist, doch er läßt sich nichts anmerken. Er sagt rauh: «Obwohl ich sehe, daß du verjudest, gratuliere ich dir!»

«Obwohl ich sehe, daß du verblödest, danke ich dir!» antworte ich ihm, und wir umarmen uns mit ganzer Kraft.

Wach Poterkiewicz erwähnt, daß seine Kehle ausgetrocknet sei. Ich habe zwar keinen Groschen[6] mehr, doch Świątecki hat noch zwei Rubel, und die anderen haben auch noch was. Es folgt eine Sammlung, und dann gibt's Punsch. Sie trinken auf meine Gesundheit und werfen mich erneut in die Höhe. Wie ich ihnen erzähle, daß mit den Susłowskis wieder alles im Lot ist, trinken sie auch auf Kazias Wohl.

Da kommt Świątecki zu mir und sagt: «Meinst du denn, du kleiner Idiot, daß sie die Depesche nicht gelesen haben, bevor das Fräulein an dich geschrieben hat?»

Oh, verflucht! Mir ist, als hätte ich eins mit der

Keule über den Schädel bekommen. Wenn es auf der einen Seite des Horizontes heller wird, so wird es auf der anderen verdammt dunkel. Den alten Susłowskis kann man alles zutrauen, doch daß Kazia einer solchen Berechnung fähig wäre!

Es ist jedoch sehr wahrscheinlich, daß sie früh in der Trinkhalle die Depesche gelesen haben und mich sofort rufen ließen.

Im ersten Augenblick will ich zu den Susłowskis stürzen und sie zur Rede stellen.

Doch ich kann die versammelten Freunde nicht verlassen. Zudem kommt auch noch Ostrzyński, elegant, kalt, selbstsicher und behandschuht wie gewöhnlich. Sein Geist sprüht Funken, er ist schlau wie ein Fuchs.

Schon auf der Schwelle schwenkt er herablassend seinen Spazierstock und sagt: «Ich gratuliere, Meister; auch ich gratuliere!»

Das «ich» spricht er mit besonderem Nachdruck aus, als ob seine Gratulation mehr bedeute als die der anderen. Vielleicht ist dem auch so ...

«Was hast du da alles zusammengesponnen?» rufe ich ihm zu. «So wie du mich hier siehst, habe ich alles erst aus dem *Latawiec* erfahren.»

«Was kümmert mich das?» meint Ostrzyński.

«Auch über die Ausstellung des Bildes habe ich nichts gesagt.»

«Aber jetzt tust du es», sagt Ostrzyński gleichgültig.

«Er hat auch gar keine Mutter mehr, und die Mutter ist auch nicht krank geworden», ruft Wojtek Michalak.

«Das kümmert mich nur wenig», wiederholt

Ostrzyński mit Würde, während er den zweiten Handschuh auszieht.

«Aber die Depesche ist doch wahr, oder?»

«Ja, sie ist wahr.»

Diese Versicherung beruhigt mich vollends. Aus Dankbarkeit gieße ich ihm Punsch ein. Er führt das Glas an die Lippen, trinkt einen Schluck und sagt dann: «Zunächst mal auf dein Wohl, doch weißt du, wem der zweite Schluck gelten wird? Ich gratuliere dir zweifach!»

«Woher weißt du es?»

Ostrzyński zuckt mit den Achseln. «Na, weil Susłowski heute schon vor acht in der Redaktion war.»

Świątecki fängt an, etwas über die Schlechtigkeit der Leute im allgemeinen zu murmeln. Ich kann es nicht mehr aushalten und greife nach meinem Hut. Ostrzyński geht mit hinaus, aber ich lasse ihn unterwegs stehen und klingle nach ein paar Minuten zum zweiten Mal bei den Susłowskis. Wieder öffnet mir Kazia; ihre Eltern sind nicht zu Hause.

«Kazia!» sage ich streng, «hast du von der Depesche gewußt?»

«Ja», erwidert sie ruhig.

«Aber Kazia!»

«Was willst du denn, mein Lieber? Den Eltern kannst du es doch nicht verdenken. Sie müssen doch einen vernünftigen Grund haben, um mit dir einverstanden zu sein.»

«Aber du, Kazia?»

«Ich habe die erstbeste Gelegenheit genutzt. Nimmst du mir das übel, Władek?»

Mir wird heller vor den Augen, und mir scheint, daß Kazia völlig recht hat. Warum eigentlich bin ich wie ein Verrückter hierhergerast? Derweil kommt Kazia näher und lehnt ihr Köpfchen an meine Schulter. Ich fasse sie um die Taille, sie dreht mir ihr Gesichtchen zu, schließt die Augen, schiebt ihr rosiges Schnäbelchen vor und flüstert: «Nein, nein, Władek! ... nicht jetzt ... Nach der Hochzeit, ich bitte dich!»

Auf diese Bitte hin drücke ich meine Lippen auf ihr Schnäbelchen, und wir verbleiben in dieser Position, solange es uns der Atmungsprozeß gestattet. Kazias Blick wird schmachtend. Schließlich verdeckt sie ihre Augen und sagt: «Und ich habe dich doch so gebeten, daß du nicht ...»

Ihr Vorwurf und der Blick hinter der vorgehaltenen Hand rühren mich derart, daß ich sie zum zweiten Mal küssen muß. Wenn man jemanden liebt, hat man natürlich mehr Lust, ihn zu küssen, als ihn beispielsweise zu verprügeln. Und ich liebe Kazia ohne Maß und Besinnung, mein Leben lang bis zum Tod; und noch länger! Sie oder keine – und basta!

Kazia drückt mit halb erstickter Stimme ihre Befürchtung aus, ich könnte nun meine Achtung vor ihr verlieren. Geliebtes Wesen! Was für einen Unsinn sie da von sich gibt. Ich beruhige sie, so gut ich kann, und wir fangen an, vernünftig miteinander zu reden.

Wir beschließen, daß ich mir nicht anmerken lassen werde, daß ich den wahren Sachverhalt kenne, wenn die Eltern so tun, als hätten sie erst später von der Depesche erfahren. Dann verabschiede ich mich von Kazia, nachdem ich ihr versprochen habe, am Abend wiederzukommen.

Ich haste noch schnell ins Büro des Kunstvereins: Von dort aus kann ich mich am leichtesten mit dem Sekretariat des «Salons» in Verbindung setzen.

3.

Ich schicke ein Telegramm ab mit der Erklärung, daß ich mit dem Preis des Baron Hirsch einverstanden bin, aber beabsichtige, das Bild noch vor dem Verkauf in Warschau auszustellen.

Das für die Depesche und für andere Auslagen nötige Geld borge ich beim Vorstand. Sie geben es mir, ohne zu zögern. Alles geht wie geschmiert...

Im *Latawiec* sowie im *Biegun* erscheint mein Lebenslauf, in dem übrigens kein wahres Wort steht. Doch wie Ostrzyński so schön sagt: «Was kümmert mich das?» Ich erhielt auch Angebote von zwei illustrierten Zeitungen. Sie wollen mein Porträt bringen und Reproduktionen meines Bildes! Das Geld wird nur so fließen.

4.

Eine Woche später bekomme ich eine Anzahlung von Baron Hirsch. Die Restsumme wird ausbezahlt, sobald meine Arbeit in den Besitz des Käufers übergeht. Vorerst knallt man mir in der Handelsbank fünftausend Francs in lauter Louisdors auf den Tisch. Mein ganzes Leben habe ich noch nie soviel Geld auf einem Haufen gesehen. Beladen wie ein Maulesel kehre ich heim.

Im Atelier ist große Versammlung. Ich verstreue meine Louisdors auf dem Fußboden, und da ich mich noch nie in Gold gewälzt habe, beginne ich mich in Gold zu wälzen. Nach mir wälzt sich Świątecki. Der Hauswirt platzt herein und denkt, wir seien völlig von Sinnen. Wir amüsieren uns kannibalisch!

5.

Ostrzyński erzählt mir eines Tages, daß er glücklich sei, von Kazia einen Korb erhalten zu haben, denn Perspektiven eröffneten sich vor ihm, von denen ich nicht die geringste Ahnung hätte.

Ich bin darüber sehr froh; ach nein, eigentlich ist es mir egal. Außerdem bin ich davon überzeugt, daß Ostrzyński im Leben schon zurechtkommen wird.

Als er sich um Kazia bemühte, waren die Eltern, hauptsächlich aber Vater Susłowski, sehr für ihn. Ostrzyński gewann eine große Macht über den Alten, die sogar so weit ging, daß dieser Römer ihm gegenüber seine majestätische Haltung etwas lockerte. Kazia dagegen konnte ihn vom ersten Augenblick ihrer Bekanntschaft an nicht ausstehen. Es war eine Art unbewußter Widerwille, denn ich bin sicher, daß er sie nicht durch die Eigenschaften abstieß, die auf mich und alle, die seine Art näher kennen, so abstoßend wirken.

Er ist ein merkwürdiger Mensch oder vielmehr ein merkwürdiger Literat.

Es gibt wahrscheinlich nicht bloß bei uns, sondern in allen größeren Zentren der Literatur und Kunst Menschen, bei denen man sich, wenn man an sie denkt, unwillkürlich fragt: «Worauf gründet sich nur ihr Ansehen?»

Zu ihnen gehört auch mein Freund vom *Latawiec*. Wer würde glauben, daß das Geheimnis von Ostrzyńskis Bedeutung und der Grund seiner geistigen Existenz darin liegt, daß er Talente, insbesondere schriftstellerische, nicht mag und ihnen keinen Respekt erweist – daß er ganz einfach von ihrer Geringschätzung lebt. Ostrzyński hegt für sie die Verachtung eines Menschen, dem ein korrekter Lebenswandel, eine gewisse rasche Auffassungsgabe und eine große Schlauheit im gesellschaftlichen Leben stets den Sieg über die Talente sichern.

Man muß ihn bei Sitzungen sehen, in Versammlungen von bildenden Künstlern oder Schriftstellern, auf Jubiläumsessen – mit welch herablassender Ironie er Leute behandelt, die auf schöpferischem Gebiet zehnmal mehr können als er, wie er sie an die Wand drückt, sie mit seiner Logik, seinem Verstand in Verlegenheit bringt, wie er ihnen sein literarisches Ansehen aufdrängt.

Świątecki, sooft er an ihn erinnert wird, verlangt nach einem Bettpfosten, um ihm den Schädel damit einzuschlagen. Doch mich wundert seine Überlegenheit gar nicht. Leute, die wirklich Talent haben, sind oft linkisch, schüchtern, bar gerade jener raschen Auffassungsgabe, und verlieren manchmal ihr geistiges Gleichgewicht. Erst wenn ein wirkliches Talent mit sich allein ist, wachsen ihm Schwingen. Ostrzyński dagegen würde unter diesen Umständen sicherlich ins Bett gehen, da er sich selbst absolut nichts zu sagen hat.

Die Zukunft wird unter diesen Leuten Ordnung schaffen, wird ihren Rang bestimmen und jedem einen entsprechenden Platz zuweisen. Ostrzyński ist zu klug, um dies nicht zu wissen, aber im Innern seines Herzens macht er sich darüber lustig. Es genügt ihm, daß er im Moment mehr bedeutet und mehr beachtet wird als so mancher, der fähiger ist als er.

Wir Maler sind ihm weniger hinderlich. Manchmal jedoch macht er auch für schriftstellerische Talente Reklame, aber nur dann, wenn dies die Interessen des *Latawiec* oder die Konkurrenz mit dem *Biegun* erfordern. Im übrigen ist er ein guter Kamerad und ein netter Mensch. Ich kann sogar sagen, daß ich ihn mag, aber...

Hol der Teufel den Ostrzyński – genug von ihm!

6.

Sie bringen mich noch so weit, daß ich irgendwann die Tür hinter mir ins Schloß werfe.

Welch eine Komödie! Seitdem ich berühmt bin und Geld habe, behandelt mich Susłowski, wider Erwarten, geradezu mit Verachtung. Er, seine Frau, alle Verwandten Kazias begegnen mir mit Eiseskälte.

Gleich am ersten Abend erklärt Susłowski, wenn ich etwa meinen sollte, daß meine neue Position ihre Haltung beeinflußt habe, oder wenn ich annehme – was man mir übrigens ansehen könne –, daß ich ihnen eine Gunst erweise, so seien sie zwar bereit, für das Glück ihres Kindes viel zu opfern; doch auch ihr einziges Kind könne nicht verlangen, daß sie ihre menschliche Würde aufgäben.

Die Mutter fügt hinzu, daß ihr Kind schon wisse, wo es im Notfall Zuflucht suchen könne. Die gute Kazia verteidigt mich, manchmal sogar sehr schroff, aber sie lauern auf jedes meiner Worte.

Kaum mache ich den Mund auf, beißt sich Susłowski auf die Lippen, sieht seine Frau an und nickt, als wolle er sagen: «Ich wußte, daß es so kommen würde!» Solch einen Zirkus veranstalten sie nun von früh bis spät.

Vermutlich aber ist das alles bloß Heuchelei, um mich im Netz festzuhalten; denn im Grunde haben sie es auf meine fünfzehntausend Francs abgesehen, und es pressiert ihnen genauso wie mir, nur aus anderen Gründen.

Es ist Zeit, diesen Zustand zu beenden. Sie haben mich schon dahin gebracht, daß es mir vorkommt, als habe ich, indem ich die Goldmedaille und die fünfzehntausend Francs für mein Bild angenommen habe, wirklich eine Gemeinheit begangen.

7.

Der Tag meiner Verlobung ist herangerückt. Ich habe einen wunderschönen Ring im Stil Louis XV gekauft, der nicht nur den Eltern, sondern auch Kazia nicht gefällt, denn in diesem Hause hat niemand einen Begriff von wahrer Kunst.

An Kazia muß ich noch viel arbeiten, um in ihr die spießbürgerlichen Vorlieben auszurotten und ihr künstlerisches Gefühl beizubringen. Da sie mich liebt, bin ich guten Mutes.

Zur Verlobung habe ich niemanden außer Światecki eingeladen. Ich wollte, daß er vorher den Susłowskis einen Besuch abstattete, doch er behauptete, wenn er auch moralisch und physisch bankrott sei, so sei er allerdings noch nicht so tief gesunken, daß er Visiten abstatte. Da kann man nichts machen! Ich bereite die Susłowskis also schon darauf vor, daß mein Freund ein außergewöhnliches Original, aber sonst ein genialer Maler und der rechtschaffenste Mensch auf der Welt sei.

Nachdem Susłowski erfahren hat, daß mein Freund «Männer-, Frauen- und Kinderleichen» malt, zieht er die Brauen hoch und erklärt, daß er es bis jetzt nur mit ordentlichen Leuten zu tun gehabt habe, daß seine ganze Beamtenkarriere untadelig gewesen sei und daß er hoffe, auch ein «Herr Światecki» werde die in einem ehrlichen und bescheidenen Hause herrschenden Gepflogenheiten respektieren.

Ich gestehe, daß ich in dieser Hinsicht nicht frei von Befürchtungen bin. Seit dem frühen Morgen liege ich mit Światecki in Fehde. Er besteht hartnäckig darauf, die Hose in die Stiefel zu stecken. Ich rede ihm zu, bitte, flehe.

Endlich gibt er nach und verkündet, daß er eigentlich keinen Grund sehe, weshalb er sich nicht zum Narren machen solle. Schade, daß seine Schuhe an die Fußbekleidung von Zentralafrika-Forschern erinnern, denn ihre Schwärze nahm vom Augenblick an ab, da man sie auf Kredit vom Schuster geholt hatte. Aber was soll's!

Noch schlimmer ist, daß Świateckis Kopf wie ein waldbewachsener Berggipfel der Tatra aussieht, auf dem ein Wirbelsturm gewütet hat. Aber damit muß ich mich abfinden, weil es wohl auf der ganzen Welt keinen Striegel gibt, der diesem Haarschopf beikommen könnte. Dafür zwinge ich Świątecki, statt der Bluse, die er täglich trägt, einen Gehrock anzuziehen. Er fügt sich, aber bei alldem macht er ein Gesicht wie eine seiner Leichen und verfällt dazu in grabesdüstere Stimmung.

Auf der Straße schauen sich alle Leute nach seinem knorrigen Stecken und seinem riesigen, schäbigen Hut um, doch daran bin ich schon gewöhnt.

Wir klingeln, gehen hinein.

Schon im Vorzimmer vernehme ich die Stimme von Vetter Jaczkowicz, der über das Problem der Überbevölkerung doziert. Vetter Jaczkowicz doziert nämlich ständig über die Überbevölkerung – das ist seine ganze Weisheit. Kazia sieht in ihrem Musselinkleid wie ein Wölklein aus, sie ist entzükkend. Susłowski im Frack, alle männlichen Verwandten im Frack, die alten Tanten in Seidenkleidern.

Der Eintritt Świąteckis macht Eindruck. Sie mustern uns mit einer gewissen Beunruhigung. Er schaut mürrisch um sich und erklärt Vater Susłowski, daß er sie nicht belästigte, «wenn Władek nicht heiraten würde oder irgend so was».

Dieses «irgend so was» hat eine fatale Wirkung. Susłowski richtet sich würdevoll auf und fragt, was Świątecki mit «irgend so was» meine. Herr Świątecki erwidert, daß es ihm egal sei, daß er aber «für Władek» sogar bereit wäre, sich mit Firnis überziehen zu lassen, besonders wenn er wüßte, daß Herrn Susłowski daran gelegen sei. Mein zukünftiger Schwiegervater sieht seine Frau, mich und Kazia mit einem Blick an, in dem Verwunderung und Entrüstung miteinander um die Vorherrschaft ringen.

Zum Glück gelingt es mir, die Situation mit einer bei mir seltenen Geistesgegenwart zu retten, indem ich meinen zukünftigen Schwiegervater bitte, mich den Familienmitgliedern vorzustellen, die ich noch nicht kenne.

Es folgt die Vorstellung, dann setzen wir uns. Kazia setzt sich neben mich und läßt ihre Hand in meiner. Das Zimmer ist voller Menschen, aber alle sind steif und schweigsam. Die Atmosphäre ist beklemmend.

Vetter Jaczkowicz kommt wieder auf das Thema der Überbevölkerung zurück. Mein Światecki schaut unter den Tisch. In der Stille breitet sich immer vernehmlicher die Stimme von Jaczkowicz aus, der, weil ihm ein Vorderzahn fehlt, stets da, wo er ein Sch auszusprechen hat, einen gedehnten Pfeifton von sich gibt.

«Die fürchterlichsten Katastrophen können sich daraus mit der Zeit für ganz Europa ergeben», sagt Jaczkowicz.

«Emigration...», meint jemand von der Seite.

«Die Statistik zeigt, daß die Emigration die Überbevölkerung nicht vermindert.»

Plötzlich hebt Światecki den Kopf und richtet seine Fischaugen auf den Sprechenden. «Dann muß man bei uns eben chinesische Gebräuche einführen», erschallt sein finsterer Baß.

«Mit Verlaub. Wie meinen Sie das: chinesische Gebräuche?»

«In China haben nämlich die Eltern das Recht, schwächliche Kinder zu ersticken. So müßte man bei uns den Kindern das Recht einräumen, ihre schwachköpfigen Eltern zu ersticken.»

Es ist also passiert! Der Blitz hat eingeschlagen, das Kanapee stöhnt unter den Tanten, und ich versinke in die Erde. Susłowski schließt die Augen, und für eine Weile verschlägt es ihm die Sprache.

Schweigen.

Dann ertönt die vor Entsetzen bebende Stimme meines zukünftigen Schwiegervaters: «Mein Herr, ich hoffe, daß Sie als Christ...»

«Warum sollte ich Christ sein?» unterbricht ihn Światecki, wobei er unheilvoll den Kopf schüttelt.

Der zweite Blitzschlag! Das Kanapee mit den Tanten beginnt wie im Fieber zu zittern, stürzt in einen Abgrund, und ich fühle, daß sich unter mir die Erde auftut. Alles ist verloren, alle Hoffnungen sind zunichte.

Plötzlich erklingt wohltönend wie eine Glocke Kazias Lachen, und dann bricht auch Jaczkowicz, der gar nicht weiß, warum, in Gelächter aus. Nach ihm beginne ich laut loszulachen, obwohl ich ebensowenig weiß, warum.

«Papachen!» ruft Kazia, «Władek hat dich ja im voraus gewarnt, daß Herr Światecki ein Original ist. Herr Światecki treibt bloß seine Scherze. Ich weiß aber, daß er eine Mutter hat, der er der beste Sohn ist!»

Mein Gott, ist dieses Mädchen ein *Filou*[a]! Aber

---

[a] Ein Filou ist ein durchtriebener, listiger Geselle, ein Spitzbube.

sie erfindet nicht einfach was, sondern sie errät es, denn Światecki hat wirklich eine Mutter, der er ein guter Sohn ist.

Ihr Lachen und die obigen Worte erweisen sich als ein gewisses Ablenkungsmanöver; zudem zieht der mit Wein und Gebäck eintretende Diener die Aufmerksamkeit auf sich. Es ist der Portier, der mir meine letzten drei Rubel abgenommen hat, doch jetzt tritt er mit einem Frack bekleidet als Lakai auf. Sein Blick ist auf das Tablett geheftet, Glas klirrt, obwohl er sich so langsam vorwärts bewegt, als trüge er ein bis zum Rand gefülltes Wasserglas.

Ich bekomme Angst, daß er alles auf die Erde fallen läßt, doch zum Glück erweist sich meine Befürchtung als übertrieben.

Nach einer Weile sind die Gläser gefüllt. Wir schreiten zum Akt der Verlobung...

Eine noch minderjährige Cousine hält einen Porzellanteller, auf dem zwei Ringe liegen. Sie macht Stielaugen. Die ganze Zeremonie versetzt sie sichtlich in ein solches Entzücken, daß sie mit dem Teller und den Ringen herumtänzelt. Susłowski erhebt sich, alle stehen auf, man vernimmt das Geräusch zurückgeschobener Stühle.

Es wird still. Ich höre, wie eine der Matronen flüsternd bemerkt, daß sie erwartet hätte, mein Ring würde «anständiger» sein. Trotz dieser Bemerkung ist die Stimmung so feierlich, daß die Fliegen von den Wänden fallen.

Susłowski ergreift das Wort: «Meine Kinder, empfangt den elterlichen Segen!»

Kazia kniet; auch ich knie nieder.

Dieser Światecki muß ja in diesem Augenblick ein Gesicht machen! Er muß ja ein Gesicht machen! Aber ich wage nicht, mich nach ihm umzusehen. Ich sehe auf Kazias Musselinkleid, das sich vom verblichenen roten Teppich als sehr hübscher Farbfleck abhebt.

Herr und Frau Susłowski haben ihre Hände auf unsere Köpfe gelegt, und mein zukünftiger Schwiegervater spricht: «Meine Tochter! Du hattest zu Hause das beste Beispiel, was eine Frau ihrem Manne sein sollte, also brauche ich dich nicht über deine Pflichten zu belehren, die dir übrigens dein Mann zuweisen wird.» (Das will ich hoffen.) «Aber ich wende mich an Sie, Herr Władysław.»

Hier folgt eine kleine Ansprache, während der ich bis hundert zähle. Als ich bei hundert angelangt bin, fange ich wieder von vorne an. Der Bürger Susłowski, der Beamte Susłowski, der Römer Susłowski hat jetzt die Gelegenheit, seine ganze Seelengröße zu beweisen. Wörter wie: Kind, Eltern, Pflichten, Zukunft, Segen, Dornen, reines Gewissen summen um meine Ohren wie ein Wespenschwarm, setzen sich mir auf den Schädel, stechen mich in die besagten Ohren, ins Genick und in den Kopf.

Ich muß wohl die Krawatte etwas zu eng gebunden haben, denn ich bekomme plötzlich keine Luft mehr. Ich höre das Weinen von Frau Susłowska, das mich rührt, denn sie ist im Grunde genommen eine brave Frau; ich höre das Klirren der Ringe, die von der herumtänzelnden Cousine auf dem Teller bereitgehalten werden. Herrgott, was mag nur Światecki für ein Gesicht machen!

Endlich stehen wir auf. Die Cousine schiebt mir den Teller dicht unter die Nase. Kazia und ich wechseln die Ringe.

Uff! Ich bin verlobt! Ich nehme an, daß dies alles sei, doch nein, Susłowski fordert uns auf, nun zu den Tanten zu gehen und sie um ihren Segen zu bitten. Wir gehen. Ich küsse so an die fünf Hände, die Storchenfüßen ähneln. Alle hoffen, daß ich ihr Vertrauen nicht mißbrauchen werde.

Welches Vertrauen, zum Teufel, mögen die wohl in mich setzen? Vetter Jaczkowicz nimmt mich in seine Arme. Ich muß die Krawatte entschieden zu eng gebunden haben.

Doch das Schlimmste ist überstanden. Die Dämmerung bricht herein. Man bringt nun den Tee.

Ich sitze neben Kazia und tue die ganze Zeit so, als ob ich Świątecki nicht sähe. Der Affe versetzt mich noch einmal in Unruhe, als er auf die Frage, ob er Arrak in den Tee wünsche, antwortet, Arrak trinke er gewöhnlich nur flaschenweise. Ansonsten verläuft der Abend glücklich.

Wir gehen hinaus. Draußen ziehe ich die Luft in vollen Zügen ein. Ich hatte die Krawatte tatsächlich zu eng gebunden.

Świątecki und ich gehen schweigend nebeneinander her. Das Schweigen lastet auf mir, und bald wird es unerträglich. Ich fühle, daß es angebracht wäre, Świątecki anzusprechen, ihm etwas über mein Glück zu sagen und darüber, wie nett es gewesen war und wie sehr ich Kazia liebe. Ich versuche, mich dazu aufzuraffen, doch es geht nicht.

Schließlich, als wir schon nahe beim Atelier sind, sage ich: «Gib zu, Światecki, daß das Leben manchmal auch schön sein kann.»

Światecki bleibt stehen, wirft mir einen schiefen Blick zu und sagt: «Lackaffe!»

An diesem Abend sprechen wir kein Wort mehr miteinander.

8.

Eine Woche nach dem Verlobungsabend treffen meine «Juden» zur Ausstellung ein. Das Bild wird in einem separaten Saal untergebracht, und die Direktion verlangt ein gesondertes Eintrittsgeld dafür. Die Hälfte des Reinerlöses geht an mich.

Die Leute sollen sich angeblich in der Ausstellung von morgens bis abends drängeln.

Ich war nur einmal dort, aber da man mehr auf mich als auf das Bild schaute, gehe ich nicht mehr hin. Warum soll ich mich unnütz ärgern?

Auch wenn mein Bild ein Meisterwerk wäre, das man noch nie auf der Welt gesehen hat, so würden die Besucher doch nur ihre Neugierde befriedigen, so wie sie sich «Krao» anschauen gehen oder einem Hottentotten zusehen, der lebende Tauben verspeist. Im Augenblick bin ich so ein Hottentotte.

Ich wäre damit zufrieden, wenn ich wirklich ein Lackaffe wäre, wie Światecki behauptet. Aber ich bin viel zu sehr Maler, als daß eine solche Erniedrigung der Kunst zugunsten einer in Mode gekommenen Person mich nicht wütend machte.

9.

Vor drei Wochen wußte noch kaum jemand etwas von mir, aber jetzt bekomme ich Dutzende von Briefen, zum größten Teil mit Liebeserklärungen. Wetten, daß vier von fünf mit den Worten beginnen: «Vielleicht wirst Du, nachdem Du diesen Brief gelesen hast, eine Frau verachten, die etc.» Ich verachte keine Frau, unter der Bedingung, daß sie mich in Frieden läßt.

Wenn Kazia nicht wäre, würde ich, offen gestanden, vielleicht nicht nur die Achseln zucken angesichts dieses Stroms von Gefühlen.

Besonders empört mich, wie eine solche «Unbekannte» hoffen kann, daß ein Mann, der sie vorher nie gesehen hat, ihr ungesehen, auf ihre bloße Bitte hin, antworten wird. «Lüfte zuerst den Schleier, schöne Unbekannte! Erst wenn ich dich sehe, werde ich dir sagen...! Ach! Nichts werde ich sagen, denn Kazia...»

Ich erhalte auch einen anonymen Brief von irgendeiner grauhaarigen Freundin, in dem ich «Meister» genannt werde und Kazia ein «Gänschen».

«Meister, ist das etwa eine Frau für Dich?» fragt meine grauhaarige Freundin. «Ist das eine Wahl, die dessen würdig ist, auf den die Augen der ganzen Nation gerichtet sind? Du bist das Opfer einer Intrige, etc.»

Ein merkwürdiger Einfall, und ein noch merkwürdigeres Verlangen, daß ich mich nicht meinem Herzen entsprechend, sondern der öffentlichen Meinung zuliebe verheiraten soll.

Und die arme Kazia stört sie schon jetzt.

Es gibt gewiß größere Verbrechen als anonyme Briefe, aber sicherlich gibt es keine größeren ... Wie soll ich mich nur vorsichtig ausdrücken? ... Aber genug davon!

Der Termin meiner Hochzeit mit Kazia ist noch nicht festgesetzt, doch das wird in Kürze geschehen.

Inzwischen fordere ich Kazia auf, sich hübsch anzuziehen, und führe sie in die Ausstellung. Sollen sie uns zusammen sehen!

Aus Paris sind auch zwei Leichen Świateckis eingetroffen. Das Bild trägt den Titel «Letzte Begegnung» und stellt einen Jüngling und ein Mädchen dar, die auf dem Seziertisch liegen. Schon auf den ersten Blick wird einem die Idee des Bildes klar. Man sieht, daß sich die beiden Toten im Leben liebten, daß das Elend sie getrennt und der Tod sie wieder vereint hat.

Die Studenten, die sich über die Leichen beugen, sind auf dem Bild etwas steif geraten, auch in der Perspektive des Seziersaales sind Fehler auszumachen, aber die «Leichen» sind hervorragend gelungen. Es sind Leichen, von denen es einem eisigkalt entgegenweht. Im «Salon» hat das Bild nicht mal eine Anerkennung bekommen, vielleicht weil es fürchterlich widerwärtig ist; bei der Kritik aber kam es gut an.

Unter uns «Malariern» gibt es ohne Zweifel viele Talente. Neben den Leichen Świateckis hängt «Der Tod Koreckis»[7] von Franek Cepkowski. Eine ungeheure Kraft und ein ungeheurer Individualismus!

Światecki nennt Franek einen Idioten – zum einen deshalb, weil Cepkowski eine Ponyfrisur und einen Spitzbart trägt, zum anderen, weil er sich immer nach dem letzten Schrei kleidet; und drittens, weil er schrecklich gut erzogen und förmlich ist und oft genug an seine hochwohlgeborenen Verwandten erinnert.

Aber Światecki irrt sich.

Talent – das ist ein Vogel, der dort sein Nest baut, wo es ihm gefällt, mal in einem Urwald, ein andermal in einem gepflegten Garten.

Ich sah in München und Paris Maler, die wie Brauereiknechte, oder auch solche, die wie ein Friseur oder ein Luftikus aussahen. Keine drei Groschen würde man für sie geben, und doch hatte der eine wie der andere Kerl eine leidenschaftliche, begeisterungsfähige Seele, einen außergewöhnlichen Sinn für Formen und Farben und das Vermögen, all dies auf der Leinwand umzusetzen. Ostrzyński, der für alles eine abgegriffene Redensart parat hat, würde im *Latawiec* schreiben: *«Spiritus flat, ubi vult!»* [a]

Nach Świateckis Ansicht ist die Historienmalerei eine «obskure Barbarei». Ich male keine historischen Sujets, und mir persönlich ist es egal, aber ich höre diese scheinbar fortschrittliche Meinung von allen Seiten. Sie wird überall wiedergekäut und beginnt mich zu langweilen!

Unsere lieben polnischen Maler haben einen Fehler. Sie verheiraten sich mit irgendeiner Kunstdoktrin, leben unter ihrem Pantoffel, betrachten

---

[a] Der Geist weht, wo er will.

alles mit ihren Augen, pressen die Kunst in dieses Schema und predigen wie die Apostel: besser als sie malen. Im Unterschied zum oben Gesagten habe ich aber auch Maler gekannt, die sich den Mund fusselig redeten darüber, was Kunst ist und wie sie sein sollte; und wenn sie zum Pinsel griffen, kam nichts dabei heraus.

Oft habe ich gedacht, eine Theorie der Kunst müßte von Philosophen entwickelt werden, und wenn diese dann dumm wäre, so trügen sie dafür die Verantwortung. Doch die Maler sollten malen, was ihnen ihr Herz diktiert – aber sie müssen auch *malen* können, denn das ist die Grundlage.

Meiner Meinung nach ist das miserabelste Talent mehr wert als die großartigste Theorie, und die großartigste Theorie ist nicht würdig, der künstlerischen Freiheit die Schuhe zu putzen.

10.

Ich war mit Kazia und den Susłowskis in der Ausstellung. Vor meinem Bild ist ständig ein Gedränge. Man begann zu flüstern, kaum waren wir eingetreten. Diesmal schauten sie nicht auf das Bild, auch nicht auf mich, sondern auf Kazia. Vor allem die Frauen ließen sie nicht aus den Augen. Ich sah, daß sie darüber außerordentlich zufrieden war, und ich nahm es ihr nicht übel.

Schlimmer war, daß sie über die Leichen Świateckis sagte, dieses Bild sei *dégoûtant*. Susłowski erklärte, sie habe ihm das Wort aus dem Munde genommen, und ich war wütend. Daß auch Kazia eine solche Kunstauffassung hat!

Vor Wut verabschiedete ich mich sofort von ihnen unter dem Vorwand, ich müsse mich mit Ostrzyński treffen. Ich ging auch wirklich zu Ostrzyński, aber nur, um ihn zum Frühstück mitzuschleppen.

11.

Ich habe ein Wunder gesehen – und damit basta!

Erst jetzt habe ich verstanden, warum der Mensch Augen hat.

Corpo di Baccho! Was für eine Schönheit!

Ich gehe mit Ostrzyński. Plötzlich blicke ich auf und sehe an der Ecke Wierzbowa-Straße eine Frau an uns vorübergehen. Ich bleibe wie angewurzelt stehen, werde zu einer Eiche, zu einem Stein, reiße die Augen auf, verliere das Bewußtsein, zerre Ostrzyński, ohne es zu wissen, an der Krawatte, binde ihm die Krawatte auf und – Hilfe!, ich sterbe.

Was bedeutet es schon, daß sie vollkommene Gesichtszüge hat. Das Gesicht ist noch gar nichts! Sie ist ganz einfach eine Künstler-Schöpfung! Ein Meisterwerk der Zeichnung, ein Meisterwerk der Farben, ein Meisterwerk des Gefühls. Greuze[8] würde bei ihrem Anblick von den Toten auferstehen und sich gleich darauf erhängen, weil er im Grunde nur Vogelscheuchen gemalt hat.

Ich schaue und schaue ... Sie geht allein – ach wo!, die Poesie, die Musik, der Frühling geht mit ihr, die Wonne und die Liebe. Ich weiß nicht, ob ich sie sofort malen wollte; viel lieber würde ich wahrscheinlich vor ihr knien und ihr dafür, daß sie so geboren wurde, die Füße küssen. Ich weiß übrigens selbst nicht mehr, was ich wollte!

Sie geht an uns vorüber, strahlend wie ein Sommertag. Ostrzyński verbeugt sich vor ihr, aber sie sieht ihn nicht.

Ich wache aus meiner Verzückung auf und schreie: «Gehen wir ihr nach!»

«Nein!» sagt Ostrzyński, «bist du denn verrückt geworden? Ich muß mir erst die Krawatte binden. Gib Ruhe! Sie ist eine Bekannte von mir.»

«Eine Bekannte von dir! Stell mich ihr vor!»

«Ich denke gar nicht daran! Kümmere du dich um deine Verlobte.»

Ich verfluche Ostrzyński und seine Nachkommen bis in die neunte Generation und stürze dann der Unbekannten allein hinterher.

Zu allem Unglück steigt sie in eine Droschke. Von weitem sehe ich nur noch ihren Florentinerhut und ihren roten Sonnenschirm.

«Du kennst sie wirklich?» frage ich Ostrzyński.

«Ich kenne alle möglichen Leute!»

«Was ist das für eine?»

«Das ist Frau Helena Kolczanowska, geborene Turno, anders gesagt: ein sogenanntes Fräulein Witwe.»

«Wieso ein Fräulein Witwe?»

«Weil ihr Mann beim Hochzeitsschmaus gestorben ist. Wenn du wieder zur Besinnung gekommen bist, erzähle ich dir die Geschichte. Es war einmal ein sehr reicher, kinderloser Junggeselle, Kolczanowski von Kolczanowo, ein Adliger aus der Ukraine. Er hatte eine ungeheuer rechtschaffene Familie, die darauf hoffte, ihn zu beerben – und einen unglaublich verfetteten Hals, was den Erben noch mehr Zuversicht gab. Ich kannte diese Erben.

Es waren wirklich ganz anständige Leute; aber was soll man verlangen! Auch die anständigsten und uneigennützigsten von ihnen konnten es sich nicht verkneifen, auf Kolczanowskis Hals zu schielen. Endlich setzten sie dem Alten so zu, daß er seine Familie ärgern wollte und um die Hand der Nachbarstochter anhielt. Er ließ einen notariellen Ehevertrag aufsetzen und überschrieb ihr sein gesamtes Vermögen. Dann heiratete er. Nach der Trauungszeremonie folgte das Hochzeitsfest. Gegen Ende des Hochzeitsschmauses tötete ihn ein Hirnschlag auf der Stelle. Auf diese Weise wurde Frau Helena Fräulein Witwe – verstehst du?»

«Ist das schon lange her?»

«Drei Jahre. Sie war damals zweiundzwanzig Jahre alt. Sie hätte seitdem zweiundzwanzigmal heiraten können, doch sie will nicht. Man vermutete, daß sie auf einen Fürsten wartet. Aber das hat sich als falsch erwiesen, denn neulich hat sie einen Fürsten abblitzen lassen. Übrigens weiß ich sehr gut, daß sie nicht prätentiös ist. Der beste Beweis dafür ist, daß Frau Kolczanowska bis auf den heutigen Tag eine enge Freundschaft mit unserer berühmten, sympathischen, talentierten etc. Eva Adami verbindet, mit der sie sich seinerzeit auf dem Pensionat angefreundet hat.»

Wie ich das höre, mache ich fast einen Luftsprung vor Freude.

Wenn dem so ist, bin ich auf Ostrzyński nicht angewiesen. Meine liebe gute Eva wird mir schon ermöglichen, Frau Kolczanowska kennenzulernen.

«Hör mal, du willst mich also nicht bei ihr einführen?» frage ich Ostrzyński.

«Nun, wenn man in dieser Stadt jemanden kennenlernen möchte, so lernt man ihn auch kennen», antwortet Ostrzyński. «Aber da du mich bei Kazia ausgestochen hast, möchte ich nicht, daß man im gegebenen Fall sagt, ich hätte dazu beigetragen, daß ... Übrigens, weiß ich denn, ob ... Mach's gut!»

12.

Am selben Tag sollte ich bei den Susłowskis zu Mittag essen, aber ich schrieb ihnen, daß ich nicht kommen könne. Eigentlich habe ich noch nie in meinem Leben Zahnschmerzen gehabt, aber ich hätte ja welche kriegen können.

Helena ging mir den ganzen Tag nicht aus dem Sinn. Was wäre ich schließlich für ein Maler, wenn ich bei einem solchen Gesicht nicht ins Träumen geraten würde?

Im Geiste habe ich sie schon an die zehn Mal porträtiert. Mir kam auch schon die Idee zu einem Bild, in dem ein Gesicht wie jenes von Helena einen hervorragenden Eindruck machen würde. Ich müßte sie dazu nur noch einige Male sehen.

Ich rannte zu Eva Adami, traf sie aber nicht an. Abends bekam ich eine Karte von Kazia, auf der sie mich für den nächsten Tag in die Trinkhalle im Sächsischen Garten und danach zum Kaffee einlud. Es ist eine richtige Plage mit dieser Trinkhalle und mit diesem Kaffee!

Ich kann nicht hingehen, denn wenn ich Eva früh am Morgen nicht zu Hause erreichen kann, erwische ich sie den ganzen Tag nicht mehr. Eva Adami – das ist ihr Künstlername, in Wirklichkeit heißt sie Anna Jedlińska – ist ein außergewöhnliches Mädchen. Ich bin seit langem mit ihr befreundet, und wir sagen «du» zueinander.

Es ist jetzt das neunte Jahr, seit sie an das Theater kam, und sie ist unschuldig geblieben. In der vollen Bedeutung des Wortes. An den Theatern gibt es viele im körperlichen Sinn unschuldige Frauen, aber könnten die Mieder, welche sie tragen, ihre ganzen Sehnsüchte verraten, dann errötete sogar der unverschämteste Pavian an allen nicht mit Fell bedeckten Stellen. Das Theater verdirbt die Seelen, besonders die der Frauen.

Man kann schwerlich verlangen, daß sich in einer Frau, die allabendlich Liebe, Treue, Edelmut und so weiter vorspielt, schließlich nicht ein instinktives Gefühl dafür herausbildet, daß alle diese Tugenden Dekorationen im Rampenlicht sind, die zur dramatischen und schauspielerischen Kunst gehören, aber keinerlei Verbindung zum Leben haben.

Der gewaltige Unterschied zwischen Kunst und wirklichem Leben bestätigt sie in diesem Gefühl; die Rivalität und das Buhlen um die Gunst des Publikums vergiften die edelsten Regungen des Herzens.

Der ständige Kontakt mit so verdorbenen Leuten wie den Schauspielern weckt ihre Sinne. Keine noch so weiße Angorakatze, die sich unter ähnlichen Umständen nicht beschmutzen würde! Sich diesen Bedingungen entziehen kann nur ein gewaltiges Talent, das im Feuer der Kunst immer wieder geläutert wird, oder eine ganz und gar ästhetische Natur, die vom Bösen ebensowenig durchdrungen werden kann wie eine Schwanenfeder vom Wasser. Eine solche impermeable Natur war Eva Adami.

Nächtelang wurde unter uns Kollegen bei Tee und Tabakspfeife eifrig über alle Leute der Kunstwelt debattiert, angefangen bei der höchsten Kategorie – den Poeten – und endend bei der niedrigsten – den Schauspielern.

Ein Wesen, dessen Phantasie weit mehr entwikkelt ist als bei einem gewöhnlichen Sterblichen, ein Wesen, das feinfühliger, sinnlicher, leidenschaftlicher als andere ist, das im Bereich des Glücks und der Lust alles weiß und es mit unerhörter Kraft verlangt – das ist ein Künstler.

Er muß dreimal mehr Charakterstärke und Willenskraft haben als andere, um den Versuchungen nicht zu erliegen. Aber eigentlich gibt es keinen Grund dafür, daß eine Blume, die schöner als alle anderen ist, dem Sturm mehr Widerstand entgegensetzen soll als andere; und genausowenig gibt es einen Grund dafür, daß ein Künstler mehr Charakter haben soll als ein normaler Mensch.

Im Gegenteil, es gibt einen Grund dafür, daß er gewöhnlich sogar weniger hat, da seine Lebenskraft im Zwiespalt zugrunde geht, der die Welt der Kunst von der alltäglichen Welt trennt.

Er ist ganz einfach ein kranker Vogel, der ständig Fieber hat, der manchmal hinter den Wolken dem Auge entschwindet und manchmal seine ermüdeten Flügel durch Staub und Dreck schleift.

Die Kunst läßt ihn Staub und Dreck verabscheuen, doch das Leben nimmt ihm die Kraft zu Höhenflügen. Die Welt mag recht haben, wenn sie von den Künstlern mehr verlangt als von anderen und wenn sie sie verdammt, aber auch Christus wird recht haben, wenn er sie erlöst.

Ostrzyński besteht zwar darauf, daß Schauspieler in dem Maße zur Künstlerwelt gehören wie Posaunen, Klarinetten, Waldhörner und so weiter, aber das ist nicht wahr.

Der beste Beweis ist Eva Adami, die mit Leib und Seele eine Künstlerin ist, sowohl durch ihr Talent als auch in ihrem künstlerischen Gefühl, das sie wie eine Mutter vor dem Bösen bewahrt hat.

Trotz der starken freundschaftlichen Gefühle, die ich für Eva empfinde, habe ich sie lange nicht mehr gesehen. Wie sie mich nun erblickt, freut sie sich sehr, hat dabei aber einen merkwürdigen Gesichtsausdruck, den ich mir nicht erklären kann.

«Wie geht es dir, Władek?» fragt sie. «Endlich sehe ich dich mal!»

Ich bin froh, daß ich sie angetroffen habe.

Sie trägt einen türkischen Morgenmantel – mit roten Palmen auf cremefarbenem Untergrund –, der mit einem breiten Altgoldbesatz versehen ist und geschlitzte Ärmel hat. Besonders vortrefflich hebt sich der Besatz von ihrem blassen Gesicht und von ihren veilchenblauen Augen ab. Ich sage ihr das, und sie freut sich sehr; also komme ich gleich zur Sache.

«Meine goldene Diva!» sage ich, «du kennst Frau Kolczanowska, die wunderschöne Ukrainerin?»

«Ja, das ist meine Freundin.»

«Führ mich zu ihr.»

Eva beginnt ihr Köpfchen zu schütteln.

«Meine Teure, meine Gute, wenn du mich liebst!»

«Nein, Władek! Ich führe dich nicht hin.»

«Siehst du, du bist nicht gut, und dabei hätte ich mich beinahe einmal in dich verliebt!»

Was ist diese Eva doch für eine Mimose! Wie sie meine Worte hört, wechselt ihre Gesichtsfarbe, sie stützt ihre Ellbogen auf den Tisch – ein Wunder, keine Ellbogen! –, legt ihr blasses Gesicht zwischen die Hände und fragt: «Wann war das?»

Es drängt mich, über Helena zu sprechen, aber da ich mich wirklich fast einmal in Eva verliebt hätte und sie jetzt in gute Laune versetzen will, beginne ich zu erzählen: «Das war so: Wir gingen einmal nach dem Theater in den Botanischen Garten. Weißt du noch, welch eine wundervolle Nacht das war! Wir saßen auf einer Bank am Bassin – du hast gesagt, daß du gerne eine Nachtigall hören würdest. Mir war irgendwie traurig zumute; ich nahm den Hut ab, weil ich Kopfschmerzen hatte, und du gingst zum Bassin, hast dein Taschentuch im Wasser feucht gemacht und es mir zusammen mit deiner Hand auf die Stirn gelegt. Du kamst mir damals einfach wie ein Engel vor, so gut, und ich dachte mir: ‹Wenn ich jetzt diese Hand nehme und an meine Lippen drücke – dann ist alles verloren, dann verliebe ich mich unsterblich in sie.›»

«Und weiter?» fragt Eva leise.

«Plötzlich bist du von mir abgerückt, als ob du etwas geahnt hättest.»

Eva sitzt einige Zeit gedankenverloren da, dann erwacht sie aus ihrer Versunkenheit und sagt mit nervöser Hast: «Sprechen wir nicht mehr davon, ich bitte dich.»

«Gut, sprechen wir nicht mehr davon! Weißt du, Eva, ich habe dich viel zu gern, als daß ich mich je in dich verlieben könnte. Das eine schließt das andere aus. Seitdem ich dich kenne, fühle ich mich dir wirklich und aufrichtig verbunden.»

«Doch», sagt Eva, als ginge sie ihren eigenen Gedanken nach, «ist das wahr, daß du verlobt bist?»

«Ja, es ist wahr.»

«Warum hast du mir das nicht gesagt?»

«Weil die Sache schon beendigt schien, wir mußten uns trennen, und erst vor kurzem hat sich alles wieder eingerenkt. Aber wenn du vorhast, mir zu sagen, daß ich als Verlobter auf die Bekanntschaft mit Frau Helena verzichten sollte, dann entgegne ich dir schon im voraus: Ich war zuerst Maler, ehe ich Verlobter wurde. Du wirst dich doch nicht etwa um sie ängstigen?»

«Bilde dir so was nicht ein! Ich führe dich nicht bei ihr ein, weil ich sie nicht dem Gerede böser Zungen aussetzen will. Man behauptet, daß seit einigen Wochen halb Warschau in dich verliebt sei; man erzählt sich unerhörte Sachen über deine Erfolge. Gestern hörte ich den Witz, du habest für dich die Zehn Gebote zu einem einzigen zusammengebastelt – weißt du, wie es lautet?»

«Wie?»

«Du sollst deines Nächsten Weib nicht vergeblich begehren!»

«Gott, du siehst meine Not! Aber der Witz ist gut.»

«Und gewiß auch treffend?»

«Hör mal, Eva, willst du die ganze Wahrheit

wissen? Ich war immer schüchtern und ungeschickt, ich hatte und ich habe keinen Erfolg bei Frauen. Die Leute malen sich Gott weiß was aus, aber du ahnst gar nicht, wie viel Wahres im Ausruf ‹Gott, du siehst meine Not!› liegt.»

«Povero maestro!»

«Laß das Italienisch! Führst du mich nun bei Frau Kolczanowska ein?»

«Nein, mein Władek, ich kann nicht. Da man dich überall für einen Don Juan hält, schickt es sich nicht, daß ich, eine Schauspielerin, dich bei einer alleinstehenden Frau einführe, die überdies, so wie Helena, die Aufmerksamkeit auf sich zieht.»

«Warum empfängst du mich denn überhaupt?»

«Bei mir ist es etwas anderes! Ich bin Schauspielerin und kann für mich die Shakespeare-Worte in Anspruch nehmen: ‹Und wärst du so rein wie Schnee und so keusch wie Eis, du wirst doch der Verleumdung nicht entgehen!›»[9]

«Aber weißt du, daß es einen um den Verstand bringt? Jeder darf sie also kennen, kann bei ihr verkehren, kann sie betrachten, bloß ich nicht! Und warum? Weil ich ein gutes Bild gemalt und einige Popularität erlangt habe.»

«Von deinem Standpunkt aus hast du recht», sagt Eva lächelnd. «Du ahnst gar nicht, daß ich schon im voraus wußte, weshalb du zu mir gekommen bist. Ostrzyński war hier und redete mir zu, es sei ‹besser›, dich nicht bei Helena einzuführen.»

«Ah, ich verstehe! Und du hast es ihm versprochen?»

«Ich habe gar nichts versprochen, ich bin sogar

recht böse geworden. Ich denke jedoch, daß es ‹besser› ist, dich nicht mit ihr bekannt zu machen. Reden wir von deinem Bild.»

«Laß mich mit dem Bild und der ganzen Malerei in Frieden! Wenn es so ist, na gut! Doch ich versichere dir, daß ich innerhalb der nächsten drei Tage Frau Kolczanowska kennenlernen werde – und wenn ich in einer Verkleidung zu ihr gehen müßte.»

«Verkleide dich als Gärtner und bring ihr ein Bouquet – von Ostrzyński.»

In diesem Moment kommt mir eine glänzende Idee, die mir so hervorragend erscheint, daß ich mir vor die Stirn schlage und den Ärger und Groll vergesse, den ich noch vor einem Augenblick gegen Eva hegte. Ich rufe: «Gib mir dein Wort, daß du mich nicht verraten wirst!»

«Geb' ich dir!» sagt die neugierig gewordene Eva.

«Nun, so sollst du es wissen: Ich verkleide mich als greiser Leiermann. Das Kostüm und die Leier habe ich, in der Ukraine war ich öfter, und ich kann einige Lieder singen. Frau Kolczanowska ist Ukrainerin und wird mich darum gewiß empfangen – verstehst du jetzt?»

«Welch origineller Einfall!» sagt Eva.

Sie ist zu sehr eine Künstlerin, als daß ihr meine Idee nicht gefallen würde. Übrigens hat sie mir ihr Wort gegeben, mich nicht zu verraten – und sie hat nichts gegen die Sache einzuwenden.

«Welch ein origineller Einfall!» wiederholt sie. «Helena liebt die Ukraine so sehr, daß sie wahrscheinlich zu weinen anfängt, wenn sie in Warschau einen Spielmann sieht. Aber, was sagst du ihr? Wie willst du ihr erklären, wie du hierher an die Weichsel gekommen bist?»

Eva läßt sich von meiner Begeisterung unwillkürlich mitreißen. Nach einiger Zeit setzen wir uns nebeneinander und beginnen ein Komplott zu schmieden.

Wir verabreden, daß ich mich verkleide und Eva mich im Wagen abholen kommt, damit ich die Neugier der Gaffer nicht allzusehr errege: Frau Helena soll von allem nichts wissen, bis ihr Eva mit der Zeit das Geheimnis verraten wird.

Wir amüsieren uns köstlich über unseren Plan. Ich beginne Eva die Hände zu küssen, und sie behält mich zum Frühstück da.

Den Abend verbringe ich bei den Susłowskis. Kazia ist leicht verstimmt, weil ich am Morgen nicht bei ihr war, doch ich ertrage ihre Laune wie ein Engel, wobei ich an das morgige Unternehmen denke – und an Helena.

13.

Elf Uhr morgens ... Bloß von Eva ist nichts zu sehen.

Ich trage ein sackleinenes Hemd, das auf der Brust offen ist, dazu einen an wenigen Stellen geflickten, aber ordentlichen Tuchrock, einen Gürtel, Stiefel und alles, was dazugehört.

Die Haare der grauen Perücke fallen mir bis in die Augen, und es dürfte kaum jemand darauf kommen, daß es sich um eine Perücke handelt. Mein Bart ist ein Meisterwerk der Geduld. Seit acht Uhr früh klebe ich mit Hilfe von zähem

Fischleim weiße Strähnen zwischen meine eigenen Barthaare und erlange ein Aussehen, so ehrwürdig, wie ich es im hohen Alter niemals schaffen werde. Verdünnte Sepia gibt mir einen dunklen Teint; und die Falten hat Światecki einfach genial hingekriegt. Ich sehe aus, als wäre ich siebzig.

Światecki behauptet, daß ich statt mit Malen mein Brot auch mit Modellstehen verdienen könne, was für die Kunst sogar ein noch größerer Gewinn wäre. Es ist halb zwölf; Eva fährt vor. Ich schicke ein Bündel mit meiner normalen Kleidung zum Wagen hinunter, da ich ja nicht weiß, ob es sich später nicht ergeben würde, daß ich mich umziehen muß. Dann nehme ich die Leier, gehe die Treppen hinunter und rufe bei der Wagentür mit ukrainischem Akzent aus: «Gelobt sei Jesus Christus!»

Eva ist verblüfft und entzückt.

«Ein wunderbarer Imker! Ein wunderbarer Sängergreis!» sagt sie ein paarmal lachend. «Nur einem Künstler kann so etwas in den Sinn kommen!»

Nebenbei bemerkt, sie selbst sieht aus wie ein Frühlingsmorgen. Sie trägt ein Kleid aus Rohseide und einen Strohhut mit Mohnblumen. Ich kann mich nicht satt sehen an ihr.

Sie ist in einem offenen Wagen gekommen, und die Leute beginnen uns in diesem Moment zu umringen. Aber ihr macht das gar nichts aus!

Endlich setzt sich der Wagen in Bewegung, und mein Herz beginnt lebhaft zu pochen – in einer Viertelstunde werde ich die vollkommene Helena sehen. Wir sind noch keine hundert Schritte gefahren, als ich schon von weitem Ostrzyński erblicke, der uns entgegengeht. Den muß man aber auch überall treffen!

Wie er uns sieht, bleibt er stehen, verbeugt sich vor Eva und beginnt uns beide durchdringend zu mustern, besonders aber mich. Ich glaube nicht, daß er mich erkannt hat, doch als wir an ihm vorbeigefahren waren, drehe ich mich um und sehe, daß er noch immer dasteht und uns mit seinen Blicken verfolgt. Erst an der Straßenecke verlieren wir ihn aus den Augen. Obgleich sich der Wagen ziemlich schnell bewegt, scheint die Fahrt eine Ewigkeit zu dauern. Endlich bleiben wir in der Belvedere-Allee stehen.

Wir sind vor dem Haus Helenas. Ich stürme auf die Tür zu, als ob es brennen würde. Eva läuft hinter mir her und ruft: «Was für ein unausstehlicher Alter!»

Ein Diener in feierlicher Haltung öffnet die Tür. Bei meinem Anblick reißt er die Augen weit auf. Eva beschwichtigt den Verwunderten, indem sie sagt, der Alte sei mit ihr gekommen. Dann gehen wir zusammen hinauf.

Nach einer Weile erscheint eine Kammerzofe. Sie meldet, daß die gnädige Frau sich im Nebenzimmer ankleide – und verschwindet.

«Guten Tag, Helena!» ruft Eva.

«Guten Tag, Eva!» antwortet eine wundervolle, frische Stimme. «Sofort, sofort! Einen Moment noch, dann bin ich fertig.»

«Helena! Du weißt nicht, was dich hier erwartet und wen du hier sehen wirst. Ich habe dir einen Barden mitgebracht, den echtesten Sängergreis, der je durch die ukrainischen Steppen wanderte.»

Ein fröhliches Aufjauchzen ertönt im Nebenzimmer, die Tür öffnet sich plötzlich, und Helena stürzt herein, erst halb angekleidet, im Korsett, mit aufgelöstem Haar.

«Ein Spielmann! Ein blinder Spielmann! Hier in Warschau!»

«Kein Blinder! Er kann sehen!» ruft Eva hastig, die den Scherz nicht zu weit treiben möchte.

Aber es ist schon zu spät, denn in diesem Moment werfe ich mich Helena zu Füßen mit dem Aufschrei: «Oh, du Cherub Gottes!»

Ich umfasse mit beiden Händen ihre Füße, und indem ich gleichzeitig den Blick hebe, betrachte ich den weiteren Verlauf dieser Beine. Nationen, kniet nieder! Völker, kommt herbei mit Weihwassergefäßen! Die Venus von Milo! Ganz und gar wie die Venus von Milo!

«Oh, du Cherub!» wiederhole ich mit ungeheucheltem Entzücken.

Meine greisenhafte Begeisterung erklärt sich übrigens dadurch, daß ich nach langer «Wanderschaft» die erste ukrainische Seele getroffen habe. Trotzdem befreit Helena ihre Füße aus meinen Händen und weicht zurück. Für einen kurzen Moment sehe ich gerade noch ihre entblößten Schultern und ihren Hals, die mich an eine «Psyche» in einem neapolitanischen Museum erinnern. Dann verschwindet sie hinter der Tür, ich aber bleibe mitten im Zimmer kniend zurück.

Eva droht mir mit dem Sonnenschirm und lacht, indem sie ihr rosa Näschen in einen Resedastrauß steckt.

Indessen beginnt ein Gespräch durch die Tür im

schönsten Dialekt, der je zwischen der Mündung des Pripeć und Czertomelik gesprochen wurde. Ich habe mich schon im voraus auf alle möglichen Fragen vorbereitet und lüge daher wie gedruckt. Ich bin ein Imker aus der Gegend von Czehrynie. Meine Tochter folgte einem Polen nach Warschau, und ich Alter habe mich zwischen meinen Bienenstöcken einsam gefühlt, bis ich ihr dann nachgefolgt bin. Gute Leute haben mir ein paar ‹Groschen› gegeben, weil ich für sie sang. Und jetzt? Jetzt werde ich mein liebes Töchterchen wiedersehen, es segnen und dann heimkehren, denn ich sehne mich nach der Mutter Ukraine. Dort, zwischen meinen Bienenstöcken, werde ich dahinscheiden. Jeder muß sterben, aber für den alten Philipp ist es schon lange an der Zeit.

Was doch eine echte Schauspielernatur ist! Eva weiß ja, wer ich bin, aber sie wird von meiner Rolle so ergriffen, daß sie anfängt, melancholisch ihr hübsches Köpfchen zu schütteln und mich voller Mitleid anzusehen. Helenas Stimme aus dem Nebenzimmer bebt ebenfalls vor Rührung.

Die Tür öffnet sich einen Spalt; ein wundervoller weißer Arm zeigt sich in der Öffnung, und völlig unerwartet befinde ich mich im Besitz von drei Rubeln, die ich annehme, da mir nichts anderes übrigbleibt; damit aber nicht genug: Ich überschütte Helena mit einem Schwall von Segenswünschen im Namen aller Heiligen.

Da kommt die Kammerjungfer herein und unterbricht mich mit der Meldung, Herr Ostrzyński sei unten und lasse fragen, ob ihn die gnädige Frau empfange.

«Laß ihn nicht vor, meine Liebe!» ruft Eva voller Schrecken.

Helena erklärt, daß sie ihn natürlich nicht empfangen werde. Sie äußert sogar ihre Verwunderung über einen so frühen Besuch. Ich kann ebenfalls nicht begreifen, wie Ostrzyński, der sich immer seiner guten Umgangsformen rühmt und als Kenner der Etikette bekannt ist, um diese Zeit vorsprechen kann.

«Da muß etwas dahinterstecken!» sagt Eva.

Aber es ist keine Zeit für weitere Erklärungen, denn in diesem Moment erscheint Helena schon fertig angezogen, und gleichzeitig wird das Zeichen gegeben, daß das Frühstück bereitstehe.

Die Damen begeben sich in den Speisesaal.

Helena will unbedingt, daß ich mich an den Tisch setze, aber ich weigere mich und setze mich mit meiner Leier auf die Schwelle. Nach einer Weile erhalte ich eine Schüssel, die so sehr mit Speisen angefüllt ist, daß nach dem Verzehr all dessen sechs ukrainische Großväter Verdauungsstörungen bekommen würden. Doch ich greife zu, denn ich bin hungrig, und während des Essens kann ich Helena betrachten.

Wahrlich, einen schöneren Kopf gibt es in keiner Galerie der Welt! In meinem ganzen Leben habe ich noch nie so durchsichtige Augen erblickt: Man kann durch sie ganz einfach alle Gedanken sehen, wie man auf den Grund eines klaren Flusses zu sehen vermag. Ihre Augen besitzen eine weitere Eigenart: Sie beginnen noch vor dem Mund zu lachen, wodurch sich das ganze Gesicht, als würde ein Sonnenstrahl darauffallen, erhellt. Welch unvergleichliche Süße in der Komposition des Mundes! Es ist ein Kopf in der Art des Carlo Dolci[10], doch die Zeichnung der Augen und Brauen erinnert an die edelsten Gestalten des Sanzio[11].

Schließlich höre ich zu essen auf und schaue und schaue ... Bis an mein Lebensende könnte ich so schauen.

«Du warst gestern nicht bei mir», sagt Helena zu Eva, «ich dachte, du würdest nachmittags mal vorbeikommen.»

«Morgens hatte ich Probe, und am Nachmittag wollte ich mir das Bild Magórskis ansehen.»

«Hast du's gesehen?»

«Nicht gut, das Gedränge war zu groß. Und du?»

«Ich war am Morgen da. Welch ein Poet! Man möchte zusammen mit diesen Juden weinen.»

Eva sieht mich an, und mir wird das Herz weit.

«Ich werde es mir wieder anschauen, sooft ich nur kann», fährt Helena fort. «Wir können ja zusammen hingehen, gut? Vielleicht noch heute? Es bereitet mir nicht bloß Vergnügen, das Bild zu betrachten, ich finde auch erfreulich, daß es bei uns ein derartiges Talent gibt.»

Und eine solche Frau soll man nicht vergöttern!

Dann höre ich weiter: «Schade, daß so merkwürdige Sachen über diesen Magórski erzählt werden. Ich gestehe dir, daß ich vor Neugier sterbe, ihn kennenzulernen.»

«Ach!» sagt Eva unbeteiligt.

«Du kennst ihn, nicht wahr?»

«Ich kann dir versichern, daß er sehr viel verliert, wenn man ihn näher kennt: überheblich und eitel; ach, wie eitel!»

Ich bekomme eine Lust, Eva die Zunge herauszustrecken, daß ich mich kaum beherrschen kann, doch sie blickt mich mit ihren schelmischen veilchenblauen Augen an und fragt: «Ihr scheint wohl den Appetit verloren zu haben, Väterchen!»

Ich strecke ihr die Zunge heraus; ich halte es nicht länger aus!

Und sie wiederum, an Helena gewandt: «O ja! Es lohnt sich mehr, Magórski zu bewundern, als ihn persönlich kennenzulernen. Ostrzyński bezeichnet ihn als ‹Genie im Körper eines Friseurs›.»

Ostrzyński würde ich die Ohren abreißen, wenn er etwas Derartiges gesagt hätte. Ich wußte von Eva, daß ihr der Schalk im Nacken sitzt, aber das geht nun wirklich zu weit.

Glücklicherweise ist das Frühstück beendet.

Wir gehen hinaus in den Garten, wo ich meine Lieder zum besten geben soll. Doch ich finde das ein wenig ermüdend – viel lieber wäre ich als Maler bei Helena denn als Leiermann.

Aber es hilft alles nichts!

Ich setze mich an der Mauer im Schatten der Kastanienbäume nieder, durch deren Blattwerk die Sonne hindurchscheint und auf der Erde eine Menge heller Flecken bildet. Diese Flecken zittern, flimmern, verschwinden und erscheinen wieder, je nachdem, wie der leise Lufthauch die Blätter bewegt. Der Garten ist sehr groß, so daß die Geräusche der Stadt, besonders weil sie vom Plätschern eines Springbrunnens übertönt werden, kaum bis zu uns vordringen. Die Hitze ist groß. Im dichten Laub hört man das Tschilpen der Spatzen, jedoch schwach, beinahe schläfrig. Ansonsten: Stille.

Vor mir hat sich ein ganz hübsches Bild ergeben: der Garten, im Hintergrund eine Fülle von Bäumen, die Sonnenflecken, der Springbrunnen, die zwei sich gegenseitig stützenden Frauen mit ihren ungewöhnlich schönen Gesichtern, und ich, der Alte, der mit seiner Leier an der Mauer sitzt – das alles hat eine Anmut, die ich als Maler tief empfinde. Ich gehe ganz in meiner Rolle auf, und ergriffen beginne ich zu singen:

«Daß glücklich mich die Leute wähnen,
Oft habe ich darob gelacht.
Ach! Es netzen bittre Tränen
Mir die Wangen in der Nacht.

Unglücklich bin ich geboren,
Unglücklich geh' ich zugrund.
Warum, Mutter, hast du mich geboren
Zu solch unglücksel'ger Stund?»

Eva ist gerührt, weil sie eine Künstlerin ist, Helena, weil sie eine Ukrainerin ist, und ich, weil beide so schön sind, daß mich ihr Anblick berauscht.

Helena hört ohne jede übertriebene Empfindsamkeit, ohne künstliche Gefühlsaufwallung zu, doch in ihren durchsichtigen Augen sehe ich, daß das Zuhören ihr wirkliches Vergnügen bereitet.

Welch ein Unterschied zu jenen Ukrainerinnen, die nach Warschau zum Karneval kommen und die Tänzer während der Quadrille mit ihrer Sehnsucht nach der Ukraine quälen, wo doch in Tat und Wahrheit, wie einer meiner Bekannten sagt, keine zehn Pferde sie zur Karnevalszeit aus Warschau in die Ukraine zurückzubringen vermöchten.

Helena hört zu, bewegt im Takt ihren vornehmen Kopf, läßt von Zeit zu Zeit ein «Das kenn' ich» in Evas Richtung verlauten und singt dann mit. Ich aber übertreffe mich selbst. Ich krame aus meinem Gedächtnis und aus meiner Brust den ganzen Vorrat an Steppenliedern hervor, vom «Hetman, Ritter und Kosaken» bis zu den Falken, Sonjas, Marusias, Steppen, Grabhügeln und Gott weiß was noch alles. Ich wundere mich selbst, woher ich das alles nehme.

Die Zeit vergeht wie im Fluge. – Leicht erschöpft, aber berauscht kehre ich heim.

14.

Im Atelier finde ich ganz unerwartet die alten Susłowskis und Kazia vor. Sie wollten mich überraschen.

Warum hat denn dieser Świątecki ihnen gesagt, daß ich gewiß bald zurückkommen werde?

Weder Kazia noch die alten Susłowskis erkennen mich. Ein Beweis dafür, wie gut meine Verkleidung ist. Ich nähere mich Kazia und ergreife ihre Hand; sie weicht etwas erschrocken zurück.

«Kazia, erkennst du mich nicht?» frage ich.

Beim Anblick ihres verdutzten Gesichtes muß ich lachen.

«Das ist doch Władek!» sagt Świątecki.

Kazia mustert mich genauer, fängt schließlich zu lachen an und ruft: «Pfui, was für ein häßlicher Alter!»

Ich? – ein häßlicher Alter! Ich möchte wissen, wo sie schon mal einen schöneren gesehen hat. Aber für die arme Kazia, die nach den ästhetischen Grundsätzen von Papa Susłowski erzogen wurde, ist sicherlich jeder Greis häßlich.

Ich ziehe mich in unsere Küche zurück und erscheine nach einigen Minuten wieder in meiner natürlichen Gestalt.

Kazia und die Eltern beginnen mich auszufragen, was diese Maskerade bedeuten solle.

«Was die Maskerade bedeuten soll? Ganz einfach: Sehen Sie, meine Herrschaften, wir Maler erweisen einander manchmal einen Freundschaftsdienst und stehen einander Modell. So hat mir zum Beispiel Świątecki für den alten Juden Modell gestanden. Hast du ihn auf dem Bild nicht erkannt, Kazia? Ich stehe zur Zeit Cepkowski Modell. So ist es unter uns Malern Brauch, vor allem, da es in Warschau an Modellen mangelt.»

«Wir sind gekommen, weil wir dich überraschen wollten», sagt Kazia. «Übrigens war ich noch nie in einem Atelier. Ach, was für eine Unordnung! Ist das bei allen Malern so?»

«Mehr oder weniger!»

Susłowski erklärt, er hätte bei mir lieber etwas mehr Ordnung vorgefunden und er erhoffe sich in dieser Hinsicht in Zukunft eine Änderung. Ich habe nicht wenig Lust, meine Leier auf seinem Kopf zu zertrümmern. Kazia indes lächelt kokett und sagt: «Es gibt einen gewissen Herrn Maler, einen großen Taugenichts, bei dem es anders werden wird, sobald ich mich an die Arbeit mache. Alles wird ordentlich hingelegt und abgestaubt.»

Bei diesen Worten reckt sie ihr Stupsnäschen in die Höhe, guckt auf die Spinnwebgirlanden, die die Ecken unseres Ateliers schmücken, und fügt hinzu: «Sogar die Käufer kann eine solche Unordnung abschrecken. Es kommt jemand und glaubt sofort, sich auf einem Trödelmarkt zu befinden. Hier zum Beispiel diese Rüstung – schrecklich, wie verrostet sie ist! Und dabei braucht man nur das Dienstmädchen zu rufen und ihr zu befehlen, ein Stück Ziegel zu zerstoßen – und alles beginnt zu blitzen wie ein neuer Samowar.»

«O mein Gott! Sie redet von Käufern und will mit Ziegelpulver meine Panzerhemden reinigen, die ich aus Gräbern geborgen habe. O Kazia, Kazia!»

Susłowski küßt sie beglückt auf die Stirn, während Świątecki irgendwelche unheimlichen Laute von sich gibt, die an das Grunzen eines Wildschweines erinnern.

Kazia droht mir mit dem Fingerchen vor der Nase und redet weiter: «Ich bitte, es sich merken zu wollen, daß alles anders wird.» Darauf schließt sie mit: «Wenn ein gewisser Herr heute abend nicht zu uns kommt, so wäre das ganz abscheulich von ihm, und wir würden ihn nicht mehr lieben.»

Nachdem sie das gesagt hat, bedeckt sie ihre Augen mit der Hand. Ich kann nicht behaupten, daß in ihrem Mienenspiel kein Liebreiz liege. Ich verspreche ihr zu kommen und begleite meine zukünftige Familie sogar bis nach unten.

Da ich wieder oben bin, bemerke ich, wie Świątecki gerade mit argwöhnischem Seitenblick ein vor ihm auf dem Tisch liegendes Bündel mit Hundertrubelscheinen betrachtet.

«Was ist das?»

«Weißt du, was passiert ist?»

«Nein, ich weiß nichts!»

«Ich habe jemanden bestohlen wie ein gewöhnlicher Dieb.»

«Wie das?»

«Ich habe meine ‹Leichen› verkauft.»

«Und das ist das Geld?»

«Ja. Ich bin ein gemeiner Wucherer.»

Ich umarme Świątecki, gratuliere ihm von ganzem Herzen, und er erzählt mir, wie sich das alles zugetragen hat.

«Da sitze ich nach deinem Weggang, und es kommt irgend so ein Herr und fragt, ob ich Świątecki sei. Ich antworte ihm: ‹Ich möchte wissen, warum ich nicht Świątecki sein sollte.› Und er entgegnet: ‹Ich habe Ihr Bild gesehen und möchte es kaufen.› Ich sage: ‹Das ist gut, aber gestatten Sie mir, Ihnen zu sagen, daß man ein Idiot sein muß, wenn man ein so miserables Bild kauft.› Darauf er: ‹Idiot, sagen Sie, das bin ich nicht, aber es ist mein Steckenpferd, von Idioten gemalte Bilder zu kaufen.› – ‹Wenn das so ist, na, dann gut!› erwidere ich. Er fragt mich nach dem Preis, und ich sage: ‹Was interessiert mich das?› – ‹Ich gebe ihnen soundsoviel.› – ‹Ist gut, wenn Sie so viel geben wollen, dann geben Sie!› Er gab und ging. Er ließ mir seine Karte da mit dem Namen ‹Białkowski, Dr. med.›; ich bin ein gemeiner Wucherer, und basta!»

«Es leben die Leichen! Świątecki, du mußt heiraten.»

«Lieber hänge ich mich auf», sagt Świątecki. «Ein gemeiner Wucherer bin ich, weiter nichts.»

15.

Abends bin ich bei den Susłowskis.

Kazia und ich haben uns in einer Nische des Salons auf dem Sofa niedergelassen.

Frau Susłowska sitzt am Tisch, der von einer Lampe erhellt wird, und näht etwas für Kazias Aussteuer; Herr Susłowski liest am selben Tisch mit Würde die Abendausgabe des *Latawiec*.

Ich fühle mich leicht unbehaglich und möchte diese Stimmung, indem ich immer näher an Kazia heranrücke, verscheuchen.

Die Stille, die im kleinen Salon herrscht, wird nur von Kazias Geflüster unterbrochen, als ich sie zu umfassen versuche und sie mir zuraunt: «Władek, Papa wird es sehen.»

Da ergreift der «Papa» das Wort und beginnt vorzulesen: «Das Gemälde des bekannten Malers Świątecki mit dem Titel ‹Die letzte Begegnung› wurde heute von Dr. Białkowski für fünfzehnhundert Silberrubel gekauft.»

«Ach ja!» sage ich. «Świątecki hat das Bild heute morgen verkauft.»

Dabei bemühe ich mich wieder, Kazia zu umfassen, und wieder höre ich ihr Flüstern: «Papa wird es sehen.»

Unwillkürlich wandern meine Augen zu Herrn Susłowski. Plötzlich sehe ich, wie sich sein Gesicht verfärbt. Er hält sich die Hand vor die Augen, während er sich über den *Latawiec* beugt.

Was zum Teufel kann er da nur gefunden haben?

«Vater, was ist mit dir?» fragt Frau Susłowska.

Er steht auf, kommt ein paar Schritte auf uns zu,

dann bleibt er stehen, durchbohrt mich, die Hände ringend, mit seinem Blick und beginnt den Kopf zu schütteln.

«Was ist Ihnen?»

«Da sieht man, daß Lüge und Verbrechen doch immer noch ans Tageslicht kommen!» antwortet Susłowski pathetisch. «Mein Herr, lesen Sie, wenn Ihr Schamgefühl es Ihnen überhaupt erlaubt, zu Ende zu lesen.»

Nachdem er das gesagt hat, vollführt er eine Bewegung, als ob er sich in eine Toga einhüllte, und überreicht mir den *Latawiec*. Ich nehme das Blatt, und mein Blick fällt auf die Meldung mit der Überschrift: «Ein ukrainischer Barde». Ich gerate etwas in Verlegenheit und beginne das Folgende hastig zu lesen:

«Vor einigen Tagen ist in unseren Mauern ein seltener Gast in Gestalt eines greisen Leiermannes eingetroffen. Er macht bei allen hier wohnenden ukrainischen Familien die Runde und bittet um eine milde Gabe, wofür er Proben seiner Sangeskunst zum besten gibt. Man erzählt, daß unsere bekannte und sympathische Künstlerin E. A., mit der zusammen man ihn noch heute früh in einer Kutsche sehen konnte, sich des alten Barden ganz besonders angenommen habe. In den ersten Tagen des Erscheinens des fernen Gastes entstand das merkwürdige Gerücht, daß sich unter dem Bauernkittel des Leiermanns einer unserer vortrefflichsten Maler verberge, der auf diese Weise, ohne die Aufmerksamkeit der Ehemänner und Vormünder zu erregen, leicht Zutritt zu den Boudoirs fände. Wir sind sicher, daß das Gerücht jeglicher Grundlagen entbehrt, schon deshalb, weil unsere Diva niemals einem solchen Unternehmen Vorschub leisten würde. Nach unseren Informationen wanderte der Alte direkt aus der Ukraine zu uns. Sein Verstand ist etwas getrübt, aber sein Gedächtnis ist noch ausgezeichnet.»

Die Hölle!

Susłowski ist so empört, daß er keinen Laut von sich geben kann, bis er schließlich vor Entrüstung schäumt.

«Welche neuen Lügen, welche Ausreden werden Sie zur Rechtfertigung Ihres Benehmens erfinden? Waren Sie es nicht, den wir heute in dieser schändlichen Verkleidung gesehen haben? Wer ist dieser Alte?»

«Ich bin dieser Alte», antworte ich, «aber ich verstehe nicht, warum Sie meine Verkleidung schändlich finden.»

In diesem Augenblick reißt Kazia mir den *Latawiec* aus der Hand. Susłowski dagegen hüllt sich noch fester in die Toga der Entrüstung und spricht weiter: «Nachdem Sie also kaum die Schwelle eines ehrbaren Hauses betreten haben, bringen Sie auch schon die Verdorbenheit mit sich; noch ehe Sie der Mann dieses unglücklichen Kindes sind, betrügen Sie es mit einer leichtfertigen Dame, schon mißbrauchen Sie ihr und unser Vertrauen, schon brechen Sie Ihr gegebenes Wort. Und weswegen? Wegen einer Theaterhetäre!»

An dieser Stelle ergreift mich größte Wut.

«Mein Herr!» sage ich, «Schluß mit diesen Gemeinplätzen. Diese Hetäre ist mehr wert als zehn solcher falschen Catos wie Sie. Sie sind ein Nichts für mich, und nehmen Sie zur Kenntnis, daß Sie mich langweilen! Ich habe genug von Ihnen und Ihrem Pathos und Ihrem . . .»

Hier fehlen mir die Worte, übrigens brauche ich auch keine mehr, denn Susłowski öffnet plötzlich seine Weste, als ob er sagen wolle: «Stoß zu! Verschone mich nicht, hier ist meine Brust!»

Aber ich denke nicht daran, zuzustoßen, ich erkläre lediglich, daß ich gehen werde, aus Angst, ich könnte Herrn Susłowski noch mehr ins Gesicht sagen. Und ich gehe wirklich hinaus, ohne mich von irgend jemandem zu verabschieden.

Ein frischer Windhauch kühlt meinen erhitzten Kopf. Es ist neun Uhr abends und eine sehr milde Nacht. Ich muß mich noch ein wenig bewegen, um vollends abzukühlen, und so stürze ich in die Belvedere-Allee.

Die Fenster der Villa Helenas sind dunkel. Offensichtlich ist sie nicht zu Hause. Ich weiß selbst nicht, warum mich das ungeheuer verdrießlich macht. Könnte ich wenigstens ihren Schatten am Fenster sehen, dann würde ich mich beruhigen, aber so packt mich von neuem die Wut.

Was ich mit diesem Ostrzyński machen werde, wenn ich ihn das nächste Mal treffe, das weiß ich nicht. Zum Glück ist er kein Mensch, der sich der Verantwortung entziehen würde.

Nur, was eigentlich habe ich ihm vorzuwerfen? Der Artikel ist höllisch geschickt abgefaßt. Ostrzyński verneint ja, daß der Alte ein verkleideter Maler sei. Er nimmt Eva sozusagen in Schutz, doch gleichzeitig verrät er Helena das ganze Geheimnis. Er bemüht sich sichtlich, Eva in Helenas Augen zu kompromittieren. Gleichzeitig rächt er sich wegen Kazia an mir, und zudem gibt er mich der Lächerlichkeit preis.

Wenn er wenigstens nicht geschrieben hätte, daß mein Verstand getrübt sei! Nun, es ist passiert. In Helenas Augen bin ich völlig lächerlich gemacht. Sie liest schließlich den *Latawiec.*

Ach, mein Gott! Welch ein Fiasko und wie verdrießlich für Eva! Wie muß dieser Ostrzyński triumphieren! Man muß unbedingt etwas unternehmen; doch wüßte ich, was, dann könnte ich ja Reporter des *Latawiec* werden.

Mir kommt der Gedanke, daß ich mich mit Eva beraten könnte. Sie spielt heute. Ich werde zum Theater rennen und sie nach dem Stück sehen. – Noch ist Zeit.

Eine halbe Stunde später bin ich in ihrer Garderobe.

Eva wird gleich Schluß haben; in der Zwischenzeit schaue ich mich um.

Unsere Theater zeichnen sich, wie man weiß, nicht durch eine prunkvolle Einrichtung aus. Eine Kammer mit hell getünchten Wänden, zwei Gasflämmchen, die in der Zugluft flackern, ein Spiegel, ein Waschbecken, in einer Ecke ein paar Stühle, eine Chaiselongue, die wahrscheinlich der Diva gehört – das wäre sie dann schon, ihre Garderobe. Vor dem Spiegel eine Menge Toilettenartikel, eine Tasse mit einem Kaffeerest, Töpfchen mit Rouge und Puder, ein Augenbrauenstift, ein Paar Handschuhe, die noch die Form der Hände bewahren, dazwischen zwei falsche Haarzöpfe; an der Seitenwand ein Stoß Kleider: weiße, rosafarbene, dunkle, leichte und schwere; auf dem Boden stehen zwei Körbe, die voll von Kosmetika sind. Die Stube ist mit dem Duft von Reisöl und Puder angefüllt. Was für ein buntes Durcheinander überall! Wie ist hier alles in der Eile zusammengeworfen! Wie viele Farben und Reflexe, wie viele Licht- und Schattenspiele im Flackern der Gaslämpchen.

Es ist ein Gemälde besonderer Art; Charakter liegt darin. Eigentlich ist es nichts anderes als das normale Ankleidezimmer einer Frau, und doch liegt etwas in ihm, das es nicht wie ein Ankleidezimmer, sondern anheimelnd erscheinen läßt: eine gewisse Anmut und ein Zauber durchdringen alles; über dieser Unordnung, diesem bunten Durcheinander, in diesen verschrammten Wänden schwebt der Hauch der Kunst.

Man hört tosenden Beifall. Aha, das Stück ist zu Ende. Durch die Wände schallen die Rufe bis zu mir: «Adami! Adami!» Eine Viertelstunde vergeht, und noch immer rufen sie.

Endlich kommt Eva als «Theodora» hereingestürzt. Sie hat eine Krone auf dem Kopf, schwarz umränderte Augen, auf den Wangen viel Rouge. Ihr aufgelöstes Haar fällt wie ein Sturm auf ihre entblößten Schultern hinunter. Sie ist dermaßen erhitzt und erschöpft, daß sie mir nur noch mit kaum hörbarer Stimme zuflüstern kann: «Wie geht's dir, Władek?» Nachdem sie hastig die Krone abgenommen hat, wirft sie sich in ihrem königlichen Gewand auf die Chaiselongue.

Offensichtlich ist sie nicht imstande zu sprechen, denn sie sieht mich schweigend an, wie ein müder Vogel. Ich setze mich neben sie, lege meine

Hand auf ihren Kopf und denke an nichts weiter als an sie.

Ich sehe in ihren schwarz umränderten Augen eine noch nicht erloschene Flamme der Begeisterung, sehe geradezu das Stigma der Kunst auf ihrer Stirn, sehe, wie dieses Mädchen auf dem Altar des Theater-Molochs ihre Gesundheit, ihr Blut, ihr Leben darbringt, merke, wie ihre Brust vergeblich nach Atem ringt; und dabei ergreift mich ein solches Erbarmen und Bedauern, solch ein Mitleid, daß ich nicht weiß, was ich mit mir anfangen soll.

So sitzen wir eine Weile schweigend; schließlich zeigt Eva mit der Hand auf den *Latawiec,* der auf dem Toilettentisch liegt, und flüstert: «Welch eine Widerwärtigkeit, ach, welch eine Widerwärtigkeit!»

Plötzlich bricht sie in ein nervöses Weinen aus und beginnt wie Espenlaub zu zittern. Ich weiß wohl, daß sie nicht wegen des *Latawiec,* sondern vor Überanstrengung weint, daß dieser Artikel eine Lappalie ist, die morgen alle vergessen haben werden, und daß der ganze Ostrzyński nicht eine Träne Evas wert ist; und trotzdem: das Herz schnürt sich mir immer mehr zu. Ich ergreife ihre Hände und bedecke sie mit Küssen, drücke und presse sie an meine Brust. Mein Herz klopft immer heftiger; etwas Merkwürdiges geht mit mir vor. Ohne zu wissen, was ich tue, knie ich zu Evas Füßen, eine Wolke verschleiert mir die Augen, und plötzlich reiße ich sie, ohne Besinnung, in meine Arme.

«Władek, Władek! Hab Erbarmen!» flüstert sie.

Doch ich drücke sie an meine aufgewühlte

Brust, ich weiß nichts mehr, ich bin verrückt geworden. Ich küsse sie auf die Stirn, auf den Mund und kann nur noch sagen: «Ich liebe dich! Ich liebe dich!»

Da wirft Eva ihr Köpfchen nach hinten, ihre Hände umschlingen fieberhaft meinen Hals, und ich höre sie flüstern: «Ich liebe dich schon seit langem!»

16.

Wenn es für mich ein teureres Wesen als Eva geben sollte, will ich ein marinierter Hering sein.

Man sagt von uns Künstlern, wir handelten nur nach unseren augenblicklichen Eingebungen, doch das ist nicht wahr! Denn es zeigt sich, daß ich Eva schon seit langem liebe, aber so ein Esel war, daß ich es nicht gemerkt habe.

Gott allein weiß, was mit mir geschah, als ich sie nach jenem Abend nach Hause brachte. Wir gingen Arm in Arm und sprachen kein Wort. Ich drückte bloß ständig ihren Arm an mich und sie den meinen. Ich fühlte, wie sie mich mit aller Kraft liebt.

Ich begleitete sie noch nach oben in ihre Wohnung, und als wir uns im Salon befanden, wurden wir so befangen, daß wir es nicht wagten, einander in die Augen zu sehen. Erst als Eva ihr Gesicht mit den Händen bedeckte, zog ich dieselben zart beiseite und fragte: «Eva, du bist mein, nicht wahr?»

Sie schmiegte sich an mich: «Ja! Ja!»

Sie war so entzückend, sie hatte so schläfrige und doch zugleich funkelnde Augen, in ihrer ganzen Haltung lag eine so süße Mattigkeit, daß ich mich nicht von ihr losreißen konnte.

Auch sie konnte sich freilich nicht von mir losreißen; es war, als wolle sie sich für das lange Schweigen und ihre so lange verheimlichten Gefühle entschädigen.

Ich kam spät nach Hause. Światecki schlief noch nicht. Er arbeitete bei Lampenlicht an einem Holzschnitt für eine illustrierte Zeitung.

«Hier liegt ein Brief für dich», sagte er, ohne von seiner Arbeit aufzublicken.

Ich nehme den Brief vom Tisch und fühle durch das Kuvert hindurch den Ring. Schön! Den kann ich morgen gut gebrauchen. Ich öffne den Brief und lese folgendes: «Ich weiß, daß die Rückgabe des Ringes Ihnen Freude bereiten wird, denn Sie haben dies ja offensichtlich angestrebt. Was mich betrifft, so denke ich nicht daran, mit Schauspielerinnen zu rivalisieren. K.»

Wenigstens kurz!

Aus diese Zeilen klingt nur Wut, nichts weiter. War Kazia bisher in meinen Augen noch von einem Anmutsschimmer umgeben, so verschwindet er jetzt unwiederbringlich.

Es ist sonderbar: Alle vermuten, Eva sei der Grund für meine Maskerade und all die Vorkommnisse gewesen – und in der Tat: Eva wird der Grund sein für alles, was noch folgen wird.

Ich zerknittere den Brief, stecke ihn in die Tasche und gehe schlafen. Światecki hebt den Blick von seiner Arbeit und sieht mich an in der Erwartung, daß ich etwas sagen würde, doch ich schweige.

«Abends nach dem Theater war dieser gemeine Ostrzyński hier», sagt Światecki.

17.

Am nächsten Tag will ich schon um zehn Uhr zu Eva eilen, aber ich kann nicht, denn ich habe Besuch.

Baron Kartoffler kommt und bestellt ein Duplikat meiner «Juden». Er gibt mir tausendfünfhundert Rubel, ich fordere zweitausend. Und dabei bleibt es.

Nach seinem Weggang gibt mir Tanzenberg zwei Porträts in Auftrag. Światecki, der ein Antisemit ist, schimpft mich einen Judenmaler. Doch wer, möchte ich wissen, kauft bei uns Kunstwerke, wenn nicht die «Finanz»? Und wenn sich die «Finanz» vor Świateckis Leichen fürchtet, so ist das nicht meine Schuld.

Erst um ein Uhr bin ich bei Eva, überreiche ihr den Ring und eröffne ihr, daß wir nach der Hochzeit nach Rom fahren werden.

Eva willigt mit Freuden ein. Soviel wir gestern geschwiegen haben, soviel schwatzen wir heute durcheinander.

Ich erzähle ihr von den Bestellungen, die ich erhalten habe, und wir freuen uns gemeinsam darüber. Die Porträts muß ich noch vor unserer Abreise abliefern, doch die «Juden» für Kartoffler werde ich in Rom malen. Dann werden wir nach Warschau zurückkehren, ich richte mir ein Atelier ein, und wir werden wie im Himmel leben.

Beim Planen dieser Absichten verspreche ich Eva, daß wir die Jahrestage des gestrigen Ereignisses unser ganzes Leben lang als Feiertag begehen werden.

Aber sie verbirgt ihren Kopf an meiner Schulter und bittet mich, nicht mehr davon zu reden. Dann legt sie mir die geschlitzten Ärmel ihres Morgenmantels um den Hals, verknotet sie hinter meinem Kopf und nennt mich ihren großen Mann. Sie ist blasser als sonst, ihre Augen haben noch eine intensivere Veilchenfarbe als sonst, aber sie strahlen vor Freude.

Ach, was war ich für ein Esel, daß ich, obwohl ich eine solche Frau vor der Nase hatte, mein Glück anderswo suchte, in einer Sphäre, der ich und die mir vollkommen fremd war.

Was ist diese Eva doch für eine Künstlernatur! Sie ist meine Verlobte, und so geht sie sofort in dieser Rolle auf und spielt unwillkürlich ein wenig die Rolle einer jungen und glücklichen Braut. Doch da sie so viele Jahre am Theater war, nehme ich es dem geliebten Wesen nicht übel.

Nach dem Mittagessen fahren wir zu Helena Kolczanowska. Von dem Moment an, da Eva mich als ihren Verlobten vorstellen kann, wirkt der Streich mit dem Alten ganz unschuldig und kann so zwischen den beide Frauen keine Unstimmigkeiten hervorrufen. Nachdem Helena alles erfahren hat, empfängt sie uns mit offenen Armen und zeigt sich glücklich über Evas Glück. Wie drei Verrückte lachen wir über den «Leiermann» und darüber, was dieser sich über den Maler Magórski anhören mußte. Gestern noch habe ich Ostrzyński erdolchen wollen, heute bewundere ich seine Gewitztheit.

Helena lacht, daß sich ihre durchsichtigen Augen mit Tränen füllen. Nebenbei bemerkt, sie sieht hinreißend aus. Als sie am Ende unseres Besuches ihr Köpfchen neigt, kann ich meinen Blick nicht von ihr abwenden, und selbst Eva ist davon so bezaubert, daß sie später im Laufe des Tages dieses Neigen des Kopfes und diesen Blick unbewußt nachahmt.

Wir verabreden, daß ich nach unserer Rückkehr aus dem Ausland Helenas Porträt malen werde; aber vorher, in Rom, werde ich Eva porträtieren. Wenn es mir nur gelänge, diese Züge wiederzugeben, die so zart sind, daß sie fast übertrieben wirken; und dieses Gesicht, das so empfänglich ist, daß sich jede Empfindung darauf widerspiegelt wie ein kleines Wölklein im klaren Wasser.

Aber es wird mir gelingen; warum auch nicht?

Die Abendausgabe des *Latawiec* bringt ungeheuerliche Geschichten über Aufträge, die ich erhalten haben soll. Meine Einkünfte werden auf Tausende veranschlagt.

Vielleicht ist das einer der Gründe dafür, daß ich am nächsten Tag einen Brief von Kazia erhalte, in dem sie schreibt, sie habe mir den Ring in der ersten Wut und aus Eifersucht zugeschickt. Wenn ich aber noch einmal käme und wir zusammen ihren Eltern zu Füßen fielen, würden sich diese noch erweichen lassen.

Ich habe genug von diesem Zufüßenfallen und Verzeihen! Ich antworte überhaupt nicht. Soll ihnen doch zu Füßen fallen, wer will, und die Kazia den Ostrzyński kriegen: ich habe meine Eva!

Indessen scheint mein Schweigen in der Familie Susłowski Panik ausgelöst zu haben, denn ein paar Tage später kommt der gleiche Bote erneut mit einem Brief von Kazia; doch diesmal richtet er sich an Świątecki.

Świątecki zeigt mir den Brief. Kazia bittet ihn um ein kurzes Gespräch über eine Angelegenheit, von der ihre ganze Zukunft abhange. Sie appelliert an sein Herz und seine Redlichkeit, die sie auf den ersten Blick bei ihm erraten habe; sie hoffe, daß er die Bitte einer unglücklichen Frau nicht abschlagen werde. Świątecki flucht, murmelt etwas über gemeine Philister in seinen Bart und über die Notwendigkeit, sie bei der nächsten Gelegenheit samt ihren Nachkommen aufzuhängen – aber er geht.

Ich vermute, daß sie durch ihn Einfluß auf mich gewinnen wollen.

18.

Sie haben Świątecki, der im Grund ein weiches Herz hat, sichtlich für sich eingenommen.

Eine Woche lang geht er jeden Tag zu den Susłowskis, seit drei Tagen schleicht er um mich herum und sieht mich mit finsteren Blicken an, ganz wie ein Wolf.

Schließlich fragt er mich eines Tages beim Tee unwirsch: «Hör mal, was gedenkst du mit diesem Mädchen zu tun?»

«Mit welchem Mädchen?»

«Mit dieser Susłowska oder wie sie heißt.»

«Gar nichts gedenke ich mit dieser Susłowska oder wie sie heißt zu tun.»

Es folgt ein Augenblick des Schweigens, danach beginnt Świątecki wieder: «Sie heult schon tagelang, daß ich es nicht länger mit ansehen kann.»

«Was für eine gute Seele!»

In diesem Moment zittert auch seine Stimme vor Rührung, doch er schnauft wie ein Nashorn und fügt hinzu: «Ein ordentlicher Mensch verhält sich nicht so.»

«Światecki, du fängst an, mich an Papa Susłowski zu erinnern.»

«Möglich. Ich erinnere lieber an Papa Susłowski, als daß ich seiner Tochter ein Leid antue.»

«Ich bitte dich, laß mich in Ruhe!»

«Gut, ich kann auch so tun, als würde ich dich nicht mehr kennen.»

Damit endet unser Gespräch, und ich rede von diesem Augenblick an nicht mehr mit Światecki.

Wir tun, als würden wir uns nicht kennen, was um so amüsanter ist, da wir ja nach wie vor zusammen wohnen, morgens unseren Tee gemeinsam trinken und es keinem von uns in den Sinn kommt, auszuziehen.

Der Termin meiner Hochzeit mit Eva rückt heran.

Durch den *Latawiec* weiß bereits ganz Warschau davon. Alle schauen uns an, alle bestaunen Eva. Als wir in der Ausstellung waren, wurden wir so umringt, daß wir uns nicht nach vorn durchdrängeln konnten.

Meine unbekannte Freundin schickte mir wieder einen anonymen Brief, in dem sie warnt, Eva sei keine Frau für so einen Menschen wie mich.

«Ich glaube nicht, was man über die Beziehungen zwischen Fräulein Adami und Herrn Ostrzyński sagt», schreibt meine Freundin, «aber Du, Meister, brauchst eine Frau, die sich ganz Deinem

Ruhm und Deiner Größe weiht, doch Fräulein Adami ist selbst eine Künstlerin und braucht selbst Wasser auf ihre Mühlen.»

Świątecki geht immer noch zu den Susłowskis, doch wahrscheinlich schon in der Rolle des Trösters, denn schließlich müssen auch die Susłowskis von meinen Absichten wissen.

Ich habe für Eva einen unbefristeten Urlaub bei der Direktion erwirkt. Eva beginnt sich wie ein Mädchen vom Lande zu frisieren, sie kleidet sich sehr bescheiden und trägt nur noch hochgeschlossene Kleider. Dies steht ihr überaus gut.

Die Szene in der Garderobe hat sich kein einziges Mal wiederholt. Eva erlaubt es nicht! Sie gestattet mir höchstens, ihre Hände zu küssen. Das macht mich ungeheuer ungeduldig, aber wie ich mir schmeichle; auch sie... sie liebt mich wie wahnsinnig. Ganze Tage verbringen wir zusammen. Seit neuestem gebe ich ihr Zeichenunterricht. Sie schwärmt für diesen Unterricht und überhaupt für alles, was mit der Malerei zusammenhängt.

19.

Donnergewaltiger Zeus, auf was alles mußt du von der Spitze des Olymp blicken.

Es geschehen Dinge auf dieser Welt, die sich die Schulweisheit nicht träumen läßt.

Am Vorabend meiner Hochzeit kommt Świątecki zu mir, stößt mich mit dem Ellbogen an und sagt düster, wobei er seinen Strubbelkopf zur Seite wendet: «Władek, weißt du was? Ich begehe ein Verbrechen.»

«So sprich doch!» entgegne ich. «Was für ein Verbrechen?»

Światecki blickt beharrlich auf den Boden und sagt wie zu sich selbst: «Daß so ein Säufer wie ich, so ein Idiot ohne Talent, so ein moralisch und physisch heruntergekommener Mensch wie ich, sich mit einem solchen Mädchen wie Kazia verheiratet, ist ganz einfach ein Verbrechen!»

Ich traue meinen Ohren nicht, aber ich falle Światecki um den Hals und achte nicht darauf, daß er mich wegstößt.

Seine Hochzeit findet in einigen Tagen statt.

20.

Nach einigen Monaten Aufenthalt in Rom erhalten Eva und ich eine Karte, die uns zur Hochzeit Ostrzyńskis mit Frau Helena Turno, verwitwete Kolczanowska, einlädt.

Wir können nicht hinfahren, da Evas Gesundheitszustand es nicht erlaubt.

Eva malt fortwährend und macht riesige Fortschritte dabei.

Ich erhielt eine Medaille in Pest. Irgendein reicher Kroate kaufte mein Bild. Ich habe auch mit Goupil[12] Beziehungen angeknüpft.

21.

In Verona wird mir ein Sohn geboren.

Selbst Eva sagt, daß sie solch ein Kind noch nie gesehen hat.

Er ist außergewöhnlich!

22.

Seit einigen Monaten sind wir in Warschau. Ich habe mir ein herrliches Atelier eingerichtet.

Wir besuchen die Ostrzyńskis ziemlich häufig. Er hat den *Latawiec* verkauft und ist gegenwärtig Präsident der «Gesellschaft zur Verteilung von Gerstengrütze an beschäftigungslose Arbeiter». Man kann sich keinen Begriff machen vom Nimbus und der Anerkennung, die ihn umgeben. Er klopft mir auf die Schulter und sagt zu mir: «Na, mein Gönner!» Er protegiert auch literarische Talente und empfängt jeden Mittwoch.

Sie ist wunderschön wie immer, wie ein Traum.

Kinder haben sie keine.

23.

Hilfe, ich sterbe vor Lachen.

Die Świateckis sind aus Paris heimgekommen. Sie spielt die Frau eines Künstlers aus der goldenen Boheme; er trägt Seidenhemden, eine Ponyfrisur und einen Spitzbart.

Ich kann alles begreifen! Ich begreife, daß sie mit seinen Gewohnheiten und seinem Charakter fertig werden konnte, aber wie sie seinem Haarschopf beigekommen ist, das wird mir für immer ein Rätsel bleiben.

Światecki hat nicht aufgehört, seine Leichen zu malen, aber er fertigt auch idyllische Genrebilder an. Er hat viel Erfolg. Auch Porträts macht er, aber diese gelingen ihm weniger, denn die Hautfarbe des Dargestellten erinnert immer an seine Leichen.

In alter Freundschaft habe ich ihn gefragt, ob er mit seiner Frau glücklich sei. Er antwortete, er habe nie von ähnlichem Glück geträumt. Ich muß bekennen, daß ich Kazia in dieser Hinsicht sehr unterschätzt habe.

Und auch ich wäre vollkommen glücklich, wenn nicht Eva angefangen hätte zu kränkeln. Die Ärmste ist zudem häufig sehr reizbar. Nachts habe ich sie einmal weinen gehört. Ich weiß, was es ist! Sie sehnt sich nach dem Theater. Sie sagt zwar nichts, aber sie sehnt sich danach.

Ich habe mit dem Porträt von Frau Ostrzyńska begonnen. Einfach eine unvergleichliche Frau! Die Rücksicht auf Ostrzyński würde mich nicht abhalten ... Liebte ich Eva nicht noch immer ungeheuer, dann wüßte ich wirklich nicht ... Aber ich liebe Eva ungemein – ungemein!

1888

An der Quelle

Gestern noch war ich Student, und meine Urkunde eines Doktors der Philosophie ist noch nicht trocken – das ist wahr. Ich besitze weder eine Stellung noch ein Vermögen. Mein ganzer Reichtum besteht aus einem ziemlich heruntergekommenen Gutshof mit Garten und einigen hundert Rubeln Einkommen. Deshalb begreife ich, daß sie mir Tolas Hand verweigerten – aber sie haben mich dabei allzu geringschätzig behandelt.

Und warum? Was habe ich denn schon getan? Ich habe ihnen wie auf dem Präsentierteller ein treues, redliches Herz entgegengebracht und gesagt: «Gebt sie mir, ich werde euch der beste Sohn sein und mich euch gegenüber bis zu meinem Tode dankbar erweisen – eure Tochter aber werde ich auf Händen tragen und beschützen.»

Es ist wohl wahr, daß ich dies etwas blöde herausbrachte, mit unnatürlicher Stimme, stokkend und nach Luft ringend. Aber ihr habt doch gewußt, daß meine ganze Seele in diesen Worten liegt, daß aus mir ein Gefühl spricht, das man nicht alle Tage auf der Welt trifft – und wenn ihr auch beschlossen hattet, mich abzuweisen, warum tatet ihr es dann nicht, wie es sich für gute Menschen gehört, die etwas Mitgefühl im Herzen haben? Warum habt ihr mich so geringschätzig behandelt?

Ihr, die ihr euch den Anschein gebt, Christen und Idealisten zu sein, woher konntet ihr wissen, was ich tun würde, als ich nach einer solchen Zurückweisung von euch gegangen war? Wer sagte euch denn, daß ich mir keine Kugel durch den Kopf jagen würde, zumal ich zum einen nicht ohne sie leben kann und zum anderen, weil ein solcher Zwiespalt zwischen dem, was man als Grundsatz ausgibt, und dem eigentlichen Verhalten ein solches Pharisäertum und solche Lügerei nicht in meinen Kopf gehen. Warum habe ich euch nicht wenigstens eine Sekunde lang leid getan? Auch einen Menschen wie mich tritt man doch nicht mit Füßen, schließlich ist es auch um mich schade! Vielleicht hätte auch ich etwas geleistet auf der Welt, wenn ihr nicht dazwischengekommen wärt. Ich bin jung, fast noch ein Student, ohne Vermögen, ohne Stellung – gut! Aber seht, ich habe die Zukunft vor mir, und – bei Gott! – ich weiß nicht, warum ihr darauf gespuckt habt.

Diese eisigen Mienen, diese abschätzige Entrüstung. Noch vor ein paar Tagen hätte ich es nicht für möglich gehalten, daß diese Leute sich so verhalten könnten: «Wir hielten Sie für einen ehrenhaften Menschen, aber Sie haben uns hintergangen, unser Vertrauen mißbraucht.» Das waren die Worte, die mich wie ein Peitschenhieb trafen. Noch kurz zuvor hatten sie mir so herzlich zu meinem Doktorexamen gratuliert, als ob ich ihr Sohn wäre – und erst, als ich vor Aufregung bleich geworden war und ihnen erzählt habe, was für mich der größte Ansporn bei der Arbeit gewesen, erloschen die Herzlichkeit und ihr Lächeln; ihre

Mienen erstarrten, ein eiskalter Hauch wehte von ihnen herüber – und siehe da, ich hatte «ihr Vertrauen mißbraucht».

Sie haben mich so gedemütigt, so benommen gemacht und zertreten, daß es mir einen Augenblick lang selbst schien, ich hätte etwas Schmähliches getan und sie wirklich hintergangen.

Aber wie sollte das geschehen sein? Was bedeutet das? Wer hat hier wen vernichtet, und wer spielt hier die Rolle des Elenden? Entweder bin ich völlig verrückt, oder aber in der Tatsache, daß man ehrlich liebt, seine Seele, sein Blut und seine Arbeit hingeben will, liegt nichts Unehrenhaftes. Wenn eure Entrüstung echt war, wer ist dann der Dummkopf?

Ach, auch in dir habe ich mich getäuscht, ich, der ich so fest auf dich gezählt hatte. Sie sagten mir: «Wir sind sicher, daß unsere Tochter Sie in keinster Weise zu einem solchen Schritt berechtigt hat.» Sicher, ich widersprach nicht. Und dann kam diese «Tochter», und mit der grenzenlosen Passivität eines wohlerzogenen Fräuleins stammelte sie mit niedergeschlagenen Augen, daß auch sie gar nicht begreifen könne, wie ich überhaupt auf einen solchen Gedanken habe verfallen können.

Du begreifst es nicht? Dann hör mir zu, mein Fräulein: Du hast mir nicht gesagt, daß du mich liebst – das ist wahr. Ich habe keine Erklärung mit deiner Unterschrift, doch selbst wenn ich sie hätte, würde ich sie nicht vorzeigen. Ich sage dir nur eins: Es gibt eine höhere Gerechtigkeit, ein Gericht, egal wo, irgendwo über den Wolken oder im menschlichen Gewissen, vor dem du bekennen mußt: Diesen Menschen habe ich getäuscht, diesen Menschen habe ich verleugnet, diesen Menschen habe ich der Demütigung und dem Unglück preisgegeben.

Hat es dir an Mut oder an Herz gefehlt? Ich weiß es nicht; ich weiß nur, daß du mich fürchterlich enttäuscht hast. Ich liebe dich noch, und ich will dich nicht verdammen, aber siehst du, wenn es um die Vernichtung oder die Rettung eines Menschen geht, dann muß man Mut haben, dann müssen Aufrichtigkeit und Liebe größer sein als die Furcht. Sonst trägt man die Schuld daran, daß jemandem die Balken eines mühsam aufgerichteten Hauses über dem Kopf zusammenbrechen. Das ist mir jetzt widerfahren. Meine ganze Zukunft hatte ich im blinden Glauben an deine Liebe aufgebaut, und nun zeigte es sich, daß ich auf Sand gebaut hatte, denn im entscheidenden Moment fehlte dir der Mut; als du die Wahl hattest zwischen der schlechten Laune deiner Eltern und meinem Unglück, da wähltest du mein Unglück.

Wärst du bei dieser Katastrophe die geblieben, für die ich dich gehalten hatte, dann wäre mir jetzt leichter ums Herz; ein Trost und eine Hoffnung hätten sich mir erhalten. Weißt du überhaupt, daß alles, was ich seit Jahren getan habe, nur durch dich und für dich geschah? Ich habe wirklich wie ein Pferd geschuftet, habe Nächte durchgearbeitet, verschiedene Auszeichnungen und Diplome erhalten. Ich lebte für dich, ich atmete durch dich, ich dachte die ganze Zeit nur an dich. Und nun liegt vor mir eine Wüste, in der die Trauer wie ein Hund heult. Nichts ist mir geblieben.

Ich möchte gern wissen, ob dir das jemals in den Sinn kommen wird.

Doch gewiß erklären dir deine vernünftigen Eltern, daß ich nur ein Student bin und alles bloß an meiner dummen Überspanntheit liege. Wenn ich wirklich noch ein Student wäre, könnte ich mit Shakespeares Shylock antworten: «Sind wir denn nicht Menschen wie ihr? Wenn ihr uns stecht, bluten wir nicht? Wenn ihr uns Unrecht tut, fließen bei uns keine Tränen?»[1]

Gleichgültig, was jemand ist, man darf ihn nicht verletzen. Meine Überspanntheit, ob dumm oder nicht dumm, berechtigt niemanden, mich zu quälen. Es ist gut, daß unsere heutige Welt – ein großer, seelenloser Bau, der aus Dummheit, Lüge und Heuchelei zusammengesetzt ist – Risse aufweist und auseinanderfällt, denn es ist unmöglich, auf ihr zu leben. Nun habe ich genug Zeit für mich; ich wurde gänzlich für die Katz Doktor der Philosophie, und als Philosoph stelle ich jetzt Betrachtungen an über die menschlichen Beziehungen, die ich soeben am eigenen Leibe erfahren habe.

Euch, den sogenannten vernünftigen Leuten, reicht es, ein leeres Wort, eine hohle Benennung für ein Ding zu finden, doch daß sich jemand durch dieses Ding das Genick bricht, das ist unwichtig. Überspanntheit! Was habe ich von solch einer Benennung, wenn sich dabei mein Innerstes nach außen kehrt? Helft ihr mir denn mit eurem Wortschatz? Ihr sprecht dabei allem die Daseinsberechtigung ab, was eure abgestumpften Sinne nicht fühlen können. Fallen euch die Zähne aus euren alten Kiefern, so hört ihr auf, an Zahnschmerzen zu glauben. Eurer Ansicht nach ist Rheumatismus etwas wirklich Ernstes, denn Rheumatismus schmerzt, in der Tat; aber Liebe, das ist nur eine Überspanntheit. Sooft ich auch darüber nachdenke, spüre ich in mir zwei Wesen: den Studenten von gestern, der im Namen einer neuen Zeit mit der Keule auf soviel Dummheit einschlagen möchte, und den anderen, einen tief verletzten Menschen, der nur fluchen und weinen möchte. So kann man nicht leben!

Wir haben genug Idealismus in den Worten und Utilitarismus in den Taten. Es wird eine Zeit kommen, in der man sein Verhalten entweder seinen Grundsätzen anpassen muß, oder aber man muß den Mut haben, Grundsätze zu verkünden, die ebenso zynisch sind wie das, was man tut. Gott weiß, wie oft ich von Tolas Eltern gehört habe, daß ein Vermögen nicht glücklich mache, daß Charakter zu haben mehr wert sei als Reichtum und daß ein ruhiges Gewissen das größte Gut sei. So? Nun, ich habe etwas Charakter, bin arbeitsam, habe ein ruhiges Gewissen, bin jung und trage Liebe in mir – und doch haben sie mich vor die Tür gesetzt. Wenn ich heute eine halbe Million im Lotto gewinnen würde, würden sie mir ihre Tochter morgen mit Freuden geben; morgen schon würde ihr Vater dann bei mir klingeln und mit ausgebreiteten Armen auf mich zukommen – das ist so sicher wie das Amen in der Kirche!

Wer ein Kaufmann sein will, der sollte wenigstens rechnen können, aber ihr, ihr nüchternen Leute, könnt nicht einmal das. Eure Nüchternheit, euer Verstand trügen euch. Ihr könnt nicht rechnen – hört ihr? Ich spreche das nicht im Fieber, sage nichts Absonderliches. Liebe gibt es, sie existiert, also muß man sie als reale Größe anerkennen. Käme ein genialer Mathematiker und rechnete sie euch in Geld um, dann würdet ihr euch an den Kopf fassen: Welchen Reichtum sie darstellt! Sie ist ein ebenso positives Ding, ist ebenso real, ebenso unentbehrlich im Leben wie das Geld. Die Rechnung ist einfach, das Leben ist soviel wert, wie es Glück in ihm gibt, und die Liebe ist eine unerschöpfliche Quelle des Glücks, was doch schließlich ein riesiges Kapital ist. Genauso verhält es sich mit Jugend und Gesundheit. Doch euch gehen solche einfachen Dinge nicht in den Kopf.

Ich wiederhole es noch einmal: Ihr könnt nicht rechnen! Eine Million ist eine Million wert und keinen Groschen mehr. Euch scheint es außerdem, daß sie soviel wert sei wie alle anderen Güter im Leben. Als Konsequenz dieses Fehlers irrt ihr in einer völlig künstlichen Welt umher, seht die Dinge nicht in ihren eigentlichen Verhältnissen und täuscht euch, was die Preise anbelangt. Ihr seid Romantiker, bloß, daß eure Romantik platt ist, denn sie orientiert sich am Geld; überdies ist sie schädlich, denn sie zerstört nicht nur das Leben von Menschen, die euch nichts angehen, sondern auch dasjenige eurer eigenen Kinder.

Ein Leben mit mir wäre für Tola gut gewesen, denn sie wäre glücklich geworden! Wenn dem so ist, was wollt ihr mehr? Sagt mir nicht, daß Tola selbst mich zurückgewiesen habe. Wenn ihr nicht durch eure Erziehung jede Selbständigkeit, jegliche Willensäußerung, jede Aufrichtigkeit und jeden Mut in ihr getötet hättet, säße ich jetzt nicht einsam herum mit einem vor Schmerz platzenden

Schädel. Niemand hat Tola so in die Augen geschaut wie ich – und niemand weiß besser, was sie gefühlt hat und wie sie wäre, wenn ihr nicht ihre Seele vergiftet hättet.

Nun habe ich sie und mit ihr viele andere Dinge verloren, die so lebensnotwendig sind wie das Brot und ohne die man sterben muß. Oh, die ihr fast meine Schwiegereltern geworden wärt, und du, meine verlorene Frau! Zeitweilig glaube ich, daß ihr euch nicht im klaren darüber seid, was ihr mir angetan habt, denn sonst würdet ihr gewiß nach mir schicken. Es ist doch nicht möglich, daß ich euch nicht leid tue.

*

Was nützen mir diese Vorwürfe? Das Recht ist auf meiner Seite. Alles, was ich niedergeschrieben habe, ist die reine Wahrheit, aber diese Wahrheit, auch sie wird mir Tola nicht zurückbringen.

Genau darin liegt für mich eine unüberbrückbare Kluft – denn mir geht nicht in den Kopf, warum Recht und Wahrheit zu nichts taugen sollen. Mir hilft das alles nichts, rein gar nichts! Die Welt sollte doch genauso organisiert sein wie der menschliche Verstand. Woher also dieser Zwiespalt? Wenn es doch anders ist, dann dreht man sich ewig nur im Kreis. – Ich kann nicht weiterschreiben.

*

Nach langer Zeit greife ich wieder zur Feder. Mag die Wirklichkeit für sich selbst sprechen – ich werde ganz einfach erzählen, was sich ereignet hat. Aufklärung gab es erst nach einer Kette von Begebenheiten; ich schreibe sie deshalb in der Reihenfolge auf, in der sie sich zugetragen haben, abschon ich selbst erst am Schluß imstande war, die Ursachen zu verstehen.

Am Morgen nach jener Niederlage kam Tolas Vater zu mir. Als ich ihn erblickte, erstarrte ich. Es war ein Moment, in dem alle Gedanken aus meinem Kopf flatterten wie ein aufgescheuchter Vogelschwarm aus einem Baum. Mir scheint, etwas Ähnliches fühlt man im Augenblick des Todes. Doch Tolas Vater hatte einen freundlichen Gesichtsausdruck, und schon an der Türschwelle begann er zu sprechen, wobei er mir die Hände entgegenstreckte: «Na, wir haben eine schlechte Nacht verbracht, hab' ich recht? Ich verstehe das, denn ich selbst war ja auch einmal jung.»

Ich antwortete nicht, ich verstand nichts; ich traute meinen Augen nicht, als ich ihn vor mir sah. Indessen schüttelte er meine Hände, zwang mich, Platz zu nehmen, setzte sich gegenüber und sprach weiter: «Kommen Sie zu sich, beruhigen Sie sich, und dann reden wir miteinander wie verständige Menschen. Mein werter Herr, glauben Sie denn, daß nur Sie nicht geschlafen haben? Wir haben ebenfalls nicht geschlafen. Nachdem wir uns nach Ihrem Weggang etwas gefaßt hatten, empfanden wir all das als so unangenehm, daß wir weder aus noch ein wußten. Ja, so ist das! Wenn der Mensch derart überrascht wird, verliert er den Kopf, und wenn er den Kopf verloren hat, kennt er kein Maß mehr. Es war uns sehr unangenehm, und um die Wahrheit zu sagen, wir haben uns geschämt. Das Kind verkroch sich in sein Zimmer, und wir Alten, wie eben Alte so sind, schoben uns gegenseitig die Schuld in die Schuhe: ‹Du bist schuld, nein, du bist schuld!› So ist halt die menschliche Natur. Danach kamen Überlegung und Bedauern: Er ist ein redlicher Mann, jung, begabt, und er liebt, wie es scheint, unser Kind aus ganzem Herzen – warum zum Teufel haben wir uns dagegen aufgebäumt? Eines entschuldigt uns vielleicht: Wenn Sie einst Vater sein werden, dann werden Sie begreifen, daß den Eltern für ihr Kind nichts gut genug ist. Doch uns fiel ein, daß das, was uns wenig erscheint, für Tola gerade das Richtige sein könnte – also beschlossen wir herauszufinden, was das Mädchen im Innersten ihres Herzens bewahrt, und riefen sie zu uns, damit wir zu dritt beraten könnten. Ein guter Ratgeber, das muß man schon sagen! Sie fiel uns zu Füßen, umklammerte unsere Beine und legte uns ihren geliebten Kopf auf die Knie, und da ... das elterliche Herz ...»

An dieser Stelle wurde er selbst gerührt, und einen Augenblick lang saßen wir schweigend. Alles, was ich hörte, schien mir ein Traum zu sein, ein Märchen, ein Wunder; meine Qual begann sich langsam in Hoffnung zu verwandeln; er dagegen, nachdem er seiner Rührung Herr geworden war, sprach weiter: «Du hast uns sicherlich in Gedanken gesteinigt, doch wir sind Menschen, die guten Willens sind, auch wenn wir zuweilen etwas vorschnell handeln. Zum Beweis sage ich dir, wenn dir Tola mehr bedeutet als dein Groll – dann komm hierher.»

Und er öffnete mir seine Arme, in die ich halb von Sinnen, verrückt vor Glück, sank. Ich fühlte, daß meine Kehle zugeschnürt war und daß ich wahrscheinlich nur noch schluchzen könnte. Ich wollte unbedingt etwas sagen, brachte aber nichts heraus. Meine Seele hallte wider von einem Schrei des Glückes, der Verwunderung und der Dankbarkeit. All das traf mich wie ein Blitz aus heiterem Himmel; weder Kopf noch Herz konnte es fassen, und ich fühlte einen fast körperlichen Schmerz durch den Wechsel der Gefühle und der Gedanken, die auf mich einstürmten. Tolas Vaters löste meine Hände sanft von seinen Armen, küßte mich auf die Stirn und sprach dabei: «Schon gut, schon gut! Das habe ich nicht anders erwartet, wo du ihr so zugetan bist. Vergiß, was war, und beruhige dich.»

Als er jedoch sah, daß ich immer noch nicht zu mir kommen und auch meiner Rührung nicht Herr werden konnte, fing er an, mich freundlich zu schelten: «Sei ein Mann, nimm dich zusammen! Du zitterst ja wie im Fieber. Das kleine Luder hat es dir aber angetan.»

«Oh, sehr!» brachte ich mühsam flüsternd hervor.

Der Vater lächelte: «Na bitte! Und dabei scheint sie so ein stilles Wasser zu sein.»

Und meine grenzenlose Liebe zu Tola schmeichelte seinem Vaterstolz sichtlich, denn er war vergnügt und wiederholte lächelnd immer wieder: «Das ist eine Klette! Das ist eine Klette!»

Plötzlich fühlte ich, daß etwas in meinem Kopf zerspringen würde, wenn wir noch eine Viertelstunde im Zimmer blieben. Unter normalen Umständen kann ich mich gut beherrschen, aber in diesem Fall war der Wechsel allzu abrupt. Ich mußte dringend frische Luft schöpfen, dem Treiben auf der Straße zuschauen, und vor allem mußte ich Tola unbedingt sehen, um mich davon zu überzeugen, daß sie wirklich auf der Welt existierte, daß das alles kein Traum war und daß man sie mir wirklich geben wollte.

Ich bat den Vater, ihn sogleich nach Hause begleiten zu dürfen, womit er sich gern einverstanden erklärte.

«Das wollte ich dir schon selbst vorschlagen», sagte er, «denn bei uns gibt es sicherlich jemanden, der sich die Nase an der Scheibe plattdrückt und sich auf der Straße die Augen nach uns ausguckt. Du bist jetzt sowieso nicht imstande, über Geschäftliches zu reden, also verschieben wir es auf später.»

Einige Minuten später waren wir schon auf dem Weg. Anfänglich schaute ich mir die Menschen, Häuser und Fuhrwerke an wie ein Mensch, der nach einer langen Krankheit zum ersten Mal wieder in die Stadt geht und dem davon ganz schwindlig wird. Allmählich kam ich durch die Bewegung und die frische Luft zu mir. Ein Gedanke herrschte über allen anderen: «Tola liebt dich, und gleich wirst du sie sehen!» Ich fühlte das Blut in meinen Schläfen klopfen, und in der Tat, man müßte einen Reif um den Kopf haben, um all das aushalten zu können. Schließlich habe ich noch vor einer Stunde geglaubt, ich würde Tola nie im Leben wiedersehen, höchstens irgendwann und irgendwo als Frau eines anderen. Und jetzt ging ich zu ihr, um ihr zu sagen, daß sie die Meine wird – und ich ging deshalb, weil sie nach mir ihre Hand ausstreckte. Gestern schalt ich sie noch eine gedankenlose Puppe, während sie ihren Eltern zu Füßen lag und für uns beide Fürsprache hielt. Mein Herz war voller Bedauern, Reue und Rührung sowie voll des Gefühls, ich sei Tolas nicht wert. Ich schwor mir, ihr alles zu vergelten; für jede ihrer gestrigen Tränen wollte ich sie mit grenzenloser Zärtlichkeit, Anhänglichkeit und Hingabe entschädigen.

Andere macht die Liebe blind, doch ich hatte es nicht nötig, mich blenden zu lassen, denn für Tola sprachen Taten. Sie hatte dieses Wunder vollbracht. Ich hatte ihr Unrecht getan, ihr und ihren Eltern. Wäre sie wirklich das gewesen, wofür ich sie gehalten hatte, so hätten sich ihre Eltern nicht erweichen lassen, dann hätten sie sich niemals zu einer solchen nicht menschlichen, sondern engelsgleichen Schlichtheit aufschwingen können, mit der ihr Vater zu mir gekommen war und gesagt hatte: «Wir haben einen Fehler gemacht – nimm sie!» Er hatte sich dabei weder von gesellschaftlichen Konventionen noch von seiner Eigenliebe abhalten lassen.

Mir fielen seine Worte ein: «Du hast uns sicherlich in Gedanken gesteinigt, doch wir sind Menschen, die guten Willens sind, auch wenn wir zuweilen etwas vorschnell handeln.» Diese Schlichtheit bereitete mir Unbehagen, um so mehr, da ich gestern wirklich große Brocken nach ihnen geworfen hatte. Er sprach kein Wort mehr, keine hochtrabenden Phrasen; ein heiteres Lächeln, das war alles. Als ich jetzt daran dachte, konnte ich nicht länger an mich halten; ich ergriff rasch die Hand des Vaters und führte sie ehrfurchtsvoll an meine Lippen.

Auf seinen Lippen zeigte sich wiederum sein gutes, mildes Lächeln, und er erzählte: «Meine Frau und ich haben schon vor langer Zeit gesagt, daß ein Schwiegersohn uns lieben müsse.»

Und es geschah so, wie sie es sich wünschten, denn noch bevor ich ihr Schwiegersohn geworden war, liebte ich sie bereits wie ihr eigener Sohn.

Da ich sehr schnell ging, begann mich der Vater zu necken. Er keuchte, tat, als sei er müde, und sagte, daß er nicht mit mir Schritt halten könne; außerdem klagte er, ihm sei zu heiß. Wirklich, seit gestern hatte der Winter ausgespielt. Ein warmer Wind kräuselte das Wasser im Stadtpark, und man spürte, wie sich in der Luft die Kraft des Frühlings regte.

Endlich standen wir vor Tolas Wohnung. Ich sah jemanden vom Fenster weghuschen und sich im Inneren des Zimmers verbergen, doch war ich nicht sicher, ob es Tola war. Auf der Treppe begann mein Herz wieder zu klopfen. Ich fürchtete mich vor der Mutter. Nachdem wir das Speisezimmer durchschritten hatten, trafen wir sie im Salon. Als ich hereintrat, näherte sie sich mir rasch, streckte mir ihre Hand entgegen, die ich ehrfurchtsvoll und dankbar küßte, wobei ich murmelte: «Womit habe ich es verdient...»

«Bitte, verzeihen Sie uns die gestrige Absage», sagte sie. «Wir hatten nicht bedacht, daß unsere Tola auf der ganzen Welt niemanden finden kann, der ihr mehr zugetan ist.»

«Da haben Sie recht, ja, da haben Sie recht!» rief ich voller Leidenschaft aus.

«Weil es uns vor allem um das Glück unseres

Kindes geht, erklären wir uns einverstanden und geben sie Ihnen. Ich kann Ihnen nur noch sagen: ‹Gott schenke euch Glück!›»

Nach diesen Worten legte sie mir ihre Hände auf die Schläfen und rief dann, zur Tür gewandt: «Tola!»

Nun kam meine Geliebte herein, blaß, mit geröteten Augen, die Haare waren aufgelöst, und einzelne Strähnen hingen ihr in die Stirn. Sie war verwirrt und genauso gerührt wie ich. Nichts an ihr entging meiner Aufmerksamkeit; warum, weiß ich nicht. Ich weiß nur, daß ich Tränen unter ihren Augen schimmern sah und ihre bebenden Lippen und das Lächeln wahrnahm, das sich hinter ihrer Verwirrung verbarg.

Einen Augenblick lang stand sie mit hängenden Armen da, als wüßte sie nicht, was sie jetzt beginnen solle.

Nun ließ sich der Vater, den der Humor offensichtlich nie verließ, achselzuckend vernehmen: «Hm, da ist guter Rat teuer, er bleibt hartnäckig und will dich nicht mehr.»

Sie blickte mich plötzlich an, dann warf sie sich ihrem Vater an den Hals, wobei aus ihr die Worte hervorbrachen: «Ich glaube es nicht, Papa, ich glaube es nicht!»

Wäre ich der ersten Eingebung meines Herzens gefolgt, hätte ich mich ihr zu Füßen geworfen. Ich tat es nur deswegen nicht, weil es mir an Mut fehlte und ich gänzlich den Kopf verloren hatte. Es war mir noch so viel Geistesgegenwart geblieben, daß ich in meinem Inneren wiederholte: «Du Esel, heul nicht!»

Der gute Vater kam uns zu Hilfe. Nachdem er sich aus Tolas Umarmung befreit hatte, sagte er in einem Ton, so als sei er zornig auf sie: «Wenn du mir nicht glaubst, so geh doch zu ihm!»

Er schob sie zu mir, und vor mir öffnete sich in jenem Augenblick der Himmel. Ich ergriff ihre Hände, drückte sie in einem wahren Glückstaumel an meinen Mund und weiß selbst nicht, wie lange ich meine Lippen nicht von ihnen losreißen konnte. Wie oft hatte ich mir vorgestellt, ihre Hände zu küssen, doch keine Phantasie reicht an eine solche Wirklichkeit heran. Meine Liebe war bisher eine in ein dunkles Verlies eingeschlossene Pflanze. Plötzlich trug man sie hinaus an die Luft und erlaubte ihr, sich in Sonnenlicht und Wärme zu wiegen – dieses Gefühl machte das Maß meines Glückes voll. Ich trank in tiefen Zügen aus der Quelle der Güte und der Freude. Lieben, und diese Liebe in sich verschlossen halten zu müssen, und lieben mit dem Gefühl, daß man ein Recht dazu hat, also lieben und Besitz ergreifen, das sind zwei grundverschiedene Dinge. Nicht nur, daß ich bisher gar keine Vorstellung davon gehabt hatte, ich konnte sie ja auch gar nicht haben.

Nachdem die Eltern uns gesegnet hatten, ließen sie uns absichtlich allein, damit wir uns alles mitteilen konnten, was wir füreinander fühlten. Doch statt zu sprechen, sah ich sie zuerst nur voller Entzücken an, und unter meinen Blicken wechselte ihr Gesicht seine Farbe. Eine starke Röte bedeckte ihre Wangen, und um ihre Mundwinkel zuckte ein schüchterndes, verschämtes Lächeln; ihre Augen waren verschleiert, und den Kopf hielt sie zur Seite geneigt – zuweilen senkte sie die Lider, und sie schien auf ein Wort von mir zu warten.

Schließlich setzten wir uns nebeneinander ans Fenster und hielten uns dabei an den Händen. Bisher war sie mir wie ein körperloses Wesen vorgekommen, wie ein geliebtes Traumbild; sie war für mich ein teurer Name, bewundert mehr ihrer Anmut als ihrer realen Person wegen. Jetzt aber, als ihr Arm den meinen berührte, als mir die Wärme ihres Gesichtes entgegenstrahlte, konnte ich mich einer gewissen Verwunderung nicht erwehren, daß sie etwas so Wirkliches war. Man weiß es, scheinbar, aber man fühlt es nicht, solange man nicht in der Nähe der geliebten Frau ist. Ich blickte jetzt mit einem Entzücken auf ihr Gesicht, den Mund und die Augen, auf ihre hellen Haare und ihre noch helleren Wimpern, wie wenn ich sie noch nie zuvor gesehen hätte: ich berauschte mich an ihr. Noch nie hatte das Antlitz einer Frau alle meine Träume von weiblicher Schönheit so vollkommen erfüllt, noch nie hatte mich eines so unwiderstehlich angezogen. Wenn ich daran dachte, daß all diese Schätze mein sein würden, daß sie mir ja bereits gehörten, daß sie mein höchstes Gut ausmachten, dann begann die ganze Welt um mich zu kreisen.

Endlich konnte ich sprechen. Ich begann fieberhaft zu erzählen, wie ich sie schon vom ersten Augenblick an gern gehabt hatte. Vor anderthalb Jahren hatte ich sie zufällig in Wieliczka[2] in einer großen Gruppe mir fremder Menschen getroffen. Dort, auf dem Grund der Saline, wurde ihr übel, und ich lief zum See, um Wasser zu holen. Am nächsten Tag stattete ich ihren Eltern einen Besuch ab. Vollends verliebt verließ ich ihr Haus. All das war ihr, wie ich vermute, bekannt; trotzdem hörte sie mit dem größten Vergnügen zu, wobei sie lächelte. Sie glühte, und manchmal fragte sie mich sogar etwas, flüsternd. Ich sprach noch lange und eigentlich weniger einfältig, als ich es anfangs befürchtet hatte. Wie sie sodann mein einziges Ziel geworden sei, mein einziger Kraftquell – wie schrecklich unglücklich ich gestern gewesen war, als ich mir hatte sagen müssen, daß alles verloren sei, und ich sogar den Glauben an sie verloren hatte.

«Ich war ebenso unglücklich», erwiderte sie darauf. «Ach, es ist wahr, im ersten Moment konnte ich kein einziges Wort sagen, aber dann habe ich mich bemüht, alles in Ordnung zu bringen.»

Einen Augenblick lang schwiegen wir beide. In mir kämpften wiederum die Schüchternheit und die Lust, ihr die Füße zu küssen. Schließlich fragte ich sie auf eine ungeheuer ungeschickte und idiotische Weise, ob sie mich denn auch wenigstens ein bißchen liebe.

Eine Zeitlang mühte sie sich ab, eine Antwort zu finden, doch da ihr das nicht gelang, stand sie auf und ging hinaus.

Nach einer Weile kam sie mit einem Album in der Hand zurück, setzte sich wieder neben mich und zeigte mir eine Zeichnung: mein eigenes Porträt.

«Das habe ich aus dem Gedächtnis gezeichnet», sagte sie.

«Sie?»

«Doch hier ist noch etwas», fügte sie hinzu und deutete mit dem Finger auf das Blatt.

Jetzt erst bemerkte ich, daß an der Seite – ganz am Rand – winzige Buchstaben standen: *J. v. a.*[a]

«Das muß man französisch lesen», flüsterte sie.

«Französisch?»

Und in meiner grenzenlosen Naivität konnte ich immer noch nicht draufkommen, was es wohl heißen könne.

«Je vous . . .» Sie versteckte ihr Gesicht hinter ihren vorgehaltenen Händen und neigte den Kopf plötzlich so tief, daß ich die kurzen Härchen auf ihrem ausrasierten Nacken und ihren ganzen Hals sehen konnte.

Da erst begriff ich und sagte mehrmals: «Jetzt darf man es doch zugeben, jetzt darf man es doch schon!»

Sie erhob sich mit einem freudestrahlenden Lächeln.

«Man muß es sogar», fügte sie augenzwinkernd hinzu, als wolle sie es mir für die Zukunft einschärfen.

In diesem Augenblick rief man uns zum Frühstück. Ich hätte dabei Messer und Gabel verspeisen können, ohne es zu merken.

*

Der Mensch gewöhnt sich an nichts so leicht wie an das Glück. All das, was sich ereignet hatte, war doch eigentlich eine ganze Reihe von Wundern gewesen, aber zwei Tage später erschien es mir

---

[a] Je vous aime: Ich liebe Sie.

schon als etwas ganz Natürliches, daß Tola meine Verlobte sei, es erschien mir als etwas Selbstverständliches, das mir gebührte, und zwar gerade darum, weil niemand sie so liebte wie ich.

*

Schließlich sprach es sich in der Stadt herum, daß ich mich verlobt hatte, und ich begann, von meinen Freunden Glückwünsche entgegenzunehmen. Ich fuhr öfter mit Tola und ihren Eltern vor die Stadt, wobei wir von vielen Leuten gesehen wurden. Ich erinnere mich ausgezeichnet an eine dieser Spazierfahrten. Tola sah in ihrem Umhang aus Otterfell und dem dazugehörigen Pelzhütchen aus wie ein Fabelwesen, denn ihre durchsichtige Haut wirkte noch zarter neben der dunkelbraunen Farbe. Alle drehten sich nach uns um, und man bewunderte uns derart, daß einige meiner Bekannten wie angewurzelt stehenblieben.

Nachdem wir eine Reihe immer niedriger werdender Häuser passiert hatten, waren wir außerhalb der Stadt und fuhren endlich aufs offene Land hinaus. Auf den Feldern blitzte in den Furchen Wasser, in dem sich das Licht in langen Streifen brach. Die Wiesen waren ganz überschwemmt, das Wäldchen noch ohne Blätter, und doch spürte man den Frühling. Schließlich kam die Dämmerung, bei der sich auf der ganzen Welt ein großer Frieden ausbreitet. Dieser Frieden umfing auch uns damals. Nach den aufregenden Ereignissen der letzten Tage fühlte ich eine wohltuende Ruhe in mir. Vor mir sah ich das geliebte Gesicht Tolas, das vom Wind leicht gerötet und in dieser abendlichen Stille ernsthaft und sanft war. Wir schwiegen beide und schauten uns nur an, wobei wir einander dann und wann zulächelten. Zum ersten Mal im Leben wurde mir klar, was vollkommen ungetrübtes Glück ist. Da ich noch wenig erlebt hatte und sehr jung war, hatte ich keine schweren Sünden auf dem Gewissen, doch trug ich wie jeder Mensch meine Bürde an Schuld, Verirrungen und Lastern. Aber in jenem Augenblick fühlte ich das Gewicht von meinen Schultern genommen. Ich verspürte in mir keinerlei Bitterkeit, auch nicht den leisesten Groll gegen die Menschen, war bereit, jedem zu verzeihen und zu helfen, mit einem Wort: ich fühlte mich wie neugeboren; als hätte die Liebe meine Seele genommen und mir statt dessen die eines Engels eingehaucht.

Und es erging mir so, weil man mir erlaubt hatte zu lieben und mir jenes teure Wesen gegeben hatte, das mir nun gegenübersaß. Mehr noch: aus demselben Grund befanden sich jetzt in diesem Wagen vier Menschen, die nicht bloß glücklicher, sondern auch besser waren als vordem. Alle Kleinlichkeiten dieser Welt, jeder auf etwas Nichtiges gerichtete Ehrgeiz und alle armseligen Rücksichten, all das, was erniedrigt und das Leben widerlich, flach und heuchlerisch macht, hatten wir zusammen mit den vorangegangenen Bitterkeiten und Sorgen abgestreift. Kaum hatten Tolas Eltern dem gesegneten Gast ihr Haus geöffnet, begannen wir schon ehrlicher und auf einer höheren sittlichen Stufe zu leben.

Es geht mir darum nicht in den Kopf, warum die Menschen das, was doch das einzige und höchste Gut des Lebens ist, so oft von sich stoßen, viel öfter aber noch vergeuden. In meinem Innern sagte ich folgendes zu mir: «Ich kenne die Binsenwahrheiten, die wie falsche Münzen unter den Menschen verbreitet sind: daß Liebe alt wird, verwelkt, vorübergeht, schwindet und daß danach lediglich Gewohnheit Mann und Frau verbindet. Ich werde aber beweisen, daß dies nur für Dummköpfe oder elende Kreaturen zutrifft. Es gibt Auserwählte, die sich diesen Regeln entziehen. Ich habe schon derartige Menschen auf der Welt getroffen, und auch ich will und werde zu ihnen gehören. Wenn mich diese Flamme heute so glücklich macht, dann ist es doch meine erste Pflicht – eine Sache der gewöhnlichen Eigenliebe –, alles zu tun, damit sie nicht verlöscht und auch in Zukunft nicht kleiner wird. Diese Zukunft fordere ich heraus! Die Zeit ist auf unserer Seite, und ich habe meine große Liebe und einen guten Willen. Mit Tola leben und aufhören, sie zu lieben – das wollen wir doch sehen!»

Plötzlich überkam mich das heftige Verlangen, dieses Leben so rasch wie möglich zu beginnen. Ich wußte, daß die Sitte nicht zuließ, daß Verlobte vor Ablauf vieler Wochen und Monate heirateten, aber ich erinnerte mich, daß ich es ja mit außergewöhnlichen Menschen zu tun hatte. Übrigens war ich überzeugt, daß Tola mir dabei helfen würde, und ich beschloß, sie in meinen Plan einzuweihen.

Als man uns nach der Heimkehr allein ließ, beichtete ich ihr mein Vorhaben. Sie hörte mit großer Freude zu. Ich bemerkte, daß nicht nur das Projekt selbst, sondern auch die Beratung darüber, die den Reiz einer Verschwörung zwischen Verliebten hatte, sie geradezu entzückte. Zuweilen machte sie ein Gesicht wie ein Kind, dem man ein außerordentliches Vergnügen versprochen hat, das in Kürze stattfinden soll. Sie konnte ihre Begeisterung nicht zügeln und begann durch das Zimmer zu tanzen. An diesem Abend erwähnten wir den Eltern gegenüber noch nichts, statt dessen erzählte ich beim Tee von meinen Hoffnungen für die Zukunft und von den Wegen, die sich vor mir auftaten. Die Eltern lauschten mir, als hätten sich diese Hoffnungen schon erfüllt. Selbst wenn ich hätte annehmen können, daß diese Menschen mit ihrer ungewöhnlichen, von Herzen kommenden Schlichtheit etwas aus List hätten tun können, muß ich zugeben, daß das die beste List gewesen wäre, denn als ich ihren Glauben und ihr Vertrauen sah, sagte ich mir: «Ich werde euch nicht enttäuschen, und sollte es mich den Kopf kosten.»

Es war spät, als ich aufbrach. Tola lief mir hinterher, und noch im Vorzimmer flüsterte sie mir zu: «Gut so, gut so! Was sollen wir so viel Zeit vertrödeln. Ich mag keine Trödeleien. Also gut. Gute Nacht! Ich habe nur Angst vor Mama, denn Mama wird es um die Aussteuer zu tun sein.»

Ich verstehe eigentlich nicht, warum man sich eine Aussteuer zulegt, denn die jungen Mädchen müssen doch auch, wenn sie noch nicht verheiratet sind, einen gewissen Vorrat an Kleidung haben. Aber gerade Ausdrücke dieser Art machten mich nun überglücklich, da sie mir bestätigten, daß ich nicht träumte, daß ich Tola wirklich heiraten würde. Als ich nach Hause kam, wiederholte ich unwillkürlich: «Aussteuer! Aussteuer!» Ich konnte mir nicht vorstellen, daß daraus ernsthafte Schwierigkeiten erwachsen könnten. Vor meinem geistigen Auge sah ich eine Menge Kleider, helle, bunte und dunkle, und ich verliebte mich der Reihe nach in sie. Bei der Gelegenheit fiel mir ein, daß es nun an mir wäre, das Haus für Tolas Empfang vorzubereiten. Dieser Gedanke erweckte in mir neues Vergnügen. Ich hatte zwar nicht besonders viel Geld, aber ich beschloß dennoch, alles so schnell wie möglich herzurichten. In der Nacht konnte ich nicht schlafen, da ich den Kopf voller Kleider, Schränke, Tische, Stühle und so weiter hatte. Früher konnte ich vor Kummer keinen Schlaf finden, und jetzt vor Glück.

*

Am nächsten Tag ging ich zum Tischler. Er verstand sofort, worum es mir ging. Er zeigte mir verschiedene Möbel, bei deren Anblick ich mein künftiges Leben mit Tola in greifbare Nähe gerückt sah. Obgleich ich mir das alles schon vorgestellt hatte, bekam ich Herzklopfen. Der Tischler riet mir, die Wände malen zu lassen, da Tapeten lange Zeit bräuchten, um trocken zu werden. Der hilfsbereite Mann versprach, sich für ein entsprechendes Entgelt darum zu kümmern.

Vom Tischler aus ging ich zu zwei Freunden, die mir am nächsten standen, um sie zu bitten, die Brautführer zu sein, denn in meiner Familie gab es keine lebende Seele mehr. Die Glückwünsche und Umarmungen der beiden vermischten sich in meinem Kopf mit anderen Eindrücken und schufen ein wahres Chaos.

*

Ich fand Tola im Salon vor. Ich hatte kaum Zeit gehabt, ihre Hand zu küssen, als sie sich auf die Zehenspitzen stellte und mir ins Ohr flüsterte: «Sie haben es erlaubt!»

Der letzte Schatten, der noch auf meinem Glück gelegen hatte, war nun verschwunden. Auch Tola strahlte vor Freude. Untergehakt begannen wir im Zimmer auf und ab zu gehen und miteinander zu plaudern.

Sie erzählte mir, wie alles verlaufen war: «Mama hat anfangs gesagt, daß es ein Ding der Unmöglichkeit sei, und dann hat sie hinzugefügt: ‹Du begreifst nicht einmal, wie wenig es sich schickt, daß ein Mädchen es mit der Hochzeit so eilig hat.› Da habe ich erwidert, daß wir beide es eilig hätten. Die Mama hat ihren Blick zur Decke gehoben und mit den Schultern gezuckt, und Papa hat mich lachend an sich gezogen. Er hat mir die Stirn geküßt, sogar meine Hand. Mama indessen meinte: ‹Du hast ihr immer nachgegeben – aber man muß doch ein bißchen darauf achten, was die Leute sagen werden.› Da erst hat Papa geantwortet: ‹Die Leute, die Leute! Die Leute werden nicht für ihr Glück sorgen, das müssen die beiden schon selber tun; nach Ansicht der Leute haben wir bis jetzt sowieso alles verkehrt gemacht – so mag es nun auch weiterhin bleiben. Jetzt ist Fastenzeit, doch gleich nach den Feiertagen können sie heiraten; um die Aussteuer kann man sich auch später noch kümmern.› Mama hat nachgegeben, weil der Vater immer seinen Willen durchsetzt. – Gewiß werden auch Sie so sein. – Ich habe Mama so heftig umarmt, daß sie nicht zu Wort kommen konnte.

Später hat sie dann noch mehrmals gesagt: ‹Das ist alles verrückt!› Letzten Endes habe ich meinen Willen durchgesetzt. Sind Sie zufrieden?»

War ich so verliebt oder so schüchtern, daß ich bisher noch niemals versucht hatte, sie in die Arme zu nehmen? Jetzt wollte ich sie zum ersten Mal umfassen, aber sie entwand sich mir und sagte: «Es ist so angenehm, Arm in Arm zu gehen... wie artige Kinder.»

Und so gingen wir weiter. Ich erzählte ihr, daß ich mir schon Gedanken über unsere Wohnung gemacht und daß ich jemanden beauftragt habe, die Wände zu malen, nicht mit Ölfarbe, denn die wäre zu teuer, aber mit irgendeiner Farbe, die der Ölfarbe sehr ähnlich sei und schnell trockne. Tola wiederholte: «Schnell trocknet...», und ohne zu wissen, warum, fingen wir beide zu lachen an, wahrscheinlich weil wir uns vor Freude und Glück kaum lassen konnten. Wir kamen überein, daß der kleine Salon in Rot gehalten werden sollte, obwohl das sehr alltäglich ist, doch vor rotem Grund heben sich die Köpfe sehr gut ab. Das Eßzimmer sollte mit hellgrünen Kacheln ausgestaltet werden, die wie Fayencen wirkten. Über die anderen Zimmer konnten wir nicht mehr sprechen, da sich Tolas Schnürsenkel gelockert hatte und sie ins Nebenzimmer ging, um ihren Schuh wieder zuzubinden.

Nach einer Weile kehrte sie mit ihrem Vater zurück, der mich einen Hitzkopf und einen Tataren nannte. Gleichzeitig versprach er, daß unsere Trauung am Dienstag nach den Feiertagen stattfinden solle.

*

In den ersten Tagen war unsere Liebe voller Rührung und ständiger Tränen gewesen, doch dann erblühte sie fröhlich wie eine Blume im Frühling. Wir lachten jetzt den ganzen Tag hindurch.

*

Da das Osterfest in diesem Jahr sehr spät war, hatte der Frühling zu den Feiertagen schon gänzlich Einzug gehalten. Die Bäume standen in Knospen. Vor der Karwoche stattete ich mit Tola und ihren Eltern Besuche ab. Man betrachtete mich überall neugierig, manchmal sogar so, daß es mir nur schwer erträglich war. Einige ältere Damen besahen mich durch ihre Lorgnette. Aber das mußte eben durchgestanden werden. Tola, frisch und munter wie ein Vogel, vergalt mir diese lästigen Besuche hundertfach.

*

Die Malerarbeiten in den Zimmern überwachte ich selbst. Des guten Wetters wegen trocknete alles im Handumdrehen. Das Schlafzimmer ließ ich rosafarben malen.

*

Mit jedem Tag liebte ich Tola mehr. Ich war mir jetzt sicher, daß ich selbst dann, wenn sie sich ändern und häßlich werden sollte, sagen würde: «Ein Unglück ist mir widerfahren»; aber ich würde nicht aufhören, sie zu lieben. Ein Mann in diesem Stadium gibt sich der geliebten Frau so sehr hin, daß er nicht mehr weiß, wo sein eigenes Ich aufhört.

*

Wir spielten oft wie Kinder; manchmal neckten wir uns auch. Wenn ich zum Beispiel morgens kam und sie allein antraf, begann ich mich im Zimmer umzugucken und zu suchen, so, als ob ich sie nicht sehen würde. Ich fragte dann: «Ist hier nicht jemand, der verliebt ist?», und sie erwiderte mir, wobei sie sich nach allen Seiten umschaute und ihr blondes Köpfchen schüttelte: «Nein, wohl nicht!»

«Und dieses Fräulein?»

«Die, na vielleicht ein bißchen!»

Nach einer Weile fügte sie flüsternd hinzu: «Aber vielleicht auch sehr!»

Ein neues Gefühl hatte sich mit meiner Liebe verwoben, ich war nicht nur in Tola verliebt, ich mochte sie als ganzen Menschen. Ich war verrückt nach ihrer Gegenwart. Ich konnte mit ihr stundenlang über alles mögliche plaudern. Manchmal sprachen wir auch ernsthaft über unsere Zukunft, doch im allgemeinen vermied ich Dispute und Theorien zum Thema Ehe. Denn ich fragte mich, weshalb ich das, was sich aus der Liebe von allein zu ergeben hatte, in vorgefaßte Meinungen einschließen sollte. Den Blumen muß man auch nicht erst theoretische Vorträge halten, wie sie zu blühen haben.

*

Der Karfreitag verging still und trist. Nebel hing in den Straßen, und es nieselte den ganzen Tag. Ich begab mich mit Tola und ihren Eltern in verschiedene Kirchen, wo wir uns das Heilige Grab besahen. Ein jeder legte, soviel er konnte, auf die Teller der Spendensammlerinnen. Tola, die schwarz gekleidet war und gut gelaunt, aber ruhig und ernst, erschien mir schöner denn je. Zuweilen sah ihr Gesicht im Dämmerlicht der Kirchen oder im Widerschein der Kerzen ganz engelhaft aus. An diesem Tag erkältete sie sich ein wenig, und ich lief deshalb durch alle Geschäfte auf der Suche nach altem Malagawein, den ihr jemand als Gegenmittel empfohlen hatte.

*

Die Feiertage verbrachte ich bei Tolas Eltern. Von meiner Familie lebte niemand mehr. Nun begriff ich zum ersten Mal, was es bedeutet, Verwandte zu haben, die man mag und die einen mögen.

Der zweite Feiertag war ein richtiger Frühlingstag. Das Haus hatte ich noch vor den Feiertagen einigermaßen in Ordnung gebracht. Der Garten begann langsam zu grünen, und die alten Kirschbäume fingen zu blühen an. Ebenfalls noch vor den Feiertagen war meine Doktorarbeit über die Neuplatoniker im Druck erschienen. Tola machte sich daran, sie zu lesen. Die Ärmste blinzelte mit den Augen, drehte ihren Kopf hin und her, doch aus Pflichtgefühl las sie weiter.

*

Hier stürmen die Erinnerungen – nein, richtiger: die Bilder – von unserer Trauung auf mich ein, bunt durcheinander, zusammenhanglos, überladen mit Einzelheiten und etwas fieberhaft. Ich sehe alles voller Blumen, die Treppen und die Zimmer. Im Haus Gerenne; ständig kommen neue Gäste, eine Unmenge von fremden oder mir nur wenig bekannten Gesichtern. Im Salon steht Tola in weißem Kleid und Schleier; sie ist schön wie ein Fabelwesen, aber sie ist anders als sonst, feierlicher, als wäre sie mir weniger nahe. Mir ist der Eindruck von Hetze und Unruhe geblieben.

Alles, was nach der Fahrt zur Kirche passierte, stellt sich mir in einem völligen Durcheinander dar: die Kirche, der Altar, die Kerzen beim Altar, auf den Seiten die hellen Rosen der Damen, neugierige Augen und Geflüster. Nachdem Tola und ich vor dem Altar niedergekniet waren, reichten wir uns wie zur Begrüßung die Hände, und nach einer Weile tönten unsere Stimmen, die ganz fremd klangen, durch die Kirche: «Vor Gottes Angesicht nehme ich dich...» Jetzt noch höre ich die Orgel und den gewaltigen, weithin vernehmbaren Gesang *Veni Creator*, der unvermittelt wie eine Fontäne auf der Empore losbrauste. An den Auszug aus der Kirche erinnere ich mich nicht mehr genau, und von der Hochzeitsfeier ist mir der Segen der Eltern und das Diner im Gedächtnis haften geblieben. Tola saß neben mir, und ich entsinne mich, daß sie alle Augenblicke die Hände auf ihre brennenden Wangen legte. Durch die Blumensträuße auf dem Tisch sah ich viele Gesichter, die ich heute nicht wiedererkennen würde. Man trank auf unsere Gesundheit mit lautem Gläserklirren und großem Hallo. Gegen Mitternacht führte ich meine Frau in ihr neues Heim.

Mir wird immer in Erinnerung bleiben, wie sie auf dem Nachhauseweg ihren Kopf an meine Schulter lehnte und wie ihr weißer Schleier nach Veilchen duftete.

*

Am nächsten Tag erwartete ich sie zum Tee im Eßzimmer. Sie ging indessen, nachdem sie sich fertig angekleidet hatte, durch die andere Tür in den Garten. Durch das Fenster sah ich sie vor den blühenden Kirschbäumen. Ich lief ihr sofort hinterher, doch sie wandte sich ab und drückte ihren Kopf an den Baumstamm, als wenn sie sich vor mir verbergen wolle.

Ich hielt es für ein Spiel und schlich leise heran, dann faßte ich sie um die Taille und sagte zu ihr: «Guten Morgen! Wer wird sich denn vor seinem Mann verstecken? Was machst du hier?»

Da bemerkte ich, daß sie tatsächlich rot wurde, meinem Blick auswich und sich von mir abwandte.

«Was ist mir dir, Tola?» fragte ich sie.

«Ich schaue zu», antwortete sie verwirrt, «wie der Wind die Blüten von den Kirschbäumen schüttelt.»

«Soll er sie ruhig abreißen», erwiderte ich, «wenn nur du mir bleibst.»

Und ich drehte ihr Gesicht dem meinen zu, doch sie begann mit geschlossenen Augen zu flüstern: «Sieh mich nicht an, geh ...»

Gleichzeitig jedoch streckte sie mir ihre Lippen fast leidenschaftlich entgegen, und ich saugte mich ganz verzückt an ihrem Mund fest.

Und der Wind begann wirklich, weiße Blüten auf unsere Köpfe zu streuen.

*

Als ich erwachte, sah ich die kahlen Wände meiner Kammer. Ich hatte Typhus gehabt – und zwar ziemlich stark. Zwei Wochen hatte ich bewußtlos im Fieber gelegen.

Aber auch Fieber kann manchmal eine Gnade Gottes sein.

Nachdem ich wieder zur Besinnung gekommen war, erfuhr ich, daß Fräulein Antonina mit ihren Eltern nach Venedig abgereist sei.

Ich aber, einsam wie früher, beende mein vielleicht seltsam scheinendes Bekenntnis. In meinen Visionen war ich so überaus glücklich, daß ich sofort begann, alles aufzuschreiben, damit jene Ironie des Lebens nicht spurlos verrinne. Ich beschließe meine Erinnerungen ohne Bedauern in dem alten Glauben, daß von allen Glücksquellen diejenige, von der ich im Fieber trank, die reinste und wahrhaftigste ist.

Ein Leben, das nicht einmal im Traum von der Liebe besucht wird, ist noch viel schlimmer.

1892

Der Organist von Ponikła

Der Schnee war trocken, verharscht und nicht allzu tief. Da Kleń lange Beine hatte, kam er also rasch voran auf dem Weg von Zagrabie nach Ponikła. Er schritt kräftiger aus, weil starke frostige Kälte aufkam und er nur leicht bekleidet war: ein kurzer Rock, darüber ein noch kürzerer Schafspelz, eine schwarze Kordhose und dünne geflickte Schuhe. Außerdem trug er in der Hand eine Oboe, auf dem Kopf einen armseligen, abgewetzten Hut, im Magen ein paar Gläser Arrak, im Herzen eine große Freude und in der Seele bedeutende Gründe für diese Freude.

Denn heute morgen hatte er mit Kanonikus Krajewski einen Vertrag unterschrieben, der ihn zum künftigen Organisten von Ponikła machte. Er, der bisher oft wie ein Zigeuner von Wirtshaus zu Wirtshaus, von Hochzeit zu Hochzeit, von Jahrmarkt zu Jahrmarkt, von Kirchweih zu Kirchweih gezogen war, auf der Suche nach einem Verdienst – sei es mittels des Spiels seiner Oboe oder der Orgel, die er übrigens besser beherrschte als alle Organisten in der Umgebung –, würde jetzt endlich seßhaft werden, sich in Ponikła ansiedeln und ein solides Leben unter einem eigenen Dach beginnen.

Ein Haus, ein Garten, hundertfünfzig Rubel jährlich und andere Verdienstmöglichkeiten dazu, fast das Ansehen einer geistlichen Person, eine Beschäftigung zur Ehre Gottes – wer würde das nicht hochschätzen? Noch vor kurzem konnte der erstbeste in Zagrabie oder Ponikła, wenn er nur ein paar Morgen hatte, über Herrn Kleń die Nase rümpfen – jetzt aber werden die Leute vor ihm untertänig den Hut ziehen.

Organist – und noch dazu in einer so riesigen Pfarrei –, das ist kein Pappenstiel! Schon lange hatte Kleń mit diesem Posten geliebäugelt; doch zu Lebzeiten des alten Mielnicki war daran gar nicht zu denken. Dem Alten waren die Finger steif geworden, und er spielte miserabel, aber der Kanonikus hätte ihn um nichts in der Welt entlassen, da sie zwanzig Jahre miteinander verbracht hatten.

Doch als der Alte vom Falben des Kanonikus so schlimm in die Magengrube getreten wurde, daß er drei Tage später starb, hatte Kleń keinen Augenblick zugewartet, den Priester um den Posten zu bitten. Der Kanonikus hatte nicht gezögert, da er selber in der Stadt keinen besseren Organisten gefunden hätte. Woher Kleń «das Zeug» für Oboe, Orgel und andere Instrumente hatte, die er zu spielen verstand, war schwer zu sagen. Vom Vater konnte er es nicht geerbt haben, denn dieser kam aus Zagrabie, diente in jungen Jahren beim Militär – aber nicht bei der Musik –, und im Alter drehte er Hanfseile und spielte höchstens auf der Tabakspfeife, die ununterbrochen an seinem Schnurrbart klebte.

Von klein auf lauschte er, wenn irgend jemand musizierte. Noch als Halbwüchsiger ging er nach Ponikła, um den Blasebalg für Mielnicki zu treten, der ihm das Orgelspielen beigebracht hatte, weil Kleń so großes Interesse daran zeigte. Und nach drei Jahren spielte er besser als Mielnicki. Als dann einmal fremde Musikanten nach Zagrabie kamen, machte er sich mit ihnen auf und davon. Mit dieser Gesellschaft zog er mehrere Jahre umher, spielte weiß Gott wo, wenn sich die Gelegenheit dazu bot, auf Jahrmärkten, Hochzeiten und in Kirchen. Erst als einige seiner Gefährten gestorben waren und der Rest auseinandergegangen war, kehrte er, arm wie eine Kirchenmaus und abgemagert, nach Zagrabie zurück, und wie ein Vogel auf einem Ast spielte er mal den Menschen und mal dem Herrgott etwas vor.

Und obwohl ihm die Leute «Unbeständigkeit» vorwarfen, erlangte er einige Berühmtheit. In Zagrabie und in Ponikła sagte man von ihm: «Kleń bleibt eben Kleń! Aber wenn er zu spielen anfängt, so ist der Herrgott gewiß versöhnt, und die Menschen sind wie verzaubert.» Andere wiederum fragten: «Fürchten Sie den Herrgott nicht, Herr Kleń? Was für ein Teufel doch in Ihnen steckt!»

Und tatsächlich, irgendein Teufel steckte in dieser dürren Bohnenstange mit den langen Beinen. Als Mielnicki noch lebte und Kleń ihn an großen Feiertagen und zur Kirchweih vertrat, vergaß er sich manchmal ganz an der Orgel. Das passierte ihm besonders während des Hochamtes, wenn die Leute im Gebet versunken waren, wenn der Weihrauch sich überall im Kirchenschiff ausbreitete und alles, was lebte, voller Inbrunst sang. Dann gab er sich seinem Spiel hin, und der Gottesdienst, zusammen mit dem Klang der Glocken und Glöckchen, mit dem Geruch der Myrrhe, des Bernsteins und der würzigen Kräuter, mit dem Flackern der Kerzen und dem Glanz der Monstranzen, ergriff die Seelen, so daß es war, als schwebte die ganze Kirche auf Flügeln in die Höhe. Der Kanonikus, der die Monstranz hob und senkte, schloß verzückt die Augen, und Herr Kleń auf der Empore tat es ihm gleich. Es schien ihm, als ob die Orgel von allein spiele und die Töne der Bleiröhren wellenförmig anschwellen würden; wie Ströme, so war es ihm, flossen sie dahin, wie ein Wasserfall stürzten sie hervor; sie plätscherten wie ein Bächlein und fielen wie Regentropfen; er meinte, sie füllten die ganze Kirche aus, sie seien unter dem Gewölbe und vor dem Altar, in den Weihrauchwolken, im Sonnenlicht und in den Seelen der Menschen – manche waren furchterregend und erhaben und wie der Donner, andere wie menschlicher Gesang, bei dem man einzelne Wörter zu verstehen glaubt, wieder andere süß und fein wie verstreute Perlen oder das Schluchzen einer Nachtigall.

Nach der Messe kam Herr Kleń berauscht von der Empore herunter. Seine Augen glänzten, als sei er gerade aus dem Schlaf erwacht, doch da er ein einfacher Mann war, dachte und sagte er, dies käme von der Anstrengung. Der Kanonikus drückte ihm in der Sakristei ein paar Groschen in die Hand und flüsterte ihm ein Lob ins Ohr. Darauf ging Kleń unter die Leute, die sich auf dem Kirchplatz drängten; untertänig zog man den Hut vor ihm und bewunderte ihn über alle Maßen, obwohl er in Zagrabie doch nur eine kleine Kammer bewohnte.

Aber Kleń mischte sich nicht unter die Kirchgänger, um «He, guckt mal, Kleń kommt!» zu hören, sondern weil er sehen wollte, was ihm in Zagrabie, in Ponikła und auf der ganzen Welt das Liebste war: Fräulein Olka, die Tochter eines Ziegelbrenners aus Zagrabie. Sie hielt sein Herz mit ihren Kornblumenaugen, ihrem hellen Teint und ihrem Kirschmund wie mit einer Zange umklammert. In den seltenen Augenblicken, in denen er die Welt nüchtern betrachtete und einsah, daß der Ziegelbrenner ihm Fräulein Olka nicht zur Frau geben würde, dachte Herr Kleń, es sei wohl besser, sie sich aus dem Kopf zu schlagen, doch mit Schrecken fühlte er, daß ihm dies nicht gelingen würde. In großer Traurigkeit sagte er sich: «Ei, die hat sich aber hineingebohrt, nicht mal mit 'ner Zange könntest du sie herausreißen.» Sicherlich hatte er auch ihretwegen das Wanderleben aufgegeben. Für sie lebte er, und wenn er Orgel spielte, dann dachte er daran, daß sie ihm zuhörte, und spielte um so besser.

Sie, die ihn anfangs liebgewonnen hatte, weil er «das Zeug» zur Musik besaß, liebte ihn bald um seiner selbst willen – der Herr Kleń war ihr der Teuerste von allen, obwohl er ein sonderbares schwärzliches Gesicht, einen abwesenden Blick, einen kurzen Rock, einen noch knapperen Schafspelz und so lange und dünne Beine wie ein Storch hatte.

Aber «Väterchen» Ziegelbrenner, obwohl er selber stets leere Taschen hatte und eigentlich nicht berechnend war, wollte Kleń die Olka nicht geben. «Nach dem Mädchen», sagte er sich, «dreht sich jeder um. Wozu soll sie sich für einen wie Kleń die Zukunft verbauen?» Er ließ ihn sein Haus nur ungern und mitunter gar nicht betreten. Doch als der alte Mielnicki starb, änderte sich alles mit einem Mal.

Nachdem Kleń den Vertrag mit dem Kanonikus unterzeichnet hatte, eilte er schnurstracks zum Ziegelbrenner, und dieser antwortete ihm mit den Worten: «Ich sage nicht, daß daraus unbedingt gleich etwas werden soll, aber ein Organist, das ist ja kein Landstreicher.» Und nachdem er ihn in die Stube gebeten hatte, bewirtete er ihn mit Arrak und behandelte ihn wie einen ehrbaren Gast. Als Olka dann hinzukam, freute er sich zusammen mit den jungen Leuten, daß Kleń ein Herr geworden war, daß er Haus und Garten haben und nach dem Kanonikus die wichtigste Person in Ponikła sein würde.

Kleń hatte von mittags bis abends bei ihnen gesessen, zu seiner und Olkas großen Freude, und jetzt ging er nach Ponikła zurück, über knirschenden Schnee der Abenddämmerung entgegen.

Frostige Kälte kam auf, doch er achtete nicht darauf. Er schritt immer kräftiger aus und dachte im Gehen an die Ereignisse dieses Tages sowie an Olka, und ihm wurde warm. Einen glücklicheren Tag hatte es in seinem ganzen Leben noch nicht gegeben. Über den verlassenen, baumlosen Weg durch die gefrorenen Wiesen, die mit Schnee bedeckt waren, der rot und blau im Abendlicht glitzerte, trug er seine Freude wie eine helle Laterne, welche das Dunkel erleuchtet. Er ließ die Geschehnisse des Tages nochmals Revue passieren, also auch das Gespräch mit dem Kanonikus und die Vertragsunterzeichnung, jedes Wort des Ziegelbrenners und Fräulein Olkas. Als sie einen Augenblick allein gewesen waren, hatte sie ihm gesagt: «Mir ist es einerlei! Ich würde Ihnen, Herr Anton, ohnehin sogar bis übers Meer folgen, aber für Vater ist es besser so.»

Er hatte ihr voller Dankbarkeit verwirrt den Ellbogen geküßt und dabei gesagt: «Gott vergelt's Ihnen, Olka, in alle Ewigkeit, Amen!» Jetzt, wenn er sich daran erinnerte, schämte er sich ein bißchen, daß er sie auf den Ellbogen geküßt und ihr nur diese wenigen Worte gesagt hatte, denn er fühlte, daß sie, wenn es der Ziegelbrenner nur erlaubte, mit ihm in der Tat bis ans Ende der Welt gehen würde. Was für ein gutes Mädchen! Auch jetzt würde sie ihn, wenn es nötig wäre, auf dem verlassenen Weg durch den Schnee begleiten. «Mein liebes, goldenes Mädchen», dachte Herr Kleń, «dafür will ich dich zu einer Herrin machen!»

Und er schritt noch rüstiger aus, so daß der Schnee noch lauter knirschte. Bald spann er seine Gedanken weiter: «So eine Frau bringt einem keine Schmach und Schande.» Er wurde von großer Dankbarkeit erfüllt. Wenn Olka jetzt wirklich bei ihm wäre, würde er es nicht länger aushalten, würde die Oboe auf die Erde werfen und Olka mit ganzer Kraft an seine Brust drücken. Nicht anders hätte er es vor einer Stunde machen sollen, aber wie es so ist: Wenn man etwas tun oder sagen soll, das von Herzen kommt, steht man dumm herum und hat eine Zunge wie aus Holz. Orgelspielen ist viel leichter!

Indessen war das rotgoldene Band, das bis jetzt am westlichen Himmel geleuchtet hatte, zu einem goldenen Streifen geworden, zu einer goldenen Schnur; schließlich verlöschte er ganz. Die Dunkelheit brach herein, und am Himmel begannen die Sterne zu funkeln. Sie blickten, wie gewöhnlich im Winter, mit kaltem, metallischem Glanz auf die Erde hinab. Der Frost wurde immer schneidender, und er begann, den künftigen Organisten von Ponikła in die Ohren zu zwicken. Da Kleń den Weg ausgezeichnet kannte, beschloß er, querfeldein über die Wiesen zu gehen, um schneller nach Hause zu gelangen.

Schon sah man auf der glatten, schneebedeckten Fläche eine hohe, lächerlich emporragende Gestalt. Um die Zeit totzuschlagen, schoß es ihm in den Sinn, könnte er etwas spielen, solange die Finger nicht ganz erstarrt waren. Kaum gedacht, schon getan! Die Töne der Oboe klangen in der nächtlichen Einsamkeit merkwürdig, unscheinbar, fast etwas verschreckt angesichts dieser weißen, traurigen Ebene. Und sie klangen um so seltsamer, als Kleń nur fröhliche Dinge spielte. Ihm fiel wieder ein, wie er nach ein, zwei Gläsern zu spielen und zu singen angefangen und die muntere Olka ihn mit ihrem zarten Stimmchen begleitet hatte. Die gleichen Lieder wollte er auch jetzt spielen, und er begann mit denen, die auch sie zuerst gesungen hatte:

«O ebne, Herr, Täler und Höhn,
Laß sie einen großen Garten sein.
O bringe, Herr, mir meinen Liebsten,
Bring ihn im ersten Morgenschein!»

Dem Ziegelbrenner hatte das Lied nicht gefallen, da es ihm zu «gewöhnlich» schien, und er forderte sie auf, vornehme Lieder zu singen. So nahmen sie ein anderes in Angriff, das Olka in Zagrabie gelernt hatte:

«Herr Ludwig fuhr zur Jagd hinaus,
Helena blieb allein zuhaus;
Er kehrte heim, die Trompete rief,
Aber die schöne Helena schlief.»

Dies gefiel dem Ziegelbrenner schon eher. Doch als sie immer ausgelassener wurden, lachten sie am meisten über den «Grünen Krug». Bevor das Mädchen in diesem Lied am Ende zu lachen beginnt, weint und jammert es über einen zerbrochenen Krug:

«Mein grüner Krug,
Zerbrochen hat dich der Herr!»

Aber der Herr beeilt sich, sie zu trösten:

«Still, Jungfer, weine nicht,
Für den Krug bezahle ich!»

Olka hatte die Silben so lang wie sie nur konnte gedehnt: «Mein grü-ü-ü-ner Kru-u-ug!» Dann war ihr Lachen gefolgt, Kleń dagegen hatte die Oboe vom Mund genommen und ihr wie ein Herr mit großer Geste geantwortet:

«Still, Jungfer, weine nicht ...»

Und nun, in der Nacht, als er sich an jene fröhlichen Stunden des Tages erinnerte, spielte er «Mein grüner Krug!» vor sich hin und lächelte noch jetzt, soweit das beim Blasen der Oboe möglich war.

Da seine Lippen der großen Kälte wegen am Mundstück des Instrumentes haften blieben und die Finger beim Bedienen der Klappen steif wurden, hörte er nach einer Weile zu spielen auf und ging keuchend weiter, das Gesicht im Nebel, den sein Hauch bildete.

Nach einiger Zeit wurde er müde, denn eines hatte er nicht bedacht, daß nämlich der Schnee auf den Wiesen viel höher lag als auf dem festgefahrenen Weg und es nicht so leicht war, die langen Beine daraus hervorzuziehen. Außerdem befanden sich in den Wiesen an einigen Stellen mit Schneewehen angefüllt Vertiefungen, die man, bis zu den Knien einsinkend, durchwaten mußte. Kleń bedauerte mittlerweile, vom Weg abgewichen zu sein, denn dort hätte ja vielleicht irgendein Fuhrwerk, das nach Ponikła unterwegs war, vorbeikommen können.

Die Sterne blitzten immer greller, der Frost wurde immer stärker, und Herr Kleń geriet ins Schwitzen. Doch wenn zuweilen ein Windstoß sich erhob, der über die Wiesen zum Fluß hin wehte, wurde ihm sehr kalt. Er versuchte wieder zu spielen, doch das Spiel ließ ihn atemlos werden und machte seinen Weg noch beschwerlicher.

Schließlich überkam ihn ein Gefühl der Einsamkeit. Um ihn herum war alles so verlassen, still und trostlos, daß es sehr seltsam anmutete. In Ponikła wartete ein warmes Haus auf ihn, doch er dachte lieber an Zagrabie und sprach zu sich: «Olka geht jetzt schlafen. Aber dort in der Stube ist es Gott sei

Dank warm.» Und beim Gedanken, daß Olka es warm und hell hatte, freute sich sein edles Herz, um so mehr, als ihm selbst kalt war und um ihn herum Dunkelheit herrschte.

Endlich nahmen die Wiesen ein Ende, und das Weideland, auf dem hier und da Wacholderbüsche wuchsen, begann. Kleń war so müde, daß ihn große Lust überkam, sich mit seiner Oboe unter den erstbesten anheimelnden Strauch zu setzen und auszuruhen. Doch er dachte: «Ich werde erfrieren!» und ging weiter. Zu allem Unglück bilden sich mitunter um die Wacholdersträucher herum, wie auch vor Zäunen, Schneewehen. Nachdem Kleń einige davon durchquert hatte, war er so erschöpft, daß er sich schließlich sagte: «Ich setz' mich hin. Solange ich nicht einschlafe, erfriere ich nicht, und damit ich nicht einschlafe, spiele ich ‹Mein grüner Krug!›.»

Er ließ sich nieder und hob von neuem zu spielen an – und wieder erklang die dünne Stimme der Oboe in der stillen Schneenacht. Kleńs Augenlider wurden immer schwerer, und die Töne des «Grünen Kruges» wurden immer schwächer und leiser, bis sie schließlich vollends verstummten. Doch noch kämpfte Kleń gegen den Schlaf an, noch war er bei klarem Verstand; er dachte an Olka, aber zugleich fühlte er sich in einer immer größeren Einöde; er kam sich vergessen und immer verlassener vor und begann sich zu fragen, warum sie nicht bei ihm war in dieser nächtlichen Wüste. Er flüsterte: «Olka, wo bist du?»

Dann ließ er sich noch einmal vernehmen, als wolle er sie herbeirufen: «Olka!»

Die Oboe fiel aus seinen erstarrten Händen.

Das morgendliche Dämmerlicht beleuchtete am nächsten Tag die sitzende Gestalt, die Oboe neben den langen Beinen, und das blau angelaufene Gesicht Kleńs, das einen fast verwunderten Ausdruck hatte und dem letzten Ton des Liedes vom zerbrochenen Krug nachzulauschen schien.

1893

Sei gepriesen!

Eine indische Legende

Einst in einer hellen Mondnacht war der weise und große Krischna tief in Gedanken versunken und sprach: «Ich dachte immer, der Mensch sei das schönste Geschöpf auf Erden – doch ich habe mich geirrt. Die Lotosblüte da vor mir, die vom nächtlichen Windhauch geschaukelt wird – um wie vieles schöner ist sie doch als alle lebendigen Geschöpfe: ihre Blütenblätter haben sich gerade dem silbernen Mondlicht geöffnet – und ich kann meinen Blick nicht von ihr wenden... Ach ja», bemerkte er seufzend, «unter den Menschen gibt es nichts dergleichen.»

Doch nach einer Weile dachte er: «Warum sollte ich, ein Gott!, nicht über die Macht des Wortes verfügen, ein Wesen zu erschaffen, das unter den Menschen wäre, was der Lotos unter den Blumen ist? So geschehe es denn der Menschheit und der Erde zur Freude. Lotos, verwandle dich in ein lebendiges Geschöpf und stehe als Jungfrau vor mir.»

Alsbald erzitterte eine Welle, leicht, als habe eine Schwalbe mit ihrem Flügel das Wasser berührt; die Nacht wurde heller, der Mond glänzte strahlender am Himmel, die Nachtdrosseln sangen lauter; doch dann verstummten sie plötzlich. Und das Wunder war geschehen: vor Krischna stand die Lotosblume in menschlicher Gestalt.

Der Gott war selbst erstaunt.

«Bis jetzt warst du die Blume des Sees», sprach er, «so sei fortan die Blume meiner Gedanken und sprich!»

Das Mädchen begann leise zu flüstern, wie die weißen Blütenblätter des Lotos säuseln, wenn ein lauer Sommerwind sie küßt.

«O Herr, du hast mich in ein lebendiges Wesen verwandelt; wo, befiehlst du, daß ich jetzt wohnen soll? Bedenke, Herr, daß ich als Blume bei jedem Windhauch gezittert und meine Blättchen bebend geschlossen habe. Ich fürchtete mich, Herr, vor starken Regengüssen und Gewittern, ich fürchtete mich vor Donner und Blitzen, ich fürchtete mich sogar vor den sengenden Strahlen der Sonne. Auch wenn du mir befohlen hast, Mensch zu werden, so habe ich doch meine frühere Natur bewahrt, und jetzt, Herr, fürchte ich mich vor der Welt und vor allem, was sich auf ihr befindet. Wo, befiehlst du, daß ich wohnen soll?»

Krischna hob seine weisen Augen zu den Sternen und dachte einen Moment lang nach. Dann fragte er: «Möchtest du auf den Gipfeln der Berge leben?»

«Dort gibt es Schnee und Eis, Herr. Ich fürchte mich.»

«Nun, dann baue ich dir einen kristallenen Palast auf dem Grunde des Sees.»

«In den Tiefen der Gewässer kriechen Schlangen und andere Ungeheuer herum. Ich fürchte mich, Herr!»

«Willst du in die endlosen Steppen?»

«O Herr! Stürme und Unwetter verheeren die Steppen wie wilde Horden.»

«Was fange ich nun mit dir an, du menschgewordene Blume? Ha, ich hab's! In den Felsengrotten von Ellora leben heilige Einsiedler. Möchtest du abgeschieden von der Welt in einer Grotte deine Wohnung nehmen?»

«Dort ist es finster, Herr. Ich fürchte mich.»

Krischna setzte sich auf einen Stein und stützte seinen Kopf auf die Hand. Das Mädchen stand da, zitternd und verschreckt.

Indes begann die Morgenröte im Osten den Himmel zu erhellen. Die Wasserfläche des Sees, die Palmen und die Bambusstengel schimmerten golden. Rosafarbene Reiher, blaue Kraniche und weiße Schwäne auf dem Wasser, Pfauen und indische Prachtfinken in den Wäldern erhoben ihre Stimmen im Chor. Die Klänge von Saiten, die über eine Muschel gespannt waren, und das Lied eines Menschen begleiteten sie.

Krischna erwachte aus seiner Versunkenheit und sprach: «Das ist der Dichter Walmiki, der den Sonnenaufgang begrüßt.»

Nach einem Augenblick wurde der Vorhang aus Lianen und purpurnen Blüten zerteilt, und am Seeufer erschien Walmiki.

Als er die menschgewordene Lotosblüte gewahrte, hörte er zu musizieren auf. Langsam entglitt die Muschel seinen Händen, seine Arme fielen herab, und stumm, als hätte ihn der große Krischna in einen am Wasser stehenden Baum verwandelt, stand er da.

Der Gott freute sich über dieses Erstaunen angesichts seines Werks, und er sprach: «Komm zu dir, Walmiki, und sprich!»

Und Walmiki sprach: «Ich liebe!»

Nur diese zwei Worte kamen ihm in den Sinn; mehr brachte er nicht hervor.

Krischnas Antlitz erstrahlte plötzlich. «Wunderbares Mädchen, ich habe einen Platz auf Erden gefunden, der deiner würdig ist: Wohne im Herzen dieses Dichters!»

Walmiki wiederholte: «Ich liebe!»

Der Wille des mächtigen Krischna – der Wille der Gottheit – begann das Mädchen zum Herzen des Dichters zu treiben. Der Gott hatte Walmikis Herz durchsichtig wie Kristall werden lassen.

Das Mädchen begab sich in den ihr zugewiesenen Unterschlupf, heiter wie ein Sommertag und sanft wie eine Welle des Ganges. Doch als sie tiefer in das Herz Walmikis hineinsah, wurde ihr Gesicht plötzlich bleich, und Schrecken durchfuhr sie wie ein eisiger Wind.

Krischna war darob sehr verwundert. «Menschgewordene Blume», fragte er, «ist dir denn auch vor dem Herzen des Dichters bange?»

«Herr», antwortete das Mädchen, «welch ein Ort ist das, den ich auf dein Geheiß zu meiner Wohnung machen soll! In diesem einen Herzen hier erblickte ich schneebedeckte Berggipfel, die Tiefen der Gewässer voll seltsamen Getiers, die Steppen samt Stürmen und Unwettern und die finsteren Grotten von Ellora. Darum fürchte ich mich wieder, o Herr!»

Doch der gütige und weise Krischna sprach: «Beruhige dich, du menschgewordene Blume. Wenn im Herzen Walmikis einsame Schneegipfel sind, sei der warme Frühlingshauch, der sie zum

Schmelzen bringt; wenn dort ein tiefes Gewässer ist, sei die Perle auf seinem Grund; wenn dort die Öde der Steppe ist, säe darin Blumen des Glücks; wenn es dort die finsteren Grotten Elloras gibt, sei der Sonnenstrahl in dieser Finsternis.»

Und Walmiki, der inzwischen die Sprache wiedererlangt hatte, setzte hinzu: «Und sei gepriesen!»

1893

Folgen wir Ihm nach

I.

Gaius Septimus Cinna war ein römischer Patrizier. Seine Jugend hatte er bei den Legionen zugebracht, wo das Leben im Lager recht hart und streng war. Später war er nach Rom zurückgekehrt, um sich dort seines Ruhmes, verschiedener Vergnügungen und seines großen, wenn auch schon leicht dezimierten Vermögens zu erfreuen. So genoß er denn auch alles, was die riesige Stadt zu bieten hatte, bis zum Exzeß.

Die Nächte verbrachte er bei Gelagen in den prunkvollen Villen, draußen vor der Stadt; die Tage vergingen mit Fechtübungen bei den Lanisten, bei Disputen mit den Rhetoren in den Tepidarien, wo man diskutierte, sich aber auch allerhand Klatsch aus der Stadt und der Welt erzählte. Er ging in den Zirkus, zu Wettrennen oder zu den Kämpfen der Gladiatoren. Seine Zeit verstrich inmitten griechischer Lautenspieler, thrakischer Wahrsagerinnen und wunderschöner Tänzerinnen, die man von den Inseln des Archipelagos nach Rom geholt hatte.

Als Verwandter mütterlicherseits des einst berühmten Lucullus hatte er von diesem die Vorliebe für erlesene Speisen geerbt. An seiner Tafel reichte man griechischen Wein, Austern aus Neapolis, Bilche aus Numidien und fette, in Honig aus Pontus gedünstete Heuschrecken. Alles, was Rom an Delikatessen besaß, mußte auch Cinna besitzen, von Fischen aus dem Roten Meer bis hin zu Schneehühnern von den Ufern des Borysthenes[1].

Er genoß dies alles nicht nur wie ein Soldat, den es nach Ausschweifungen verlangt, sondern wie ein Patrizier, der wohl zu wählen weiß. Sein Interesse für schöne Dinge mochte er sich eingeredet haben, oder vielleicht war in ihm tatsächlich ein Faible erwacht für Statuetten, die man aus den Trümmern von Korinth geborgen hatte, für Epilychnien aus Attika, etruskische Vasen oder solche, die man aus dem fernen Sericum herbeigeschafft hatte, für römische Mosaike, Gewebe von den Ufern des Euphrat, arabische Wohlgerüche und all jene aparten Kleinigkeiten, welche die Leere eines Patrizierlebens ausfüllen. Er verstand es auch, über all dies wie ein Kenner und Liebhaber mit den zahnlosen Greisen zu reden, die bei Tisch ihre kahlen Köpfe mit Rosen bekränzten und nach den Mahlzeiten Heliotropblüten kauten, um einen wohlriechenden Atem zu haben.

Er empfand auch die Schönheit der Sätze Ciceros, der Gedichte Ovids und des Horaz. Von einem Athener Rhetor erzogen, sprach er fließend griechisch und konnte aus dem Gedächtnis ganze Passagen aus der «Ilias» rezitieren; während der Gastmähler vermochte er so lange die Lieder Anakreons zu singen, bis er betrunken oder heiser war.

Durch seinen Lehrmeister und andere Rhetoren war er auch mit der Philosophie in Berührung gekommen und hatte sich so weit mit ihr bekannt gemacht, daß er die Struktur verschiedener geistiger Gebäude verstand, die man in Hellas und den Kolonien errichtet hatte, und ihm entging nicht, daß sie nunmehr alle in Trümmern lagen. Er kannte viele Stoiker persönlich, hegte jedoch einen Widerwillen gegen sie, da sie griesgrämig und den Freuden des Lebens abhold waren. Zudem sah er in ihnen mehr eine politische Partei. Oftmals nahmen die Skeptiker an seiner Tafel Platz. Zwischen den einzelnen Gängen brachten sie ganze Systeme zu Fall und verkündeten bei weingefüllten Kratern, daß die Lust etwas Vergängliches, die Wahrheit etwas Unerreichbares und das Ziel des Weisen die absolute Ruhe sei.

All das drang an sein Ohr, ohne jedoch an sein Innerstes zu rühren. Er folgte keinen Prinzipien, und er stellte auch keine auf. In der Person Catos sah er die Verschmelzung von großem Charakter und großer Dummheit. Das Leben war für ihn ein Meer, auf dem die Winde nach Belieben blasen, und als Klugheit erschien ihm die Kunst, die Segel so zu setzen, daß das Boot vorangetrieben wird. Überdies schätzte er breite Schultern, wie er sie besaß, einen gesunden Magen, wie er ihn besaß, und einen schönen römischen Kopf mit Adlernase und kräftigen Kiefern, wie er ihn besaß. Er war davon überzeugt, daß man damit schon durch das Leben kommen konnte.

Ohne der philosophischen Schule der Skeptiker anzugehören, war er im Leben Skeptiker, gleichzeitig aber auch Hedonist, wiewohl er wußte, daß Genuß und Glück nicht identisch sind. Die eigentliche Lehre des Epikur kannte er nicht, weshalb er sich für einen Epikuräer hielt. Überhaupt erblickte er in der Philosophie eher eine intellektuelle Fechtkunst, ebenso gut wie jene, welche die Lanisten lehrten. Langweilten ihn die geistigen Auseinandersetzungen, ging er in den Zirkus, um Blut zu sehen.

An die Götter glaubte er nicht, genausowenig an Tugend, Wahrheit oder Glück. Er glaubte lediglich an Prophezeiungen; er war abergläubisch, und auch die geheimnisvollen Religionen des Ostens weckten seine Neugier. Seinen Sklaven war er ein guter Herr, soweit ihn momentane Langeweile nicht zu Grausamkeiten trieb. Er hielt das Leben für eine große Amphore, die um so dunkler wird, je besser der Wein ist, den sie enthält; also bemühte er sich darum, die seine nur mit dem besten zu füllen. Er liebte niemanden, aber er mochte viele Dinge, so unter anderem seinen prächtigen Schädel mit der Adlernase und seinen wohlgeformten Patrizierfuß.

In den ersten Jahren seines ausschweifenden Lebens genoß er es, Rom in Erstaunen zu versetzen, was ihm auch mehrfach gelang. Später wurde ihm auch dies gleichgültig.

2.

Schließlich hatte er sich ruiniert. Die Gläubiger rissen sein Vermögen an sich. Cinna blieb lediglich ein Gefühl der Erschöpfung, wie es sich nach einer großen Anstrengung einstellt, außerdem Übersättigung und noch etwas völlig Unerwartetes: eine tiefe Unruhe. Er hatte doch den Reichtum und die Liebe, so wie sie in der damaligen Welt verstanden wurden, genossen, hatte alle Wonnen ausgekostet, hatte sich des Kriegsruhms erfreut und zahlreiche Gefahren bestanden; er hatte Einblick gewonnen in verschiedene Bereiche des menschlichen Denkens, war mit Poesie und Kunst in Berührung gekommen – also dachte er, er habe vom Leben alles empfangen, was es zu bieten vermochte. Und dennoch hatte er das Gefühl, er habe etwas versäumt, und zwar etwas sehr Wesentliches. Er wußte jedoch nicht, was es sein könnte, und zerbrach sich vergeblich den Kopf darüber.

Oftmals versuchte er die quälenden Gedanken abzuschütteln und die Unruhe zu bannen; er war bestrebt, sich einzureden, daß es im Leben weiter nichts gebe und nicht mehr geben könne; aber dann wuchs, anstatt zu schwinden, seine Unruhe bis zu einem Grad, da es ihm schien, als sorge er sich nicht nur um sich, sondern um ganz Rom. Er beneidete die Skeptiker, und gleichzeitig hielt er sie für Dummköpfe, weil sie behaupteten, man könne die Leere mit dem Nichts ausfüllen. Gleichsam zwei Menschen lebten jetzt in ihm, von denen der eine sich über die eigene Unruhe wunderte, welche der andere aber für vollkommen berechtigt hielt.

Kurz nachdem er sein Vermögen eingebüßt hatte, wurde er dank dem mächtigen Einfluß seiner Familie nach Alexandria entsandt, wo er ein Amt übernahm. Zum Teil verfolgte man damit auch den Zweck, ihm in dem reichen Land zu neuerlichem Reichtum zu verhelfen. Die Unruhe stieg mit ihm in Brundisium auf das Schiff und begleitete ihn über das Wasser. In Alexandria, so hoffte er, würden ihn die Amtsgeschäfte, andere Menschen, die neue Umgebung und neue Eindrücke von seiner lästigen Gefährtin befreien – doch er irrte sich. Es verging ein Monat, ein zweiter – und gleich dem Samenkorn der Demeter, das, aus Italien mitgebracht, auf dem fruchtbaren Boden des Deltas nur noch üppiger sprießt, wurde auch aus der wuchernden Staude der Unruhe eine mächtige Zeder, deren breit ausladende Äste einen immer größer werdenden Schatten auf die Seele Cinnas warfen.

Anfänglich versuchte Cinna, sich zu betäuben, indem er seinen schon in Rom praktizierten Lebensstil beibehielt. Alexandria war eine sinnenfreudige Stadt, voll von Griechinnen mit flachsblonden Haaren und hellem Teint, den die ägyptische Sonne mit einem zarten bernsteinfarbenen Schimmer überzogen hatte. In ihren Armen suchte er Linderung.

Doch als sich auch dies als erfolglos erwies, begann er an Selbstmord zu denken. Viele seiner Gefährten hatten sich auf diese Weise der Sorgen des Lebens entledigt, häufig aus weit nichtigeren Gründen, als jene Cinnas es waren: aus bloßer Langeweile, aus Überdruß an der Ödheit des Lebens oder aus mangelnder Lust, weiteren Genüssen zu frönen. Wenn der Sklave das Schwert geschickt und kräftig genug festhielt, dann konnte ein Augenblick allem ein Ende machen.

Cinna klammerte sich an diesen Gedanken, doch als er schon fast im Begriff war, ihn in die Tat umzusetzen, hielt ihn ein wunderlicher Traum davon ab. Es schien ihm nämlich, als habe er bei der Überfahrt über den Styx seine Unruhe am jenseitigen Ufer in Gestalt eines abgezehrten Sklaven erblickt, der sich vor ihm verneigte und sprach: «Ich bin dir vorausgeeilt, um dich zu empfangen.» Da fürchtete sich Cinna zum ersten Mal in seinem Leben, denn er begriff, daß er, solange er nicht ohne Unruhe an ein Leben nach dem Tode denken konnte, mit ihr zusammen hinübergehen würde.

In seiner Ausweglosigkeit beschloß er, sich an die Weisen zu wenden, von denen es im Serapeum nur so wimmelte, weil er hoffte, von ihnen die Lösung seines Problems zu erfahren. Jene vermochten es zwar nicht zu lösen, dafür aber ernannten sie ihn zum *tu muséiu*[a], dem Titel, den sie gewöhnlich Römern von hoher Geburt und Rang verliehen. Das war freilich nur ein schwacher Trost, und daß er nun zum Weisen gestempelt wurde, als ein Mensch, der nicht einmal eine Antwort auf die ihn am meisten bedrängenden Fragen wußte, erschien Cinna als reine Ironie. Doch er vermutete, daß das Serapeum seine Weisheit nicht mit einem Mal enthüllen wollte, und so gab er die Hoffnung nicht auf.

Der aktivste unter den Weisen Alexandrias war der edle Timon von Athen, ein reicher und mächtiger Mann, der auch römischer Bürger war. Er wohnte seit etlichen Jahren in Alexandria, wohin er gekommen war, um sich in die Geheimnisse der ägyptischen Wissenschaften zu vertiefen. Man erzählte von ihm, daß es kein Pergament, keine Papyrusrolle in der Bibliothek gebe, die er nicht gelesen habe, und daß er die Weisheit der gesamten

---

[a] von griech. *músеios:* die Musen betreffend; Musensitz, Musenort

Menschheit in sich vereinige. Zudem war er sanft und verständnisvoll.

Unter einer Vielzahl von Pedanten und akribischen Textdeutern mit ausgetrockneten Hirnen war er Cinna sogleich aufgefallen, und bald schlossen sie nähere Bekanntschaft, die nach einiger Zeit zu einer gewissen Vertraulichkeit führte, ja sogar zur Freundschaft wurde. Der junge Römer bewunderte Timons geschichte Dialektik, seine Eloquenz und die Besonnenheit, mit der er über erhabene Dinge redete, die die Vorbestimmtheit des Menschen und der Welt betrafen. Besonders beeindruckte ihn, daß jene Besonnenheit mit einer gewissen Trauer gepaart schien. Später, als sie sich schon nähergekommen waren, verspürte Cinna mehrfach Lust, den alten Weisen nach dem Grund für seine Traurigkeit zu fragen und ihm bei dieser Gelegenheit auch sein Herz auszuschütten. Schließlich kam es dann dazu.

3.

Als sie eines Abends nach einer lebhaften Debatte über die Seelenwanderung auf der Terrasse – von ihr hatte man übrigens einen schönen Blick über das Meer – unter vier Augen waren, nahm Cinna Timons Hand und bekannte offen, was ihn am meisten quälte und warum er sich bemüht hatte, mit den Gelehrten und Philosophen des Serapeum in Kontakt zu kommen.

«Wenigstens insofern habe ich davon profitiert», sagte er zum Schluß, «als ich dich, Timon, kennengelernt habe, und ich weiß jetzt, wenn du das Rätsel meines Lebens nicht löst, dann gelingt dies auch keinem anderen.»

Timon schaute eine Weile auf das glatte Meer hinaus, auf dem sich die schmale Sichel des zunehmenden Mondes spiegelte.

«Hast du jene Vogelschwärme gesehen, Cinna, die im Winter aus dem düsteren Norden zu uns geflogen kommen? Weißt du, was sie in Ägypten suchen?»

«Ja. Wärme und Licht.»

«Auch die Seelen der Menschen suchen nach Wärme, also nach Liebe und Licht, das heißt: nach Wahrheit. Die Vögel jedoch wissen, wohin sie fliegen müssen, um das zu finden, dessen sie bedürfen; die Seelen hingegen verlieren sich auf Abwegen, irren in Trauer und Unruhe umher.»

«Warum, edler Timon, können sie ihren Weg nicht finden?»

«Einst fand man seinen Seelenfrieden bei den Göttern, heute ist dieser Glaube ausgebrannt wie das Öl in einer Lampe. Dann dachte man, daß die Philosophie die Sonne der Wahrheit sei. Heute, das weißt du selber am besten, sitzen in Rom, in den Akademien Athens und hier die Skeptiker auf ihren Gedankentrümmern. Zu Unrecht glauben sie, den Frieden gebracht zu haben; in Wirklichkeit aber stifteten sie nur Unruhe. Denn sich von Licht und Wärme loszusagen, bedeutet soviel wie: die Seele in der Finsternis dieser Unruhe zu belassen. So strecken wir die Hände aus und tappen tastend im Finstern zum Ausgang.»

«Hast denn auch du ihn nicht gefunden?»

«Ich habe lange gesucht, ihn aber nicht gefunden. Du hast ihn im Genuß gesucht, ich im Denken – uns beide umgibt derselbe Nebel. So wisse denn, daß du nicht der einzige bist, der sich quält, sondern daß sich in dir das Leid der Weltseele vollzieht. Du hast wohl schon lange den Glauben an die Götter verloren.»

«In Rom werden sie noch öffentlich verehrt, ja es werden sogar neue aus Asien und Ägypten eingeführt, doch man glaubt nicht wirklich an sie, höchstens die Grünzeughändler, die morgens vom Dorf in die Stadt kommen.»

«Und die allein den Frieden in sich tragen.»

«Ebenso wie jene, die sich hier vor Katzen und Zwiebeln verneigen.»

«Und wie jene, die, einem gesättigten Tier gleich, nach dem Essen nur noch schlafen wollen.»

«Ja, lohnt es sich dann überhaupt zu leben?»

«Wissen wir denn, was uns der Tod bringen wird?»

«Es gibt also einen Unterschied zwischen dir und den Skeptikern?»

«Die Skeptiker haben sich mit der Finsternis abgefunden oder geben vor, es zu tun, doch mich peinigt sie.»

«Und du siehst keine Erlösung?»

Timon verstummte für einen Augenblick, dann antwortete er langsam, fast zögernd: «Ich erwarte sie.»

«Woher?»

«Ich weiß es nicht.»

Dann stützte er den Kopf auf seine Hand und begann, vielleicht von der auf der Terrasse herrschenden Stille beeinflußt, mit gedämpfter Stimme zu sprechen: «Es ist wohl seltsam, aber manchmal scheint mir, wenn die Welt nichts weiter enthielte als das, was wir wissen, und wenn wir Menschen nicht mehr sein könnten als das, was wir sind, dann gäbe es diese Unruhe in uns nicht. Ich schöpfe also aus der Krankheit die Hoffnung auf Genesung. Der Glaube an den Olymp und die Philosophie ist gestorben, aber vielleicht bringt irgendeine neue Wahrheit, die ich nicht kenne, die Genesung.»

Wider Erwarten verschaffte Cinna dieses Gespräch eine große Erleichterung. Als er hörte, daß nicht nur er an jener Krankheit litt, sondern die ganze Welt, überkam ihn ein Gefühl, als habe ihm jemand eine gewaltige Last abgenommen und sie auf tausend Schultern verteilt.

4.

Seit jener Unterhaltung wurde die Freundschaft zwischen Cinna und dem alten Griechen noch enger. Sie besuchten sich jetzt sehr häufig und teilten ihre Gedanken wie das Brot bei einem Gastmahl. Cinna war übrigens noch zu jung, als daß das Leben, trotz all der Erfahrungen und der Ermattung, die immer auf Ausschweifungen folgt, nicht doch noch einen Reiz für ihn bewahrt hätte – und solch ein Reiz war für ihn ausgerechnet die einzige Tochter Timons, Anthea.

Ihr Ruhm in Alexandria stand dem ihres Vaters in nichts nach. Vornehme Römer, die im Hause Timons verkehrten, huldigten ihr; es verehrten sie die Griechen, es verehrten sie die Philosophen aus dem Serapeum, und es verehrte sie das Volk. Timon sperrte sie nicht im Gynäkeion ein, wo man die anderen Frauen unter Verschluß hielt; vielmehr bemühte er sich, ihr sein ganzes Wissen zu vermitteln. Als sie den Kinderschuhen entwachsen war, las er mit ihr griechische Bücher, ja sogar römische und hebräische, und da sie über ein außergewöhnliches Gedächtnis verfügte und im vielsprachigen Alexandria aufgewachsen war, beherrschte sie diese Sprache bald fließend.

Sie war ihrem Vater bei allen Gedankengängen eine Gefährtin, und sie nahm häufig an Disputationen teil, die während der Symposien in Timons Hause geführt wurden. Oftmals verstand sie es, sich in dem Labyrinth schwieriger Probleme, der Ariadne gleich, zurechtzufinden und auch anderen den Weg hinaus zu weisen. Der Vater bewunderte und verehrte sie.

Überdies umgab sie der Zauber des Geheimnisvollen, ja beinahe der Heiligkeit, denn sie hatte des öfteren hellseherische Träume, in denen sie Dinge sah, die das Auge eines gewöhnlichen Sterblichen nie erblickt. Der weise Alte liebte sie auch deshalb wie sich selbst, weil er Angst hatte, sie zu verlieren, denn sie erzählte ihm wiederholt von Träumen, in denen unheilverkündende Wesen erschienen und irgendein sonderbares Licht erstrahlte, von dem sie nicht wisse, ob es für sie eine Quelle des Lebens sei oder ihren Tod bedeute.

Anthea sah sich allenthalben von Liebe umgeben. Die Ägypter, welche in Timons Hause verkehrten, nannten sie Lotosblüte, vielleicht weil dieser Blume an den Ufern des Nil göttliche Verehrung zuteil wurde, vielleicht aber auch, weil derjenige, der sie einmal gesehen hatte, leicht die ganze Welt vergessen konnte.

Ihre Schönheit kam nämlich ihrer Klugheit gleich. Die ägyptische Sonne hatte ihr Antlitz nicht dunkler gefärbt. Ihr Teint mutete wie dünnes Perlmutt an, durch das die rosigen Strahlen der Morgensonne schienen. Ihre Augen waren azurblau wie der Nil, und ihr Blick kam aus unbekannter Ferne geflossen wie das Wasser dieses geheimnisvollen Stromes. Als Cinna sie zum ersten Mal gesehen und gehört hatte, befiel ihn bei seiner Heimkehr große Lust, ihr im Atrium seines Hauses einen Altar zu errichten und ihr darauf weiße Tauben zu opfern. Tausenden von Frauen war er in seinem Leben schon begegnet, angefangen bei den Mädchen aus dem hohen Norden, die helle Wimpern und Haare in der Farbe reifen Getreides hatten, bis hin zu den lavaschwarzen Numidierinnen; aber noch nie zuvor hatte er eine solche Gestalt, eine solche Seele getroffen. Je häufiger er sie sah, je besser er sie kennenlernte, je öfter er Gelegenheit hatte, ihren Worten zu lauschen, desto mehr wuchs seine Verwunderung. Zuweilen vermutete er, der nicht an die Götter glaubte, daß Anthea nicht Timons Tochter, sondern vielmehr die Tochter irgendeines Gottes sein müsse und sie halb eine gewöhnliche Frau, halb aber eine Unsterbliche sei.

Bald entflammte in ihm eine unerwartete, mächtige und unüberwindliche Liebe, die ebenso verschieden war von den Gefühlen, die er bisher für jemanden gehegt hatte, wie auch Anthea von anderen Frauen verschieden war. Nur um sie verehren zu können, wollte er sie besitzen. Und um sie zu besitzen, war er sogar bereit, sein Blut hinzugeben. Lieber wollte er ein Bettler an ihrer Seite sein als ein Kaiser ohne sie. Und wie ein Meeresstrudel mit unaufhaltsamer Kraft alles mit sich fortreißt, was sich in seiner Nähe befindet, so riß Cinnas Liebe seine Seele, sein Herz, seine Tage und Nächte sowie alles, was sein Leben ausmachte, mit sich. – Endlich wurde auch Anthea mitgerissen.

«*Tu felix*[a], Cinna!» sagten ihm seine Freunde ständig.

«*Tu felix,* Cinna!» sagte auch er sich, und als er sie endlich zum Weibe nahm, als ihre göttlichen Lippen die heiligen Worte sprachen: «Wo du bist, Gaius, da will auch ich sein, Gaia», da schien ihm, sein Glück sei wie das Meer: unerschöpflich und grenzenlos.

5.

Ein Jahr war vergangen, und die junge Frau genoß am häuslichen Herd stets eine fast göttliche Verehrung. Sie war der Augenstern ihres Gatten, sie war für ihn die Liebe, die Weisheit, das Licht. Doch als Cinna sein Glück mit dem Meer verglich, hatte er vergessen, daß das Meer auch Zeiten der Ebbe kennt. Nach Jahresfrist wurde Anthea von einer schrecklichen, unbekannten Krankheit befallen. Ihre Träume wandelten sich in grausame Visionen, die ihre Lebenskraft aufzehrten. Auf ihrem Gesicht erloschen die Strahlen der Morgenröte, es blieb nur die Durchsichtigkeit zarten Perlmutts. Ihre Hände wurden immer durchscheinender, die

[a] du Glücklicher

Augen sanken immer mehr in ihre Höhlen zurück – die rosige Lotosblüte verwandelte sich mehr und mehr in eine weiße Lotosblüte, die so bleich wurde wie das Antlitz eines Toten. Man beobachtete, daß Habichte über Cinnas Haus zu kreisen begannen, die in Ägypten als Vorboten des Todes gelten. Antheas Visionen wurden immer entsetzlicher.

Wenn die Sonne in den Mittagsstunden die Welt in ein grelles Licht tauchte und die Stadt in Schweigen versank, dann schien es Anthea, als höre sie eilige Schritte unsichtbarer Wesen um sich herum und als sehe sie fern in der Luft ein ausgetrocknetes gelbliches Leichengesicht, das sie mit schwarzen Augen unverwandt anstarrte. Es war, als würde sie aufgefordert, irgendwohin zu gehen, in ein geheimnisvolles Dunkel, wo Angst und Schrecken lauerten. Anthea begann dann am ganzen Leibe wie im Fieber zu zittern, sie wurde immer bleicher, und kalter Schweiß bedeckte ihre Stirn. Die verehrte Priesterin des häuslichen Herdes wandelte sich in ein wehrloses und verschrecktes Kind, das an der Brust des Gatten Schutz suchte, wobei ihre blasser und blasser werdenden Lippen ein ums andere Mal wiederholten: «Rette mich, Gaius! Schütze mich!»

Ja, Gaius hätte sich auch auf jedes Gespenst gestürzt, das Persephone aus der Unterwelt entließ, doch vergeblich schweifte sein Blick suchend umher. Ringsum war es, wie gewöhnlich in den Mittagsstunden, still und verlassen. Grelles Licht übergoß die Stadt; das Meer schien in der Sonne zu lodern, und in der Stille hörte man bloß das Kreischen der über dem Haus kreisenden Habichte.

Die Visionen Antheas wurden zusehends häufiger und traten schließlich jeden Tag auf. Sie verfolgten sie überallhin, gleichviel, ob sie außerhalb des Hauses, im Atrium oder in anderen Räumen weilte. Auf Anraten der Ärzte ließ Cinna ägyptische Sambuka-Spielerinnen kommen und Beduinen, die auf Tonpfeifen bliesen. Sie sollten mit ihrer lauten Musik die Geräusche jener unsichtbaren Wesen übertönen. Aber das war vergebens. Anthea hörte sie noch aus dem größten Lärm heraus, und wenn die Sonne so hoch stand, daß der Schatten den Menschen zu Füßen lag wie ein von den Schultern herabgeglittenes Gewand, erschien in der glutflimmernden Luft das Leichengesicht und starrte Anthea mit gläsernen Augen an; dann zog es sich langsam wieder zurück, als wolle es sagen: «Komm mit mir!»

Zuweilen kam es Anthea so vor, als würde der Mund der Leiche sich langsam bewegen, manchmal wieder, als würden daraus schwarze, abscheuliche Käfer hervorschwirren und auf sie zu fliegen. Beim bloßen Gedanken an diese Visionen füllten sich ihre Augen mit Entsetzen, und schließlich wurde das Leben für sie zu einer solch unerträglichen Qual, daß sie Cinna bat, ihr das Schwert zu halten oder ihr zu erlauben, Gift zu trinken.

Doch Cinna wußte, daß er dazu nicht imstande wäre. Für sie hätte er mit Freuden sich selbst die Adern mit dem Schwert geöffnet, aber sie töten, das konnte er nicht. Wenn er sich das teure Haupt vorstellte, wie es leblos, mit geschlossenen Lidern, voll eisiger Ruhe daliegen würde, und wenn er die Brust, von seinem Schwert durchbohrt, vor sich sah, dann fühlte er, daß er erst wahnsinnig werden müßte, bevor er so etwas täte.

Ein griechischer Arzt sagte ihm, Hekate sei es, die Anthea erscheine, und jene unsichtbaren Wesen, deren Geräusche die Kranke so erschreckten, gehörten zum Gefolge der unheilverkündenden Göttin. Seiner Ansicht nach gab es für Anthea keine Rettung: Wer Hekate einmal geschaut habe, müsse sterben.

Cinna, der vor nicht allzu langer Zeit noch über den Glauben an Hekate gelacht hätte, opferte nun der Gottheit eine Hekatombe. Doch das Opfer bewirkte nichts, denn am nächsten Tag blickten die finsteren Augen Anthea wieder an.

Man versuchte, ihren Kopf zu verhüllen, doch sie sah das Leichengesicht auch noch durch die dicksten Vorhänge hindurch. Wenn man sie in einem dunklen Raum einschloß, dann schaute das Gesicht von der Wand herab, wobei es mit seinem bleichen Leichenglanz die Finsternis erhellte.

Abends ging es der Kranken jeweils besser. Sie fiel dann in einen so tiefen Schlaf, daß sowohl Cinna als auch Timon meinten, sie würde daraus nicht wieder erwachen. Ihre Kräfte schwanden mehr und mehr, bis sie nicht mehr laufen konnte und in einer Sänfte getragen werden mußte.

Cinnas frühere Unruhe kehrte hundertfach stärker zurück und bemächtigte sich seiner vollends. Es war nicht nur die Angst um Antheas Leben, sondern gleichzeitig das seltsame Gefühl, daß ihre Krankheit in einem geheimnisvollen Zusammenhang mit all dem stehe, worüber er bei seinem ersten vertraulichen Gespräch mit Timon geredet hatte. Möglicherweise dachte der alte Weise das gleiche, doch Cinna hatte Scheu, ihn danach zu fragen. Die Kranke indessen welkte dahin wie eine Blume, in deren Kelch sich eine giftige Spinne eingenistet hat.

Cinna jedoch, obgleich ohne Hoffnung, ließ in seiner Verzweiflung nichts unversucht, sie zu retten. Zuerst brachte er sie in die Wüste in die Nähe von Memphis. Als der Aufenthalt in der Stille der Pyramiden sie nicht von ihren schrecklichen Gesichten befreite, kehrte er nach Alexandria zurück und umgab sie dort mit Wahrsagern, Zauberern, die Krankheiten besprechen, und mit allerhand anderem Gesindel, das mit Hilfe von Zaubermitteln die menschliche Leichtgläubigkeit ausnutzt. Doch er hatte keine andere Wahl, und so war ihm jedes Mittel recht.

In jener Zeit kam aus Caesarea ein berühmter jüdischer Arzt, Joseph, der Sohn des Khusa, nach Alexandria. Cinna führte ihn unverzüglich zu seiner Frau – und für einen Augenblick schöpfte er neue Hoffnung. Joseph, der nicht an die griechischen und römischen Götter glaubte, wies mit Verachtung die Auffassung von Hekates Erscheinen zurück. Nach seinem Dafürhalten waren es vielmehr Dämonen, von denen die Kranke besessen war, und er riet dazu, Ägypten zu verlassen, da auch die Ausdünstungen des sumpfigen Nil-Deltas ihrer Gesundheit abträglich sein könnten. Er empfahl, vielleicht weil er selbst ein Jude war, die Übersiedlung nach Jerusalem, denn zu dieser Stadt hätten die Dämonen keinen Zutritt, und außerdem sei die Luft dort trocken und gesund.

Cinna folgte willig seinem Rat, zum einen, weil er keinen besseren wußte, und zum anderen, weil in Jerusalem ein ihm bekannter Prokurator regierte, dessen Vorfahren einst zur Klientel des Hauses Cinna gehört hatten.

Kaum waren sie in Jerusalem eingetroffen, empfing sie der Prokurator Pontius mit offenen Armen und überließ ihnen sein Sommerhaus, das unweit der Stadtmauern lag, zur Wohnung. Doch Cinnas Hoffnung zerschlug sich noch vor der Ankunft. Sogar an Bord der Galeere blickte das Leichengesicht auf Anthea herab, und am Ziel angelangt, erwartete die Kranke mit derselben Todesangst die Mittagsstunden wie zuvor in Alexandria.

Und so vergingen ihre Tage in Kummer, Angst, Verzweiflung und Todeserwartung.

6.

Im Atrium war es, trotz des Springbrunnens, des schattigen Portikus und der noch frühen Stunde äußerst heiß, denn der Marmor war von der Frühlingssonne aufgeheizt. Aber unfern des Hauses wuchs ein Pistazienbaum, dessen weit ausladende Äste einen geräumigen Platz überschatteten. Dort im Freien wehte wenigstens ein Lüftchen.

An diesen Ort ließ Cinna die mit Hyazinthen und Apfelblüten geschmückte Sänfte bringen, in der Anthea ruhte. Dann setzte er sich neben sie, und seine Hand auf die alabasterbleichen Hände legend, fragte er: «Fühlst du dich hier wohl, Carissima?»

«Ja», antwortete sie mit kaum hörbarer Stimme.

Sie schloß die Augen, als habe sie der Schlaf

überwältigt. Schweigen herrschte. Nur ein Windhauch raschelte mit den Zweigen der Pistazie, und auf der Erde um die Sänfte herum flimmerten goldene Flecken, die von den Strahlen, welche durch die Blätter brachen, gebildet wurden. Zwischen den Steinen zirpten die Heuschrecken.

Die Kranke öffnete nach einer Weile die Augen.

«Gaius», fragte sie, «ist es wahr, daß in diesem Lande ein Philosoph erschienen ist, der die Kranken heilen kann?»

«Hierzulande nennt man solche Leute Propheten», antwortete Cinna. «Ja, ich habe von ihm gehört und wollte ihn zu dir rufen lassen, doch es stellte sich heraus, daß er ein falscher Wundertäter war. Er hat den hiesigen Tempel und die Priester verunglimpft, deshalb wurde er vom Prokurator zum Tode verurteilt, und heute soll er gekreuzigt werden.»

Anthea ließ den Kopf sinken.

«Die Zeit wird dich heilen», sagte Cinna, als er die Traurigkeit sah, die sich auf ihren Zügen abzeichnete.

«Die Zeit steht im Dienste des Todes, nicht des Lebens», antwortete sie schwerfällig.

Und wieder kehrte Schweigen ein. Ringsum flimmerten die goldenen Flecken, die Heuschrekken zirpten noch lauter, und aus den Felsspalten schlüpften kleine Eidechsen hervor, die sich ein sonniges Plätzchen auf den Steinblöcken suchten.

Cinna blickte zu Anthea hinüber, und zum tausendsten Mal gingen ihm verzweifelte Gedanken durch den Kopf, daß nämlich alle Mittel zur Rettung erschöpft seien, daß es keinen Hoffnungsschimmer mehr gebe und daß die Geliebte bald ins Schattenreich eingehen und von ihr nur noch die Asche im Columbarium übrigbleiben werde.

Schon jetzt, da sie mit geschlossenen Augen in der blumengeschmückten Sänfte lag, sah sie aus wie eine Tote.

«Ich werde dir folgen», sagte Cinna mehrfach im Geiste zu sich.

Da hörte man in der Ferne Schritte. Das Gesicht Antheas wurde sofort kreidebleich, mit schnellen Atemstößen hob und senkte sich ihre Brust. Die unglückselige Märtyrerin glaubte, daß sich ihr jene Schar unsichtbarer Wesen nähere, die der Leichenerscheinung mit den gläsernen Augen stets vorausgegangen war. Doch Cinna ergriff ihre Hand und beruhigte sie: «Anthea, hab keine Angst, auch ich höre diese Schritte.»

Und nach einer Weile fügte er hinzu: «Es ist Pontius, der uns besuchen kommt.»

An der Wegbiegung erschien tatsächlich der Prokurator in Begleitung zweier Sklaven. Er war nicht mehr ganz jung und hatte ein rundes, sorgfältig rasiertes Gesicht, auf dem sich gekünstelte Würde und Sorgen, aber auch Ermüdung widerspiegelten.

«Ich grüße dich, edler Cinna, und dich, göttliche Anthea!» sprach er, als er in den Schatten der Pistazie trat. «Nun, nach der kalten Nacht, ist der Tag doch schwül geworden. Möge er euch beiden Glück bringen und Anthea sich bald wieder einer blühenden Gesundheit erfreuen, so, wie die Hyazinthen und Apfelzweige, die ihre Sänfte schmücken.»

«Sei gegrüßt und Friede sei mit dir!» erwiderte Cinna.

Nachdem der Prokurator sich auf einem Felsbrocken niedergelassen hatte, schaute er zu Anthea, runzelte unmerklich die Augenbrauen und begann zu reden: «Einsamkeit zeugt Traurigkeit und Krankheit, mitten in der Menge aber gibt es keinen Raum für Furcht und Schrecken. Also laßt mich euch einen Rat geben. Zu allem Unglück sind wir hier nicht in Antiochia oder in Caesarea; hier gibt es weder sportliche Spiele noch Wettläufe, und selbst wenn es hier einen Zirkus gäbe, dann würden ihn die Eiferer binnen eines Tages dem Erdboden gleichmachen. Hier hört man immer nur: ‹Gesetz des Herrn›, und diesem ‹Gesetz› ist einfach alles hinderlich. Lieber wäre ich bei den Skythen als hier.»

«Worüber wolltest du mit uns reden, Pilatus?»

«Ja wirklich, ich bin vom eigentlichen Gegenstand meines Besuches abgewichen. Daran sind die Sorgen schuld, die mich quälen. Ich habe gesagt, daß es mitten in der Menge keinen Raum für die Furcht gibt. Heute könnt ihr nun einem Schauspiel beiwohnen. In Jerusalem muß man sich mit allem möglichen zufriedengeben, aber für Anthea ist es ja vor allem wichtig, daß sie sich um die Mittagszeit im Gedränge befindet. Heute werden drei Leute gekreuzigt. Das ist besser als nichts. Außerdem sind anläßlich des Passahfestes Scharen der sonderbarsten Strolche aus dem ganzen Land in der Stadt zusammengeströmt. Ihr könnt euch dieses Volk angucken. Ich werde euch vorzügliche Plätze in der Nähe der Kreuze geben lassen. Ich hoffe, daß die

Verurteilten tapfer sterben werden. Der eine von ihnen ist ein seltsamer Mensch. Er behauptet, Gottes Sohn zu sein, ist sanft wie eine Taube und hat wahrlich nichts verbrochen, womit er den Tod verdient hätte.»

«Doch du hast ihn zum Kreuzestod verurteilt?»

«Ich wollte diese lästige Angelegenheit hinter mich bringen und zugleich nicht in das Nest der Wespen stechen, die um den Tempel herum summen. Man schickt ohnehin ständig Klagen über mich nach Rom. Übrigens handelt es sich ja nicht um einen römischen Bürger.»

«Der Mann wird darum nicht weniger leiden.»

Der Prokurator antwortete nicht. Nach einer Weile begann er gleichsam mit sich selbst zu sprechen: «Es gibt eine Sache, die ich nicht ertragen kann, und das ist Übertreibung. Wer in meiner Gegenwart dieses Wort benutzt, raubt mir für den ganzen Tag die gute Laune. Der goldene Mittelweg ist es, an den sich zu halten die Besonnenheit gebietet. Doch es gibt wohl keinen Winkel der Erde, in welchem man sich weniger nach diesem Grundsatz richtet, als diesen hier. Wie mich das alles ermüdet! Oh, wie es mich ermüdet! Hier gibt es nirgends Ruhe, hier gibt es keine Ausgewogenheit, weder bei den Menschen noch in der Natur. Jetzt zum Beispiel ist Frühling, die Nächte sind kühl, am Tage dagegen herrscht eine solche Glut, daß man kaum einen Fuß auf die Steine setzen kann. Bis Mittag ist's noch lange hin, doch seht, was geschieht! Was die Menschen anbetrifft, ist es besser zu schweigen. Ich bin hier, weil ich muß. Doch darauf kommt es nicht an! Ich bin schon wieder vom Thema abgewichen. Geht euch die Kreuzigung anschauen. Ich bin überzeugt, daß jener Nazarener tapfer sterben wird. Ich befahl seine Geißelung, denn ich dachte, auf diese Weise könne ich ihn vor dem Tode bewahren. Ich bin nicht grausam. Als man ihn schlug, war er geduldig wie ein Lamm und segnete die Leute. Als er blutüberströmt war, hob er seinen Blick zum Himmel und betete. Er ist der seltsamste Mensch, der mir je im Leben begegnet ist. Seinetwegen ließ mir meine Frau keinen Augenblick Ruhe: ‹Lasse den Tod eines Unschuldigen nicht zu!› Damit lag sie mir von früh bis spät in den Ohren. Ja, ich wollte es verhindern! Zweimal bestieg ich den Almemor und sprach zu diesen verbissenen Priestern und zum elenden Mob. Sie brüllten mir einstimmig die Antwort entgegen, wobei sie ihre Köpfe zurückwarfen und ihre Münder bis zu den Ohren aufrissen: ‹Kreuzige ihn!›»

«Und du hast nachgegeben?» fragte Cinna.

«Es wäre in der Stadt zum Aufruhr gekommen, und ich bin hier, um die Ruhe aufrechtzuerhalten. Ich muß meine Pflicht erfüllen. Ich mag keine Übertreibungen, und zudem bin ich sterbensmüde. Aber wenn ich einmal etwas unternehme, dann zögere ich auch nicht, das Leben eines Einzelnen der Allgemeinheit zu opfern, insbesondere, wenn es ein unbekannter Mensch ist, für den sich niemand einsetzt. Um so schlimmer für ihn, daß er kein Römer ist.»

«Die Sonne scheint nicht nur über Rom», flüsterte Anthea.

«Göttliche Anthea», erwiderte der Prokurator,

«ich könnte dir darauf antworten, daß sie auf dem ganzen Erdkreis Roms Macht bescheint, daher muß man dem Wohle Roms jedes Opfer bringen; Unruhen untergraben nur unsere Autorität. Aber vor allen Dingen bitte ich dich: Verlange nicht von mir, das Urteil zu ändern. Auch Cinna wird dir sagen, daß das nicht möglich ist und daß ein einmal gefälltes Urteil höchstens der Kaiser zu ändern vermag. Selbst wenn ich es wollte – ich kann es nicht. Nicht wahr, Gaius?»

«Ja, so ist es.»

Diese Worte bereiteten der Kranken offensichtlich Schmerz, denn sie sagte, und dabei dachte sie vielleicht auch an sich: «So kann man also leiden und sterben, ohne schuldig zu sein.»

«Niemand ist ohne Schuld», entgegnete Pontius. «Jener Nazarener hat kein Verbrechen begangen, und als Prokurator wasche ich meine Hände in Unschuld. Doch als Mensch muß ich seine Lehre verdammen. Ich habe mich recht lange mit ihm unterhalten, um ihn auszuforschen, und ich habe mich davon überzeugt, daß er wirklich unglaubliche Sachen verkündet. Es hilft nichts! Die Welt muß auf Vernunft gegründet sein. Wer wollte wohl bestreiten, daß Tugend notwendig ist? Ich wäre der letzte. Selbst die Stoiker lehren bloß, daß man Widerwärtigkeiten gelassen ertragen solle; sie verlangen jedoch nicht, daß man allem, vom Vermögen bis zum Mittagsmahl, entsage. Cinna, du bist ein vernünftiger Mensch; was würdest du denken, wenn ich dieses Haus, das ihr bewohnt, mir nichts, dir nichts an dieses Lumpengesindel verschenkte, das sich dort am Jaffa-Tor von der

Sonne bescheinen läßt? Und gerade solche Dinge fordert er. Außerdem predigt er, man müsse alle gleich lieben: die Juden ebenso wie die Römer, die Römer wie die Ägypter, die Ägypter wie die Schwarzen und so weiter. Ich muß gestehen, daß ich dieses Geredes überdrüssig wurde. In dem Augenblick, wo es sich um sein eigenes Leben handelt, benimmt er sich, als würde es einen anderen betreffen, verkündet seine Lehre und betet. Ich sehe mich nicht dazu verpflichtet, jemanden zu retten, dem selbst nichts daran gelegen scheint. Wer überhaupt nicht Maß zu halten versteht, ist kein besonnener Mensch. Zudem nennt er sich Gottes Sohn und zerstört damit die Grundpfeiler, auf denen die Welt ruht; mithin schadet er der Menschheit. Im stillen mag er denken, was er will, doch er darf die Ordnung nicht angreifen. Als Mensch protestiere ich gegen seine Lehre. Wenn ich, nehmen wir an, nicht an die Götter glaube, dann ist das meine Sache. Dennoch erkenne ich die Notwendigkeit der Religion an und verkünde das auch öffentlich, weil ich der Meinung bin, daß man mittels der Religion das Volk an die Kandare nehmen kann. Pferde müssen eingespannt werden, und zwar gut eingespannt. Im übrigen dürfte für diesen Nazarener der Tod nicht allzu schrecklich sein; er behauptet nämlich, daß er auferstehen wird.»

Cinna und Anthea schauten einander verwundert an.

«Daß er auferstehen wird?»

«Ja, nicht mehr und nicht weniger: nach drei Tagen. So verkünden es wenigstens seine Jünger.

Ihn selbst danach zu fragen, habe ich vergessen. Schließlich ist es auch einerlei, denn der Tod entbindet ihn davon, das gegebene Versprechen einzulösen. Auch wenn er nicht aufersteht, ist für ihn nichts verloren, da nach seiner Lehre das wahre Glück erst nach dem Tod mit dem ewigen Leben anfängt. Er spricht davon wie einer, der seiner Sache völlig sicher ist. In seinem Hades soll es heller sein als hier auf der von der Sonne beschienenen Welt, und je mehr einer leidet, desto sicherer findet er dort Eingang; er muß nur lieben, lieben und nochmals lieben.»

«Eine seltsame Lehre», sagte Anthea.

«Und jene riefen dir zu: ‹Kreuzige ihn!›?» fragte Cinna.

«Mich wundert es gar nicht. Die Seele dieses Volkes ist von Haß erfüllt, und wie sollte der Haß nicht nach dem Kreuz für die Liebe verlangen.»

Anthea strich sich mit ihrer abgezehrten Hand über die Stirn. «Und er ist ganz sicher, daß man leben und glücklich sein kann – nach dem Tod?»

«Deshalb schreckt ihn weder Kreuz noch Tod.»

«Ach, wie gut das doch wäre, Gaius!»

Nach einer Weile fragte sie wiederum: «Woher nimmt er diese Gewißheit?»

Der Prokurator zuckte mit den Achseln: «Er sagt, er wisse es vom Vater aller Menchen, welcher für die Juden das ist, was für uns Jupiter, mit dem Unterschied, daß er nach der Lehre des Nazareners der Eine, Einzige und Barmherzige ist.»

«Ach, wie gut das doch wäre, Gaius!» wiederholte die Kranke.

Cinna öffnete den Mund, als wolle er etwas

erwidern, aber er schwieg, und das Gespräch verstummte. Pontius sann offenbar noch weiter über die seltsame Lehre des Nazareners nach, denn er schüttelte den Kopf und zuckte alle Augenblicke mit den Achseln. Schließlich stand er auf und verabschiedete sich.

Plötzlich sagte Anthea: «Gaius, komm, gehen wir uns diesen Nazarener anschauen.»

«Beeilt euch», rief Pilatus schon im Weggehen. «Der Zug wird bald aufbrechen.»

7.

Der Tag, der seit dem Morgen heiß und sonnig gewesen war, begann sich gegen Mittag zu verfinstern. Von Nordosten zogen bald dunkle, bald kupferfarbene Wolken heran. Sie breiteten sich nicht aus, sondern türmten sich zu gewitterschwangeren Bergen. Zwischen ihnen konnte man noch den tiefblauen Himmel sehen, aber es war unschwer zu erraten, daß sie in Kürze miteinander verschmelzen und das ganze Himmelsgewölbe bedecken würden. Indessen überschüttete die Sonne die Wolkenkämme mit Feuer und Gold. Über die Stadt und über die angrenzenden Hügel zog sich ein noch breites Band heiteren Himmelblaus. Unten in der Niederung regte sich kein Lüftchen.

Auf der Golgotha genannten Hochebene standen hier und da Menschen in kleinen Gruppen beieinander, die dem Zug, der aus der Stadt kommen sollte, vorausgeeilt waren. Die Sonne schien grell auf die weite steinige Ebene, die öde, unfruchtbar und traurig dalag. Die eintönige perlgraue Färbung des Gesteins wurde nur durch ein schwarzes Netz von Rissen und Spalten aufgelokkert, das um so schwärzer erschien, je mehr das Plateau vom Sonnenlicht übergossen war. Durch einen blaßblauen Dunstschleier sah man in der Ferne die ebenso kahlen Kuppen höherer Erhebungen.

Etwas tiefer gelegen, erstreckte sich zwischen den Stadtmauern und dem Golgotha-Hochplateau eine Ebene, die nicht ganz so karg war und in der sich an mehreren Stellen Felsblöcke türmten. Aus den Felsspalten, wo sich ein wenig fruchtbare Erde angesammelt hatte, schauten Feigenbäume mit spärlichem, verkümmertem Laub hervor. Hier und da erhoben sich Häuser mit flachen Dächern, die gleich Schwalbennestern an den Felswänden klebten oder aus der Ferne im Sonnenlicht wie weiße Grabmäler leuchteten. Wegen der nahenden Feiertage und des Ankommens von Provinzbewohnern in der Stadt hatte man unweit der Mauern eine Menge Hütten und Zelte errichtet: ein großes Lager voller Menschen und Kamele.

Die Sonne stieg immer höher im bisher noch wolkenlosen Teil des Firmaments. Es kamen die Stunden heran, in denen für gewöhnlich auf diesen Höhen tiefes Schweigen herrscht, weil alle Lebewesen in den Mauern oder Erdspalten Schutz suchen. Sogar jetzt, trotz des ungewöhnlich regen Treibens, lag so etwas wie Schwermut über dieser Gegend, in der das grelle Licht kein Grün beschien, sondern nur graue, felsige Weiten. Das Geräusch entfernter Stimmen, das von den Stadtmauern herüberdrang, schien sich in ein Wellengemurmel zu verwandeln, das langsam von der Stille verschlungen wurde.

Die einzelnen Menschenhäufchen, die schon seit dem Morgen auf dem Berg Golgotha warteten, wandten nun ihren Kopf in die Richtung der Stadt, wo jeden Moment der Zug aus den Toren hervorkommen mußte. Die Sänfte mit Anthea wurde herangetragen. Ihr voran gingen einige Soldaten, die ihnen der Prokurator beigegeben hatte, damit sie einen Weg durch das Gedränge bahnten und nötigenfalls Beschimpfungen durch die fanatische und alle Fremden hassende Menge verhinderten. Neben der Sänfte schritt Cinna in Begleitung des Hauptmanns Rufilus.

Anthea schien ruhiger und weniger furchtsam als sonst die sich langsam nähernde Mittagsstunde mit ihren bedrohlichen Visionen, die an ihrer Lebenskraft zehrten, zu erwarten. Das, was der Prokurator über den jungen Nazarener erzählt hatte, nahm ihr ganzes Denken gefangen und lenkte sie von ihrem eigenen Elend ab. Die Sache schien ihr recht seltsam; da war etwas, das sie nicht begreifen konnte. Man sah in dieser Zeit viele Menschen ruhig sterben, langsam verlöschen, dem Feuer des Scheiterhaufens gleich, dessen Holzstücke allmählich verglühen. Doch dies war eine Ruhe, die dem Mut oder der philosophischen Einsicht in die unerbittliche Notwendigkeit des Wandels von Licht in Dunkel, von wirklichem Leben in ein unsichtbares, schattenhaftes und unbestimmtes Sein entsprang. Niemand hatte bis dahin den Tod gesegnet, niemand starb mit der unumstößlichen Gewißheit, daß erst jenseits des Totenfeuers oder des

Grabes das eigentliche Dasein und ein so starkes und unendliches Glück beginne, wie es nur ein allmächtiges und unendliches Wesen zu geben vermag.

Jener, der nun gekreuzigt werden sollte, verkündigte dies als unbezweifelbare Wahrheit. Anthea war von der Lehre nicht nur ergriffen, vielmehr erschien sie ihr als die einzige Quelle der Zuversicht und der Hoffnung. Sie wußte, daß sie bald sterben mußte, und diese Gewißheit erfüllte sie mit unermeßlichem Leid. Was bedeutete der Tod für sie? Er war der Verlust Cinnas, der Verlust des Vaters, der Verlust des Lichtes und der Liebe; er bedeutete Leere, Kälte, Nebel, Nichts. Je reicher und erfüllter ihr Leben war, desto größer mußte also ihre Wehmut sein. Wenn der Tod vielleicht doch einen Sinn hätte oder wenn man wenigstens eine Spur der Liebe, eine Erinnerung an das Glück mitnehmen könnte – dann wäre sie eher bereit, sich ihrem Schicksal zu ergeben.

Nun, da sie sich vom Tod nichts erhoffte, erfuhr sie plötzlich, daß er alles zu geben vermöge. Und wer verkündete das? Irgendein seltsamer Mensch, ein Lehrer, Prophet und Philosoph, der die Menschen hieß, ihre Nächsten zu lieben, darin die höchste Tugend sah und diejenigen segnete, die ihn geißelten – und den man nun kreuzigen wollte.

Anthea überlegte: «Warum vertritt er solche Lehren, wenn das Kreuz sein einziger Lohn dafür ist? Andere verlangt es nach Macht – er begehrte sie nicht; andere wollen ein Vermögen anhäufen – er blieb arm; andere wollen Paläste, Festgelage, Überfluß, Purpurgewänder, mit Perlmutt und Elfenbein ausgekleidete Karossen – er lebte wie ein Hirte. Da er Liebe, Barmherzigkeit und Armut predigte, kann er also nicht schlecht sein und die Menschen vorsätzlich täuschen wollen. Wenn er jedoch die Wahrheit gesagt hat – dann möge der Tod gesegnet sein als das Ende des irdischen Elends, als der Übergang von einem schlimmen Los zum höchsten Glück, als Licht, das sich den erlöschenden Augen zeigt, und als Fittiche, die einen in die ewige Seligkeit emportragen!» Jetzt verstand Anthea, was die Verheißung einer Auferstehung bedeutete.

Ihr Geist und ihr Herz klammerten sich mit ganzer Kraft an diese Lehre. Sie erinnerte sich an die Worte des Vaters, der öfter gesagt hatte, daß nur eine neue Wahrheit die gequälte menschliche Seele aus der Dunkelheit herausführen und von ihren Fesseln befreien könne. Hier war sie nun, diese neue Wahrheit! Sie besiegte den Tod, also mußte sie Erlösung bringen. Antheas gesamtes Wesen war von diesen Gedanken so sehr durchdrungen, daß Cinna zum ersten Mal seit vielen, vielen Tagen auf ihrem Gesicht keine Furcht vor der näherrückenden Mittagszeit bemerken konnte.

Endlich kam der Zug aus der Stadt heraus und bewegte sich auf Golgotha zu; von der Anhöhe, auf der sich Anthea befand, konnte man ihn ausgezeichnet sehen. Das Gewühl war groß, und doch verlor sich die Menge in der steinigen Ebene. Aus dem geöffneten Stadttor quollen immer mehr Menschen, und unterwegs schlossen sich diejenigen an, die vor den Toren gewartet hatten. Anfänglich kam ein langgestreckter Zug heran, doch wie ein anschwellender Fluß wurde er immer breiter, je weiter er vorrückte. Zu beiden Seiten tollten Scharen von Kindern umher. Die weißen Umhänge, die scharlachroten und blauen Kopftücher der Frauen ließen den Zug in allen Farben schillern und prangen. Mittendrin blitzten die Harnische und Lanzen der römischen Soldaten, auf denen die Sonnenstrahlen hüpften. Lärm klang aus der Ferne herüber, doch je näher der Zug kam, desto deutlicher konnte man einzelne Stimmen unterscheiden.

Schließlich war der Zug nah herangekommen – die ersten Reihen begannen die Anhöhe hinaufzusteigen. Die Menge beeilte sich, die vordersten Plätze zu besetzen, um die Qualen möglichst aus der Nähe beobachten zu können. Infolgedessen wurde der Trupp von Soldaten, der die Verurteilten begleitete, immer weiter nach hinten abgedrängt. Zuerst kamen die Kinder oben an, vorwiegend Knaben, halb nackt, mit Lumpen um die Hüften, die Köpfe bis auf zwei Haarbüschel an den Schläfen fast kahlgeschoren – schlank und braungebrannt, mit beinahe himmelblauen Augen und schrillen Stimmen. Inmitten des wilden Getümmels begannen sie aus den Rissen im Gestein verwitterte Felsstückchen herauszukratzen, mit denen sie die Gekreuzigten bewerfen wollten. Gleich hinter ihnen bevölkerte sich die Anhöhe mit den verschiedensten Leuten. Die Gesichter waren zumeist erhitzt von der Anstrengung des Weges und der Erregung über das zu erwartende Schauspiel. Auf keinem einzigen sah man Spuren von Mitleid. Die kreischenden Stimmen, der übermäßige Wortschwall, den ein jeder ausstieß, sowie die Heftigkeit der Bewegungen verwunderten Anthea, obschon sie von Alexandria her an die laute und lebhafte Art der Griechen gewöhnt war. Hier jedoch sprachen die Leute miteinander, als wollten sie sich aufeinanderstürzen; sie schrien, als ginge es um ihr Leben, und sie stritten sich, als wollten sie einander die Haut abziehen.

Der Centurio Rufilus näherte sich der Sänfte und gab mit ruhiger, amtlicher Stimme Erklärungen ab; indessen strömten aus der Stadt immer neue Menschenmassen heran. Das Gedränge wurde mit jedem Augenblick größer. In der Menge sah man die begüterten Jerusalemer, die gestreifte Umhänge trugen und sich in gemessenem Abstand von dem elenden Gesindel aus den Vorstädten hielten. Auch zahlreiche Dorfbewohner kamen herbeigeströmt, die zusammen mit ihren Familien die Feiertage in der Stadt verbringen wollten; Bauern, welche die Lenden mit Sackleinen umschlungen hatten, und Hirten in Ziegenfellen mit gutmütig staunenden Gesichtern. Mit den Männern kamen auch scharenweise Frauen, doch da die wohlhabenderen nur ungern das Haus verließen, handelte es sich vorwiegend um Frauen aus dem Volke: Bäuerinnen oder grell gekleidete Straßenmädchen mit gefärbten Haaren, Brauen und Nägeln, die schon von weitem nach Narde dufteten und mit riesengroßem Ohrschmuck und Halsketten aus Geldstücken behängt waren.

Schließlich war auch das Sanhedrin eingetroffen – in seiner Mitte Hannas, ein Greis mit einem Geiergesicht und blutunterlaufenen Augen, und der behäbige Kaiphas, der eine Kopfbedeckung mit zwei Zipfeln und ein vergoldetes Täfelchen auf der Brust trug. Zusammen mit ihnen kamen die Pharisäer. Da waren solche, «die mit den Füßen schlurften», also die, die absichtlich beim Laufen gegen jedes Hindernis prallten, solche «mit blutigen Stirnen», also die, die sich absichtlich an jeder Mauer wundstießen, und «die gebückten Pharisäer», die bereit schienen, sich die Sündenlast der ganzen Stadt auf ihre Schultern zu laden. Düsterer Ernst und kalte Verbissenheit unterschied sie von der lärmenden Meute des gemeinen Volks.

Cinna schaute auf dieses Gewühl mit der kalten und verächtlichen Miene eines Menschen, welcher der herrschenden Rasse angehört, Anthea aber blickte mit Staunen und Furcht. Wohl lebten in Alexandria viele Juden, doch waren sie dort halbe Hellenen; hier dagegen sah sie sie zum ersten Mal so, wie sie der Prokurator dargestellt hatte und wie sie sich in ihrer angestammten Umgebung gaben. Ihr jugendliches Gesicht, das bereits vom Tode gezeichnet war, ihre fast nur noch einem Schatten gleichende Gestalt zogen die allgemeine Aufmerksamkeit auf sich. Man musterte sie eindringlich, soweit dies die Soldaten, welche bei der Sänfte standen, erlaubten; doch die Verachtung und der Haß auf die Fremden waren so stark, daß man bei keinem eine Spur von Mitgefühl in den Augen sehen konnte – wohl aber blitzte darin die Freude, daß das Opfer dem Tode nicht entgehen werde. Erst jetzt verstand Anthea wirklich, warum diese Menschen nach der Kreuzigung des Propheten riefen, der die Liebe predigte.

Und jener Nazarener schien ihr mit einem Mal

ganz nah, ja beinahe teuer. Er mußte sterben – und sie auch. Nach dem bereits verkündeten Urteil konnte ihn nichts mehr retten, doch auch über sie war das Urteil gefällt worden, und so schien es Anthea, als verbinde sie beide eine Gefährtenschaft des Unglücks und des Todes. Nur ging er seinem Kreuzestod mit dem Glauben an ein jenseitiges Morgen entgegen, sie aber hatte bislang diesen Glauben nicht gehabt und war gekommen, um ihn aus seinem Anblick zu schöpfen.

Unterdessen erscholl aus der Ferne ein Lärmen, Pfeifen und Heulen, und dann wurde es still. Man konnte das Klirren von Waffen und den schweren Tritt der Legionäre hören. Die Menge wogte, teilte sich, und der die Verurteilten begleitende Trupp begann an der Sänfte vorbeizuziehen. An der Spitze des Zuges, zu beiden Seiten und hinten gingen Soldaten mit gleichmäßigen und langsamen Schritten; in der Mitte sah man die Querbalken dreier Kreuze, welche sich von selbst fortzubewegen schienen, da die Menschen, die sie trugen, unter der Last tief gebeugt waren. Es ließ sich unschwer erraten, daß keiner der drei jener Nazarener war, denn zwei hatten dreiste Spitzbubengesichter, und der dritte war ein nicht mehr junger, einfacher Bauer, den die Soldaten offenbar gezwungen hatten, das Kreuz zu übernehmen. Der Nazarener schritt hinter den Kreuzen, dicht gefolgt von zwei Soldaten. Er trug einen über die Kleidung geworfenen Purpurmantel und eine Dornenkrone, unter deren Stacheln Blutstropfen hervordrangen. Einige flossen ihm langsam über das Gesicht, andere geronnen gleich unter der Krone und sahen aus wie Hagebutten oder Korallenperlen. Er war bleich und bewegte sich langsam mit schwankenden, müden Schritten vorwärts. Er ging durch die ihn verhöhnende Menge, ohne auf die Haßrufe zu achten: als sei er in tiefes Nachdenken versunken und habe sich schon von der Erde gelöst, als könne er mehr verzeihen als andere, als habe er über alle Maßen Erbarmen mit den Menschen, da er bereits von der Unendlichkeit erfaßt, bereits über die menschliche Bosheit erhaben war. Er war sehr still und sanft, als trauere er über das ungeheure Elend der ganzen Welt.

«Du bist die Wahrheit», hauchte Anthea mit zitternden Lippen.

Jetzt bewegte sich der Zug dicht an der Sänfte vorbei. Er kam sogar einen Moment lang zum Stillstand, während die Soldaten an der Spitze den Weg durch die Menge bahnten. Anthea sah nun den Nazarener nur wenige Schritte entfernt vor sich. Sie sah, wie seine Locken von einem Windhauch bewegt wurden, sie sah den rötlichen Widerschein, der vom Mantel auf sein bleiches, fast durchsichtiges Gesicht fiel. Der Pöbel stürzte sich auf ihn und umringte die Soldaten im engen Halbkreis, so daß diese mit ihren Lanzen eine Sperre bilden mußten, um ihn vor der Wut der Massen zu schützen. Überall waren ausgestreckte Arme mit geballten Fäusten zu sehen, aus den Höhlen tretende Augen, gebleckte Zähne, Bärte, die bei den feindseligen Gebärden hin- und herwehten, und Schaum vor den Mündern, aus denen heisere Schreie drangen. Er dagegen blickte um sich, als wolle er sie fragen: «Was habe ich euch getan?»;

dann erhob er seinen Blick zum Himmel, betete – und verzieh.

«Anthea, Anthea!» rief Cinna in diesem Augenblick.

Doch Anthea schien seine Rufe nicht zu hören. Aus ihren Augen rannen große Tränen; sie vergaß ihre Krankheit und vergaß auch, daß sie sich schon seit vielen Tagen nicht mehr von der Sänfte erhoben hatte, und nachdem sie zitternd aufgestanden war, halb besinnungslos vor Schmerz, Mitleid und Empörung über die blinden Wutausbrüche des Mobs, griff sie nach den Hyazinthen und Apfelblüten und warf sie dem Nazarener zu Füßen.

Für einen Augenblick wurde es still. Die Massen verblüffte es zu sehen, daß eine vornehme Römerin dem Verurteilten huldigte. Er blickte in ihr armes, krankes Gesicht, und seine Lippen bewegten sich, als wolle er sie segnen. Anthea, die in die Kissen der Sänfte zurücksank, fühlte, daß ein Meer von Licht, Güte, Barmherzigkeit, Zuversicht, Hoffnung und Glück auf sie niederflutete, und sie hauchte erneut: «Du bist die Wahrheit!» Dann strömte ihr eine neue Tränenflut in die Augen.

Doch man stieß ihn vorwärts zu einer nur wenige Schritte von der Sänfte entfernten Stelle, wo die Längsbalken der Kreuze bereits in Felsspalten eingerammt waren. Die Menge verdeckte ihn von neuem, doch da jene Stelle bedeutend höher lag, konnte Anthea sein blasses Gesicht und die Dornenkrone bald wieder sehen. Die Legionäre wandten sich noch einmal dem Pöbel zu und trieben ihn mit Stöcken zurück, damit er bei der Exekution nicht störe. Man begann nun, die beiden Spitzbuben an den seitlichen Kreuzen festzubinden. Das dritte Kreuz stand in der Mitte. An seine Spitze war eine weiße Karte geheftet, an welcher der immer stärker werdende Wind zerrte. Als die Soldaten schließlich an den Nazarener herantraten und ihn zu entkleiden begannen, wurden in der Menge Rufe laut: «König, König! Wehre dich doch! Wo sind deine Heerscharen? Verteidige dich!»

Bisweilen brach ein Gelächter aus, das den Pöbel derart packte, daß die ganze steinige Hochebene von einem einzigen Lachen widerhallte. Unterdessen streckte man ihn rücklings auf der Erde aus, um seine Hände an den Querbalken des Kreuzes zu schlagen und ihn später daran am Längsbalken hochzuziehen.

Da warf sich ein Mann, der unweit der Sänfte stand und in eine weiße Simarra gekleidet war, plötzlich zu Boden, streute Staub und kleine Steinchen auf sein Haupt und begann mit gräßlicher Stimme voller Verzweiflung zu schreien: «Ich war aussätzig, er hat mich geheilt – und nun kreuzigen sie ihn!»

Antheas Gesicht wurde weiß wie ein Laken.

«Er hat ihn geheilt . . . hörst du, Gaius?» sagte sie. «Willst du nicht nach Hause zurück?»

«Nein! Ich bleibe hier!»

Und als hätte ihn ein Sturm gepackt, bemächtigte sich Cinnas eine wilde und grenzenlose Verzweiflung, weil er den Nazarener nicht in sein Haus gerufen hatte, damit er Anthea heile.

In diesem Moment hielten die Soldaten die Nägel auf dessen Hände und begannen sie einzuschlagen. Man hörte ein dumpfes Scheppern, da Eisen auf Eisen schlug, doch kurz darauf wurde es von hallenden Schlägen abgelöst, als die Nagelspitzen durch das Fleisch gedrungen waren und nun in das Holz getrieben wurden. Die Menge verstummte abermals, wahrscheinlich weil sie sich an den Schreien, die diese Folter dem Munde des Nazareners entreißen mochte, ergötzen wollte. Doch er blieb still, und über die Hochebene breitete sich nur das grausige und schreckliche Geräusch der Hammerschläge aus.

Schließlich waren die Arbeiten beendet, und der Querbalken wurde zusammen mit dem Leib in die Höhe gezogen. Der die Arbeiten überwachende Hauptmann sprach, sang vielmehr mit monotoner Stimme die Befehle, und einer der Soldaten begann, die Füße anzunageln.

Unterdessen hatten die Wolken, die seit dem Morgen am Horizont hervorquollen, die Sonne verdunkelt. Der Lichtglanz, der auf den entfernteren Hügeln und Felsen gelegen war, erlosch. Die Welt verdüsterte sich. Unheilverkündender kupferfarbener Nebel, der immer dichter wurde, je tiefer die Sonne hinter den Wolkenbergen verschwand, hüllte die Gegend ein. Es war, als breite einer von oben eine rötliche Dunkelheit über die Erde. Ab und zu kam ein heißer Windstoß, dann regte sich kein Lüftchen mehr. Es wurde immer schwüler.

Plötzlich verwandelten sich auch jene Reste eines rötlichen Scheins in Schwarz. Nachtdunkle Wolken begannen sich heranzuwälzen und formten einen riesigen Wall, der sich auf die Stadt und die Anhöhe zu bewegte.

«Gehen wir nach Hause!» sagte Cinna.

«Noch nicht, ich will ihn noch einmal sehen!» antwortete Anthea.

Da die Dunkelheit die hängenden Leiber verhüllte, befahl Cinna, die Sänfte näher an den Ort der Qualen heranzutragen. Sie schoben sich so weit vor, daß sie nur noch ein paar Schritte vom Kreuz trennten. Auf dem dunklen Holz war der Leib des Gekreuzigten zu sehen, der in der überall herrschenden Dunkelheit aus den silbernen Strahlen des Mondes gewoben schien. Seine Brust hob und senkte sich mit den raschen Atemzügen. Sein Haupt und die Augen waren noch immer nach oben gerichtet.

Jetzt ertönte aus der Tiefe der Wolken ein dumpfes Grollen. Der Donner erwachte, stand auf, rollte mit schrecklichem Getöse von Ost nach West, und dann war es, als stürze er in einen bodenlosen Abgrund; man vernahm ihn immer tiefer und tiefer, bald verstummte er, bald wurde er wieder lauter; schließlich krachte ein Donnerschlag, daß die Erde in ihren Grundfesten erzitterte.

Gleichzeitig zerriß ein gewaltiger bläulicher Blitz die Wolken, erhellte den Himmel, die Erde, die Kreuze, die Harnische der Soldaten und die wie eine Schafherde dicht zusammengedrängte, unruhige und ängstliche Volksmasse.

Dem Blitz folgte eine noch dichtere Finsternis.

In der Nähe der Sänfte war das Schluchzen von Frauen zu hören, die sich ebenfalls dem Kreuz genähert hatten. Es lag etwas Erschütterndes in diesem Schluchzen inmitten der Stille. Diejenigen, die sich im Gedränge verloren hatten, begannen einander zu rufen.

Hier und da ließen sich bange Stimmen vernehmen: «Oh! Oh! Ob es nicht doch ein Gerechter war, den man da gekreuzigt hat?»

«Der für die Wahrheit Zeugnis ablegte! Oh!»

«Der die Toten auferweckte! Oh!»

Und eine andere Stimme rief: «Weh dir, Jerusalem!»

Wieder eine andere: «Die Erde hat gebebt!»

Ein zweiter Blitz zuckte am Himmel, und es sah aus, als kämen riesige, feurige Gestalten aus der tiefen Finsternis hervor. Die Stimmen schwiegen, verloren sich vielmehr im Pfeifen des Sturmes, der sich plötzlich mit Riesenkraft erhoben hatte, eine Vielzahl von Kopftüchern und Umhängen wegriß und über die Hochebene trieb.

Wieder begannen mehrere Stimmen zu rufen: «Die Erde hat gebebt!»

Einige ergriffen die Flucht. Andere standen vor Schreck wie angenagelt, waren zur Salzsäule erstarrt, ohne Gedanken, nur mit dem verworrenen Gefühl, daß etwas Schreckliches passiert sei.

Doch mit einem Mal begann sich die Dunkelheit zu lichten. Der Sturm wälzte die Wolken herum und zerfetzte sie wie verkohlte Lumpen. Es wurde zusehends heller, ja, schließlich riß die dunkle Wolkendecke, und durch den Spalt flutete jäh das Sonnenlicht hernieder; alsbald waren die Hochebene, die furchtsamen Gesichter der Menschen und die Kreuze erhellt.

Der Kopf des Nazareners war tief auf die Brust gesunken, sein Gesicht war bleich, fast wächsern; die Lider hatte er geschlossen, und seine Lippen waren blau angelaufen.

«Er ist tot», flüsterte Anthea.

«Er ist tot», wiederholte Cinna.

In diesem Moment stieß der Centurio mit der Lanze in die Seite des Toten. Es war seltsam: die Wiederkehr des Lichtes und der Anblick des Todes schienen die Massen zu beruhigen. Sie rückten immer weiter nach vorn, um so mehr, da die Soldaten sie jetzt nicht mehr am Näherkommen hinderten.

In der schwarzen Menge wurden Stimmen laut: «Steig herab vom Kreuz! Steig herab vom Kreuz!»

Anthea warf noch einen Blick auf das bleiche hängende Haupt und sagte leise, wie zu sich selbst: «Ob er wohl aufersteht?» Angesichts des Todes, der sein bläuliches Siegel auf seine Augen und seinen Mund gedrückt hatte, angesichts der ausgerenkten Arme, angesichts des reglosen Körpers, der, von der Last der toten Glieder gezogen, langsam nach unten sank, zitterte ihre Stimme voller Verzweiflung und Skepsis.

An Cinnas Seele nagte kein geringerer Kummer. Er glaubte ebenfalls nicht, daß der Nazarener auferstehen werde, doch er glaubte daran, daß nur er, wenn er noch lebte, imstande gewesen wäre, Anthea zu heilen, sei es mit Hilfe böser oder guter Mächte.

Unterdessen riefen ringsherum immer mehr Stimmen: «Steig herab vom Kreuz! Steig herab vom Kreuz!»

«Steig herab», wiederholte Cinna verzweifelt im stillen. «Mach sie gesund und nimm dafür meine Seele!»

Es wurde immer heller. Die Hügel lagen noch

im Nebel, aber über der Hochebene und über der Stadt spannte sich schon wieder der blaue Himmel. Die Burg Antonia strahlte in der Sonne, so hell, als wäre sie selbst das Tagesgestirn. Die Luft war frisch, und es wimmelte von Schwalben. Cinna gab den Befehl zum Aufbruch.

Es war Nachmittag geworden. In der Nähe des Hauses sagte Anthea plötzlich: «Hekate ist heute nicht gekommen.»

Cinna dachte das gleiche.

8.

Der Spuk erschien auch am folgenden Tag nicht. Die Kranke war ungewöhnlich lebhaft, denn Timon war aus Caesarea herübergekommen. Da er sich Sorgen machte um das Leben seiner Tochter und über Cinnas Briefe bestürzt war, hatte er Alexandria für ein paar Tage verlassen, um sein einziges Kind vor dem Tode noch einmal zu sehen.

Die Hoffnung klopfte zaghaft an Cinnas Herz; sie begehrte von neuem Einlaß. Doch wagte er es nicht, diesem Gast die Tür zu öffnen, er wagte nicht zu hoffen. Die Visionen, die Anthea langsam töteten, hatten auch schon früher zuweilen ausgesetzt, allerdings noch nie zwei Tage lang. Eintägige Unterbrechungen hatte es sowohl in Alexandria als auch in der Wüste gegeben. Die momentane Linderung schrieb Cinna der Ankunft Timons und dem bei der Kreuzigung Erlebten zu, mit dem die Seele der Kranken angefüllt war, so daß sie sogar mit ihrem Vater über nichts anderes reden konnte. Timon hörte ihr auch aufmerksam zu, ohne zu widersprechen; er wägte das Gehörte ab und fragte sie nach den Einzelheiten der Lehre des Nazareners aus, von der Anthea übrigens nur das wußte, was ihr der Prokurator erzählt hatte.

Überhaupt fühlte sie sich gesünder und ein wenig kräftiger, und als die Mittagszeit vorüber war, da leuchteten ihre Augen voller Zuversicht. Mehrmals bezeichnete sie diesen Tag als besonders glücklich, und sie bat ihren Mann, ihn als solchen zu vermerken.

Dagegen war der Tag in Wirklichkeit trübe und unfreundlich. Es regnete seit dem frühen Morgen, anfangs in Strömen, dann fein und durchdringend aus niedrig hängenden, den Himmel gleichmäßig bedeckenden Wolken. Erst gegen Abend klarte es auf, und ein großer feuriger Sonnenball blickte aus dem Nebel hervor, bemalte die Wolken, die grauen Felsen sowie die weißen Marmorportale der Villen purpurn und golden und versank in unermeßlichem Glanz in der Richtung, wo das Mittelmeer lag.

Am nächsten Tag war das Wetter wunderbar. Der Tag versprach sehr heiß zu werden; obwohl es morgens noch recht frisch war, zeigte der Himmel kein Fleckchen, und die Erde war in ein blaues Bad getaucht, so daß alle Gegenstände bläulich schienen. Anthea ließ sich unter ihre geliebte Pistazie tragen, um sich von der Anhöhe aus, wo der Baum stand, an dem Anblick der heiteren azurfarbenen Ferne zu erfreuen. Cinna und Timon wichen keinen Schritt von der Sänfte. Sie beobachteten aufmerksam das Gesicht der Kranken. Spannung und Erwartung zeigten sich in ihm, und nicht mehr jene Todesfurcht, von der sie sonst in den Vormittagsstunden erfaßt war. Ihre Augen hatten einen lebhaften Schimmer, und ihre Wangen waren rosig angehaucht. Für Augenblicke dachte Cinna schon, Anthea könne geheilt werden. Bei diesem Gedanken hätte er sich auf die Erde werfen, vor Freude weinen und die Götter preisen mögen – doch dann übermannte ihn wieder die Furcht, daß es das letzte Aufflackern einer verlöschenden Lampe sein könne. Da er von irgendwo Hoffnung bekommen wollte, schaute er dann und wann zu Timon hinüber, doch diesem mußten ähnliche Gedanken durch den Kopf gehen, denn er wich Cinnas Blikken aus. Mit keinem Wort erwähnte einer von den dreien, daß die Mittagszeit näherrückte. Allerdings gewahrte Cinna, der alle Augenblicke nach den Schatten schielte, mit pochendem Herzen, daß diese immer kürzer wurden.

Und so saßen sie in ihre Gedanken versunken. Am wenigsten beunruhigt war wohl Anthea selbst. In der offenen Sänfte liegend, den Kopf in ein Purpurkissen gelehnt, atmete sie mit Wohlbehagen die reine Luft ein, die ein milder Wind von Westen, vom fernen Meer, heranwehte. Doch kurz vor Mittag legte sich auch dieser Windhauch. Die Hitze nahm zu; die von der Sonne erwärmten Nardewurzeln und die Bergminze strömten einen starken, betäubenden Duft aus. Über den Anemonenbüscheln wiegten sich helle Schmetterlinge. Aus den Felsspalten schlüpften wie gewöhnlich, eine nach der anderen, kleine Eidechsen hervor. Mittlerweile waren sie schon an die Sänfte und an die Leute gewöhnt, sie waren zutraulich und doch zugleich bei jeder Bewegung sehr vorsichtig. Die ganze Welt ruhte in lichterfüllter Stille, in Wärme, in wohltuendem, sanftem azurblauen Schlummer.

Timon und Cinna schienen ebenfalls in diese sonnendurchflutete Ruhe versunken. Die Kranke lag mit geschlossenen Augen, als wäre sie etwas eingenickt – und das Schweigen wurde nur durch die Seufzer unterbrochen, die sich von Zeit zu Zeit ihrer Brust entrangen.

Cinna hatte inzwischen wohl bemerkt, daß sein Schatten die längliche Gestalt verloren hatte und ihm dicht zu seinen Füßen lag.

Die Mittagszeit war da.

Plötzlich öffnete Anthea die Augen und bat mit seltsamer Stimme: «Cinna, gib mir deine Hand!»

Er sprang auf, und das Blut erstarrte zu Eis in seinem Herzen; also war die Stunde der schrecklichen Visionen gekommen.

Ihre Augen öffneten sich immer weiter.

«Siehst du», fragte sie, «wie sich das Licht dort in der Luft sammelt, wie es flimmert, glänzt und auf mich zukommt?»

«Anthea, schau nicht dorthin!»

Doch, o Wunder!, auf ihrem Antlitz zeigte sich keinerlei Furcht. Ihre Lippen öffneten sich ein wenig, ihre Augen wurden immer weiter – und eine unermeßliche Freude ließ ihr Gesicht erstrahlen.

«Die Lichtsäule kommt auf mich zu», sprach sie weiter. «Ich seh's! Das ist er, der Nazarener. Er lächelt. Oh, wie gütig! Oh, wie barmherzig! Die durchbohrten Hände streckt er mir entgegen. Wie eine Mutter, Cinna! Er bringt mir Gesundheit, Erlösung und ruft mich zu sich.»

Cinna wurde sehr bleich und sagte: «Wohin er uns auch ruft – folgen wir Ihm nach!»

Einen Augenblick später erschien auf der anderen Seite, auf dem zur Stadt führenden Felsweg, Pontius Pilatus. Noch bevor er gänzlich herangekommen war, konnte man an seinem Gesicht sehen, daß er eine Neuigkeit brachte, die er als Vernunftmensch für eine neue absonderliche Erfindung der leichtgläubigen und unaufgeklärten Massen hielt. Schon von weitem rief er, sich den Schweiß von der Stirn wischend: «Stellt euch vor, was die nun schon wieder herumerzählen: Sie sagen, er sei auferstanden!»

1893

Schriftstellerinnen

Eine Humoreske über Kinder – doch nicht für Kinder

Die beiden Cousinen Marina und Irka gingen zusammen zur Schule, und jeden Tag, wenn der Unterricht zu Ende war und sie beide zu Mittag gegessen hatten, besuchten sie einander, und zwar nicht nur dann, wenn am Himmel die Sonne lachte, sondern auch bei schlechtem Wetter, denn ihre Wohnungen befanden sich dicht beieinander; nur eine Straße lag dazwischen. Irka wohnte bei ihren Eltern, Marina dagegen, die schon im Alter von drei Jahren ihre Eltern verloren hatte, wurde von Frau Aniela Ocieska, einer kinderlosen Witwe, betreut. Sie war Marinas Tante, doch durchaus hübsch und recht jung. Gerade achtundzwanzig Jahre alt, lebte sie schon seit sechs Jahren als Witwe. Diese junge Tante hing so sehr an ihrer Nichte, daß sie trotz der großen Sympathie, die sie für einen gewissen Dichter empfand, der seine Sonette mit dem Pseudonym «Pflugschar» unterschrieb, diesem manches Mal zu verstehen gab, sie könne sich um nichts in der Welt von Marina trennen.

Herr Pflugschar, alias Herr Stefan Okniński, wiederum gab ihr zu verstehen, daß er unter keinen Umständen ein solches Ansinnen an sie stellen werde, denn er habe *auch* Marina in sein Herz geschlossen. Die Tante errötete heftig bei diesem «auch». Doch Herr Stefan sprach die reine Wahrheit, wenn er jenes Wörtchen besonders betonte, denn er liebte sowohl die Tante aufrichtig wie auch die niedliche Marina; ja selbst Irka mochte er.

Die kleinen Frauen, also Marina und Irka, waren gleichaltrig. Beide feierten ihren Geburtstag im Mai, im Abstand von nur wenigen Tagen. Sie hatten das elfte Lebensjahr vollendet und waren selbstverständlich davon überzeugt, daß Personen ihres Alters bereits genügend Welt- und Menschenkenntnis besitzen, um ohne eine allzu strenge Aufsicht der Großen auskommen und nach eigenem Gutdünken handeln zu können. Wenngleich dieses Alter unbestreitbar ein überaus ernstzunehmendes ist, haben die Großen unglücklicherweise doch die häßliche Angewohnheit, darauf herabzublicken; und daher kommt es häufig zu den verschiedensten Mißverständnissen.

Ein solches Mißverständnis zwischen Marina und ihrer jungen Tante lag nun eines Tages gerade vor, als Irka Marina besuchte.

Im ersten Augenblick bemerkte Irka jedoch den Kummer ihrer Freundin nicht, zum einen, weil unter den ins Gesicht fallenden Haarsträhnen nur Marinas Nase hervorlugte, und zum anderen, weil durch das offenstehende Fenster der Garten zu sehen war, in dem die Sträucher über und über mit weißen Blüten wie mit Schnee bedeckt waren.

«Ach, wie es hier duftet!» rief Irka aus.

«Der Jasmin blüht», erklärte Marina mit kummervoller Stimme.

Erst jetzt blickte Irka die Freundin aufmerksamer an. «Warum bist du so betrübt? Was ist mit dir?»

«Wie soll ich nicht betrübt sein, wenn es ewig dasselbe ist?»

«Was ist dasselbe?»

«Nun, daß die Tante mich ständig für ein Kind hält!»

«Ja, meinst du denn, Papa und Mama würden mich anders behandeln?»

Marina schob mit beiden Händen ihre blonden Haarsträhnen auseinander, und mit den Achseln zuckend, begann sie zu schimpfen: «Zwölf Jahre alt zu sein und trotzdem wie ein fünfjähriges Baby behütet zu werden, das kann der Mensch wirklich nicht mehr ertragen. Der Tante will einfach nicht einleuchten, daß ich schon alles weiß; und was ich noch nicht weiß, da komm' ich schon noch selber drauf.»

Daraufhin trat Irka rasch an die Freundin heran, warf ihre Zöpfe auf den Rücken und fragte aufgeregt mit neugieriger Miene: «Wo kommst du drauf? – Was denn nur, was denn?»

«Auf so allerhand«, erwiderte Marina, «na, du denn nicht?»

«Doch natürlich, bloß, so ganz sicher...»

«So ganz sicher bin ich mir auch nicht. Jedenfalls weiß ich schon so viel, daß ich alles lesen kann. Die Tante aber will, daß ich Kindergeschichten lese.»

«Damit dürfen wir uns wirklich nicht abspeisen lassen», erklärte Irka würdevoll.

Und nach einer Weile fuhr sie fort: «Hast du Schelte gekriegt fürs Lesen?»

«Na, und ob! Vor einer Stunde habe ich mir einen sehr spannenden Roman mit dem Titel ‹Der Natürliche Sohn› aus dem Schrank geholt und zu lesen angefangen. Kaum jedoch hatte ich ein paar Seiten durchgelesen, da kam die Tante, nahm mir das Buch weg und wusch mir gehörig den Kopf, wie man so sagt.»

«Fürchterlich! ‹Der Natürliche Sohn› . . . das muß ja schrecklich spannend sein! Aber, was ist das – ein ‹natürlicher› Sohn?»

«‹Natürlich›, das ist . . . das ist . . . sieh mal . . . Na! . . . das weiß ich eben nicht so genau, aber ich bin gleich draufgekommen: Wenn es einen natürlichen gibt, dann muß es auch einen ‹künstlichen› geben.»

«Aber was ist ein ‹künstlicher›?»

Marina runzelte die Brauen. Nicht nur ihr Gesicht, sondern ihre ganze Haltung verrieten die starke geistige Anspannung.

«‹Künstlich›, das ist . . . siehst du . . . das ist . . .»

«Du weißt es nicht, aber hast du nicht gesagt, daß du immer auf alles kommst?»

«Warte mal! Ich bin nämlich draufgekommen. Ein ‹natürlicher› Sohn ist bestimmt einer, der nach der Hochzeit geboren wird, und ‹künstlich› ist der, der schon vorher zur Welt kommt.»

«Das wird's sein, ja, das wird's sein! Doch wenn das so ist, dann können wir beide nur künstliche Söhne haben.»

«Hm, wahrscheinlich.»

«Na, das wäre erst mal was!»

Dieses «was» schien für Irka offensichtlich etwas sehr Lustiges zu sein, denn sie prustete plötzlich vor Lachen. Nach einer Weile fragte sie dann, wobei ihre Augen aufleuchteten: «Sag mal, möchtest du denn einen künstlichen Sohn haben?»

Doch Marinas schöne Augen, blau wie Blüten des Vergißmeinnicht, blickten auf, und wie es sich für eine ernstzunehmende Persönlichkeit gehört, die keinen Wunsch äußert, ohne ihn reiflich überlegt zu haben, entgegnete sie: «Ich würde lieber einen Foxterrier haben.»

Und nach einem Moment setzte sie noch hinzu: «Einen weißen mit einem schwarzen Ohr und einem schwarzen Fleck auf dem Rücken.»

«Und ich, ich hätte eigentlich lieber gleich ein Pärchen.»

«Ja wirklich, das wäre noch lustiger.» An dieser Stelle seufzte sie tief und fügte melancholisch wie eine Frau, die an zahlreiche Enttäuschungen gewöhnt ist, hinzu: «Aber so was wird sicherlich nie in Erfüllung gehen.»

Irka allerdings wurde von Zweifeln anderer Art geplagt: «Hör mal, Marina, vielleicht bist du nicht auf das Richtige gekommen, und ein ‹künstlicher› Sohn ist ganz einfach eine Puppe.»

«Dann soll ihn irgendeine andere haben. Ich bin jedenfalls zu groß, um noch mit Puppen zu spielen.»

«Besonders, wenn andere Leute dabei sind.»

«Besonders, wenn andere Leute dabei sind. Das versteht sich.»

«Letzten Endes wissen wir eben doch nichts.»

«Wenn mir die Tante erlauben würde, den ‹Natürlichen Sohn› zu Ende zu lesen, dann würde ich schon dahinterkommen, was ein ‹künstlicher› ist, aber so! Eine Frau, auch wenn sie weiß ich nicht wie erwachsen ist, kann eben doch nicht alles erraten.»

«Dann schleich dich zum Schrank und lies es.»

In dem kleinen Herzen Marinas regte sich offenbar ihr ehrliches und rechtschaffenes Wesen, denn sie breitete ratlos die Arme aus und erwiderte: «Ach, wenn ich doch aber mein Ehrenwort geben mußte, daß ich mir ohne Wissen der Tante kein Buch mehr aus dem Schrank nehmen werde.»

«Nun, das ist was anderes, wenn du dein Wort gegeben hast», antwortete die nicht minder redliche Irka.

Für eine Weile schwiegen die beiden.

«Mit der Tante hat man schon seine Not», ließ sich Marina endlich vernehmen. «Wenn es irgendeine andere gewesen wäre, würde ich sie hassen.»

«Aber das bringst du doch nicht fertig, Tante Aniela zu hassen.»

«Als ich die Masern hatte, saß sie die ganze Zeit im Sessel an meinem Bett. Und sie ist nicht nur hübsch, sondern bei anderen Sachen ist sie auch sehr gut.»

«Wie mein Papa.»

«Und doch können wir es uns in unserem Alter kaum gefallen lassen, daß jemand uns die Bücher zuteilt, die wir lesen dürfen, so wie man Kindern Bonbons zuteilt aus Angst, sie könnten sich daran überfuttern.»

«Ja, das ist schrecklich ärgerlich und unpassend.»

«Und wenn man dann noch zugeben muß, daß man nichts dagegen machen kann!»

Doch Irka, die lebhafter war als Marina und sich eher zu helfen wußte, begann im Zimmer eilig auf und ab zu gehen. Sie pustete durch ihr rosa

Näschen, schüttelte ihr dunkles Köpfchen, und schließlich sprang sie mit beiden Beinen auf die Chaiselongue und fing an, sich dort auf den Kissen zu schaukeln, wobei sie immer wieder vergnügt ausrief: «Ich hab's! Ich hab's! Ich hab's!»

«Was?» wollte Marina wissen.

«Das wirkt mit Sicherheit!»

«Na, sag schon!»

«Wir schreiben einen Roman.»

«Einen Roman?»

«Ja, aber einen Roman, der ganz scheußlich wird, und den schicken wir dann mit einem Boten zur Druckerei. Du hast doch gehört, wie Herr Stefan einmal zu Tante Aniela gesagt hat, daß die Zeitungen ungeheuer viele lange und kurze Romane brauchen. Egal, was wir ihnen schicken, sie werden es sofort drucken, besonders wenn keiner in der Redaktion ahnt, daß wir noch nicht ganz erwachsen sind.»

Jetzt fing auch die ernsthafte Marina an, umherzuhüpfen. «Wunderbar, ausgezeichnet! Wir werden eine Geschichte schreiben.»

«Einen großen Roman, in dem sich welche lieben.»

«Ein Mann und eine Frau!»

«O ja!»

In diesem Augenblick hörte Marina auf, herumzuspringen. «Ja, aber», fragte sie, «was hat das denn damit zu tun, welche Bücher wir lesen dürfen?»

«Das begreifst du nicht? Wenn unser Roman herauskommt, werden deine Tante und mein Vater sagen, das sei nichts für uns, und sie werden uns nicht erlauben, ihn zu lesen. Doch dann werden wir die Arme in die Seite stemmen und erklären, daß wir die Autorinnen sind.»

«Wundervoll! Das wird ein Spaß! Danach werden wir selbstverständlich alles lesen dürfen.»

Bei diesen Worten faßten sich die zukünftigen Autorinnen vor Freude bei den Händen und wirbelten so schnell sie konnten im Kreise herum. Aber da solide Geister sich nicht lange leichtfertigem Spiel hingeben können, hörten sie sofort damit auf, als ihnen schwindlig zu werden begann, und Irka bestimmte: «Laß uns keine Zeit verlieren! Setzen wir uns hin!»

«Ja, schreiben wir!» pflichtete ihr Marina bei.

Und im Handumdrehen hatten sich die zwei zu beiden Seiten des Tisches plaziert, an dem Marina normalerweise ihre Hausaufgaben erledigte. Tinte, Papier, Feder: alles stand bereit. Man brauchte nur noch die Eingebung herbeizubitten, und dann konnte es losgehen.

Warum sich die Eingebung stets unter der Zimmerdecke befindet, läßt sich nur sehr schwer beantworten. Obgleich niemand Marina und Irka etwas davon erzählt hatte, guckten beide an die Decke.

Über dem Tisch herrschte längere Zeit vollkommene Stille; unter dem Tisch hingegen pendelten die schwarzen Strümpfe und die gelben Schuhe bald vor, bald zurück, mit jener gleichmäßigen Bewegung, mit welcher der Töpfer seine Scheibe antreibt. Genau genommen war diese Bewegung wahrscheinlich nicht von allzu großer Bedeutung, und man kann sie Personen, die im

Sitzen mit ihren Füßen nicht bis auf den Boden reichen, schwerlich verübeln.

Marina unterbrach das Schweigen und das Hin- und Herpendeln als erste: «Kann man zu zweit überhaupt einen Roman schreiben?»

«Ja, kann man!» antwortete Irka. «Herr Stefan hat einmal mit meinen Eltern darüber gesprochen, als er ihnen irgend so einen Roman vorlas, den zwei französische Autoren geschrieben hatten. Wenn also zwei Männer so was können, dann können das auch zwei Frauen.»

«Also wird eine schreiben und die andere diktieren?»

«Nein, wir werden ihn zusammen komponieren, und dann schreibt jede für sich auf einem eigenen Bogen. Dann nehme ich meinen Bogen und du deinen, und wir werden das Geschriebene überdenken; und wenn einer irgendein neuer Einfall kommt, dann sagt sie es der anderen am nächsten Tag.»

«Na gut, dann laß uns anfangen!»

Das Treten der Töpferscheibe unter dem Tisch begann von neuem, doch dauerte es diesmal nicht lange.

«Wie wird denn der Held heißen?» fragte Irka.

«Wer?»

«Verstehst du denn nicht? Na der, der sich verlieben wird.»

«Oh, ich verstehe hervorragend. Soll er doch Stefan heißen.»

«Und sie Aniela, wie die Tante?»

«Ach nein, lieber nicht. Es ist vielleicht besser, wenn wir uns andere Namen ausdenken. Denn die

Tante könnte vielleicht böse werden, wenn wir sie und Herrn Stefan beschreiben. Ich verrate dir ein Geheimnis. Ich hab' gehört, wie das Dienstmädchen erzählt hat, daß Herr Stefan die Tante heiraten wird. Ich habe die Tante gleich gefragt, ob das stimmt, doch die Tante ist bloß rot geworden und hieß mich still sein.»

«Und ich habe gehört, wie mein Papa zu Mama folgendes sagte: ‹Wenn's nach ihm ginge, wäre er jederzeit bereit, doch auch sie ist nicht abgeneigt.› Ich war ungeheuer neugierig zu erfahren, was sie damit meinten, doch sie sagten mir nur, ich solle mich nicht in Dinge einmischen, die mich nichts angehen.»

«Also: Aniela und Stefan, das geht wohl nicht.»

«Aber, wie sollen wir sie dann nennen?»

«Na, meinetwegen Julius.»

«Ja, warum nicht. Ein hübscher Name. Und sie?»

«Idalia.»

«Prächtig. Du hast offensichtlich Talent.»

«Ein wenig vielleicht», erwiderte Marina bescheiden.

Ihre Federn begannen jedoch nicht sogleich auf dem Papier zu kratzen, vielmehr wurden die Enden der Federhalter wie auf Kommando zwischen die Zähne der beiden Autorinnen geklemmt. Außerdem blickten sie einander unablässig an, und auch sonst zeigten sie noch mancherlei Merkmale der Unsicherheit.

Plötzlich legte Marina die Feder aus der Hand: «Schön, aber was wird, wenn man uns erlaubt, daß wir unseren Roman lesen?»

«Auch in diesem Fall weiß ich was.»

«Was denn?»

«Ich habe ja schon einmal gesagt, daß der Roman ganz entsetzlich, ganz schrecklich unanständig werden muß.»

«Ach so! Stimmt.»

«Mein Papa und deine Tante sollen ruhig wissen, daß sie vor uns nichts mehr zu verheimlichen brauchen.»

Eine Weile äußerster Konzentration – und dann leuchtet Irkas Gesicht auf, offensichtlich unter dem Einfluß einer genialen Idee.

«Ich schlage vor», sagte sie, «so anzufangen: ‹Julius und Idalia hatten sich gerade auf dem Ball kennengelernt, da begannen sie auch schon, fürchterlich unanständig zu sein.›»

«Ausgezeichnet!» bemerkte Marina dazu. «Das werden sie uns sicherlich nicht zu lesen erlauben.»

Nun kratzen die Federn richtig drauflos, doch nach diesem so glücklichen Anfang unterbricht Marina ihre Arbeit abermals: «Siehst du, sie mußten sich bloß erst kennenlernen, miteinander reden und sich verlieben. Ich weiß ganz bestimmt, daß sie sich in den Romanen, die nicht für Kinder sind, immer verlieben.»

«Oh, das weiß auch ich sehr wohl. Schreiben wir also: ‹Zuerst lernen sich Julius und Idalia auf einem Ball kennen, dann unterhalten sie sich, und sobald sie sich verliebt haben, beginnen sie auch schon, mächtig unanständig zu sein!›»

«Ja, so ist es besser, doch wir müssen uns überlegen, was sie Unanständiges tun können.»

«Na, sollen sie sich ... sollen sie sich doch zum Beispiel küssen.»

«Ja, ob das denn schon genug sein wird? Herr Stefan küßt mich stets auf die Stirn und der Tante Aniela die Hand, und das immer dreimal.»

«Und wenn nun Julius und Idalia sich sofort auf den Mund küssen?»

«Auf einem Ball? Das wäre unanständig genug. Doch was weiter?»

«Wieso, was weiter?»

«Na, weil das alles höchstens drei Zeilen ergibt, meinetwegen auch fünf – aber ein Roman, das muß doch ein dickes Buch sein.»

«Stimmt. Überlegen wir mal, was man noch Unanständiges tun kann.»

Die Eingebung, die unter der Decke hängt, erweist sich diesmal als vollkommen unempfindlich gegen die verzweifelten Blicke der beiden Schriftstellerinnen; und im Zimmer herrscht Schweigen.

«Dann könnten sie sich umarmen ...», sagte Marina.

Irka aber schüttelt den Kopf. «Nein! Wenn die Leute sich küssen, legen sie doch nicht die Hände auf den Rücken, sondern sie umarmen sich auch dabei. Das erledigt sich immer auf einen Schlag.»

«Ja», gibt Marina zu, «wir müssen uns etwas ausdenken, das man nach dem Küssen und nach dem Umarmen macht.»

Sie versinkt in tiefes Grübeln. Nach einer Weile hebt sie ihren Blick und meint zaghaft: «Und wenn sie sich die ganze Torte nehmen würden, die für alle Gäste bereitsteht?»

«Pfui», entgegnet ihr Irka, «das ist was für kleine Kinder! Naschhaftigkeit wäre das – und keine Liebe.»

«Du hast recht. Es muß unbedingt sein, daß sie etwas Unanständiges aus Liebe tun.»

«Aber was?»

Ein Seufzer entringt sich Marinas Brust. «Es ist gar nicht so leicht, einen Roman zu schreiben.»

«Aber Romanschreiber schaffen es.»

Marina hat einen neuen Einfall: «Und wenn wir Herrn Stefan fragen? Wenn er kommt, dann bringt die Tante immer ihre Frisur in Ordnung, bevor sie zu ihm hineingeht; wir hätten also Zeit, ihn zu fragen. Ich werde ihm nicht sagen, daß wir einen Roman schreiben, sondern ihn nur fragen, was man aus Liebe tut, nach dem Küssen und Umarmen.»

Irka streicht sich über die Stirn. «Ich zerbreche mir den Kopf, was man danach noch machen könnte. Aber Herr Stefan ist doch kein Romanschriftsteller, sondern nur ein Dichter, und vielleicht wissen das auch die Dichter nicht. Übrigens könnte er dann vermuten, daß wir etwas aushekken... Halt, wart mal! Ich weiß!»

«Was? Was?»

«Wir schreiben: ‹Julius und Idalia lernen sich erst einmal kennen, und dabei verlieben sie sich; dann werden sie unanständig, und hierauf verführt er sie.›»

«Was heißt das denn?»

«Das weiß ich nicht so genau, aber ich werde dir erzählen, wie es war. Papa hat Mama einmal einen Roman laut vorgelesen, und ich saß im Nebenzimmer und hörte deutlich den Satz: ‹Nach dem unglückseligen Tage, an dem Eduard Magdalena verführt hatte...› Doch Mama unterbrach Papa sofort und sagte: ‹Paß auf, Irka ist nebenan!› Daraufhin schickte mich Papa in ein anderes Zimmer. Daran habe ich gemerkt, daß dies etwas ist, das wir nicht wissen dürfen.»

«Mir scheint, ‹verführen› ist dasselbe wie ‹ausführen›. Das heißt also, daß sie zusammen irgendwohin fahren.»

«Ich glaube, das muß was Schlimmeres sein.»

«Aber du weißt doch, daß das Brautpaar fast immer gleich nach der Trauung ins Ausland reist. Das bedeutet also, daß er sie nimmt und ausführt. Das ist so Sitte.»

«Na, schlimmstenfalls können wir ja so schreiben: ‹Nachdem sich Julius und Idalia kennengelernt, verliebt und mancherlei Unanständigkeiten getan haben, heirateten sie, aber dann verführte er sie.›»

«Aber wenn das so Sitte ist, dann ist doch nichts dabei.»

«Und wieso hätte Mama dann gesagt: ‹Paß auf, Irka ist nebenan!›?»

«Ja, das ist seltsam, darüber müssen wir mal nachdenken.»

Nach dieser sehr treffenden Bemerkung folgt ein Moment angestrengten Nachdenkens, und es wird immer klarer, daß das Schreiben eines Romans mit verschiedenen unvorhersehbaren Schwierigkeiten verbunden ist.

«Ach», meint Irka, «wenn doch bloß jemand einen verführen wollte vor unseren Augen!»

«Dann wüßten wir wenigstens, was das bedeutet», erwiderte Marina.

Die weitere Unterhaltung unterbricht ein Klingeln, dann steht Herr Stefan Okniński, alias Pflugschar, in der Tür. Herr Pflugschar, obschon Verfasser von drei Dutzend Sonetten, glich dennoch einem gewöhnlichen Sterblichen. Er blickt nicht finster drein, wäscht sich jeden Morgen, trägt ein Hemd, aber weder eine Pelerine noch lange Haare, was er selbst damit erklärt, daß er seinem Talent weder mit Pelerine noch mit langer Mähne auf die Sprünge zu helfen brauche. Da er darüber hinaus über ein Vermögen verfügt, das bedeutend größer ist als sein Talent, neidet ihm mithin keiner die Sonette, und er ist überall gern gesehen und wird von den Frauen geradezu verehrt. Jetzt hält er ein Blumenbuquet in den Händen und ein Schächtelchen, das mit einem rosa Band umwickelt ist. Nachdem er eingetreten ist, begrüßt er die beiden Schriftstellerinnen vertraulich, indem er jede auf die Stirn küßt.

«Nehmen Sie Platz», lädt ihn Marina ein, «was für herrliche Blumen!»

Und während sie das sagt, schaut sie sich den Karton aufmerksam an.

«Die Blumen sind für die Tante, die Schachtel mit Bonbons ist für euch», erklärt Herr Stefan. «Ist die Tante da?»

«Ja. Sie muß die Klingel gehört haben, doch es wird noch ein Weilchen dauern, bis sie kommt, denn wenn Sie kommen, dann bringt die Tante immer erst ihre Frisur in Ordnung; manchmal steckt sie sich auch eine neue Schleife an den Kragen oder pudert sich sogar, damit man nicht merkt, wie rot sie geworden ist.»

Herr Stefan wirft den Karton auf den Tisch, faßt

Marina an beiden Händen, schüttelt sie kräftig und spricht mit strahlendem Gesicht: «Ach, du mein liebes Plappermäulchen; wenn du wüßtest, wie gern ich das höre und wie sehr ich dich dafür liebhabe.»

Marina jedoch befreit ihre Hände aus den seinen, neigt ihr reizendes Köpfchen, blickt kokett zu Herrn Stefan auf und fragt, ihre Zopfenden drehend: «Wirklich, Sie lieben mich?»

«Wie kaum jemand auf der Welt.»

«Und Sie werden mir auf eine Frage eine ehrliche Antwort geben?»

«Ja, ganz bestimmt.»

«Hm», sagt Marina schüchtern, «es ist vielleicht etwas unanständig, doch gerade darum geht es uns – mir und Irka.»

«Na, na!»

«Nun, Irka und ich möchten gern wissen, wie das ist, wenn ein Herr eine Dame verführt?»

Wer aus der Miene, welche er mit einem Mal aufsetzte, auf Herrn Stefans Intelligenz schließen wollte, der würde ihm nicht nur die drei Dutzend Sonette nicht zutrauen, sondern nicht einmal drei, denn der unglückliche Poet machte in diesem Moment ein derart verblüfftes, ja geradezu törichtes Gesicht, daß es wohl nicht leicht sein dürfte, auf dem ganzen Parnaß etwas Ähnliches zu finden.

«Um Gottes willen! Marina! Was meinst du nur?»

Marina nimmt an, er habe nicht verstanden, worum es ihr geht, und deshalb wiederholt sie die Frage noch einmal, nur anders formuliert: «Wir wollten wissen, ob das Verführen vor der Hochzeit oder nach der Hochzeit passiert, und was das überhaupt ist?»

«Marina!!!» ruft Herr Stefan verzweifelt. Und er guckte nicht bloß dumm, sondern geradezu dämlich drein.

«Antworten Sie doch», bedrängt ihn Marina, «Sie haben es versprochen.»

«Still! Nichts werde ich sagen! Ich denke ja gar nicht daran!»

«Dann wissen Sie es anscheinend selbst nicht.»

Daraufhin schürzt Irka verächtlich die Lippen. «Ich hab' gleich gesagt, daß Dichter solche Sachen nicht wissen.»

«Ja, ganz offensichtlich», fügt Marina hinzu, «dabei weiß das doch jeder Romanschreiber!»

«Mit Sicherheit.»

Und eine an Verachtung grenzende Empörung über die Dichter im allgemeinen und über Herrn Stefan im besonderen bemächtigt sich der beiden Schriftstellerinnen.

Mittlerweile tauchte die Tante in der Tür auf. Marina läuft sofort zu ihr, und enttäuscht über das mißbrauchte Vertrauen ruft sie empört: «Tante, Tante, heirate bloß den Herrn Stefan nie, denn der weiß ja nicht mal, was ‹verführen› ist.»

Doch jetzt kommt es zu einer noch viel größeren Katastrophe, denn die nicht weniger als der Dichter verblüffte Tante verfällt offenbar auf die Idee, daß in solch einer ausweglosen Situation einer jungen Frau nichts anderes übrigbleibt, als in Ohnmacht zu fallen. Sie sinkt also schwer auf das Kanapee, legt ihren Kopf auf die Lehne, schließt die Augen und verharrt reglos in dieser Position.

Bestürzung breitet sich aus. Herr Stefan eilt zu Hilfe und schreit mit wilder Stimme: «Wasser, Wasser!», wie wenn das ganze Haus in Flammen stünde. Marina und Irka rennen nach einer Karaffe. Die Tante schlägt die Augen nicht auf. Darum setzt sich Herr Stefan neben sie, faßt sie um die Taille, lehnt ihren Kopf an seine Brust, und sich über sie neigend, wiederholt er mehrmals zärtlich, ängstlich und pathetisch zugleich: «Komm zu dir, mein Engel! Komm zu dir, mein Engel!» – Und sein Schnurrbart nähert sich immer mehr dem Gesicht der Tante.

*

An dieser Stelle endet die Geschichte, und wann der Engel zu sich gekommen ist, gehört schon nicht mehr in diese Erzählung.

Den Lesern dagegen muß wohl noch gesagt werden, daß der Liebesroman «Julius und Idalia» das Licht der Welt nie erblickt hat und daß die beiden jungen Schriftstellerinnen – gewiß zum großen Schaden der Literatur – das Romaneschreiben bis auf weiteres aufgegeben haben.

1912

Nachwort

I

«Quo vadis?» kennt fast jeder – wenn nicht den Roman, so doch eine der beiden Verfilmungen. Der Name des Verfassers dagegen ist selbst manchem literarisch Interessierten wenig geläufig. Dabei war Henryk Sienkiewicz der in Deutschland am meisten übersetzte polnische Autor, bis Stanisław Lem ihm schließlich den Rang ablief. Aber noch heute behauptet er seinen zweiten Platz mit klarem Abstand vor Sławomir Mrożek.

Sienkiewicz' literarische Laufbahn ist geprägt von der politischen Situation seines Landes. Als er 1872 debütierte, lag die erste polnische Teilung genau hundert Jahre zurück. Auf mehrere gescheiterte Erhebungen hatten die Teilungsmächte, vor allem Preußen und Rußland, mit Unterdrückungsmaßnahmen reagiert. Besonders harte Konsequenzen hatte der gegen Rußland gerichtete Januaraufstand (1863): die Reste der Selbstverwaltung waren beseitigt worden, und eine starke Russifizierung hatte eingesetzt.

Während seines Studiums in Warschau schloß sich Sienkiewicz einem Kreis junger Intellektueller an (Prus, Świętochowski u. a.). Obwohl ihre gesellschaftspolitischen Vorstellungen eher von H. Taine, H. Spencer, J. St. Mill und Darwin beeinflußt waren, sind sie später (in Anlehnung an

Auguste Comtes «Positiver Philosophie») als Positivisten in die Literatur- und Kulturgeschichte Polens eingegangen.

Die Hauptschuld an der polnischen Misere sahen die Positivisten in dem von der Romantik beeinflußten, die Realität nicht richtig einschätzenden Rebellengeist ihrer Väter, von dem sie sich bewußt freimachen wollten. Hatten die Romantiker geglaubt, Polen sei ein auserwähltes Volk und durch sein Leiden berufen, andere unterdrückte Völker zu erlösen, so betrachteten diese jungen Leute die Lage ihres geteilten Heimatlandes mit Nüchternheit. Durch «Arbeit an den Grundlagen» sollte das rückständige Land wirtschaftlich und kulturell entwickelt werden, damit es auf dieser Basis die staatliche Souveränität durchsetzen könne. Wie in der Natur seien gesellschaftliche Veränderungen – also auch die Unabhängigkeit Polens – durch Evolution möglich, nicht aber durch Revolution, wie die Romantiker noch geglaubt hatten.

Die Positivisten schworen zwar auf den Fortschritt mittels der Industrialisierung, nahmen aber moralisch keineswegs den Standpunkt der Bourgeoisie ein, sondern machten sich zu Anwälten der «Benachteiligten». Sie entfalteten eine rege publizistische Tätigkeit, nicht nur um gegen die Anhänger der romantischen Ideologie zu Felde zu ziehen, sondern auch in der Absicht, das Volk zu «bilden». In der von großem Optimismus und einer guten Portion Naivität geprägten Anfangsphase meinten die Positivisten, durch fortschreitende geistige Entwicklung das «moralische Niveau» der Massen zu heben. Sie setzten ihre Ideen auch literarisch um, denn in der künstlerischen Verkleidung konnten ihre Gedanken dem wachsamen Auge des Zensors eher entgehen. Dabei überlagerte die aufklärerische Tendenz, der Vorsatz, die allgemeine Meinung zu beeinflussen sowie Vorbilder und Entwicklungswege zu propagieren, häufig den ästhetischen Gehalt. Mindestens bis 1880 war der Positivismus die führende Geistesströmung in Polen; unter demselben Begriff wird auch die Literatur jener Zeit, welche in Form und Inhalt weitgehend den Werken des Realismus in anderen europäischen Ländern entspricht, zusammengefaßt. Positivistisches Gedankengut bildet den ideologischen Hintergrund von Sienkiewicz' Frühwerk.

Schon als Student war Sienkiewicz journalistisch tätig. In einfallsreichen Feuilletons setzte er sich für die Gründung einer lokalen Feuerwehr ein, bekämpfte den Schnapsschmuggel und engagierte sich für den Straßenbau, forderte die Beseitigung des Analphabetentums und protestierte gegen die schlechten Lebenbedingungen der Kinder auf dem Lande.

Eine Abwechslung von dem provinziellen Einerlei, das seine publizistische Tätigkeit bestimmte, versprach sich Sienkiewicz von einer USA-Reise, die er im Frühjahr 1876 antrat: Waren die USA für viele Westeuropäer das Land der Freiheit und der unbegrenzten ökonomischen Möglichkeiten, so mußten sie einem Polen ganz besonders anziehend erscheinen.

Den demokratischen Einrichtungen galt Sienkiewicz' Anerkennung, doch auch Negatives fiel ihm auf. In seinen Zeitungsberichten («Briefe aus

Amerika») beklagte er die rigorose Unterordnung des gesamten Lebens unter das Busineß. Die «Briefe» verraten, daß die Ambitionen des Verfassers weit über das übliche journalistische Metier hinausreichten. Er bemühte sich um große Anschaulichkeit des Ausdrucks, wissend, daß er für ein Publikum schrieb, das einem völlig anderen «way of life» folgte.

Stark beeindruckt zeigte er sich von der üppigen Vegetation Kaliforniens und der herben Anmut der Prärie. Bei den Naturbeschreibungen war die Versuchung zur lyrischen Ausschweifung am größten, doch man spürt, wie er ihr immer stärker widersteht, bis er schließlich eine große Plastizität und Prägnanz der Bilder erzielt. Manchen Eindruck wird er später bei der literarischen Gestaltung der ukrainischen Steppen in «Mit Feuer und Schwert» umsetzen.

Auf dem Rückweg von den USA (1879) machte Sienkiewicz fast ein Jahr in Frankreich Station, wo er sich mit der Theorie und Praxis des Naturalismus auseinandersetzte. Obwohl er sich in einigen Erzählungen der künstlerischen Mittel dieser Strömung bediente, kam für ihn ein Naturalismus à la Zola als Schaffensprinzip nicht in Frage. In einer Phase der politischen Ohnmacht fand er es – wie die meisten polnischen Schriftsteller – unpassend, durch drastisch-düstere Zustandsschilderungen Ungerechtigkeiten im Zusammenleben der Menschen bloßzulegen. Er hielt es vielmehr für seine Aufgabe, den Lesern Mut zu machen und vor allem den Glauben an die nationale Größe aufrechtzuerhalten.

Als Sienkiewicz Ende 1879 nach Polen zurückkehrte, hatten die Reisen seinen Blick für die heimischen Probleme geschärft. Die Positivisten waren inzwischen zu der Überzeugung gelangt, daß von dem Bürgertum und den Besitzenden überhaupt nichts zu erwarten war, weil sie aus wirtschaftlichen Interessen bereit waren, ohne Rücksicht auf nationale Belange sich bei den Teilungsmächten anzubiedern. Enttäuschung über den ausbleibenden Erfolg der «evolutionären» Bemühungen stellte sich ein: der Positivismus geriet in die Krise. Unter der verstärkten Germanisierungs- und Russifizierungspolitik erhielten die patriotischen Gefühle neue Nahrung, und immer größere Teile der Intelligenz bezogen konservative Positionen.

Ohne sich direkt einem weltanschaulichen Lager zuzurechnen, entwickelte sich Sienkiewicz zu einem – wie er es nannte – Neokonservativen. Sein Schaffen weist eine verstärkte Hinwendung zur historischen Tradition auf, die sich in breit angelegten Romanen äußert. Patriotische Tendenzen verdrängen den bis dahin dominierenden sozialen Aspekt.

Der Wechsel der literarischen Gattung kam für die Anhänger von Sienkiewicz' novellistischer Kunst überraschend. Geschult an den großen Heldenepen wie «Ilias», dem «Pan Tadeusz» von Mickiewicz oder dem «Beniowski» von Słowacki, war Sienkiewicz von der Berechtigung und Notwendigkeit historischer Romane überzeugt. Die Vergangenheit diente ihm als Ort der Zuflucht vor der tristen, unheroischen Gegenwart. Zudem lieferte ihm die Historie eine spannende Fabel und starke Helden, mit denen sich die Leser identifizieren sollten, um moralisch gestärkt aus der Lektüre hervorzugehen.

Geschichtstreue war Sienkiewicz bei seiner Aufarbeitung der Vergangenheit weniger wichtig. In dem Vortrag «Über den historischen Roman» forderte er, daß die Lücken in den historischen Dokumenten mit Hilfe der Phantasie ausgefüllt werden müßten. Er folgte dabei auch Vorbildern: so ließ er sich bei seiner monumentalen Trilogie über die tapferen Kämpfe der Polen gegen Kosaken, Schweden und Türken im 17. Jahrhundert von den «Drei Musketieren» Alexandre Dumas' inspirieren.

Heute fällt auf, wie plastisch dem Schriftsteller die Darstellung vergangenen Lebens gelang und wie differenziert er mit der Sprache umging. Er paßte sie dem Alter und der Herkunft der jeweiligen Figuren an. Mehr noch, er stilisierte sie entsprechend den Chroniken und Memoiren aus der beschriebenen Epoche.

Weltruhm erlangte Sienkiewicz durch «Quo vadis?», nicht zuletzt dank der empfehlenden Propaganda der katholischen Kirche. Aber auch in nichtkatholischen Ländern – in Deutschland und im angelsächsischen Raum – war das Buch ein «Bestseller». Ein Freund des Literaten, der Historienmaler Siemiradzki, hatte ihn bei einem Romaufenthalt auf die Inschrift «Quo vadis?» an der Front einer Kapelle aufmerksam gemacht. Weitere Anregungen erhielt Sienkiewicz durch die Lektüre von Tacitus und Ernest Renans «Antichrist». Er malt in seinem Nobelpreisroman, der während der Christenverfolgungen unter Nero spielt, die «heidnische» Welt des *arbiter elegantiarum* Petronius außerordentlich farbenfroh. Die Unterwelt der Katakomben, in der auch die beiden Slawen aus dem Weichselgebiet, Lygia und Ursus, leben, bleibt dagegen recht blaß.

Ein weiteres detailreiches, polychromes Geschichtspanorama, «Die Kreuzritter», erschien im Jahre 1900. Die Kampfszenen, an denen man Sienkiewicz' Vorliebe für Schlachtgetümmel ablesen kann, und die Zeichnung vergangenen polnischen Lebens erinnern an die historischen Bilder Jan Matejkos. Wieder braut Sienkiewicz eine Mischung aus Liebe und Abenteuer. Vielleicht unter dem Einfluß von Dickens' «David Copperfield» verzichtet er auf das in der Trilogie verwendete Schema der «Liebe auf den ersten Blick», die bis zum Grabe währt. Vielmehr führt er einfühlsam das langsame Erwachen einer Liebe vor.

Anfang 1891 brach Sienkiewicz zu einer mehrmonatigen Safari nach Afrika auf. Seine Erlebnisse verarbeitete er in dem Abenteuerroman für Kinder «In Wüste und Wildnis» (1911, dt. Übersetzung im Jahr der polnischen Erstausgabe), der den Klassikern der Kinderliteratur, Jules Vernes «Ein Kapitän von fünfzehn Jahren» und Mark Twains «Tom Sawyers Abenteuer» – denen er gewiß einiges abgeschaut hat –, durchaus ebenbürtig ist.

Weniger erfolgreich als seine historischen Werke und sein Kinderbuch waren die Romane, in denen er die Gegenwart thematisierte. Er geriet ins Kreuzfeuer der «linken» Literaturkritik. In den

Polemiken ging es nicht so sehr um Fragen der literarischen Qualität: vielmehr wollten Wacław Nałkowski und Stanisław Brzozowski in Sienkiewicz einen exponierten Vertreter der konservativen Nationaldemokraten attackieren.

Das Spektrum von Sienkiewicz' literarischen Formen reicht von Romanen, Erzählungen und Novellen, die er verschiedentlich zu Chroniken, Legenden, Apokryphen und Memoiren stilisierte, bis hin zu Dramen. Die meisten literarischen Kurzformen, die zu Unrecht häufig im Schatten der dickleibigen Großprosa stehen, verfaßte er vor seinen historischen Monumentalwerken.

II

Unter den etwa fünfzig Erzählungen, die aus Sienkiewicz' Feder stammen, galt es für die vorliegende Ausgabe eine repräsentative Auswahl zu treffen. Sie soll einerseits die von den Literaturwissenschaftern an die Spitze ihrer Wertungsliste gestellte Kurzprosa berücksichtigen, zugleich aber auch Sienkiewicz' vielfältige künstlerische Ausdrucksweisen vorstellen und seine weltanschaulichen Positionen widerspiegeln. So ermöglicht die hier gewählte chronologische Anordnung der Texte einen Überblick über Sienkiewicz' literarische Entwicklung von den Anfängen bis 1912[a].

---

[a] Da im Band «Polnische Erzähler des 19. und 20. Jahrhunderts» (Manesse 1981) Sienkiewicz' «Sieger Bartek» in einer neuen Übersetzung greifbar ist, fehlt diese Erzählung in unserer Auswahl.

1872 erschienen die ersten literarischen Versuche des jungen Journalisten: ein Roman, «Vergebens» (dt. 1901), und zwei Erzählungen unter dem Obertitel «Humoresken aus der Mappe Worszyłłos». Die eine der beiden, «Der Prophet gilt nichts in seinem Vaterlande», eröffnet unsere Auswahl.

Sowohl im Roman wie in den Erzählungen ist die Handschrift des Journalisten zu erkennen, so zum Beispiel, wenn Ereignisse indirekt durch Dokumente und Nachrichten aus zweiter Hand dargestellt werden. Der antifeudale Ton und das Eintreten für ein bürgerliches Fortschrittsprogramm sind Ausdruck des positivistischen Geistes. Das Handlungsschema folgt einer strikten Zweiteilung in Vertreter des Alten und des Neuen. Die Charaktere sind eindimensional gezeichnet. Die rückschrittlichen Adligen und Großgrundbesitzer werden karikiert. Nicht viel besser ergeht es dem Erzähler Worszyłło. Mit dem Weltverbesserer Wilk Garbowicki wird dagegen ein positiver Held eingeführt. Er ist ein Einzelkämpfer, denn wenn er die «altadligen Zähne» zeigt, erschrecken nicht nur seine Feinde, sondern auch potentielle Bündnispartner. Als Volksaufklärer handelt er nicht besonnen genug und berücksichtigt die Bedürfnisse der Menschen zu wenig. Mit seinen Schwächen wirkt Garbowicki allerdings lebensnäher als der Held der anderen «Mappen»-Erzählung.

Aus der Zeit von Sienkiewicz' Aufenthalt in Amerika stammt «Kohleskizzen» (1877). Ihr Hauptakteur ist ein Gemeindeschreiber, der die Bauern mit seinem Wissen über ihre Beteiligung am Januaraufstand erpreßt und mit Don Juan-Eskapaden eine Familie ins Unglück stürzt. Sienkiewicz zeigt die Bauern ohne die schematische Idealisierung, die vorher in der polnischen Literatur gebräuchlich war.

Die öffentliche Reaktion auf seine «Skizzen» war beachtlich. Eine zensierte Fassung in der «Gazeta Polska» löste eine Pressepolemik zum Thema der sozialen Pflichten der Großgrundbesitzer und zum «Grundsatz der Nichteinmischung» aus. Die Adelspartei warf Sienkiewicz wegen des unversöhnlichen Schlusses Pessimismus vor.

Spuren des Naturalismus finden sich – wie die konservative Kritik zu sehen glaubte – nicht nur in der Drastik und «Unmoral» der Handlung. Naturalistische Anleihen (obwohl Sienkiewicz später heftig gegen Zola und andere Naturalisten polemisierte) werden in der getreuen Nachbildung der bäuerlichen Umgangssprache deutlich oder auch im Verzicht auf die Gestaltung inneren Erlebens zugunsten der ausführlichen Schilderung äußerer Gegebenheiten. Das Verhalten der Figuren wird nicht psychologisch motiviert, sondern als Faktum hingestellt. Der Titel «Kohleskizzen» läßt an eine rasch hingeworfene Schwarzweißzeichnung denken. Trotz mancher schriftstellerischer Unzulänglichkeiten und Inkonsequenzen besitzen die «Skizzen» für Sienkiewicz' Entwicklung eine große Bedeutung.

«Aus den Erinnerungen eines Posener Hauslehrers» entstand während seiner Abwendung von positivistischen hin zu national-konservativen Anschauungen. Sienkiewicz hatte vor, die russische Schulpolitik zu kritisieren. Um die Zensur zu umgehen, verlegte er die Handlung in das Großherzogtum Posen, wo die Germanisierungspolitik sich kaum von der russischen Politik unterschied. An der Rezeption in Deutschland offenbart sich, daß das Verhältnis zu Polen nicht unbelastet war. In der ersten deutschen Übersetzung (1901) fehlen die Passagen, in denen sich der Hauslehrer negativ über die deutschen Schulmeister oder die deutsche Schulpolitik äußert. Dadurch wird dem Leser das seelische Problem des Knaben Michaś überhaupt nicht klar: er erkrankt ja, weil ihn der Konflikt zwischen der im Nationalbewußtsein der heißgeliebten Mutter und des Hauslehrers verankerten Erziehung einerseits und der offiziellen Schulerziehung andererseits überfordert. Da Sienkiewicz hier einen Pädagogen als Ich-Erzähler fungieren läßt, kann er ihm die Kompetenz zu theoretischen Kommentaren verleihen. Belebt wird die Geschichte dadurch, das Wawrzynkiewicz nicht nur Michaś' Lehrer ist, sondern auch emotional stark an das Kind und dessen Familie gebunden ist. Hier führt Sienkiewicz eine Neuerung in die polnische Literatur ein, bei der Dickens Pate gestanden hat: das Kind als Hauptperson in der Literatur für Erwachsene. Später befaßten sich auch andere polnische Schriftsteller mit dieser Thematik, zum Beispiel Bolesław Prus in «Antek».

In jedem polnischen Schulbuch findet sich «Janko der Musikant» (1880). Janko, der schwächliche Sohn einer armen Häuslerin, vermag sein ihn treibendes Verlangen, auf einer Geige zu spielen oder wenigstens einmal eine in der Hand zu halten, nicht zu beherrschen: er schleicht sich nachts in das Gutshaus, wird dabei gefaßt – und vor Gericht gestellt. An den Folgen der Prügelstrafe, von den Dorfoberen zur Aufrechterhaltung der Ordnung verhängt, stirbt der Junge. Sarkasmus charakterisiert den Epilog, in welchem sich die aus Italien zurückgekehrte Herrschaft begeistert darüber ausläßt, wie herrlich es sein müsse, bei einem so begabten Volk, wie es die Italiener sind, Talente zu fördern. Die Schlußzeilen appellieren an die Gutsbesitzer, sich für die Bewohner ihres Dorfes verantwortlich zu fühlen.

Von Sienkiewicz' früherem Schaffen heben sich die lyrischen Naturbeschreibungen in «Janko» ab. Sie wirken märchenhaft durch die mit der musikalischen Begabung des Jungen motivierte Belebung der Natur. Gefühle werden im Naturbild gestaltet. Die emotionale Beteiligung des Lesers wird vor allem dadurch erzeugt, daß hauptsächlich aus der Perspektive des Kindes erzählt wird. Im Zeitraffer zieht das kurze Leben des Jungen vorbei; lediglich am Kulminationspunkt wird das Tempo verlangsamt.

Erst die modernistischen Schriftsteller um die Jahrhundertwende erkannten den Wert einer Erzählung, die ebenfalls in die polnischen Schulbücher eingegangen ist. Für Stanisław Brzozowski war «Der Leuchtturmwärter» (entstanden 1881) der «Moment, in dem die Seele Sienkiewicz' in der Seele des Volkes aufging». Die Erzählung werde «wahrscheinlich alle seine anderen Schriften überleben».

«Der Leuchtturmwärter» gilt auch heute noch als ein Meisterstück der polnischen Literatur und als Lehrbeispiel für einen präzisen literarischen Aufbau. Wie in einem Uhrwerk greift ein Rädchen in das andere. In der Exposition wird retrospektiv dargestellt, wie sich in langen Wanderjahren in Skawiński – einem wie Ahasver durch die Welt irrenden Polen – allmählich Resignation ausbreitet. Um endlich zur Ruhe zu kommen, nimmt er den Posten eines Leuchtturmwärters an. Der menschlichen Gesellschaft entfremdet und unter dem Eindruck der Unendlichkeit des tropischen Urwalds und des Ozeans sowie der träge dahinfließenden Zeit beginnt seine Psyche in der Umwelt aufzugehen.

Ein Buch, Mickiewicz' «Pan Tadeusz», rüttelt Skawiński aus seinem nirwana-ähnlichen Zustand auf. Die lang entbehrte Muttersprache ruft Erinnerungen wach, der Wärter vergißt, das Leuchtturmfeuer zu entzünden, und verursacht so ein Schiffsunglück. Er wird entlassen und begibt sich wieder auf Wanderschaft – mit dem Buch unter der Jacke. Skawiński ist mit einem neuen Nationalbewußtsein aus seiner Lethargie erwacht. Die Kraft einer Idee hat gesiegt, aber gleichzeitig ist der erneute Aufbruch eine persönliche Niederlage.

Der Einfluß der Romantik ist in der Erzählung unverkennbar. Sie verleiht dem Ganzen eine emotionale Färbung, stört die realistische Konstruktion aber nicht. Die Heimatlandschaft – wiederum spielt die Natur eine Rolle – vermischt sich mit

Eindrücken von der gegenwärtigen Umgebung (der Wald rauscht, wie die Brandung, auch bei Windstille). Der Höhepunkt der Erzählung, die hingemurmelte Lektüre des «Pan Tadeusz», ist frei von äußerer Dynamik; um so heftiger wirken die inneren Erlebnisse.

Im sprachgewaltigen Epos «Pan Tadeusz» sahen neben Sienkiewicz auch andere Positivisten ein gewichtiges Werk, denn es kommt der realistischen Schreibweise sehr nahe. Detailgetreu schildert es die Landschaft und das Alltagsleben des Landadels in der litauischen Heimat von Mickiewicz, kurz vor dem Rußlandfeldzug Napoleons.

Mit dem Leser des «Pan Tadeusz» schuf Sienkiewicz ein Symbol für die polnische Tragödie und ein Ideal des Ausdauerns. Skawiński ist ein einfacher Soldat, der sich – wie Mickiewicz in den «Büchern des polnischen Volkes und seiner Pilgerschaft» (dt. 1833) verlangt – nach dem gescheiterten Aufstand überall dort wacker schlägt, wo außerhalb des Vaterlandes Freiheitskämpfe ausgefochten wurden. Er darf sich erst Ruhe gönnen, wenn die Heimat ihre Freiheit wiedergewonnen hat. Als Skawiński den Posten den Leuchtturmwärters annimmt, weicht er vom rechten Weg ab, auf den ihn das romantische Buch zurückführt. Damit erlaubt Sienkiewicz die patriotische Deutung, nach der die polnische Sprache und ihre Wirkung in der romantischen Dichtung eine nahezu mystische Gemeinschaft aller Polen stiftet – sogar wenn sie einsam über dem Wasser hausen.

Mehrere Komponenten erzeugen die erzählerische Spannung: Skawińskis Suche nach Ruhe, die existentiellen Sorgen eines alten Menschen, welcher der ewigen Wanderschaft müde ist, das pantheistische Aufgehen in der Natur und das ins Unterbewußtsein verdrängte romantische Heimweh.

«Die Seefahrerlegende» verfaßte Sienkiewicz während der Arbeit an seiner Roman-Trilogie. Die Legende erzählt das Gleichnis eines stolzen Schiffes, das allen Stürmen trotzt. Leichtsinnig vernachlässigen die Matrosen ihr Boot, prahlerisch und selbstgefällig frönen sie einem bequemem Leben, bis ein fürchterliches Unwetter ihre Vermessenheit bestraft. Hilflos schlagen die Seeleute auf die übermächtigen Wellen ein: Sinnbild für die aussichtslosen polnischen Aufstände. In der allgemeinen Erschöpfung erhebt sich die Stimme der Vernunft, welche zur «Arbeit an den Grundlagen» auffordert. Obwohl völlig ermattet, macht sich die Besatzung in den Kielraum auf und geht daran, das Leck zu stopfen. Anders als die Romantiker, die anderen Staaten die Schuld an den Teilungen zuwiesen, sieht Sienkiewicz deren Ursache im Versagen der Polen selbst.

Kaum hatte die antitürkische Koalition auf Sienkiewicz' Schreibtisch gegen die Hohe Pforte gesiegt («Herr Wołodyjowski»), widmete sich Sienkiewicz im August 1888 in Ostende einem gänzlich andersgearteten Sujet – der künstlerischen Boheme. Um den Autor von der moralischen Verantwortung für seinen Helden zu befreien, trug «Die Dritte» ursprünglich den Untertitel «Aus den

Erinnerungen eines Malers». Dieser Kunstgriff war damals nicht unwichtig, da das breite Publikum geneigt war, Autor und Erzähler gleichzusetzen, und von ihm Vorbilder erwartete.

Viel Warschauer Lokalkolorit ist in diese Schlüsselerzählung eingeflossen. Sienkiewicz greift auf Erlebnisse aus der Zeit vor seiner Amerikareise zurück, zum Beispiel auf seine Verlobung mit Maria Kellerówna, die deren Vater wegen der Gerüchte über eine Affäre zwischen Sienkiewicz und der Schauspielerin Helena Modrzejewska löste. Auch die Maler und Literaten, die im Salon der Frau Modrzejewska verkehrten, finden Aufnahme: Swiatecki trägt Züge des Malers Józef Chełmoński (1849–1914), über den zahlreiche Anekdoten kursierten, so auch, daß er sich einer Ukrainerin, der er den Hof machte, als leierspielender Landsmann verkleidet genähert habe – bei Sienkiewicz kostümiert sich Magórski; die Attacken gegen die Historienmalerei entsprechen denen des Kunsttheoretikers und Schriftstellers Witkiewicz (1851–1915); die Scherze mit dem abergläubischen Hauswirt basieren auf den Streichen der Schüler des Malers Wojciech Gerson (1831–1905).

Eingang fanden auch Sienkiewicz' Erfahrungen als Kunstkritiker. Bei der Beschreibung von Magórskis Gemälde hatte er «Das Posaunenfest» von Gierymski (1850–1901) vor Augen. Häufig werden «malerische» Motive geschildert, die den Helden reizen, zur Palette zu greifen. Die Welt wird durch die Augen eines Malers betrachtet, beispielsweise die beiden Frauen im Garten oder die Garderobe Evas, welche an Bilder von Toulouse-Lautrec erinnert. In vielen Szenen dominiert das visuelle Element, so wenn Helena leicht bekleidet aus der Tür tritt und ihr der greise Spielmann zu Füßen fällt; selbst grotesk überspitzte Szenen, erinnert sei an die Tanten auf dem stöhnenden Sofa, wären filmisch gut umsetzbar.

In der Erzählung «An der Quelle» (1892) greift Sienkiewicz erneut das Motiv eines von den Eltern abgewiesenen Freiers auf, diesmal aber wird es zu einem tragischen Ende geführt. Wahres Glück erweist sich hier als Illusion. Der Schlußsatz: «Ein Leben, das nicht einmal im Traum von der Liebe besucht wird, ist noch viel schlimmer», stammt fast wörtlich aus einem Brief, den Sienkiewicz an die Mutter seiner Verlobten richtete, nachdem man von ihm den Bruch verlangt hatte.

In «Der Organist von Ponikła» (1893) geht es um das Glück, das in der Hoffnung und Erwartung liegt. Wenngleich in dem Text eigentlich wenig geschieht, wird doch viel erzählt. Wir erfahren das Wichtigste über Kleńs Leben bis zur Vertragsunterzeichnung und die Details vom nachfolgenden Besuch bei Olka und ihrem Vater. Kleń, gleichsam das erwachsene Ebenbild Jankos (Krzyżanowski), wird als lebensunfähiger Träumer dargestellt. Der Erzähler berichtet in gutmütigem Ton, manchmal scherzhaft distanziert, doch weitgehend aus dem Gesichtswinkel Kleńs, dessen Erfahrungs- und Erlebnisbereich nicht verlassen wird. Die zeitgenössischen Rezensenten beunruhigte vor allem der pessimistische Schluß. Ihrer Meinung nach hätte die Geschichte nichts von ihrer Anmut verloren, wenn Kleń Ponikła wohlbehalten erreicht hätte. Um den Tod des Organisten schafft Sienkiewicz eine symbolistisch anmutende Stimmung. Trägt Kleń zu Beginn seine Freude wie eine Laterne vor sich her, so umgeben ihn am Ende Finsternis, Einsamkeit und Leere. Der Pessimismus und die Lyrismen korrespondieren mit der modernistischen Strömung. Sienkiewicz probierte Stilrichtungen aus, auch wenn er die damit verbundene Weltanschauung nicht zu seiner eigenen machte.

Leser, die Sienkiewicz' historische Romane schätzen, werden Gefallen an der Erzählung «Folgen wir Ihm nach» finden. In ihr wollte Sienkiewicz, wie er es in einem Brief formulierte, zeigen, daß «die skeptische und kranke griechisch-römische Seele durch das Christentum Gesundheit erlangen und gerettet werden kann» (Sienkiewicz, Briefwechsel).

Die Erzählung war für Sienkiewicz gewissermaßen die Einstimmung auf die römische Welt, die er dann in «Quo vadis?» ausmalt. Hier steht eine unter Visionen leidende Römerin im Mittelpunkt, die durch den Anblick der Kreuzigung Jesu bekehrt wird. Wenn auch der Handlungsablauf der Geschichte wenig überzeugt, so beeindrucken doch die Schilderungen des römischen Lebens, der Jerusalemer Landschaft und der Stimmung auf Golgotha.

Sienkiewicz beschäftigte sich nicht nur mit dem Christentum, sondern er schrieb auch eine Reihe von Erzählungen, in denen sich Motive aus der griechischen Mythologie, aus ägyptischen und anderen Göttersagen finden, so die indische Legende «Sei gepriesen!». Bei der indischen Atmosphäre, die den Rahmen für die Lehre von der wahren Liebe abgibt, wird manchem Leser Hermann Hesse in den Sinn kommen.

In unserer Auswahl bildet eine Erzählung den Schluß, in der wieder Kinder die Hauptfiguren sind – zwei Mädchen, die nicht nur wissen wollen, was ein «künstlicher» Sohn im Unterschied zu einem «natürlichen» ist, sondern auch vorhaben, einen Roman zu verfassen, um der Welt zu beweisen, wie erwachsen sie sind. Dieses wenig hintergründige, aber Sienkiewicz' Humor und seine Gabe der Einfühlung ins kindliche Bewußtsein belegende Werk wurde von Sienkiewicz später dramatisiert.

III

«Sienkiewicz war ein guter Reporter, literarisch konnte er aber sentimental werden bis zum Kitsch.» So urteilt ein polnischer Literaturnobelpreisträger unserer Tage, Czesław Miłosz. Dieses harte Urteil dürfte für einige der Texte durchaus zutreffen. Momente des Pathetischen und Melodramatischen sowie Züge von Naivität mögen heute befremden, wenn auch die verknappende Darstellungskunst Sienkiewicz' die Grenze nicht überschreitet, wo das Gefühl und das Mitgefühl zur Larmoyanz wird.

Sienkiewicz' Schaffen ist wesentlich aus den historischen Bedingungen zu verstehen, in denen es entstand. Sienkiewicz setzte sich einem unerhörten «nationalen» Leistungsdruck aus: «Die Literatur hat nationale Pflichten, die sie erfüllen muß, wenn sie existieren will. Sie kann sich nicht selbst genügen, ihr Ziel ist die Allgemeinheit, deren Wohl.» In einer Periode der nationalen Bedrükkung hielt er es für seine Aufgabe, «die Herzen zu erquicken».

Obwohl immer deutlich bleibt, daß hier jemand sein Handwerk beherrscht, hat Sienkiewicz häufig sein schriftstellerisches Temperament gezügelt, um dem Lesergeschmack zu entsprechen. In dem Bemühen, auch jener Leserschaft entgegenzukommen, die noch leseungewohnt war, unterließ er komplizierte Erzählstrategien zumeist. Demselben Ziel dient die Eigenart Sienkiewicz', die «Moral von der Geschichte» in Epilogen – gelegentlich komödienhafte, zumeist aber tragische Auflösungen – mitzuliefern und einzelne Metaphern im Nachsatz erklärend auszuführen.

Im Gegensatz zum Publikum honorierte die zeitgenössische Kritik Sienkiewicz' literarischen Fleiß nur bedingt. Übereinstimmend wurde Sienkiewicz' ehrlicher Patriotismus gewürdigt. Die ungewöhnlich reiche künstlerische Sprache, die aus der vitalen altpolnischen Literatur, aus der «sarmatischen» Romantik sowie auch aus der Alltagssprache schöpft, gilt bis heute als eine bemerkenswerte Leistung.

Geprägt vom positivistischen Geist seiner Jugendjahre, sah Sienkiewicz in der moralischen Erziehung des Volkes die Grundlage für ein neues Polen. Weil er Integrität nicht nur von anderen forderte, sondern seine Postulate von konkreten – oft diskreten – Hilfeleistungen begleitet wurden, war er als moralische Instanz anerkannt. Ähnlich wie Mickiewicz wurde er zu einer nationalen Identifikationsfigur. Noch im Zweiten Weltkrieg legten sich Untergrundkämpfer die Namen seiner Helden als Decknamen zu – auch hier erfüllte Sienkiewicz seine patriotische Pflicht.

Wer sich mit der polnischen Literatur aus der zweiten Hälfte des letzten Jahrhunderts beschäftigt, kommt an Sienkiewicz nicht vorbei. Gegenüber den weit ausholenden, umfangreichen historischen Romanen, die hinsichtlich ihrer Stoffe und hinsichtlich der geschichtlichen und moralischen Wertungen heutigen Lesern fremd erscheinen können, ist es gerade der Vorzug der Erzählungen, daß sie ein differenziertes Bild der polnischen Wirklichkeit am Ende des 19. und zu Beginn des 20. Jahrhunderts geben und den Formenreichtum der künstlerischen Begabung Sienkiewicz' belegen. Sie zeigen den unbeirrbaren polnischen Patrioten als einen moralisch-politischen und mitunter humorvollen Kritiker, der auch literarisch auf der Höhe seiner Zeit war, auf die er einwirken wollte.

Veronika Körner

Anhang

Der Prophet gilt nichts in seinem Vaterlande

1 Geht auf Matt. 13,57 zurück. – Goethe verkürzte den Vers zu: «Der Prophet gilt nichts in seinem Vaterlande.» («Götz von Berlichingen» I, «Bischofsszene»). – Schon im 14. Jahrhundert schreibt Watriquet de Couvin in seinen «Dits» und in Anlehnung an den Bibelvers: «Nulz n'est en son pays prophetes.»

2 *Chłodno* heißt polnisch *kühl*; *Chłodnica* wäre demnach etwa *Kühlhausen*.

3 Anspielung auf das berühmte Wort von Terenz (195? v. Chr. – 159 v. Chr.) in «Heautontimorúmenos» I, I, 23: «Homo sum; humani nil a me alienum puto.» (Ich bin ein Mensch; nichts Menschliches ist mir fremd.)

4 Griech.: Werke und Tage. Titel des Gedichtes von Hesiod (um 750 v. Chr.), das als Mahn- und Anklageschrift an seinen Bruder Perses gerichtet ist und Lehren über Bürger- und Hausherrenpflichten, über die Wahl der Frau und die Erziehung der Kinder enthält sowie die Anweisung zur Verrichtung ländlicher Arbeit.

5 Entspricht dem La-la-la-Singen, wenn man die Worte eines Liedes nicht kennt.

6 Der Groschen (Grosz) ist die polnische Münze mit dem geringsten Wert. – Trotz des 1842 offiziell als Währung eingeführten Rubels wurde in Polen immer noch mit Złoty und Grosz gerechnet.

7 Die große Liebe Dantes, die auch in sein Werk («La vita nuova»; «Divina Commedia») eingegangen ist.

8 *beatus*: selig (gesprochen). – *Kukufin*: zusammenge-

setzt aus *kuku*, das Naivität und Bauernschläue assoziiert, und dem alten polnischen Wort *fin* (Schlaumeier, Schlaukopf).

9 Henry Palmerston (1784–1865); engl. Diplomat und konservativer Politiker.

10 Schimpfwort für die Deutschen, die sich in dem an Preußen gefallenen Gebiet des geteilten Polen niederließen. – Die deutsche Ostkolonisation hat eine lange Tradition, die bis ins 12. und 13. Jahrhundert zurückreicht.

11 Aus der dramatischen Dichtung «Dziady» («Die Ahnenfeier»; Teil IV, «Lied des Eremiten») von Adam Mickiewicz (1798–1855).

12 Ein ungenaues Zitat aus «Beniowski» (Lied 1, 64), 1841 ff., von Juliusz Słowacki (1809–1849). Das Epos «Beniowski» schildert die Taten des polnischen Edelmannes Beniowski (1746–1786), der sich der Konföderation von Bar anschloß, nach deren Niederschlagung nach Sibirien verbannt wurde, von wo es ihm zu fliehen gelang.

13 «Hamlet» V,1.

«Kohleskizzen» oder ein Epos mit dem Titel «Was in Schafskopf geschah»

1 Im russischen Rekrutierungssystem entschied unter den Gemusterten das Los über die Einberufung in den Militärdienst.

2 Anspielung auf den *Januaraufstand* (1863).

3 Refrain eines Liedes (von Gustaw Ehrenburg, 1818 bis 1895) aus der Zeit des *Novemberaufstandes* (1830).

4 Der 1798 in drei Bänden erschienene Räuberroman von Christian August Vulpius (1762–1827).

5 In der zweiten Hälfte des 19. Jahrhunderts bekannter Herausgeber von Schundliteratur.

6 Die 1861 von Zar Alexander II. (1818–1881; seit 1855 Zar) aufgehobene Leibeigenschaft von über 40 Millionen Bauern.

7 Gemeint ist der *Januaraufstand*.

8 Vgl. Anm. 2 und 7.

9 Abfällige Bezeichnung für die Deutschen.

10 Anspielung auf die mit dem *Januaraufstand* verbundenen Wirren, in deren Folge – zur Strafe für die Teilnahme am Aufstand – Güter konfisziert wurden.

11 Der polnische Adel.

12 Bezeichnung für das nach dem Aufstand von 1863 total russifizierte Gebiet des ehemaligen «Kongreßpolen».

13 *Suffragan:* einem Erzbischof unterstellter Diözesanbischof. – Die Magd scheint den Sinn der von ihr ausgestoßenen Schimpfwörter *Mentor* und *Suffragan* selber nicht recht zu verstehen.

14 Gemeint ist ein von Rußland verliehener Orden für Verdienste bei der Niederschlagung des Aufstandes von 1863.

15 Protagonistin in Shakespeares «The Tragedy of Cymbeline».

16 Julian Ochorowicz (1850–1917); Wissenschafter und positivistischer Philosoph.

17 Pseudonym des Literaten Adam Asnyk (1838–1897).

18 Kornel Ujejski (1823–1897); Lyriker und Dramatiker.

19 Leonard Sowiński (1831–1887); Dichter.

20 Józef Ignacy Kraszewski (1812–1887); Schriftsteller.

1 Anspielung auf die im russischen Teilungsgebiet Polens eingesetzten Lehrbücher, deren Inhalt von der russisch-byzantinischen Kultur geprägt war. – Die erste Fassung der Erzählung spielt im russischen Teilungsgebiet und erschien in Lemberg (österreichisches Teilungsgebiet). Für die Publikation in Warschau und zur Umgehung der Zensur versetzte Sienkiewicz den Ort der Handlung in einer zweiten Fassung nach Posen (preußisches Gebiet). – *Byzantinische Folianten* ist demnach ein Überbleibsel der ersten Fassung, welcher Sienkiewicz bei der Überarbeitung der Erzählung entgangen ist.

2 Vgl. Anm. 10 zur Erzählung *Kohleskizzen* ...

3 «Hamlet» I,5.

4 Lehrbuch des Historikers Ignacy Joachim Lelewel (1786–1861), der aus einer ostpreußischen Bürgerfamilie hervorging und u. a. an der Universität von Warschau unterrichtete. Er wurde zu einem mitreißenden Freund der studierenden Jugend (auch Adam Mickiewicz gehörte zu seinen Schülern) und zum Anfacher des politischen Radikalismus. 1831 stand er an der Spitze der Warschauer Revolution *(Novemberaufstand);* nach deren Scheitern emigrierte er.

5 Im preußischen Teilungsgebiet war die Unterrichtssprache Deutsch, im russischen Russisch. – Im österreichischen Galizien dagegen wurde das Schulwesen 1867 polonisiert. Vgl. auch Anm. 1.

6 *Duma:* balladenartiges lyrisch-episches Volkslied der Ukrainer.

7 Julian Niemcewicz (1757–1841), der die historische Ballade in die polnische Literatur einführte, veröffent-

lichte 1816 die «Spiewy historyczne» («Historische Gesänge»), aus denen hier Michaś die Duma über Żółkiewski (1547–1620), den königlichen Hetman und Kanzler, deklamiert. Żółkiewski fiel im Kampf gegen die Türken bei Cecora.

Janko der Musikant

1 Litauischer ländlicher Tanz.
2 So beginnen viele polnische sentimentale Lieder.

Der Leuchtturmwärter

1 Julian Horain (1821–1883); Literat und Publizist; Korrespondent für mehrere polnische Zeitschriften in Amerika, wo sich Sienkiewicz mit ihm anfreundete.
2 Heute *Colón*.
3 *Polarstern* wurde in Polen zum Synonym für Sibirien (Verbannung, Deportation), dann für Rußland und dessen Großmachtpolitik überhaupt. *Polarstern* ist hier also eine verschlüsselte Nennung Rußlands.
4 Gemeint ist eine Revolution in Polen.
5 Stadttor von Wilna, in dem ein als wundertätig verehrtes Muttergottesbild aufbewahrt wird und Wilna zum Wallfahrtsort macht. Was Częstochowa für Polen, ist Wilna (Ostrabrama) für Litauen.
6 Beginn von Adam Mickiewicz' «Pan Tadeusz» («Herr Taddäus»), dem Epos, das 1833/34 entstand und das Leben des polnischen Landadels am Vorabend des Napoleonischen Feldzuges nach Rußland schildert. – Wir zitieren die Verse nach der Übersetzung von S. Lippiner (Leipzig 1882).

Seefahrerlegende

1 Worte aus «Pieśń Żeglarzów» («Lied der Seeleute») des Lyrikers Edmund Wasilewski (1814–1864).

2 Anspielung auf die Mazurka «Jeszcze Polska nie zginęła» (Noch ist Polen nicht verloren) des polnischen Generals Jan Henryk Dąbrowski (1755–1818), der nach der zweiten Teilung Polens (1793) an der vom Nationalhelden Tadeusz Kościusko (1746–1817) geführten Volkserhebung (1794) teilnahm und nach deren Niederschlagung ins Exil ging, wo er im Dienste Napoleons in Italien polnische Legionäre kommandierte. – Die Mazurka wurde später zur Nationalhymne Polens (Text [1797] von Józef Wybicki).

Die Dritte

1 Gemeint ist wahrscheinlich Hermann Würz (1839 bis 1899); deutscher Genre- und Tiermaler.

2 Mariano Fortuny y Carbó (1838–1874); spanischer Maler und Radierer; zeichnet sich vor allem durch seine Genre-, Volks- und Schlachtenbilder aus.

3 Großer Volks- und Vergnügungspark; heute ein Stadtteil von Warschau.

4 Wahrscheinlich Albert Wolff (1814–1892); seit 1866 Professor an der Berliner Kunstakademie; Bildhauer.

5 Baron Mauritius Hirsch de Gereuth (1831–1896); er erwarb durch den Eisenbahnbau in der Türkei ein großes Vermögen, das er zur Finanzierung von Handwerksschulen und jüdischen Siedlungen russischer Einwanderer in den USA und Argentinien einsetzte.

6 Vgl. Anm. 6 zur Erzählung *Der Prophet gilt nichts . . .*

7 Samuel Korecki (gest. 1622); er wurde in der Schlacht bei Cerona (1620) von den Türken gefangengenommen und in Stambul hingerichtet.

8 Jean-Baptiste Greuze (1725–1805); französischer Maler, Meister des Genrebildes.

9 «Hamlet» III,1.

10 Carlo Dolci (1616–1686); italienischer Maler; Hauptmeister der Spätblüte der florentinischen Barockmalerei.

11 Raffaello Santi (1483–1520) = Raffael.

12 Adolphe Goupil (1806–1893); berühmter Kunsthändler in Paris, in dessen Kunstsalon zum Beispiel auch Fortuny y Carbó (vgl. Anm. 2) ausstellte.

An der Quelle

1 Ungenaues Zitat aus Shakespeares «The Merchant of Venice» III,1.

2 Bekanntes polnisches Salzbergwerk, das teilweise als Museum genutzt wurde.

Folgen wir Ihm nach

1 Altgriechischer Name des Dnjepr.

Wichtige Daten zur polnischen Geschichte im 18. und 19. Jahrhundert[a]

Seit 1573 herrschen in Polen gewählte Könige. – Mit dem Ende des Siebenjährigen Krieges (1763: Friede zu Hubertusburg) wird das europäische Gleichgewicht durch die fünfte Großmacht (Preußen) kompliziert. Das Königreich Polen wird zum Spielball von Rußlands, Österreichs und Preußens Interessen.

1764 wird auf russischen Druck hin der Günstling Katharinas II., Stanisław II. Poniatowski (1732–1798), zum König Polens gewählt. Er strebt innerpolnische Reformen an, welche den Zusammenschluß der Opposition (Nichtkatholiken und der Adel) in den Konföderationen von Słuck und Radom zur Folge hat (1767). Unter dem Schutz Rußlands verhindern sie eine Beschränkung des «Liberum Veto» (Absolutes Veto-Recht [seit 1505] jedes Mitglieds im Reichstag [Sejm]). Die Gegenkonföderation von Bar wird mit russischer Hilfe im Bürgerkrieg zerschlagen (1768).

1772: *Erste Teilung Polens*
Galizien (Südpolen) fällt an Österreich, Westpreußen an Preußen und Nordostpolen an Rußland (Weißrußland). Das Gebiet des polnischen Königreichs verringert sich um etwa ein Viertel. – Die Teilungsmächte verlangen die Beibehaltung des Wahlkönigtums, der polnischen Adelsrechte und des «Liberum Veto».

1788–1791: Der «Vierjährige Reichstag» beschließt die Umwandlung Polens in eine parlamentarische Erbmonarchie, verkündet in der «Mai-Konstitution» von

[a] Quellen: «dtv-Atlas zur Weltgeschichte», [20]1985, und «Meyers Enzyklopädisches Lexikon», 1980 (korrigierter Nachdruck).

1791. Als Reaktion darauf bildet die Opposition unter russischer Einwirkung die Konföderation von Targowica (1792); Stanisław II. wird zum Beitritt gezwungen.

1793: *Zweite Teilung Polens*
Sie erfolgt zur «Wiederherstellung der Ordnung» und wird vom «stummen Reichstag» von Grodno anerkannt. Polens Reichsgebiet wird um eine weitere Hälfte reduziert: Westpolen (mit Posen) fällt an Preußen, Ostpolen (Polesien, Podolien) an Rußland. – Aufstände in Wilna und Warschau entzünden unter Tadeusz Kościuszko (1746–1817) eine allgemeine Volkserhebung (1794), die von preußischen und russischen Truppen niedergeschlagen wird.

1795: *Dritte Teilung Polens*
Auflösung des polnischen Königreichs. – Rußland, Österreich und Preußen teilen das Restreich unter sich auf.

1807: Napoleon errichtet das «Großherzogtum Warschau», das 1815 (Wiener Friede) in Personalunion mit Rußland vereinigt wird.

1830: *Novemberaufstand*
Er wird ausgelöst durch die Absicht des Zaren Nikolaus I., die polnische Armee gegen die französische und belgische Revolution einzusetzen. Der russische Großfürst Konstantin flüchtet; Fürst Czartoryski (1770 bis 1861) bildet eine nationale Regierung; der Reichstag setzt die russische Dynastie ab.

1831 (Niederlagen bei Grochów und Ostrołęka) wird die Revolution niedergeschlagen. Paskjewitsch erobert Warschau. Als Statthalter führt er eine harte Bestrafung der Aufständischen und eine rücksichtslose Russifizierung durch. Das «Organische Statut» (1832) gibt

Polen den Rang einer russischen Provinz. Tausende polnischer Freiheitskämpfer gehen ins Exil (u. a. Fürst Czartoryski, der Historiker Lelewel, der Dichter Mickiewicz), doch spalten sich die Exil-Polen in aristokratische «Weiße» und in demokratische «Rote».

Aufstände in Krakau (1846; führt zur österreichischen Annexion der Freien Stadt) und in Posen (1848) werden blutig niedergeschlagen. – Der Markgraf Wielopolski (1803–1877) errichtet unter Zar Alexander II. wieder die polnische Autonomie.

1863: *Januaraufstand*
Der durch Rekrutenaushebungen veranlaßte Aufstand endet in einer nationalen Katastrophe. Eine Volkserhebung bleibt aus. «Weiße» und «Rote» bekämpfen sich. – Rücksichtslose Unterdrückung der Unruhen; Hinrichtung der nationalen Führer; Deportationen; Gütereinziehungen.

1864: Bodenreform. Aufteilung des «Weichsellandes» (russischer Teil Polens) in zehn Gouvernements. Totale Russifizierung (Entlassung von 14000 polnischen Beamten, Verbot der polnischen Sprache).

Die folgenden «stillen Jahre» sind durch die «Dreiloyalität» (Loyalität gegenüber den drei Teilungsmächten) charakterisiert.

Zufluchtsort der polnischen Nationalbewegung wird das österreichische Galizien (Universitäten von Krakau und Lemberg, Akademie der Wissenschaften), von wo erhebliche Wirkung auf die anderen Teilungsgebiete im nationalen Sinne ausgeht; 1867 wird in Galizien das Schulwesen polonisiert, 1868 die Selbstverwaltung gewährt.

Im Deutschen Reich muß sich Polen während des

Kulturkampfes und besonders seit der nach 1886 aktiv betriebenen Germanisierungspolitik behaupten.

Im russischen Teil Polens hatte der Adel seine Vormachtstellung weitgehend eingebüßt; hier entwickelt sich ein kräftiges Bürgertum und in einigen Industriezentren (Łódż, Warschau, Białystok) auch eine klassenbewußte Arbeiterschaft. Politisch organisieren sie sich mit der Gründung der «Liga Polska» (1887) und der «Polnischen Sozialistischen Arbeiterpartei» (PPS, 1893), von der sich später die linksradikale, internationalistische «Sozialdemokratie des Königreichs Polen und Litauen» (Rosa Luxemburg) abspaltet. Während die Nationaldemokratie ihr Ziel im Ausgleich mit Rußland sieht, tritt die PPS für die nationale Unabhängigkeit Polens und die anschließende sozialistische Umgestaltung der Gesellschaft ein.

Der Ausbruch des Ersten Weltkrieges belebt die Hoffnung der Polen auf die Wiederherstellung des polnischen Einheitsstaates. Nach dem Krieg wird Polen zur Republik, die 1923 annähernd (ohne Podolien und Polesien) das Gebiet des Königreichs Polen vor der ersten Teilung umfaßt.

Daten zu Leben und Werk von Henryk Sienkiewicz

1846: Am 5. Mai wird Henryk Sienkiewicz in Wola Okrzejska (Podlachien) als Sohn von Gutsbesitzern aus verarmtem Landadel geboren. Kindheit auf dem Land. – Nach dem Verkauf des elterlichen Gutes siedelt die Familie im Jahr 1858 nach Warschau über. Henryk besucht das Gymnasium, verbringt nach der Reifeprüfung (1865) erneut ein Jahr auf dem Land und beginnt dann nacheinander verschiedene Studien (Jurisprudenz, Medizin, Philologie), die er aber nicht beendet. – Den Lebensunterhalt verdient er sich als Nachhilfelehrer und, unter dem Pseudonym Litwos, als Journalist; seine geistreichen Feuilletons machen ihn bald beliebt und bekannt.

1872: «Na marne» («Vergebens»), sein erster, im Studentenmilieu spielender Roman, erscheint in einer Warschauer Zeitschrift.

1874: Reise nach Europa (Deutschland, Belgien, Frankreich).

1876–1879: Aufenthalt in den USA. Im Auftrag der «Gazeta Polska» soll Sienkiewicz von der Gedenkausstellung zum hundertjährigen Bestehen der Vereinigten Staaten in Philadelphia berichten; in seinen Artikeln, die zwischen 1876 und 1878 in Warschau erscheinen («Listy z podróży do Ameryki» [«Briefe aus Amerika»]), erwähnt er die Jahrhundertausstellung allerdings mit keinem Wort. – Außerdem sucht er in den USA für sich und einige polnische Freunde Land, wo eine Künstlerkolonie im Sinne der «Phalanstères» des utopischen Sozialisten Charles Fourier (1772–1837) aufgebaut werden soll; sie wird in Annaheim (Kalifornien) tatsächlich gegründet, doch erweist sie sich als nicht lebensfähig. – Jagd- und Wanderleben.

1879–1881: Aufenthalt in Frankreich und Italien.

1881: Sienkiewicz übernimmt die Redaktion des konservativen «Słowo». Gleichzeitig beginnt er die Arbeit an einer breit angelegten Roman-Trilogie, deren Stoff der Geschichte Polens zwischen 1648 und 1672 entnommen ist; 1. Teil: «Ogniem i mieczem» («Mit Feuer und Schwert»); 2. Teil: «Potop» («Sintflut»), 6 Bde.; 3. Teil: «Pan Wołodyjowski» («Herr W.»), 3 Bde.; die Trilogie erscheint zwischen 1883 und 1887. – Erste Heirat; die Tuberkulose seiner Frau macht zahlreiche Aufenthalte in ausländischen Badekurorten nötig.

1886: Reise nach Konstantinopel («Herr Wołodyjowski» schildert Polens Kampf gegen die Türken), Athen und Rom.

1887: Sienkiewicz stiftet Stipendien für tuberkulöse Künstler.

1891: «Bez dogmatu» («Ohne Dogma»); gesellschaftskritischer Roman in Tagebuchform; Seelenanalyse eines dekadenten, willensschwachen Aristokraten. – Mehrmonatige Reise durch Ostafrika («Listy z Afryki» [«Briefe aus Afrika»]; 1892 erschienen).

1894: Nach dem frühen Tod seiner ersten Frau heiratet Sienkiewicz ein zweites Mal, doch wird die Ehe bald geschieden.

1895: «Rodzina Polanieckich» («Familie P.»), 3 Bde.; im Zentrum dieses Romans steht, als Gegenbild zum dekadenten Adligen in «Ohne Dogma», ein geradliniger, unsentimentaler und unternehmungslustiger Aristokrat.

1894–1896: Rückkehr zum historischen Roman mit «Quo vadis?», 3 Bde., der nach seinem Erscheinen in

Buchform (1896) sofort weltweit ein großer Erfolg wird.

1897: Errichtung des Mickiewicz-Denkmals in Warschau auf Veranlassung von Sienkiewicz.

1897–1900: «Krzyżacy» («Die Kreuzritter»), 4 Bde.; Stoff dieses historischen Romans ist Polens Kampf gegen den Kreuzritter-Orden im 15. Jahrhundert.

1900: Als «Geschenk der Nation» erhält Sienkiewicz für sein Schaffen das Gut Oblęgorek bei Kielce. Sienkiewicz kehrt zum traditionellen Leben eines adligen Gutsbesitzers zurück, das sein Vater aufgegeben hatte. – Verleihung der Ehrendoktorwürde der Jagiellonen-Universität Krakau. – Er stiftet Stipendien für junge Wissenschafter.

1901–1909: Verstärktes politisches Engagement: Sienkiewicz beteiligt sich an einer internationalen Kampagne gegen die preußische Polenpolitik (Offener Brief an Wilhelm II.); von der Nationaldemokratischen Partei wird er mehrmals als Kandidat für die «Duma» (Abgeordnetenversammlung) nominiert; offener Brief an die russische Regierung, in dem er für Polen, vor allem im Schulwesen, mehr Autonomie verlangt.

1904: Dritte Eheschließung

1905: Nobelpreis

1907: «Na polu chwały» («Auf dem Feld der Ehre»); historischer Roman aus der Zeit des polnischen Königs Jan Sobieski (= Johann von Nepomuk [1345?–1393]).

1910: «Wiry» («Strudel»), 2 Bde.; konservativer Roman über die russische Revolution von 1905.

1911: «W pustyni i puszczy» («In Wüste und Wildnis»), 2 Bde.; in Afrika spielender Roman für Kinder.

1914: Bei Kriegsausbruch emigriert Sienkiewicz in die

Schweiz und organisiert ein Hilfskomitee für polnische Kriegsopfer. – Gründung eines Sanatoriums (bei Zakopane) für an Tuberkulose erkrankte Kinder.

1916: Am 15. November 1916 stirbt Sienkiewicz in Vevey (Schweiz).

1918: Posthum erscheint der unvollendete Roman «Legjony» («Die Legionen»), in dessen Mittelpunkt Napoleon steht.

1924: Seine sterblichen Überreste werden nach Polen überführt und in der Kathedrale von Warschau beigesetzt.

Hinweise zur Aussprache polnischer Namen und Wörter

ą	wie frz. «on»
ę	wie frz. «hein»
i vor Vokal	wie j
ó, u	wie u
y	«trübes» kurzes «i» wie in berlinisch «Fisch»
c	nur wie ts
ć, ci	wie tsj
cz	wie tsch
dz	wie ds (stimmhaft)
dź	wie dsj
ł	unsilbisches kurzes «u» wie engl. «w» oder berndeutsches «dickes l» in «Volk» (Vouch)
ń	wie frz. «gn» in «ignorer»
rz, ż	wie frz. «j» in «jour»
s	nur wie ss
ś, si	etwa wie ssj (stimmlos)
sz	wie sch
szcz	wie schtsch
z	wie s in norddeutsch «Sonne»
ź, zi	etwa wie sj (stimmhaft)
ż, rz	wie frz. «j» in «jour»

Die Betonung liegt in der Regel auf der vorletzten Silbe, vgl. Mickiewicz (spr. Mitskjèwitsch)

Inhalt